AF199754

Jens Münchberger

Die Insel im Atlantik

Die Handlung und alle Personen sind frei erfunden.
Ähnlichkeiten mit der Realität sind zufällig, manchmal
auch beabsichtigt.

Der Verfasser.

Bibliografische Information der Deutschen Nationalbibliothek:

Die Deutsche Nationalbibliothek verzeichnet diese Publikation in der Deutschen Nationalbibliografie.
Detaillierte bibliografische Daten sind im Internet unter http://dnb.dnb.de zu erfahren.

Erste Auflage 2017

Einbandgestaltung: BoD GmbH unter Verwendung
eines Fotos des Autors

Herstellung und Verlag:
BoD – Books on Demand, Norderstedt

ISBN: 978 – 3 – 744887 - 25 - 0

www.bod.de

Für Ute, die mit mir die Insel im Atlantik erkundete...

„Vielleicht gibt es schönere Zeiten,
aber diese ist unsere."

(Jean-Paul Sartre, 1905 – 1980,
französischer Philosoph und Schriftsteller)

„...Ich glaube, dass die Menschheit 'mal
in Frieden lebt
und es dann wahre Freundschaft gibt..."

(Die Toten Hosen: „Wünsch' dir was")

„...Und nicht über und nicht unter
          ander'n Völkern woll'n wir sein..."

(Bertold Brecht „Kinderhymne")

„Gibt es den Reichtum der Welt
morgen noch?
Oder ist vieles davon schon hin?
Das Land und auch die Ozeane
können sich nicht wehr'n..."

(Holger Biege: „Reichtum der Welt")

Erstes Buch

1

Jemand klingelte. Fünfmal oder sechsmal. Und dann noch einmal. Das war genau um acht Minuten vor halb zehn am Vormittag.

Weil ich nicht schnell genug an der Tür war, wurde der Brief durch den Schlitz in der Tür geschoben und mit einem Finger solange in der Öffnung herumgestochert, bis der Umschlag klatschend auf die Dielen fielen.

Die Tür hätte ich öffnen können, ich stand in Reichweite der Klinke. Vielleicht fehlten einige Zentimeter. Aber mit ausgestrecktem Arm wäre ich an die Klinke gelangt. Jedoch beobachtete ich statt dessen, die Bemühungen, den Briefumschlag durch den Türschlitz zu stecken.

Ich war mir sehr sicher, man hatte mich nicht gehört, denn ich trug in der Wohnung keine Schuhe, sondern nur dicke Socken. Und außerdem waren alle Türen geöffnet.

Es war ein Mann, der mir den Brief brachte. Das weiß ich genau. Ich sah ihn noch die Gartenpforte schließen.

Der Umschlag lag so auf dem Fußboden, dass ich sofort an den großen und, wie es mir erscheinen wollte, etwas unbeholfen auf den Umschlag geschriebenen Buchstaben, die im Zusammenhang betrachtet, meine Adresse ergaben, erkannte, wer mir geschrieben hatte.

Ich nahm den Umschlag und ging zu meinem Schreibtisch.

Einige Jahre waren vergangen, vielleicht waren es fünf, sechs können es auch gewesen sein, dass ich von Professor Zabert letztmalig Post erhalten hatte.

„Warum hat er sich jetzt an mich erinnert?", fragte ich leise in die Stille des Zimmers.

Eine Antwort erhielt ich nicht. Auch dann nicht, nachdem

ich einige Minuten gewartet und dabei in die Stille gelauscht hatte. Während der Zeit nahm ich den Umschlag in meine Hände. Drehte und wendete und befühlte die verschlossene gelb-braune Tüte aus Packpapier. Natron-Kraftpapier heißt das Material heute, wie mir eine Verkäuferin im örtlichen Papierladen erst vor wenigen Wochen erklärte, als ich Packpapier kaufen wollte. Für einen Moment dachte ich, irgend jemand erlaubte sich einen Scherz und wenn ich den Umschlag öffne, würde ich von einem weiß-gelben Blitz geblendet werden.

Weil ich keine Antwort erhielt, nahm ich einen Brieföffner und schlitzte den Umschlag an der einen kurzen Seite auf.

Entgegen den beinahe grob geschriebenen Buchstaben, zu Worten aneinander gefügt auf dem Umschlag, zierte den Briefbogen die sehr akkurate und darum auch leserliche Zabert'sche Schrift.

Es waren nur wenige Zeilen, die an mich gerichtet waren. Wohl auf das Papier gedruckt. Allerdings, die Unterschrift war original. Ich schaute schräg auf den Bogen und erkannte das. Außerdem glänzte die Tinte noch im Licht, das durch die Fenster auf meinen Schreibtisch schien.

„Na ja", sagte ich wieder sehr leise, „er kann ja nun nicht wer weiß wie viele Briefe handschriftlich verfassen.

Ich faltete das Blatt auseinander und begann zu lesen:

Liebe Freunde,
wir müssen uns treffen...

Genau diese wenigen Worte hatte ich gelesen, als das Telefon klingelte.

Noch bevor ich mich melden konnte, hörte ich die Stimme von Franz, der mich fragte:

„Hast du auch einen Brief von Zabert erhalten?"

„Ja!", antwortete ich wahrheitsgemäß.

„Und...?"

„Nichts und. Ich habe erst 'mal nur die Anrede und die erste Zeile gelesen!"

„Aha!"

Mich interessierte, was der Professor geschrieben hatte und deshalb sagte ich zu Franz:

„Du lässt mich jetzt in Ruhe den Brief lesen und dann rufe ich dich wieder an!"

„Na gut! Dann warte ich am Telefon!"

Ich drückte den roten Knopf am Telefon und hörte anschließend das monotone Tuten des Freizeichens.

Ich nahm den Brief und begann, noch einmal zu lesen:

Liebe Freunde,
wir müssen uns treffen.
Ich meine, dafür gibt es gute Gründe und viel, was besprochen werden soll und muss.
Gegenwärtig arbeite ich an Vorschlägen darüber, welche Probleme am dringendsten beraten werden sollten. Und glaubt mir, es ist sehr ernst.
Deshalb zögere ich auch nicht, Euch zu unserer diesjährigen Zusammenkunft zu bitten. Und zwar nicht, wie sonst, im frühen Winter (oder sehr späten Herbst) zu einem Termin vor Weihnachten, sondern möglichst bald.
Mein Vorschlag ist das zweite Oktoberwochenende zuzüglich zweier Tage. Anreise (individuell) Donnerstag, erstes Treffen dann Freitag, letztes Treffen Dienstag und Abreise, wieder individuell, am Mittwoch. Wer will, kann

verlängern In Reiseprospekten wird das 'Badeurlaub' genannt. Regine hat schon 'mal mit dem „Hotel am Atlantik" auf der Insel im Atlantik Kontakt aufgenommen und bittet um Euren Anruf.

Liebe Grüße,

Zabert

P.S. Weil das als Familienausflug im Hotel angemeldet wird, solltet ihr, wenn möglich, mit Begleitung anreisen!

Z.

Selbstverständlich meldete ich mich nicht bei Franz. Jedenfalls nicht per Telefon, denn ich hielt es für wahrscheinlich, dass ich einen unerwünschten Mithörer hatte.

Statt dessen faltete ich den Brief zusammen und steckte ihn in die innere Tasche meiner Jacke.

Professor Zabert hatte auf die Mitreise einer „Begleitung" hingewiesen. Später sagte er mir, als ich mein Kommen per e-mail zugesagt hatte und wir uns einige Tage später zufällig trafen, das erscheint seriöser und er meinte noch:

„Du kannst meinetwegen für deine Begleitung auch ein separates Zimmer bekommen. Und wenn du willst nebeneinander oder weit auseinander gelegen. Auf dem selben Flur oder auf verschiedenen Etagen. Mir egal! Mitte Oktober ist das Hotel ohnehin kaum besucht und jeder Gast ist willkommen. Mach das dann mit Regine klar!"

Ich fragte dann noch, wie er das mit der „Begleitung"

verstanden wissen wollte. Er sah mich verschmitzt an und meinte:

„Einem jungen und interessanten Mann sollte es ohne Mühe gelingen, ein weibliches Wesen zu finden, zu begeistern und zu einer Reise in das 'Hotel am Atlantik' zu überreden. Denke aber daran, sie sollte auch zu uns passen. Aber das muss ich dir nicht noch extra erklären..."

„Nee, nee!", beeilte ich mich, das zu versichern.

Professor Zabert duzte jeden und alle. Und Regine war seine rechte Hand, sein Gedächtnis, sein Notizbuch. Sie war sein zweites Ich. Es wird erzählt, er hätte auch schon bei Regine gewohnt, als seine Frau einen jüngeren Bekannten zu sich eingeladen hatte. Aber erzählt wird bekanntlich viel...

Mir war es egal, ob er mich duzte oder nicht. Ich kenne allerdings Leute, die reagierten darauf, auf das duzen, sehr pikiert. Doch ich gestand Zabert diese Form der Anrede zu.

Genauso, wie ich es akzeptierte, dass er grundsätzlich mit ausgewaschenen Jeans und Holzfällerhemd bekleidet war. Im Winter kam dann noch ein Pullover dazu, den Regine für ihn in jedem Herbst strickte und meistens am letzten Arbeitstag vor den Weihnachtsferien feierlich überreichte.

Noch am nächsten Tag bestellte ich bei Regine für meine Begleitung, egal wer das sein würde, und mich zwei separate, aber dennoch nebeneinander befindliche Zimmer.

„Zwischen beiden ist dann eine Tür. Von beiden Seiten verschließbar. Ist in dem Haus so üblich!", erklärte mir Regine.

Und beeilte sich, zu ergänzen:

„Wenn es dann die jeweiligen Nachbarn wollen, können sie sich gegenseitig besuchen!"

„Aha!", sagte ich.

„Und für wen, außer für dich, darf ich reservieren?"

„Das sage ich dir noch!"

„Aber bitte bald! Du solltest dich nun 'mal entscheiden, wem du den Vorzug gibst!"

„Mach ich bald!"

„Versprochen?"

„Ja!"

Ich wusste damals, als ich bei Regine reservierte, nicht, wer mich auf die Insel begleiten sollte. Wenn auch Professor Zabert der Meinung war, es sollte mir schnell gelingen, eine junge Frau für die Reise auf die Insel im Atlantik zu begeistern, so hatte er damit nur zum Teil recht

Erstens war der Kreis meiner weiblichen Bekannten nicht so umfangreich, wie vom Professor vermutet. Denn es waren in der Tat „Bekannte", mit denen mich ausschließlich freundschaftliche Beziehungen verbanden. Manchmal noch nicht einmal das...

Zudem hatten die meisten andere Sorgen. Beispielsweise mit dem Vorbereiten von Hochzeiten. Oder wie Claudia mit ihrem dreijährigen Sohn. Und Susanne steckte momentan in einer Beziehungskrise. Und so weiter...

Und als ich Otto dann fragte, ob er vielleicht Interesse hätte, mit mir auf die Insel zu reisen, sagte der nur:

„Dein Angebot ehrt dich! Wirklich und danke dafür! Aber das kann ich meiner Frau nicht antun! Außerdem wollen wir in den Herbstferien, wenn die Kinder bei den Großeltern sind, renovieren!"

„Ach so! Ja! Verstehe!", beeilte ich mich

verständnisvoll zu antworten.

Was anderes hatte ich von Otto auch nicht erwartet. Aber der Versuch, ihn zu fragen, war das wert.

So würde ich, der angeblich -zig Bekannte und Freundinnen hatte, wohl als Einziger allein auf die Insel und in das „Hotel am Atlantik" reisen.

Ich begann, mich zu bedauern. Und zwischendurch hörte ich aus weiter Ferne einen Dichter rufen, am Ende von zu viel Freiheit hätte er immer nur Einsamkeit gefunden.

Ich gab mir noch einige Tage, dann würde ich Regine anrufen und mein Kommen ohne Begleitung anmelden.

*

Damals, nach der Sommerexpedition in das norwegische Jotunheimen hatte ich im darauf folgenden Winter mein Reisetagebuch mit Fotos und Skizzen ergänzt.

Ich hatte über die Biologie und Geografie dieser Region in den südlichen Skanden geschrieben und hoffte, meine Aufzeichnungen würden für den interessierten Laien ebenso ansprechend sein wie für den Fachmann. Den Text hatte ich mit einigen historischen Details ergänzt. Auch mit dem Hinweis darauf, dass Edvard Grieg für sein Werk „Peer Gynt" aus den Volksliedern der Skandenbewohner und besonders der des Jotunheimen, dem „Reich der Riesen", entscheidende Anregungen empfangen hatte. Vor allem und unter anderem für „Solveigs Lied" und „In der Höhle des Bergkönigs".

Bereits während der Arbeit an diesem Reisebericht hatte ich begonnen, einen Verlag für mein Manuskript zu suchen und, hoffte, den auch bald zu finden. Beides, suchen und finden, erwies sich innerhalb kürzester Frist mühsamer als zunächst erwartet.

Das Norwegen-Manuskript war längst abgeschlossen und ich befand mich inmitten der Vorbereitungen für die nächste Reise, dieses Mal in die rumänischen Karpaten, als mich der Brief eines Umweltverlages erreichte.

Es wurde Interesse an meiner Arbeit mitgeteilt, zumal das Verlagsprogramm um fachlich fundierte Reiselektüre erweitert werden sollte.

Welch ein Zufall!

Als Ansprechpartnerin wurde mir Frau Braemer genannt, dazu Telefonnummer und E-mail Adresse.

Selbstverständlich beeilte ich mich, möglichst bald Frau Braemer kennen zu lernen. Ich vermutete, der Verlag hatte nicht nur Interesse an meinem Manuskript, sondern war wirklich interessiert. Das meinte ich jedenfalls erkannt zu haben. Auch deshalb, weil mir Frau Braemer auf elektronischem Wege wissen ließ, sie würde mich gern für ein erstes Gespräch in ihrem Büro begrüßen.

Darum klopfte ich, pünktlich auf die Minute zur vereinbarten Zeit, an die Tür im Verlag, an die mit zwei Reißzwecken (Später wurde habe ich erfahren, es wären Architekten-Reißbrettstifte mit extra stabilem Stahlstift. Heute nicht mehr zu erhalten, die Planer hatten längst die Programme von Apple und Co. für ihre Zwecke entdeckt und zeichneten nicht mehr auf Papier.) ein Pappschild, mit den Worten „Louise Braemer" ordentlich und sauber beschriftet, geheftet war.

Manchmal, so bildete ich mir ein, kann es geschehen, dass der Name eines Menschen in mir eine Ahnung erweckt über die betreffende Person. Eine meiner Nichten hatte eine Schulfreundin, die hieß Luise. Als ich den Namen 'Louise Braemer' auf dem Pappschild las, meinte ich, es müssten Ähnlichkeiten, zumindest äußerliche Ähnlichkeiten mit der Schulfreundin meiner Nichte erkennbar sein.

Doch mein erahnter Vergleich entsprach nicht der Realität, die mich nach dem „Herein" und darauf folgendem Öffnen der Tür mit dem strahlendstem Lächeln der Welt begrüßte.

Louise Braemer war groß und schlank und blond. Im ersten Moment dachte ich, sie wäre etwas größer als ich. Aber ich hatte mich getäuscht! Als Louise Braemer mir gegenüber stand und die Hand zur Begrüßung reichte, stellte ich beruhigt fest, sie war wenigstens acht oder zehn Zentimeter kleiner als ich.

Große Frauen beängstigen mich. In ihrer Nähe habe ich immer das Gefühl, ich würde, sichtbar für jedermann, meinen Kopf zwischen den Schulterblättern versinken lassen. Also absenken...

Bis vor wenigen Minuten kannte ich einen Verlag und dessen Aufgaben nur aus den Berichten anderer Menschen, oftmals Kollegen oder Bekannte.

Übereinstimmend wurde mir häufig berichtet, die Gespräche vor der Veröffentlichung eines Manuskriptes würden lang und langweilig sein und Termine selten eingehalten.

„Irgendwie hatte ich jedes Mal das Gefühl, die Damen und Herren hinter ihren mit stapelweise Papier bedeckten Schreibtischen wären ständig überreizt und wollten nur ihre Ruhe haben!", sagte mir dazu 'mal ein Kollege. Dessen Aussage zweifelte ich nicht an, hatte er bereits mehrere Bücher veröffentlicht.

Darum war ich bereits nach den wenigen Sätzen, die Louise Braemer nach den Begrüßungshöflichkeiten zu meinem Manuskript sagte, darüber erstaunt, dass sie meine Arbeit mit Sachkenntnis und Genauigkeit besprach. Sie kannte jedes Detail und jede Fotografie und Reiseskizze. Mit traumwandlerischer Sicherheit blätterte sie im Manuskript und sagte einige Male:

„Hier! Hier habe ich eine andere Formulierung vorgeschlagen!"

Oder sie meinte:

„Dieser Satz sollte in zwei Hauptsätze geteilt werden. Das liest sich dann besser!"

Oder:

„Auch wir trennen den 'erweiterten Infinitiv mit zu' noch immer durch Kommata! Wider alle modernen Überlegungen und praktizierten drucktechnischen Ausführungen!"

Jedoch, Louises Bemerkungen und Anmerkungen waren bereits in den Text eingearbeitet worden, so dass ich nicht, wie ein Schüler zur Korrektur des Hausaufsatzes, mit meiner Arbeit nach Hause geschickt wurde.

Das hatte ich nicht erwartet!

Louise Braemer muss wohl mein verdutztes Gesicht gesehen haben und sagte:

„Es ist eine sehr ordentliche Arbeit! So 'was bekommt man selten auf den Schreibtisch gelegt! Respekt!"

„Ich dachte, so ist es den Normen entsprechend. Auch denen der Zusammenarbeit.", antwortete ich, „Darf ich verlangen dass im Verlag aus mehr oder weniger ausführlichen handschriftlichen Notizen die richtigen, weil wichtigen, Sätze herausgefunden werden?"

Die junge Frau antwortete nicht. Statt dessen stand sie auf, reichte mir über die Arbeitsplatte ihres Schreibtisches, der eine Holzplatte auf Holzböcken war, die Hand und sagte:

„Herzlich willkommen! Ich bin Louise!"

Ich ergriff ihre Hand und dann sahen wir uns einen

Augenblick in die Augen.

Und in diesem Moment wusste ich nicht, was ich sagen sollte.

Dann, als sich Louise wieder gesetzt und mir gleiches zu tun bedeutet hatte, sagte sie:

„Wir werden das Manuskript so schnell es möglich ist, drucken und ausliefern. Es ist üblich, dass der Autor vor dem endgültigen Druck noch einmal die Fahnen liest und prüft und dann freigibt."

„Danke!", sagte ich, „Nur haben wir das Problem, dass ich in wenigen Tagen nach Rumänien in die Karparten fahren werde..."

„Wie lange?"

„Sechs bis acht Wochen!"

„Dann wissen wir ja, was im nächsten Buch zu lesen sein wird! Ich könnte das Lesen der Druckfahnen von dem Norwegen-Buch übernehmen!"

Ich sah Louise wohl erneut etwas fragend an, denn sie sagte, nachdem sie mich einige Augenblicke beobachtet hatte:

„Das werden wir dann in den Vertrag schreiben! Den bekommen Sie in den nächsten Tagen mit der Post!"

„Ja!"

Und während Louise einige Notizen aufschrieb, fragte ich:

„Was habe ich jetzt noch zu tun?"

„Für das Norwegen-Buch nichts weiter. Ansonsten nach Rumänien fahren und das neue Manuskript über die Karparten-Bären und Wölfe vorbereiten Und Graf Dracula nicht vergessen!"

„Bestimmt nicht!"

Ich wollte mich für Louises Bemühungen bedanken und außerdem wollte ich sie kennenlernen. Ich meinte, das wäre so üblich. Deshalb sagte ich:

„Ich möchte mich bedanken. Mit einem Abendessen oder einem Besuch im Kino. Oder mit beidem!"

Louise nahm ihre Lesebrille ab und sah mich an. Dann sagte sie:

„Das werden wir gern tun, wenn das Buch in den Läden liegt und ich dann die ersten Ideen zum Karpaten-Buch erfahre!"

Mit dieser Antwort hatte ich nicht gerechnet. Ich sah Louise an und sagte nur:

„Gern!"

*

Drei Wochen und zwei Tage nach dem Gespräch mit Louise Braemer sollte ich, übrigens in aller Frühe, was mir nicht angenehm war, nach Bukarest fliegen.

Die Umweltorganisation, für die ich seit vier Jahren tätig war, hatte sich mit gleichen Vereinigungen aus anderen Ländern Europas und Kanadas an einem Projekt zur Erkundung von Lebensräumen bedrohter Spezies beteiligt. Professor Zabert beteiligte sich mit dem Institut für Politische Ökologie an dem Projekt. Allerdings nur als Berater. Zu dieser Zeit war das Institut, auch auf Grund der damals noch sehr aktiven Umwelt- und Ökologiepolitik der Bundesregierung, finanziell gut ausgestattet.

Der damalige Umweltminister war Biologe und am Zabert'schen Institut promoviert worden. Was nun wiederum nicht bedeutete, die oft geschmähte, weil praktizierte Politik der Begünstigungen würde auch hier anzutreffen sein. Im Gegenteil! Sowohl der Minister, Dr. Vassilikos, seine Eltern waren als Gastarbeiter in den 1950-er Jahren nach Deutschland gebeten worden, als auch Professor Zabert legten größten Wert auf allumfassende Transparenz der Beziehungen.

Es war selbstverständlich, dass Regine, übrigens ein Organisationstalent erster Güte, für mich und meine beiden Begleiter den Flug und den Tarnsport der Ausrüstung organisiert hatte.

Wir sollten zunächst einige Tage in Bukarest am dortigen Partnerinstitut die letzten Details unserer Arbeit in den Karparten besprechen und planen.

Danach würde die Reise in das zum Teil noch urwaldähnliche Gebirge erfolgen.

Für die letzten Tage unseres Aufenthaltes in Rumänien war eine wissenschaftliche Konferenz in Russé, am Rand des weltberühmten Donaudeltas, geplant. Professor Zabert war es auf Grund seiner weitreichenden Beziehungen gelungen, für die Konferenz den stellvertretenden UNESCO-Direktor als Schirmherr und Gastredner zu gewinnen.

*

Als ich nach dem Gespräch mit Louise Braemer wieder auf der Straße vor dem Verlagsgebäude stand, hatte ich die Zuversicht, mein Manuskript würde in Louises kleinen, aber kräftigen Händen zu einem guten Buch. Sie hatte mich davon überzeugt, ohne viele Worte zu sagen.

Zufrieden ging ich in das Café das ich immer dann besuchte, wenn es mir gut ging. Und manchmal auch dann, wenn mich Sorgen bedrückten.

Irgendwann hatte ich Ria, ihr gehörte der Laden, von dem Norwegen-Buch und meiner Reise nach Rumänien erzählt und so war es auch nur selbstverständlich, dass sie bei meinem Eintreffen sagte:

„Da kommt unser Glückspilz!"

„Ja! Da ist er wieder 'mal!", antwortete ich und bestellte: „Wie immer, bitte!"

Meine Aufenthalte, in größeren Abständen, aber regelmäßig, in Ria's Café währten selten länger als eine Stunde. Höchstens eine und eine halbe Stunde. Das aber nur sehr selten.

Dann saß ich an dem kleinen Tisch, von Ria als „Zentrale" bezeichnet: Von diesem Platz aus konnte sämtliches Geschehen in und vor dem Café beobachtet werden. Nun gab ich den Voyeur.

Leute kamen und Menschen gingen. Pärchen betraten uneins den Raum und verließen ihn wie frisch verliebt. Oder umgekehrt. Vor zwei Wochen musste Ria einen jungen Mann und seine Freundin wegschicken. Sie stritten so heftig, dass Ria begann, um ihr Geschirr zu bangen.

An diesem Tag und nach meinem Besuch bei Louise Braemer blieb ich länger als gewohnt in Ria's Café. Ich wollte und wollte nicht gehen. Nach drei Tassen Kaffee bat ich Ria um ein Glas trockenen und gekühlten Weißwein.

Dann las ich in einer in einem Klemmstab aufbewahrten Zeitungen. Danach in einem der wöchentlich erscheinenden Magazine. Ich bat Ria um ein weiteres Glas Weißwein und blätterte in einer anderen Zeitschrift, diesmal mit der letzten Seite beginnend.

Ich beobachtete die Gäste. Frauen, die mit Männern kamen oder sich mit Frauen verabredet hatten. Und auch Männer, die auf Frauen warteten. Pärchen, die miteinander diskutierend eintraten und ihre Rede nur für eine flüchtig genannte Bestellung unterbrachen.

Als der letzte Gast das Café verlassen hatte, bald war Feierabend, setzte sich Ria zu mir und fragte:

„Na, was feierst du heute?"

Ria war eine von den Gastwirten, denen man ohne Bedenken sein Innerstes erklären konnte. Nie habe ich, wo auch immer es gewesen sein könnte, etwas von dem, was ich ihr anvertraut hatte, wieder gehört. Auch nicht Teile davon oder in anderer Variante erzählt. Ria war verschwiegen. Ohne Wenn und auch ohne Aber. Alles andere wäre wohl auch geschäftsschädigend gewesen.

Ich konnte ihr, wenn auch nicht detailliert, aber doch ausreichend genug, von meinem Besuch im Verlag und den erfreulichen Folgen berichten. Louise erwähnte ich nicht. Denn ich wusste, in Ria war Interesse für mich. Nicht hellauf lodernd, keinesfalls. Eher zaghaft und klein. Dafür beständig und stetig, bereits einige Jahre. Und das sollte so bleiben.

„Nun sollst du auch noch berühmt werden!" kommentierte Ria meinen Bericht.

„Hoffentlich nicht!", entgegnete ich, „Dann ist es mit der Ruhe vorbei!"

„Und die erste Lesung machst du bei mir?"

„Versprochen!"

Ria stand auf, Gäste hatten das Café betreten.

Später, ich meine, ich meine, es war nach dem vierten Glas Weißwein, köstlich und gut gekühlt, stellte sie mir Rührei mit Krabben auf den Tisch und meinte:

„Die Säure im Wein ist nicht der Freund deiner Magenschleimhaut. Und ich wette, heute war das Frühstück deine letzte Mahlzeit!"

„Stimmt!"

Dann sagte sie noch, schon bereits im Weggehen:

„Ist vom Haus gesponsert!"

„Danke!"

Als gegen zehn Uhr am Abend nur noch vereinzelt Gäste das Café betraten und etwas später nicht mehr mit

Besuchern zu rechnen war, schloss Ria die Tür ab und
sagte:

„Das war's für heute! Ich räume noch auf, dann gehen
wir nach Hause! Ich rechts die Straße entlang, du links!
Jürgen wartet!"

*

Die folgende Woche verbrachte ich, neben
meiner Arbeit, mit den weiteren Vorbereitungen für die
Reise nach Rumänien.
Dann fuhr ich an die See. Eine Woche wollte ich in der
Pension hinter dem Deich wohnen, in der ich schon als
Student in jedem Sommer mindestens eine Woche war.
Am dritten Tag, sieben Tage vor meinem Abflug nach
Bukarest, rief mich Regine am Morgen an und erklärte
sehr aufgeregt:

„Du kannst nicht fliegen. Die Rumänen haben sich
gestern, am späten Nachmittag, gemeldet. Ich stand
schon in Hut und Mantel und wollte nach Hause, als das
Telefon klingelte!"
Tagelange Unwetter, von heftigstem Regen begleitet, der
in höheren Legen sogar mit Schnee und Graupel
vermischt war, hatten genau den Teil der Karparten
verwüstet, in den wir fahren wollten.
Wie mir später per E-mail berichtet wurde, hatten sich
kleine, kaum knietiefe Gebirgsbäche, in reißende Ströme
verwandelt. Die nahmen alles, was sich auf ihrem Weg
befand, mit in das Tal. Stürme, Böen sollen Orkanstärke
erreicht haben, entwurzelten Bäume und sorgten dafür,
dass ehemals bewaldete Berghänge innerhalb weniger
Stunden kahl und felsennackt brachlagen. Es wurde Holz
und dann der Mutterboden, ohnehin nur wenige
Zentimeter dick, abgetragen und weggespült. Und aus

den Felsspalten ragten die abgerissenen Wurzeln wie Arme, die um Hilfe rangen, zum Himmel empor. An dem sorgten tief ziehende Wolken für nicht enden wollenden Nachschub an Regen, Graupel und Schnee.

Die Behörden hatten die Region und die benachbarten Berge und Täler umgehend zum Katastrophengebiet erklärt und den Notstand ausgerufen. Was bedeutete, unbedingten Vorrang hatten Evakuierungs- und Rettungsmaßnahmen. Da hätten wir mit unseren geplanten Forschungen nur im Wege gestanden.

„Weiß der Professor davon", fragte ich die noch immer aufgeregte Regine.

„Ja! Er hat mich gebeten, dich zu benachrichtigen!"

„Was hiermit geschehen ist!", antwortete ich und fragte:

„Kommt er heute in das Institut?"

„Er müsste jeden Moment eintreffen!"

„Ich werde mich nachher noch einmal melden. Sag' ihm das bitte!"

„Ja!"

Später, als ich dann noch einmal im Institut anrief, wurde ich sofort von Regine zu Professor Zabert durchgestellt. Er war, verständlicherweise, sehr unzufrieden mit den Meldungen aus Rumänien und der abgesagten Reise in die Karpaten:

„Eigentlich habe ich keine Zeit, bin auch schon wieder beinahe unterwegs. Kannst du morgen um halb zehn hier sein? Ich sag' Regine Bescheid!"

„Ja!"

Dann war nur noch das Tuten aus dem Telefon zu hören.

*

Ich bin kein Frühaufsteher. Auch kein Langschläfer. Aber so gegen neun Uhr am Vormittag kann man schon mit mir rechnen. Das lässt mein Biorhythmus zu. Doch ich habe auch beobachtet, es gibt, mitunter periodische, Abweichungen. Dann bin ich sehr zeitig wach und auch bereit, zu arbeiten und Entscheidungen zu treffen.

An einem solchen Tag erreichte mich Regines Anruf und die Mitteilung von den Unwettern in den Karparten. Ich war bereits sehr zeitig aufgestanden. Vielleicht hatte mich die nervöse Anspannung vor der bevorstehenden Reise aus dem Bett getrieben...

Ich gönnte mir nach dem Anruf noch einen weiteren schönen Tag am Strand. Ändern konnte ich an der Situation ohnehin nichts und nach Hause konnte ich auch am Abend fahren. Auf mich wartete ohnehin keiner in meiner Wohnung unter dem Dach...

„Das tut mir ja nun sehr leid", sagte Professor Zabert, „aber wegen der uns bekannten Umstände ist wohl eine Reise, wenn auch zu wissenschaftlichen Zwecken, in die Karparten nicht möglich. Ich habe bereits veranlasst, dass wir unser Kommen absagen!"

„Alles abgesagt?", fragte ich.

„Ja!"

„Ich wäre bereit und interessiert, dennoch zu reisen, um wenigstens einen Teil der Unwetterschäden zu dokumentieren!", entgegnete ich.

Professor Zabert sah mich einen Augenblick an, dann sagte er:

„Keine schlechte Idee. Aber ich meine, die Leute dort haben jetzt andere Sorgen. Vielleicht komme ich auf das Angebot später zurück, im September vielleicht!"

26

„Dann beginnt in einigen Hochlagen bereits der Scheefall!", gab ich zu bedenken.

Doch Professor Zabert reagierte nicht auf meine Worte. Statt dessen zog er den Pullover aus, krempelte die Ärmel seines rot und blau karierten Hemdes auf und ging zu seinem Schreibtisch. Ich wusste nur zu gut, er wollte jetzt allein sein und sagte:

„In Ordnung!"

2

Als die Reise nach Rumänien abgesagt und ich vorzeitig aus der Pension an der See zurück gekommen war, rief ich bei Louise Braemer im Verlag an.

„Woher hast du diese Telefonnummer?"

Ich war erstaunt darüber, dass Louise Braemer mich duzte. Aber vielleicht, so überlegte ich, hatten wir das so vereinbart und ich konnte mich nicht mehr an diese Abmachung erinnern. Deshalb machte ich auch kein Aufheben darum und sagte:

„Von dir!"

„Wann?"

„Hast du vergessen, dass du mich damals zu unserem ersten Gespräch schriftlich eingeladen hast? Und mir damals..."

„Stimmt!", erinnerte sich Louise.

Und nach einer kleinen Pause fragte sie:

„Du wolltest doch an der See sein? Oder habe ich da 'was verwechselt?"

„Nein! Im Gegenteil! Ich bin eher zurückgekommen. Und auch die Fahrt nach Rumänien ist abgesagt!"

„So?"

Ich antwortete nicht auf diese Frage und meinte statt dessen:

„Kann ich dir das heute Abend bei einem, meinetwegen auch einem weiteren, Glas Wein erklären? Das würde mich sehr freuen!"

Ohne zu zögern sagte Louise sofort zu und ich versprach, vor dem Verlag auf sie zu warten.

„Ich wohne da gleich, wie sagt man?"

„Weiß ich nicht!", antwortete ich wahrheitsgemäß.

„Um die Ecke!", meinte Louise.

„Also um acht vor dem Verlagshaus!"

„Ja!"

Als Louise dann pünktlich, wie verabredet, kam, meinte sie, leider nur eine, höchstens eine und eine halbe Stunde bleiben zu können. Etwas sehr privates verhindere längeres Bleiben. Ich nickte und dann habe ich sie zu Ria eingeladen.

Obwohl Ria, ich erwähnte es bereits, in ihrem Innersten ein kleines, aber feines, Feuerchen für mich schürte. Aber sie hatte ja ihren Jürgen...

Später habe ich Ria erklärt, wer Louise ist.

„Dachte ich mir!"

Was ich Ria ohne Widerspruch glaubte. Ich wusste, sie ist für ihre überdurchschnittliche Menschenkenntnis bekannt. Beinahe in der gesamten Stadt.

Ohne Umschweife begann ich, Louise zu erklären, warum ich früher aus der Pension abgereist war und auch, weshalb ich nicht in die Karparten fahren würde.

„Also auch kein Buch über Draculas Heimat?"

„Nein! Leider nicht. Eigentlich schade. Aber aufgeschoben soll ja nicht aufgehoben bedeuten!", entgegnete ich und bemerkte, Louise wurde allmählich unruhig. Sie wollte nach Hause oder dorthin, wo sie noch etwas zu erledigen hatte.

„Du willst gehen, ja?"

„Ja! Es tut mir leid. Das musst du mir glauben!"

„Ist schon in Ordnung. Manchmal kommt 'was dazwischen, das da nicht hingehört und man kann sich nicht wehren!", versuchte ich Louise entgegen zu kommen.

„Danke für dein Verständnis!"

„Gerne!"

Dann brachte ich sie zur Tür und schaute ihr noch nach, als sie in die Abenddämmerung ging.

Als ich wieder in das Café zurückkam, bestellte ich bei Ria noch ein Glas Weißwein:

„Du weißt, welche Sorte und etwas gekühlt!"

„Für dich immer!

Ria brachte mir den Wein und meinte:

„Und wenn ihr zusammen keine Bücher macht, dann..."

„Nee, nee! Nicht, was du denkst! Vielleicht mal! Ist aber alles noch taufrisch und unberührt wie ein junger Frühlingsmorgen!"

„Glaube ich dir!"

*

In jenem Sommer trafen Louise Braemer und ich uns dann öfter in Cafés und Restaurants. Drei Mal waren wir gemeinsam im Kino, an die Filme erinnere ich mich nicht mehr. Und zwei Theatervorstellungen besuchten wir ebenfalls. Nach den Theaterferien Ende August.

Einmal wurde ein modernes Stück gegeben. Ich erinnere mich nur daran, dass ich die Sprache und die Dialoge nicht verstanden habe, sie waren gespickt mit neudeutschen Termini. Louise hatte gleiche Schwierigkeiten. Zudem auch mit dem inhaltlichen Verständnis des Werkes. Sie erinnerte sich in diesem Zusammenhang daran, dass sie einen Bekannten gebeten hatte, den oder die Gründe für den mangelhaften Betrieb ihres Computers zu beseitigen. Und das der Mann ihr nach erfolgter und erfolgreicher Reparatur während eines Fachvortrages erklärte, was die Gründe für die Störung waren.

„Ich habe wirklich nichts verstanden!"

„Das glaube ich dir gerne!", sagte ich und fügte dann noch hinzu, das muss eine Lektorin nicht unbedingt wissen. Auch Louise Braemer nicht.

Das andere Stück, welches wir uns angesehen haben, war Tschechows „Die Möwe". Das wurde gut und grundsolide aufgeführt.

Danach meinte Louise:

„Wollen wir vielleicht öfter in's Theater gehen? Nächsten Monat werden „Die Räuber" aufgeführt."

„Gerne!"

Doch dazu kam es nicht. Wenige Tage vor der mit viel Lob im voraus bedachten Premiere rief mich Louise an und musste unseren Theaterabend absagen:

„Du kannst jemanden anderes fragen, ob er mit dir die Vorstellung besuchen möchte. Ich wäre dir deshalb nicht böse!"

Aber daran hatte ich kein Interesse. Ich hatte da eigene Ansichten und meinte, die Theaterbesuche sind Louises und meine Erlebnisse. Mit anderen Menschen verbindet mich anderes. So fuhr Louise, um ihre familiäre Situation zu begleiten und ich blieb zu Hause.

In's Theater sind wir nicht mehr gegangen. Es hat sich nicht mehr ergeben.

*

Danach habe ich Louise einige Tage nicht gesehen. Wir telefonierten aber beinahe an jedem Abend miteinander und ich versuchte vergebens, sie zum Wein einzuladen.

Bis sie dann anrief und sehr aufgeregt sagte:

„Ich habe eine Überraschung für dich! Rate 'mal, was das sein könnte!"

„Das weiß ich nicht! Sag es mir! Bitte!", forderte ich sie auf.

Nach einigem Zögern meine Louise:

„Das Norwegen-Buch verkauft sich sehr gut. Sogar sehr, sehr gut!"

„Wirklich?"

„Im letzten Quartal hat es die Spitze, also den ersten Platz, der verlagsinternen Liste erreicht!"

Das hatte ich nicht erwartet und deshalb sagte ich:

„Lass uns das feiern!"

„Aber morgen geht nicht und dann fahre ich zu einer Buchmesse. Und dann gehen wir zusammen weg!"

„Am Sonnabend in einer Woche?", fragte ich nochmals nach.

„Ja!"

„Um acht am Abend bei Ria?"

„Ja!"

„Ich wünsche dir eine gute und erfolgreiche Woche. Und nicht vergessen, nächsten Sonnabend um acht am Abend bei Ria!"

„Ja! Gerne!"

Dann kam am Dienstag der Brief von Professor Zabert mit der Einladung auf die Insel im Atlantik...

3

Wir hatten geglaubt, die politische Wende in den meisten osteuropäischen Staaten, der beginnende arabische Frühling und ein sanft einsetzender Liberalisierungsprozess in vielen Ländern der Welt würden den Zustand des Kalten Krieges beenden.

Jahrelang, beinahe während eines Dezenniums, hatte man überall und beinahe jederzeit über die sich anbahnende neue Weltordnung gesprochen. Es wurde gefeiert, sich gegenseitig bessere Zeiten versprochen, verhandelt, Abkommen in Aussicht gestellt, sich gegenseitig besucht und auch begonnen, Misstrauen abzubauen. Und die Politiker hatten, wie üblich, geredet und geredet und geredet...

Neue Umweltorganisationen wurden gegründet, vorhandene reformiert, deren Ziele erweitert und manchmal ergänzt. Und Politiker, die sich bis vor wenigen Jahren, deren Anzahl konnte man noch an zwei Händen abzählen, gegenseitig der Untätigkeit und Unfähigkeit und Schuld an der schlechten globalen Umweltbilanz bezichtigten, saßen nun friedlich nebeneinander wie alte Freunde und lächelten in die Kameras der Bildreporter und Fernsehstationen.

Die eine und alles bedrohende Umweltverschmutzung, der Krieg, egal, wo auf der Welt und zwischen wem, schien plötzlich aus dem Alltag der Menschen verschwunden.

Verbannt noch lange nicht, darüber waren sich alle einig. Aber, und darüber waren sich auch alle einig, zurückgedrängt und unwahrscheinlicher geworden.

Daran hatten ohne Zweifel auch die in der Endphase des Kalten Krieges zwischen den politischen Lagern abgeschlossenen Verträge über die Vernichtung atomarer, biologischer und chemischer Waffensystem beigetragen. Das sah selbstverständlich jedes Lager als sein Verdienst an, dem anderen diese Verträge abgetrotzt zu haben.

Und wieder lobten und redeten die Politiker, meistens über sich selbst, manchmal über einen Kollegen, selten über den Vertragspartner und dessen Partner.

Die charakterliche Eigenschaft einiger Menschen ist es, sich selbst und andere zerstören zu wollen. Denn eigenartigerweise schafften es solche Menschen die auch in hohen und höchsten Regierungsämtern anzutreffen sind, im politischen und vertraglichen Miteinander der gesellschaftlichen Systeme Lücken und Schlupflöcher zu finden, um neue und dann meistens verbesserte Waffensystem installieren zu können.

Ich erinnere mich daran, in einem der Verträge war festgelegt worden, Artilleriegeschütze nur bis zu einer genau bestimmten Linie auf dem eigenen Territorium zu stationieren oder bis dahin zurückzuziehen. Es handelte sich dabei, gerechnet von der Grenze zwischen beiden Systemen, um die Reichweite einzelner Geschosse zuzüglich eines Sicherheitskorridors.

Die Tinte unter diesem Vertrag war noch nicht trocken, als eine der beiden Seiten, angeführt von den hinlänglich bekannten Selbstzerstörern, Artilleriegeschütze präsentierten, die auch die nun größere Entfernung überfliegen konnten. Und das mühelos!

Also musste erneut verhandelt werden. Und so weiter, und so fort...

Doch es schien, mit all' diesen unliebsamen Spitzfindigkeiten und Narreteien unverbesserlicher und selbsternannter Weltenlenker, war es mit den politischen Tauwettern und Wenden, wo immer auf der Welt das

34

geschah, größtenteils vorbei. Denn die militärischen Lager existierten in der jahrzehntelang bekannten Form bald nicht mehr, ebenso und als Voraussetzung dafür, die einst in einem Pakt verbündeten Armeen Osteuropas. Oder die Armeen wurden in das westliche Bündnis, also das des einstigen Gegners, teilweise samt Kriegsgerät, integriert.

Dann mussten wir weiterhin, und das vor allem auf dem alten Kontinent Europa, ein anderes Problem beobachten:
Aus den unterschiedlichsten Gründen drängten Menschen aus den Staaten des Nahen Ostens und aus Afrika auf den Kontinent. Sie favorisierten dabei als Ziel ihrer zumeist abenteuerlichen und lebensgefährlichen Reise die ehemaligen sogenannten Mutterländer der damaligen afrikanischen Kolonien sowie die Länder Skandinaviens, vor allem Schweden. Selbstverständlich stand auch Deutschland sehr weit oben auf der Wunschliste der Länder, die das Ziel der Flüchtlinge waren.
Diese Menschen machen von einem elementaren Recht Gebrauch. Nämlich, dem Recht auf freie Wahl des Wohnsitzes, egal in welchem Land.

Einer der Gründe, warum diese Menschen ihre Heimat verließen, sind die dort existierenden Kriegsschauplätze. Nicht nur in den Staaten des Nahen Ostens, sondern auch in Ländern, die zunehmend der Gewalt terroristischer Organisationen ausgesetzt sehen.
In der jüngsten Zeit waren zunehmend warnende Stimmen renommierter Wissenschaftler, Politologen und Historiker sowie die von Politikern zu hören, die die durchaus begründeten Meinung äußerten, während der politischen Wenden suchten die in Auflösung

befindlichen Machtblöcke bereits nach neuen Wirkungsfeldern und begannen in einigen Ländern, Widerstandsorganisationen außerhalb der Machtblöcke zu favorisieren.

Irgendwann war es dann soweit, dass sie die staatliche Macht in diesen Ländern kontrollierten: die alten Machthaber waren vertrieben. Und aus den durchaus wohlmeinenden Widerständlern entwickelten sich die heute bekannten Terrororganisationen gegen alle Andersdenkenden.

Beobachter äußerten zudem die Vermutung, das Erstarken dieser häufig durch religiöse Gründe animierten und äußerst gewaltbereiten Terrorgruppen könnte auch mit den politischen Wenden und Wandlungen, wie bereits beschrieben, in Zusammenhang gebracht werden.

Oder, wie jemand während einer der regelmäßig an einem Freitagabend im Stadttheater stattfindenden „Dialoge im Theater" sagte:

„Mit dem Auflösen Jahrzehnte währender staatlicher Machtstrukturen, auch in den Ländern Osteuropas, wurden dann zuweilen anarchistische Kräfte ermutigt, Verantwortung zu übernehmen. Jedoch, statt das Land zu regieren und die neue, im Entstehen begriffene Staatsgewalt zu manifestieren, waren diese Menschen mit dem Festigen der Strukturen ihrer Organisationen und ebenso ihrer eigenen Belange beschäftigt."

So kam es, dass einerseits von Vertretern dieser anarchistischen Gruppen die Herrschaft des Menschen über den Menschen abgelehnt wurde, sie selbst jedoch die noch in Resten bestehenden staatlichen und gesellschaftlichen Strukturen zum Erreichen ihrer eigenen Ziele durchaus zu verstehen wussten.

Aber diese Meinung bedarf noch einer genaueren

Auseinandersetzung ist aber durchaus interessant genug, um besprochen zu werden...

Dieser Zustand teilweise anarchistischer Verhältnisse, währte einige, wenn nicht sogar mehrere Jahre und führte am Ende zur Herausbildung von Spannungen innerhalb der jeweiligen Gesellschaften. Was mit Demonstrationen und Forderungen nach Demokratie und Freiheit in Wendezeiten begann, was beinahe ein Vierteljahrhundert währte und nicht in jedem Fall zu gesicherten und gefestigten Demokratien führte, endete nun und vorerst in dem Verlangen nach einem starken Mann.

Das, so wollte es mir und meinen Freunden erscheinen, war der Aufruf an das Militär, übrigens nicht nur in Bananenrepubliken oder ostasiatischen Königreichen, dieses Begehren nach dieser Person zu befriedigen und damit dem Begehren der gleichen Demonstranten nachzukommen, die damals totalitären Parteidiktaturen und ihren Repräsentanten den Garaus gemacht hatten.

Generäle und andere hohe Stabsoffiziere, häufig für Überraschungen gut, hielten in den Kasernen Tagungen und Konferenzen ab, zu denen die Öffentlichkeit nicht zugelassen war. Und worüber gesprochen wurde, blieb hinter den Kasernenmauern und -toren verborgen. Heimlichtuerei begann, sich im Alltag breit zu machen...

Jetzt wurden die Politiker, besonders die Außenpolitiker, beinahe aller europäischen westlichen Demokratien aufmerksam! Und es war, mit Abstand betrachtet, für Aufmerksamkeiten und Debatten und Konferenzen bereits zu spät. Man hatte den Zeitpunkt, den richtigen Zeitpunkt, für ein diplomatisches Eingreifen verpasst. Kritiker sind sogar der Meinung, den

durch Wende und Bürgerbewegungen befreiten Ländern hätte, neben Geld und wirtschaftlichem know-how, auch weitaus umfangreichere politische Entwicklungshilfe als geschehen, geliefert werden müssen.
Doch dafür war es jetzt ebenfalls zu spät. Jetzt konnte nur noch sofortige und effektive Schadensbegrenzung Schlimmeres verhindern.

So kam es, dass sich in Paris die Außenminister und Staatssekretäre Westeuropas trafen. Auch Kanada, die USA sowie Brasilien als Vertreter der Schwellenländer waren eingeladen. Man wollte miteinander reden. Genau das tun, was Politiker besonders gern tun: reden.
Später wollte man dann, während weiterer Gespräche an unterschiedlichen Orten und zu verschiedenen Zeitpunkten, die Vertreter Osteuropas einladen.
Meine Freunde und ich konnten uns der Meinung nicht enthalten und bezeichneten diese geplante und teilweise erfolgte Vorgehensweise als im Grunde genommen unmöglich. Und klassifizierten als Sinnbild einer arroganten Gutsherrenmanier. Statt die Vertreter derjenigen Staaten, über die gesprochen wird, von Beginn an den Konferenztisch zu bitten, wird zunächst „unter sich" beraten, um den betroffenen Staaten dann zu offerieren, was zu tun ist.

*

Am dritten Tag der Pariser Zusammenkunft, es war zugleich der letzte dieses Treffens in der französischen Hauptstadt, erreichte die Vertreter die Vertreter der westeuropäischen Außenpolitik und deren Gäste aus Übersee eine bedeutsame Nachricht: Im Mittelmeer kreuzt ein Passagierschiff mit mehreren tausend Flüchtlingen an Bord. Der genaue Standort des Schiffes konnte zunächst nicht bekannt gegeben werden. Gegenteilige Meldungen sprachen von „...nahe der Balearen..." und auch „...vor Palermo..." wurde genannt.

Nur wenige Minuten später erreichte ein anderer Bote den Tagungsort in einem Hotel nahe dem „Centre Georges-Pompidou" und legte dem französischen Außenminister einen Brief vor. Als der die Mitteilung gelesen hatte, bat er um Aufmerksamkeit und sagte:
„Meine Damen und Herren,
mir wurde soeben mitgeteilt, dass die genaue Position des Schiffes jetzt bekannt ist. Und zwar handelst es sich um das Seegebiet zwischen Catania und Syrakus, etwa zehn Meilen, nautische Meilen selbstverständlich, vor der sizilianischen Küste. Bei dem Schiff handelt es sich um einen finnischen Kreuzfahrer. Soweit bekannt, sollte in Alexandria ein Passagierwechsel stattfinden, als das Schiff gekapert wurde. An Bord sind zwischen 1800 und 2100 Flüchtlinge. Vorwiegend aus dem Nahen Osten. Mehr kann ich Ihnen nicht sagen und werde auch keine Fragen beantworten"

Nach dieser Mitteilung beherrschte Ruhe, bedrückende Ruhe, den Saal.
Waren bis heute Flüchtlinge mit Booten und kleineren Schiffen über das Mittelmeer gekommen, so hatte das Kapern eines Passagierdampfers und die Verschiffung von möglicherweise mehr als etwa 2000 Flüchtlingen damit einen weiteren Höhepunkt und somit Premiere erlebt.
Es ist nur allzu verständlich, dass die Nachricht von dem Kreuzfahrtschiff mit annähernd 2000 Menschen an Bord, die sich auf der Flucht befanden, innerhalb weniger

Minuten die Regierungen Europas und Nordamerikas erreichten. Presse, Funk und Fernsehen wurden zunächst nicht informiert. Man wollte die Situation in Ruhe besprechen und dann eine Pressemitteilung für die Öffentlichkeit herausgeben.

„Dass die Menschen an Bord nach Europa wollen, ist klar!, meinte ein Vertreter der niederländischen Delegation.

„Dann sollten wir auch für einen geordneten Ablauf sorgen!", entgegnete ein italienischer Diplomat und ergänzte:

„Mehr können wir kaum tun. Irgendwann gehen auf dem Schiff die Vorräte zur Neige. Vielleicht ist es möglich, den Menschen auf dem Schiff anzubieten, nicht nach Italien oder Griechenland zu kommen. Wir sind häufig ohnehin nur Transitländer. Die meisten wollen nach Deutschland oder Schweden. Norwegen wird auch nicht verachtet!"

„Stimmt!", meinte ein Grieche.

„Aber vergessen Sie bitte nicht das Dubliner Abkommen!", meinte der deutsche Staatssekretär.

„Ich weiß", sagte der Grieche, „der Kreuzfahrer ist in italienischen Hoheitsgewässern und demzufolge müssen die Leute auch erst einmal in Italien ihren Antrag stellen!"

„Ja!"

„Aber da findet sich bestimmt noch eine Lösung...", meinte noch jemand, „Denn eigentlich gehören die Leute ja jetzt nach Finnland. Sie befinden sich auf einem finnischen Schiff!"

„Moment, bitte! Da hat sich die Rechtsauffassung allerdings geändert. Schiffe stellen zunächst kein schwimmendes Staatsgebiet dar!", sagte der deutsche Staatssekretär.

„Wie denn nun?", fragte der um eine Lösung bemühte Diplomat,

„Wenn die Besatzung eines Schiffes Menschen aus Seenot rettet, dann gelten die Bestimmungen des Flaggenstaates. Fährt das Schiff unter maltesischer Flagge... Na, Sie wissen, was ich meine. Sollte dann aber ein Flüchtling an Bord kommen und um Asyl bitten, dann ist nach den Vorschriften der UN-Konventionen zum internationalen See- und Flüchtlingsrecht zu verfahren..."

„Was bedeutet..."

„Was bedeutet, der Kapitän hat die Flüchtlinge darüber zu informieren, dass er nicht berechtigt ist, den Asylwunsch zu beachten. Und auch nicht darüber zu entscheiden."

„Also müssen wir jetzt noch eine Kommission einrichten?"

„Ich hoffe nicht und weiterhin, dass wir das mit den Finnen regeln können", entgegnete der deutsche Diplomat.

Später wurden Einzelheiten darüber bekannt, wie die Flüchtlinge auf das Schiff gelangten. Nachdem der Kreuzfahrer für die Ankunft neuer Passagieren bereit war, wurde das Schiff von bewaffneten Schleusern gekapert. Helfershelfer öffneten die Zufahrten zum Hafen und die Flüchtlinge wurden mit LKW und Bussen auf die Pier vor dem Schiff gebracht. Noch während die letzten Flüchtlinge über die Gangway an Bord gingen, begannen die unmittelbaren Vorbereitungen für das Ablegemanöver.

„Und die Sicherheitsleute in Ägypten?", fragte der italienische Vertreter.

„Die gesamte Aktion dauerte keine Viertelstunde. Als die Polizei eintraf, hatte der Kreuzfahrer bereits abgelegt. Ich sage Ihnen ehrlich: Man wollte keine

Befreiungsaktion riskieren! Bei den vielen Flüchtlingen an Bord!", sagte der deutsche Diplomat.

„Und Ägypten dürfte jetzt zweitausend Sorgen weniger haben!", ergänzte der Brite.

Bereits nachdem die erste, noch mit vielen Fragen und Vermutungen behaftete Mitteilung über das mit Flüchtlingen besetzte finnische Kreuzfahrtschiff die Teilnehmer der Pariser Konferenz erreichte, hatte, von allen unbemerkt, ein für derartiges Kidnappping speziell ausgebildeter Krisenstab der französischen Regierung die Arbeit aufgenommen. Frankreich sah es als seine Pflicht und Aufgabe an, das zu tun.

Zunächst wurde die ägyptische Regierung konsultiert und nach diesem Telefonat war klar, die Fluchthelfer und Schleuser hatten Helfer. Mehr wollte oder konnte der Vertreter der ägyptischen Regierung nicht sagen. Vielleicht durfte er das auch nicht. Das, so war es später im Abschlussbericht zu lesen, wurde nie geklärt.

Zur gleichen Zeit, als mit den Ägyptern gesprochen wurde, fanden Gespräche mit den Regierungen Griechenlands und Italiens, beide Staaten sind EU- und NATO-Mitglieder, statt. Die Sonderbeauftragten beider Länder machten deutlich, dass die Flüchtlingsunterkünfte völlig ausgelastet und sogar überfüllt sind und man doch bitte nach anderen Aufenthaltsorten für die Menschen an Bord suchen möchte. Man respektierte diesen Wunsch, ohne Versprechungen abzugeben.

Die Reederei des Kreuzfahrtschiffes wurde offiziell informiert und stellte problemlose Zusammenarbeit in Aussicht. Egal, wann und wie lange.

In der Zwischenzeit gingen die Beratungen der Pariser Konferenz so, wie geplant, weiter.

Die Diplomaten der teilnehmenden Staaten arbeiteten an

den letzten Formulierungen für das Abschlussprotokoll und die in Aussicht gestellte Pressekonferenz

„Gebracht hat die Pariser Konferenz nichts. Außer, dass sich alle wieder einmal gesehen haben und miteinander sprachen!", meinte Professor Zabert, der als Beobachter eingeladen war.

Weil die Öffentlichkeit über das Flüchtlingsgeschehen vor der Ostküste Siziliens mehr als mangelhaft informiert wurde, besonders über den Verbleib des Schiffes und der Menschen an Bord, fragte ich später den Professor nach dessen Rückkehr aus Paris.

„Da hat die französische Diplomatie ein Meisterstück abgeliefert! Das meine ich nicht ironisch. In keiner Weise..."

„Nämlich?", fragte ich.

„Einige Tage nach dem Ende der Pariser Konferenz war man sich mit Dänemark und der finnischen Reederei darüber einig, dass das Schiff, zunächst für ein halbes Jahr, von der Reederei als Flüchtlingsunterkunft bereit gestellt wird. Alle Kosten, außer für die Verpflegung und für ärztliche Betreuung, übernimmt die EU. Dann wurde das Schiff im dänischen Hafen in Hirtshals vertäut, für Verpflegung und medizinische Versorgung kommt Dänemark auf.

„Aha! Und nach dem halben Jahr?"

„Die Finnen nutzen die Zeit, um die Maschine des Schiffes zu reparieren. Die Reederei hat das Geschäft gemacht!"

„Weshalb?"

„Der Kreuzfahrer war ohnehin für einen Werftaufenthalt vorgesehen. Und hätte kein Geld eingefahren. Jetzt wurde die Maschine in Dänemark repariert, zwar alles etwas umständlicher. Aber die Liegezeit wurde, wir wissen es, bezahlt!"

„Einer gewinnt immer!"

„Stimmt!"

„Und die Flüchtlinge?", fragte ich.

„Diplomaten konnten für die allermeisten von denen einen Aufenthalt in Skandinavien erreichen. Einige wollten auch zu ihren Familien in Frankreich und Deutschland.

„Verständlich!"

4

Louise kam pünktlich. Ich kenne keine andere Frau, die so auf absolute Pünktlichkeit achtet, wie Louise.

„Die Pünktlichkeit ist die Höflichkeit der Könige!", erklärte sie mir.

„Na gut! Dann bist du meine Königin!"

„Aber bitte nicht Königin Louise!"

„Die hieß Luise. Und du Louise!"

„Ja!"

Ich war selbstverständlich, Louises Pünktlichkeit eingeplant, eine viertel Stunde vor unserem verabredeten Termin bei Ria. Sie hatte für uns den Tisch neben dem Fenster reserviert und sagte:

„Du sollst sehen, wann deine Herzdame kommt!"

„Ja, das ist gut so!", antwortete ich und setzte mich. Jetzt konnte ich den Eingang von Ria's Café und einen Teil der Straße sehen.

Louise ging um die Ecke auf der gegenüber liegenden Straßenseite. Mein erster Blick galt ihren Schuhen. Heute hatte sie flache, wohl aus Bast geflochtene Sommerschuhe an, stellte ich zufrieden fest.

Louise trug, wenn wir uns trafen, nie Schuhe mit hohen Absätzen.

„Die Frau muss, was die Körpergröße betrifft, kleiner sein als der Mann", erklärte sie mir gleich bei einem unserer ersten Treffen.

Das fand ich in Ordnung und zudem bemerkenswert, wenn kleine Männer mit großen Frauen oder große Frauen mit kleinen Männern des Weges kamen.

Louise war nur einige Zentimeter kleiner als ich. Aber das hatte ich bereits bei unserem ersten Treffen festgestellt...

Dann hielt genau vor dem Café ein Bus. Leute steigen aus, andere ein. Wegen einer auf rot geschalteten Ampel musste der Bus einige Minuten warten und als er weiter gefahren war, konnte ich Louise nicht sehen. Hatte sie sich im letzten Moment gegen unser Treffen entschieden? Ich beugte mich ein wenig vor, um weiter auf die Straße blicken zu können. Doch Louise war nicht zu sehen. Dann hörte ich ihre Stimme:

„Hallo! Was machst du denn...?"

„Ich suche dich.", antwortete ich wahrheitsgemäß.

„Warum? Weshalb? Ich bin doch hier!"

Ich erzählte über meine Beobachtungen. Louise sah mich an, lächelte und sagte:

„Mit dem Bus kam eine Bekannte, mit der habe ich neben der Eingangstür noch einige Worte gesprochen. Da konntest du mich nicht sehen!"

„Stimmt! Beim Auto sagt man dazu toter Winkel!"

Ich half Louise dabei, sich an den Tisch zu setzen und fragte:

„Was darf ich für dich bestellen?"

„Trockenen Weißwein und dazu Wasser!"

Ich ging zu Ria, die hinter dem Tresen stand und Louises Ankunft beobachtet hatte und bestellte zwei Glas Weißwein und dazu Wasser.

„Das bringe ich euch gerne."

Als ich mich wieder zu Louise an den Tisch gesetzt hatte, sagte ich:

„Du hast heute, das wünsche ich mir, etwas Zeit mitgebracht? Ich muss dir 'was erzählen und dich um etwas bitten!"

„Na, dann los!"

Ria brachte den Wein und das Wasser und auf einem Teller etwas Salzgebäck.

Ich hatte beschlossen, mich nicht lange mit Vorreden und Erklärungen und Vermutungen und Betrachtungen aufzuhalten. Also sagte ich:

„Vor einigen Tagen, am Dienstag, habe ich Post bekommen. Von Professor Zabert...“

„Das ist der Ökologie-Professor, ja?“

„Ja!“

„Und, was schreibt der?“

„Er hat auf eine Insel eingeladen. Mitten im Atlantik gelegen...“

„Und jetzt soll ich entscheiden, ob du die Einladung annehmen sollst. Weil du weißt, auf Inseln werden seit Jahrhunderten, mindestens, Menschen festgesetzt. Napoleon auf St. Helena, Alcatraz, das Gefängnis in der Bucht vor San Francisco, Abdullah Öcalan auf der Insel Imrali im Marmara-Meer. Und dann Luis Corvalan auf Dawson oder Nelson Mandela auf Robben Island. Und, und, und.. „

„Es geht nicht darum, ob ich fahre. Daran gibt es, gerade wegen der unsicheren politischen Situation, die übrigens nicht zu akzeptieren ist, keine Zweifel. Der Professor hat die Veranstaltung als Klassentreffen verkündet...“

„Was auch nicht so abwegig erscheint...“

Ich hatte Louise irgendwann einmal von den mehr oder weniger regelmäßigen Treffen unserer Gruppe um Professor Zabert erzählt. Eigentlich so nebenbei. So war ich doch erstaunt darüber, dass sie sich, wenn auch nicht sofort, daran erinnerte.

„Ja, wir veranstalten immer Klassentreffen!“

„Und, wo ist nun dein Problem?“, fragte Louise und prostete mir zu, „Bevor der Wein warm wird!“

Ich nahm mein Glas, hob es an und blickte zu Louise:

„Du hast recht! Weißwein sollte kühl getrunken

werden."

Nachdem wir die Gläser wieder abgestellt hatten, sagte ich:

„Das Problem ist ein anderes. Der Professor meinte, wir sollten diesmal nicht allein zum Klassentreffen kommen."

Louise blickte mich an und erwiderte:

„Da wird sich wohl jemand finden, der mit dir fährt!"

„Ja! Das meine ich auch. Und ich denke, da bereits jemanden gefunden zu haben!"

„Und wen? Kenne ich die Person?", Louise sah mich sowohl staunend und fragend an.

„Ich denke schon!", antwortete ich und lehnte mich auf meinem Stuhl zurück.

„Und wer ist das?"

„Na ja! Das ist eben das noch zu lösende Problem! Ich habe die Person noch nicht gefragt und ich weiß nicht, ob sie von der Idee, mit mir auf die Insel zu fahren, begeistert sein wird!"

„Das musst du alleine herausfinden! Da kann ich dir nicht helfen!"

Ich setzte mich sehr aufrecht auf den Stuhl, nahm das Weinglas, an dem sich kleine Wassertröpfchen abgesetzt hatten, hob das Glas und sah Louise an. Dann fragte ich:

„Kannst du dir vorstellen, mit mir auf die Insel zu kommen? Oder, um es anders zu sagen: Ich lade dich ein, mit mir dorthin zu fahren!"

Louise sah mich einige Augenblicke an. Dann nahm sie ihre Brille ab und sah mich erneut an. Und ich sah zum ersten Mal in ihre strahlend blauen Augen, ohne dass die Brillengläser dazwischen waren.

Dann hörte ich Ria's Stimme, als sie sagte:

„Das sieht ja hier sehr nach grundsätzlichen Beschlüssen aus. Wollt ihr noch Wein?"

„Ja!", sagte ich.

Und Louise meinte:

„Und ich möchte 'n Wodka haben!"

„Gerne!", sagte Ria und ließ uns wieder allein.

Louise sah mich wieder an und nach einigen Augenblicken sagte sie:

„Mich hat noch nie jemand zu einer Reise eingeladen. Und weiter als bis Rügen bin ich auch noch nicht gekommen. Mit meinen Eltern und Schwestern, früher, nur bis an den nächsten See. Ich kann mir nicht vorstellen, wie das ist, so weit weg zu fahren!"

Ich nahm Louises Hände und sagte:

„Darum wird es höchste Zeit, dass du beginnst dir die Welt anzuschauen. Weltanschauung hat bekanntlich 'was mit Welt anschauen zu tun!"

„Du hast ja so sehr recht!", antwortete Louise, „Und darum komme ich mit!"

Ich blickte kurz zu Ria und bedeutete ihr, sie möge noch ein zweites Glas Wodka auf das Tablett stellen.

Dann sah ich wieder Louise an und sagte:

„Danke, dass du meine Einladung angenommen hast!"

Ria kam, stellte die Gläser auf den Tisch und meinte:

„Na, das war wohl 'ne schwere Entscheidung!"

„Oh ja!", antworteten Louise und ich beinahe gleichzeitig.

Wir nahmen jeder unser Schnapsglas und bevor wir es austranken, sagte Louise:

„Danke! Und ich freue mich!"

„Dir wird die Insel gefallen. Und die Leute, mit denen ich mich dort treffen werde, sind in Ordnung. Wegen der derzeitigen Verhältnisse werden wir die meiste Zeit unterwegs sein. So, wie Reisegruppen, die auf Erkundungstour sind. Wir werden uns also nicht in

Besprechungsräumen treffen, um uns auszutauschen. Wir werden während dieser Touren über die Insel sehr viel besprechen. Der Professor hat Leute mit unterschiedlichem Wissen und verschiedener Ausbildung eingeladen: Geologen, Archäologen, Geografen, ich bin Biologe. Aber auch Völkerkundler und Physiker, auch Mathematiker. Sogar Jürgen reist an! Der ist Theologe und Ethiker, kommt, wie er es geschrieben hat, gerne mit. Und Regine wird diese Truppe zusammen halten!"

„Wer ist das?"

„Regine organisiert für den Professor mehr als nur den Arbeitsalltag. Gerüchte wollen wissen, Regine ist die zweite Frau Zabert..."

„Ist der Professor zum zweiten Mal verheiratet?"

„Nee, aber Regine steht ihm näher als die Frau, mit der er verheiratet ist. Die hatte er auch schon 'mal mit. Ich glaube, es war damals, als wir uns auf Island getroffen hatten, aber..."

„Na, ist ja auch egal!", meinte Louise, „Meine Oma sagte immer, unter jedem Dach gibt es ein Ach!"

„Stimmt!", antwortete ich und prostete Louise zu.

Louise und ich waren an diesem Abend sehr lange Gäste in Ria's Café. Sie hatte mir versprochen, wir erinnern uns, nicht bereits um neun oder zehn Uhr nach Hause zu gehen.

So kam es, dass wir bei Ria solange saßen, bis wir die letzten Gäste waren und dann bemerkten, Ria wollte nach Hause, zu ihrem Jürgen.

Louise fragte mich nach der Insel, wollte über die anderen Leute Bescheid wissen und zum Schluss sagte sie:

„Mein Zimmer wird aber neben deinem sein?"

„Warum?"

„Du sollst hören, wenn ein Fremder, was ich nicht hoffen will, zu mir kommt!"

„Ja, das werde ich bei Regine so bestellen. In dem Hotel am Atlantik gibt es Zimmer, die befinden sich so nebeneinander, dass sie eine gemeinsame Tür haben. Außer die Eingangstür zum Zimmer!"

„Dann bin ich beruhigt. Du weißt, ich war noch nie verreist. Jedenfalls nicht in ein anderes Land.

Als wir bemerkten, dass Ria das Café schließen möchte, sagte Louise leise zu mir:

„Rufst du mir bitte ein Taxi?"

„Ich kann dich auch nach Hause bringen!", erwiderte ich.

„Nee, nee! Ist schon gut so!"

Wenige Minuten später stand das Auto vor der Tür, wir hatten bereits bezahlt und warteten auf der Straße.
Bevor Louise einstieg, drückte sie mich sehr fest und sehr lange und sagte leise:

„Danke für den schönen Abend!"
Ich blickte dem Taxi nach, bis es um die Ecke gefahren war.
Dann ging ich die wenigen Schritte nach Hause.

Wir trafen uns um halb acht am Morgen am Flughafen. Ich hatte Regine davon berichtet, dass Louise mit mir und uns auf die Insel reisen wird.

„Und für dich, mein Lieber, habe ich mir den Auftritt als Berufssohn mit verwöhnter weiblicher Begleitung überlegt. Das Alter habt ihr. Und 'n bisschen auf Schickimicki zu machen, sollte für euch kein unlösbares Problem sein, oder?", fragte mich Professor Zabert noch wenige Tage vor unserer Abreise.

„Nur mit Mühe! Mit äußerster Mühe!", antwortete ich, als der Professor mich nochmals am Abend vor der Reise anrief.

Die Flugtickets hatte ich bei Regine zwei Tage vor Beginn der Reise abgeholt.

Nun stand ich in der großen, beinahe riesigen Halle, die an einen Flugzeughangar erinnerte, und wartete auf Louise.

Pünktlich um halb acht, wie nicht anders erwartet, weil nicht anders gewohnt, trat Louise neben mich und sagte:

„Guten Morgen, mein Lieber!"

Ich nahm sie in den Arm, nicht deshalb, weil wir hier eine Rolle spielen sollten, sondern weil ich das auch gerne tat.

„Wir müssen nun also sehr verliebt sein?", fragte Louise.

„Fällt dir das schwer?"

„Es ist für mich ungewöhnlich!"

Ich blickte zur Empore, dorthin, wo abfliegende und ankommende Flugzeuge zu beobachten sind. Dort erkannte ich Jürgen, den Theologen, der an einem der kleinen Tische saß und in aller Ruhe den Morgenkaffee trank. Als er mich sah, hob er, wie zufällig, die zusammen gefaltete Zeitung und winkte mir, kaum zu bemerken, zu.

„Das hat nichts mit dir zu tun", sagte Louise, „ich habe grundsätzliche Einwände gegen Liebe in der Öffentlichkeit. Es ist nichts gegen eine liebevolle Berührung oder Umarmung einzuwenden. Oder wenn ich jetzt meine Hand in deine lege. So meine ich das!"
In diesem Moment spürte ich Louises kleine und, sicher vor Aufregung, sehr warme Hand in meiner.

„Aber", sagte sie dann weiter, „manchmal kann man Leute erleben, die sich ständig begrabbeln und abküssen. Da würde ich nicht dafür garantieren, dass die nicht beginnen, sofort und unverzüglich zu kopulieren! Das meine ich!"

„Dann sind wir uns ja einig!", bestätigte ich Louises Worte.

Als ich zum Ausgang blickte, bemerkte ich, dass ein junger Mann, beinahe unauffällig, mit seinem Handy fotografierte. Und ich wusste, mit so einem Gerät ist es ebenfalls möglich, kurze Filme, für eine oder zwei Minuten Dauer oder etwas länger, aufzunehmen.

In diesem Moment wusste ich, wir werden beobachtet. Ich konnte mir vorstellen, es stehen vielleicht noch mehrere Beobachter an unterschiedlichen Plätzen und filmen in der Halle. Dann könnte es vielleicht möglich sein, Beobachtungsprofile ausgesuchter Leute zu schaffen. Wohin blickt der? Warum? Was oder wer ist dort? Der Staat weiß gern, was seine Bürger machen und treiben. Und vieles wird unter dem Vorwand, Kriminalität entgegen zu wirken, gefilmt, fotografiert, notiert und wer weiß wie lange gespeichert. Wo eigentlich? Wer kontrolliert das? Und wird dann auch alles brav und ordentlich gelöscht, wenn die Lagerfrist beendet ist? Erzählt wird viel. Im Hausflur meiner ersten Bude, gleich nach dem Studium hatte der Vermieter an die Wand schreiben lassen:

„Mook wat du wullt, de Lüüd snackt doch!"

Ich sagte zu Louise:

„Lass' uns das Gepäck abgeben! Jetzt sind die Schalter noch wenig besucht!"

„Ja! Und dann gehen wir noch Kaffee trinken!", sagte Louise.

Ich hatte ihr meine Beobachtungen verschwiegen. Nichts von den fotografierenden Mitmenschen erzählt. Louise war sehr aufgeregt, wohl aus Freude darauf, dass wir verreisen und ihr erster Flug unmittelbar bevorstand. Darum nahm ich unser Gepäck ohne weitere Erklärungen und ging zum Schalter. Ich wollte aus der Mitte der Flughafenhalle weg. An den Seiten, so meinte ich, kann man besser unbeobachtet sein, Mal hinter eine Pfeiler treten oder hinter einer der vielen Türen verschwinden. Später würde ich Louise, vielleicht. von meinen Beobachtungen berichten. Vielleicht...

Ich blickte zur Empore und bemerkte, Jürgen war von dem Tisch weggegangen. Auf der Insel sagte er mir dann, von dort oben hätte man einen guten Überblick und konnte beobachten, was andere vielleicht nicht sahen:

„Die gesamte Halle wurde fotografiert und gefilmt. Ich glaube kaum, unseretwegen. Aber wir sind auf den Fotos und Filmchen mit 'drauf. Und das ist nicht gut. Wenn man das Material dann ein zweites oder drittes Mal gezielt nach uns durchsucht... Na, ja!"

„Ich weiß! Deshalb sind Louise und ich auch aus der Mitte weggegangen. Ich habe das mit den Fotos auch beobachtet!"

Auf der Empore angekommen, wir wollten hier Kaffee, zwar nur in Pappbechern erhältlich, kaufen und dann den Flugverkehr beobachten, sah ich, dass auch Günther eingetroffen war. Wie immer mit Rucksack, in den er, ebenfalls wie immer, alles das verstaut hatte, was ein Geologe im Feld benötigte. Er stand jetzt am Gepäckschalter und schob in diesem Moment seinen Rucksack auf das Transportband. Aber auch das behielt ich für mich und sagte Louise nichts. Es soll Leute geben, die können Worte von den Lippen ablesen...!

Dann, als unser Flug aufgerufen wurde und wir zum Flugsteig gebeten wurden, sagte Louise zu mir:

„Jetzt muss ich dich anfassen!"

Und ich spürte wieder ihre kleine und warme Hand, nahm sie in den Arm und sagte:

„Danke, dass du mitkommst!"

Louise, so meinte ich, war mit meinen minimalen Zuwendungen, Berührungen, und auch so, wie ich mich bemühte, sie zu führen, offenbar sehr zufrieden. Ich bemerkte das an eher unauffälligen Details:

Louise sah mich immer einen Moment länger an, als ich es von ihr gewohnt war. Sie hielt mich dann immer noch einen Moment länger fest. So, wie eben. Sie berührte, scheinbar unauffällig, meinen, Arm.

„Wir müssen uns jetzt allerdings beeilen, sonst geht die Reise ohne uns los!", sagte sie, nahm meine Hand und zog mich sanft hinter sich her.

„Der Flug wird so, wie üblich und wie jeder andere auch, noch mindestens zweimal, wenn nicht sogar dreimal, aufgerufen!"

„Na, dann ist es je gut!", sagte sie und hielt weiter ihre Hand in meiner.

So gingen wir zu der Brücke, über die man in das Flugzeug geht...

*

Ich hatte Louise den Platz am Fenster überlassen. Während das Flugzeug in die Startposition rollte und die Erklärungen für den Sicherheits- und Notfall erfolgten, war sie so aufgeregt, dass es mir nur schwer gelang, sie zu beruhigen. Sie nahm meine Hände, drückte und streichelte meine Arme und sagte leise:

„Das ist so aufregend!"

Dann, als die Triebwerke aufheulten und die Bremsen das Flugzeug hielten, dann als die Maschine durch die Kraft der starken Motoren vibrierte und dann, als der Pilot die Bremsen löste und das Flugzeug schnell und schneller auf der Betonpiste solange rollte, bis ein kaum spürbarer Ruck davon kündete, dass die Maschine den Flug begonnen hatte, konnte Louise einen nahezu lautlosen Freudenjauchzer nicht unterdrücken. Vorsichtig nahm ich ihre Hand und meinte:

„Die anderen Leute freuen sich mit dir, wenn es dir gefällt!"

Als wir durch die Wolken geflogen waren und uns gleißendes Sonnenlicht empfing, meinte Louise:

„Über den Wolken! So sieht das also aus!"

Auf dem Bildschirm vor unseren Sitzen wurde die geplante Flugroute angezeigt. Ich sagte zu Louise:

„Wir werden über Paris fliegen. Und dann über die Pyrenäen und über Spanien zu den Inseln im Atlantik.

Das wird etwa fünf Stunden dauern!"

Louise blickte aus dem Fenster und als wir dann später über Paris flogen, fragte sie mich:

„Wie wird das Wetter auf der Insel sein?"

„Das kann ich dir nicht sagen! Jetzt, im Oktober, ist es immer noch wärmer als an der Nord- und Ostsee. Die Insel liegt etwa auf der gleichen geografischen Breite wie etwa der Süden der Sinai-Halbinsel oder Kuwait. Also allerbeste Voraussetzungen für sehr angenehme Temperaturen. Allerdings, eine kühle Meeresströmung, die von Norden kommend, an den Inseln vorbeizieht, verschafft einige Abkühlung und gestaltet das Wetter dadurch ausgeglichener und zudem mit milden Wintern. Aber, um deine Frage zu beantworten, wir werden ein Wetter haben so, wie bei uns etwa im Mai."

„Wir werden es erleben!", gab sich Louise zufrieden.

Dann saßen wir schweigend nebeneinander. Louise hatte ihre Hand in meine gelegt und die Augen geschlossen. Nach einigen Augenblicken bemerkte ich, sie war eingeschlafen und auch die Frage der Stewardess, ob wir einen Wunsch hätten, konnte sie nicht aufwecken. Louise schlief. Sie verschlief den Blick auf die Pyrenäen, später den auf das sonnenverbrannte Kastilien mit seinen Hochebenen. Nachdem wir bei Cádiz das europäische Festland verlassen hatten und uns bereits eine halbe Stunde über den Atlantik befanden, wurde Louise wach und fragte mich:

„Sind wir bald da?"

„In einer Stunde, ungefähr, hast du wieder festen Boden unter den Füßen!"

„Na gut!"

Die Landung erfolgte etwa zehn Minuten früher als im Flugplan ausgewiesen.

„Der Wind in der Höhe hat uns geschoben!", war die Stimme eines der Piloten aus dem Kabinenlautsprecher zu hören.

„Kannst du mir das erklären?", fragte Louise.

„Die Inseln liegen im Bereich der nördlichen Passatwinde. Die wehen hier mit etwa vier Windstärken, eben in größeren Höhen und aus nordöstlichen Richtungen!"

„Und die haben geschoben?", fragte Louise.

„Ja!"

Dann wurde uns mitgeteilt, dass wir die Reiseflughöhe verlassen hatten und wurden auch aufgefordert, uns anzuschnallen.

Nach einigen Minuten war durch einen leichten Druck in den Ohren zu bemerken, dass die Maschine den Sinkflug begonnen hatte.

Der Archipel der Inseln im Atlantik bestand aus zwei Inselgruppen. Geologen hatten erkannt, dass zwar der gesamte Archipel vulkanischen Ursprung ist, die östlichen vier Inseln jedoch jünger waren als die fünf westlichen. Die würden ohnehin bald im Atlantik versinken. Nämlich dann, wenn der mittelatlantische Rücken weit genug auseinander gedriftet war. Das wird in einigen Millionen Jahren soweit sein. Bis dahin sollte es sich auf jeder dieser Inseln noch sehr gut leben lassen.

Die vier östlichen Inseln werden dieses geologische Drama um einige Zeit überleben. Sie sitzen einigermaßen sicher auf dem Kontinentalschelf des benachbarten afrikanischen Kontinents.

Diese hier andeutungsweise beschriebene geologische Unterteilung hatte keinerlei Auswirkungen auf das

politische und wirtschaftliche Leben, auf das kulturelle schon gar nicht. Bis auf eine Ausnahme:
Jede der beiden Inselgruppen hatte einen Flughafen für den Lang- und Mittelstreckenverkehr.

Louise war nun wieder hellwach und beobachtete durch das Fenster den Landeanflug.
„Jedes Flugzeug startet und landet gegen den Wind!", sagte ich.
„Und weshalb?"
„Weil die Maschine nur so den erforderlichen Auf- oder Abtrieb, je nach Stellung der Klappen an den Flügeln, erhält!"
„Sind das die Dinger, die sich da eben bewegt haben?"
„Ja! Und weil auf den Inseln meistens, beinahe immer, Wind aus nordöstlichen Richtungen weht..."
„... der Passat...."
„Richtig, der Passat! Also deswegen erfolgt der Landeanflug aus südlichen Richtungen! Und der Start eines Flugzeuges ebenso!"
„Ist klar!", bestätigte Louise.
„Die Fluggesellschaften haben sich nun, zusammen mit der Flugüberwachung der Inseln, darauf verständigt, den Landeanflug mit Rücksicht auf die Bewohner und Gäste der Inseln und auch aus sicherheitstechnischen Gründen, so weit es möglich ist, über dem Atlantik durchzuführen!"

Der zentrale Flughafen der westlichen Inselgruppe wurde erst vor wenigen Jahren erneuert und vergrößert; die Rollbahn um über fünfhundert Meter in das Meer verlängert. Dazu wurde erstarrte und erkaltete Lava von den Inseln des Archipels herbeigeschafft, im Atlantik versenkt, verdichtet und gesichert und anschließend aus Beton die Fahrbahn absolut eben und waagerecht aufgetragen. Seitdem konnten auch Jumbojets hier starten und landen.

Den Umweltschützern war die Verlängerung der Rollbahn ein Dorn im Auge. Jedoch: Die wirtschaftliche Notwendigkeit mussten sie dann letztendlich auch akzeptieren. Wenn sie das auch nicht gut hießen, als letztes Argument wirtschaftliche Belange und Arbeitsplätze zu nennen. Allerdings wurde, de facto als Zugeständnis an den Umweltschutz, die Einrichtung großzügiger Naturreservate, unter anderem ein künstliches Riff aus Lavagestein und weitere Zugeständnisse im landschaftsplanerischen Bereich, vertraglich vereinbart. Es war auch dem Engagement Professor Zaberts zu verdanken, dass diese Vereinbarungen so abgeschlossen wurden und nun seine Spuren auf den Inseln noch tiefer geworden waren.

Bereits an dieser Stelle weise ich darauf hin, dass durch die sich andeutenden neuen politischen Verhältnisse, die irgendwann auch die Inseln im Atlantik zu erreichen drohten, viele dieser verabredeten Naturschutzprojekte mit Sicherheit nicht realisiert würden.

Die Maschine setzte sehr vorsichtig auf die Landebahn auf, es war kaum zu bemerken. Beinahe konnte man meinen, der Beton würde gestreichelt. Ich sagte zu Louise:

„Das war also dein erster Flug!"

„Ja!", sagte sie und lachte mich glücklich an, „Das war toll!"

„Na, wenigstens hast du nicht alles verschlafen!",
antwortete ich.

*

Mehrmals hatte ich bereits die Inseln besucht.
Und so wusste ich, die Weiterreise auch zu unserer Insel
würde jetzt mit dem Schiff erfolgen. Mit Bussen
gelangten wir vom Flughafen zum Fähranleger. Die
Busse fuhren immer zur vollen und zur halben Stunde
und benötigen für die Strecke nur etwa zwanzig Minuten.

Wir hatten jetzt etwa drei Stunden Zeit bis zur Abfahrt
der Fähre. Am Hafen kannte ich ein Restaurant, in dem
wurde frisch gefangener und dann sehr gut zubereiteter
Fisch angeboten. Das erklärte ich Louise und ergänzte
dann noch:

„Der Fisch, den man dort serviert, schwamm gestern
Abend noch im Atlantik!"

Louise sah mich an und meinte:

„Da haben wir jetzt also 'was vor und die Abfahrt der
Fähre ist dann ins Abendrot hinein! Wie romantisch!"

Louise hatte recht. Die Fähre, ein Katamaran mit
Wasserstrahlantrieb, legte genau in dem Moment ab, als
die Sonne den Horizont berührte. Es ist bekannt, dass die
täglichen Dämmerungsphasen kürzer werden, je näher
man dem Äquator ist.

Die Überfahrt dauerte etwa vierzig Minuten. Und so
kam es, dass wir noch bei Tageslicht den Hafen verließen
und bei vollkommener Dunkelheit auf der Insel anlegten.

Dort wartete ein Bus, der uns und andere Gäste zum
Hotel bringen sollte.

Jürgen und Günther, den Geologen, hatte ich das letzte Mal am Morgen am heimatlichen Flughafen gesehen. Offenbar hatten sie im Flugzeug sehr weit entfernt von Louise und mir gesessen. Und als wir den Bus bestiegen, strahlten beide, wohl froh darüber, uns nun wieder in ihrer Nähe zu wissen.

Dann fragte der Busfahrer mit breiter Stimme, ob alle „an Bord" sind. Als irgendjemand zustimmte, schloss er die Tür und fuhr los.

Die Fahrt sollte etwa zwei Stunden vom Hafen an der südöstlichen Seite der Insel, viele Serpentinen hinauf zum Naturpark, dann auf der Straße mit vielen Kurven durch den Park und anschließend wieder viele Serpentinen hinunter zum „Hotel am Atlantik" an der Südwestseite der Insel, dauern.

Der Fahrer quälte den Bus, oft nur im zweiten Gang, erst die Serpentinen hinauf, dann durch die Kurven und vorbei an im Scheinwerferlicht gespenstisch wirkenden und tropfnassen Bartflechten. Die hingen meterlang von den Bäumen. Manchmal streiften sie den Bus und wischten lautlos die Feuchtigkeit von den Seitenscheiben und dem Karosserieblech.

Wir erreichten die beinahe baum- und strauchlose Hochebene im Zentrum der Insel und fuhren dann wieder an vor Nässe triefenden Bäumen vorbei und Serpentinen hinunter zum „Hotel am Atlantik".

Louise hielt während der Fahrt meine Hand. Immer dann, wenn die Scheinwerfer in die tiefschwarze Nacht tasteten, der Bus fuhr jetzt durch eine Kurve, drückte sie meine Hand fester.

„Der Fahrer ist nicht das erste Mal in der Nacht auf dieser Straße mit seinem Bus unterwegs. Das musst du mir glauben!"

„Ich weiß!", sagte Louise und drückte meine Hand in

der nächsten Kurve wieder fester.

Es ist bereits bekannt, auf der Insel dürfen die Häuser nur so hoch gebaut werden, dass sie die Palmen nicht überragen. Dieser gestalterische Grundsatz war erlassen worden, nachdem in zwei Orten neu errichtete Hotelbauten vier, im anderen Fall fünf Stockwerke höher waren als die Nachbarbebauung.

Die Palme wurde damit zu einem entscheidenden Maß der baulichen Gestaltung.

Auf der Insel sind bei einem Hotelneubau neben der Gebäudehöhe weitere Bedingungen einzuhalten. Beispielsweise muss die Nutz- und Wirtschaftsfläche in einem bestimmten Verhältnis zur Wohnfläche stehen. Was bedeutet, dass für drei Zimmer ein Speisesaal nicht benötigt wird. Das ist überall auf der Welt gleich oder ähnlich, aber im Verbund mit der eingeschränkten Gebäudehöhe besonders wichtig.

Von der Straße gelangte man in das Hotel, nachdem sich eine zweiflügelige Glastür automatisch geöffnet hatte. Dann trat man auf die einem Podest ähnelnde Fläche, von der zwanzig Stufen nach unten führten. Nach zehn Stufen betrat man ein Zwischenpodest, breit genug, um dem im Treppen steigen Ungeübten den Platz für eine kleine Pause zu geben.

Nachdem die zwanzig Stufen abwärts gestiegen waren, gelangte man keinesfalls in den Keller, sondern in eine von Licht durchflutete Halle. Auf deren linken Seite befand sich der Speisesaal mit allen zu seinem Betrieb erforderlichen Nebeneinrichtungen und über drei hinab führende Stufen zu erreichen. Später, als ich mir ungestört die Konstruktion des Hotels betrachtete, wusste ich, diese drei Stufen waren erforderlich, um das gleiche Niveau der Raumdecken zu erreichen, weil sich über der Decke des Speisesaales diverse Ver- und

Entsorgungsleitungen sowie eine umfangreiche Lüftungsanlage befanden.

Der Speisesaal mit den benötigten Nebengelassen nahm etwa 2/3 der Breite des Gebäudes ein. Daneben, auf etwa 1/3 war die Küche eingerichtet. Von der Länge des Gebäudes war dem Speisesaal wiederum etwa 1/3 vorbehalten. In den anderen 2/3 der Gebäudelänge waren weitere für den Betrieb des Hotels erforderliche Anlagen und Wirtschaftsräume angeordnet. Unter anderem die Rezeption des Hauses. Die befand sich unmittelbar rechts neben der letzten der zwanzig Stufen der Treppe vom Haupteingang in die Halle.

An dieser Rezeption wartete ich mit Louise, als wir das Hotel nach der Fahrt über die nächtlichen Straßen der Insel unversehrt erreicht hatten.

Regine hatte, in Professor Zaberts Auftrag, bei der Reservierung der Zimmer alle Wünsche der Reiseteilnehmer berücksichtigt. Also auch, dass Louises und mein Zimmer sich nebeneinander befinden und auch an die Tür zwischen beiden Räumen hatte Regine gedacht..

Die etwa zwei Dutzend Gäste, die an diesem Abend das Hotel erreichten, neben Louise und mir auch Jürgen und Günther sowie, dessen war ich mir sehr sicher, auch drei oder vier andere Leute, die Professor Zaberts Einladung gefolgt waren, die ich aber nicht kannte, erledigten die Anmeldeformalitäten sehr schnell.

Günther und Jürgen gaben mir zu verstehen, dass sie sich gern jetzt mit uns unterhalten hätten. Aber dazu war es bereits zu spät, immerhin würden wir in wenigen Minuten die elfte Stunde des Abends vollenden.

Also lehnte ich ab. Auch deshalb, weil ich noch nicht wusste, wer zu unserer Gruppe gehört und wer nicht. Später, nach dem ersten Treffen, schien mir die Situation für Gespräche im kleinen Kreis eindeutiger zu sein.

Louise hatte sich an einem für uns Neuankömmlinge aufgebautem Buffet etwas Obst und an Tapas erinnernde Brotscheiben mit Käse auf einen Teller gelegt. Nun stand sie, so war mein Eindruck, etwas unschlüssig neben mir und aß ihr Nachtmahl.

Nachdem ich mir ebenfalls etwas von dem sehr reichhaltigen Buffet genommen hatte, stellte mich neben Louise und sagte:

„Wenn wir uns jetzt setzen, kommen vielleicht andere Gäste und suchen ein Gespräch. Daran habe ich jetzt kein Interesse!"

„Stimmt!", bestätigte Louise, „Außerdem haben wir am Tag ausreichend gesessen!"

Wir nahmen dann bald unser Gepäck und fuhren mit dem Lift zu unserer Etage. Die Zimmer lagen etwa in der Mitte des langen Flures und hatten einen freien Blick auf den Atlantik. Über uns befand sich die Dachterrasse mit dem Frühstücksraum.

Ich öffnete die Tür zu Louises Zimmer, gab ihr die Karte, ließ sie eintreten und sagte:

„Für dich eine gute Nacht!"

Louise sah mich an. Dann kam sie zu mir, legte einen Arm um mich und sagte leise:

„Danke für den schönen Tag! Gute Nacht!"

Dann ging sie in ihr Zimmer und ich schloss die Tür hinter ihr.

*

An den Abenden mancher Tage wünschte man, dieser Tag dauerte ewig. Glückseligkeit beflügelt, die Zeit scheint in dem Augenblick zu bleiben. Allein die Natur mit ihren verschiedenen Gesetzmäßigkeiten könnte dafür Sorge tragen. Dann, jedoch dann, würde der Weltenlauf und damit auch der des Universums durcheinander geraten. Und, hätten dann nach nur einer Sekunde des Zeitenstillstands, die Naturgesetze von Raum und Zeit, Schwerkraft und Beschleunigung, Masse und Trägheit noch Bestand?

Ich betrat mein Zimmer und empfand diese Glückseligkeit, die mich seit der Ankunft auf der Insel begleitete.

Aus Louises Zimmer hörte ich leise Geräusche, die nach einigen Minuten verstummten. Ich öffnete die Terrassentür und ließ die klare und frische Nachtluft in den Raum.

Meine Sachen legte ich in den Wandschrank. Dann ging ich ins Bad, entkleidete und stellte mich unter die Dusche. So eigenartig es dem Fremden vielleicht erscheinen mag, jedoch in Momenten oder Stunden der Glückseligkeit gehörten ein Bad oder wenigstens wenige Minuten unter der im Wechsel warmes, fast heißes, Wasser und dann kaltes Wasser spendenden Dusche dazu. Der Aufenthalt im Wasser oder die Berührung mit Wasser manifestierten mein Glückserlebnis.

Ich stellte die Dusche aus und trocknete, nein, tupfte mich ab. Ich wollte das Wasser noch sehr lange auf meiner Haut spüren.

Anschließend ging ich zur Terrassentür und zog die Gardine vor, ohne die Tür zu schließen, legte mich ins Bett und auf die Seite und schlief sofort ein.

Wir hatten die Tür zwischen den Zimmern geschlossen, aber nicht verriegelt. Irgendwann und spät in der Nacht merkte ich, dass Louise zu mir und unter meine Bettdecke kommen wollte. Als sie sah, dass ich, einer alten Gewohnheit folgend, nicht mit Nachthose oder etwas Ähnlichem bekleidet war, sagte sie leise:

„Dann ich auch nicht!"

Sie zog sich aus und kam unter meine Bettdecke. Ich nahm sie in den Arm und dachte:

'Mal sehen, wer als erster anfängt...'

Später legte ich mich auf meine rechte Körperseite, den Kopf auf den rechten Arm und die Beine leicht angewinkelt.

Meine Mutter hatte mir 'mal gesagt, so hätte ich schon im Bett gelegen und geschlafen, als ich noch ein kleiner Junge war.

Louise hatte sich ebenfalls auf ihre rechte Seite und an meinen Rücken gelegt und sich so meiner Schlafposition angepasst. Bereits nach wenigen Minuten hörte ich ihren ruhigen Atem und wusste, sie war wieder eingeschlafen.

Nach einer Stunde, während der wir ruhig beieinander lagen, beanspruchte Louise das Bettlaken, was unsere Zudecke war, für sich. Und zwar, ohne mir einen Zipfel davon zu überlassen.

„Mir ist kalt!", sagte sie leise, wohl im Schlaf.

Ich wollte, dass sie sich mit mir und bei mir wohl fühlt und überließ ihr deshalb das Laken als Zudecke. Aus ihrem Zimmer holte ich mir das Laken von ihrem Bett und wollte mich damit zudeckten.

Als ich wieder zurück kam, es war noch nicht eine Minute vergangen, hatte Louise sich vollständig in das Laken eingerollt und lag diagonal im Bett.

Dankenswerterweise hatte Regine bei der Reservierung unserer Zimmer darauf Wert gelegt, nur Doppelzimmer zu buchen. Und kommentierte das mit den Worten:

„Ich kenne euch doch! Spätestens in der zweiten Nacht finden gegenseitige Besuche statt. Zum besseren gegenseitigen Verständnis und Austausch der Gedanken! Wie mir 'mal jemand erklären wollte. Ist schon zwei oder drei Jahre her. Aber ich weiß, da wird nicht nur ausgetauscht, sondern auch gegeben. Und der Professor hat das ohnehin alles abgenickt!"

So konnte es mich auch nicht stören, dass Louise ab sofort quer, also diagonal, im Bett lag. Ich hatte die andere Hälfte des Doppelbettes. Da hinein legte ich mich auf meine rechte Seite, Kopf auf den rechten Arm, Beine leicht angewinkelt und bedeckt mit Louises Laken.

Der erste Tag

In dieser ersten Nacht auf der Insel im Atlantik war es bis zum Morgengrauen windstill. Nur das Donnern der Brandung und das Scheppern der auf dem Strand rollenden Steine war zu hören. Und dann leise das Schmatzen und Schlürfen des wieder zwischen den Steinen ablaufenden Wassers.

Als ich beim ersten Morgenlicht die Terrassentür schloss, bemerkte ich, Wind war aufgekommen. Nicht ungewöhnlich für die Inseln im Atlantik. Und deshalb auch nicht für unsere Insel.

Ich hatte bereits während meines ersten Besuches vor einigen Jahren auf dem Archipel erfahren, dass über die Inseln ein ständiger Wind aus nordöstlichen Richtungen weht. Selbstverständlich nicht immer und auch nicht täglich. Aber als mittlere Windgeschwindigkeit von etwa 20 Kilometern in der Stunde wurde das in jedem ordentlichen Reiseführer so beschrieben.

Dieser beständig wehende Wind vom kühlen Atlantik ist auch der Grund dafür, warum auf den Inseln des Archipels die Weinreben mit einer halb- oder dreiviertel Meter hohen Mauer aus Lavagestein umgeben sind und gleiches auch für auf Terrassen angeordnete Beete und kleinste Felder zutrifft. Und ebenso für die meisten Bäume und Sträucher, die sich nach Südwest neigen.

Dieses Phänomen der vom ständigen Wind geneigten Bäume ist ebenfalls sehr eindrucksvoll an der Ostseeküste, vor allem auf dem Darß, Rügen und auf Usedom zu beobachten. „Windflüchter" werden dort diese windabwärts geneigten Bäume genannt.

Der aufkommende Wind an diesem Morgen war auch der Grund dafür, dass es im Zimmer empfindlich kalt geworden war und ich deshalb die Tür zur Terrasse schloss.

Dann legte ich mich wieder, mit dem Laken bedeckt, neben Louise auf das Bett. Um wenige Augenblicke später, nun wieder auf der rechten Seite liegend, in einen tiefen Schlaf zu versinken.

Als ich zwei oder zwei und eine halbe Stunde später erwachte, sah ich Louises Gesicht. Sie blickte mich mit ihren wasserblauen Augen an.

„Ich dachte, du willst nicht aufwachen. Du hast so sehr ruhig geschlafen und das sah so friedlich aus!"

Louise war bereits angezogen . Ich rückte näher an sie heran und sagte:

„Ein frisch geduschtes und dezent parfümiertes Weib ist 'was Feines!"

„Ich bin schon lange wach. Habe mich, wie du es bemerkt hast, geduscht und dann mein Zimmer aufgeräumt."

Dann zeigte sie mir einen Brief:

„Der lag unter der Tür deines Zimmers. Wohl durchgeschoben."

„Und was steht da drin?"

Louise riss den Umschlag auf, faltete den Papierbogen auseinander und meinte dann:

„Wohl das gleiche, was auch an mich geschrieben war."

„Nämlich?"

„Das wir uns um zehn da und dort, an einer Statue vor'm Hotel treffen, um eine Rundreise über die Insel zu unternehmen!"

„Und wie spät ist es jetzt?", fragte ich.

„Wenige Minuten nach halb acht."

Ich überlegte, ob ich Louise vielleicht... Zeit genug wäre ja... aber statt dessen sagte ich:

„Dann werde ich aufstehen und in das Bad gehen!"

„Ja, mach' das!"

Nach dem ausgiebigen, wohlschmeckenden und nahrhaften Frühstück auf der Dachterrasse des Hotels gingen wir an den Strand, der vom Hotel nur durch eine Straße getrennt war.

Ich schaute nach besonderen Steinen, die ich Louise zeigen wollte. Besonders deshalb, weil die Steine durch die unentwegten Wellen- und Wasserbewegungen abgeschliffen waren und manchmal seltsame Formen entstanden waren. Besonders aber auch deshalb, weil einige dieser Steine mit Olivinen bedeckt waren.

„Olivine sind Kristalle, die in tiefen Schichten der Erde bei sehr hohen Temperaturen und unter hohen Druck aus Magnesium und Eisen entstehen. Genau kann dir das Günther erklären. Der hat Geologie studiert!"

„Dann werde ich ihn 'mal fragen!"

Ich beobachtete, wie sich bei der Statue am Strand einige Leute versammelten und dann meinte ich, nachdem ich Jürgen erkannt hatte, zu Louise:

„Wir sollten dann 'mal zu den anderen gehen! Es ist sicher bald die vereinbarte Zeit!"

„Louise blickte auf ihre Uhr und meinte:

„Noch genau sechzehn Minuten!"

„Na also!"

Wir gingen langsam zu der Statue und als wir dort angekommen waren, hielt neben uns ein Bus. Der Fahrer öffnete die Tür und fragte:

„Professor Zabert?"

Wir bestiegen den Bus und der Fahrer fragte jetzt:

„Alle?“

„Nein!“, sagte Jürgen und deutete zum Hotel, aus dem in diesem Augenblick Regine trat und wenige Schritte dahinter Professor Zabert. Dann meinte Jürgen:

„Der Chef muss auch noch mit!“

Als die beiden im Bus waren, blickte Regine sich um und sagte zum Fahrer:

„Alle da! Los!“

Weil sich Professor Zabert, auf Zuruf von Regine übrigens, und der Fahrer gegenseitig bestätigt hatten, dass der Zustand „alle“ eingetreten war, schloss der Fahrer die Tür, legte den zweiten Gang (Busse fahren wegen der besseren Übersetzung im Getriebe häufig im zweiten Gang an) ein, gab Gas und das Fahrzeug fuhr an und von der Haltestelle auf die Straße.

Der Bus war weniger als einhundert Meter gefahren, als Professor Zabert plötzlich aufstand und zu einem jungen Mann und einer jungen Frau ging. Die saßen in einer der hinteren Reihen. Als der Professor an uns vorbeiging, Louise saß am Fenster und ich an der Innenseite, sah ich in seinem Gesicht eine noch nie erlebte böse Mimik. Ich wusste sofort, Schlimmes ist bereits geschehen oder stand unmittelbar bevor. Der Professor hatte nun die Sitzreihe der Frau und des Mannes erreicht, baute sich vor den beiden auf und fragte mit schneidender Stimme:

„Wer hat Sie geschickt? Sie stehen nicht auf der Gästeliste meiner privaten Rundfahrt!“

Regine hatte inzwischen den Busfahrer gebeten, anzuhalten.

Der junge Mann sagte zum Professor, ohne aufzustehen:

„Wir sind von einer großen deutschen Tageszeitung geschickt worden! Man sagte mir, mit Ihnen wäre alles Notwendige besprochen!"

„Davon weiß ich nichts! Oder, Regine?"
Und nachdem Regine die Frage verneint hatte, sagte der Professor:

„Und nun 'raus! Sofort 'raus hier! Das ist, ich wiederhole mich, eine private, sogar sehr private, Veranstaltung!"

„Aber wir...", versuchte die junge Frau zu erwidern.

„Nichts mit aber! Raus aus dem Bus! Und ich will Sie nie wieder bei uns oder in unserer Nähe sehen! Wenn Sie irgendetwas über meine Arbeit wissen wollen, was ich durchaus verstehen kann und fördern möchte, dann melden Sie sich in meinem Büro. Jeden zweiten Dienstag im Monat wird dort eine Pressemitteilung heraus gegeben. Und jetzt zum letzten Mal: Raus aus dem Bus!"
Maulend und fluchend verließen die beiden blinden Passagiere das Fahrzeug und Professor Zabert meinte anschließend:

„Diese Straßenspitzel! Woher die kommen und was die wollen, sieht man denen doch bereits an der Nasenspitze an! Aber nicht mit mir und auch nicht mit uns! Wer die wohl geschickt haben mag?", der Professor hatte inzwischen seinen Sitzplatz neben Regine wieder erreicht und beruhigte sich nun.
Die beiden aus dem Bus Verwiesenen standen am Straßenrand und bald auch in der Staubwolke, die der Bus beim Anfahren aufwirbelte und während Regine sich vom Fahrer das Mikrofon für die Sprechanlage im Bus geben ließ und sagte:

„Guten Tag, alle miteinander!"
Und diese Begrüßung wurde laut und vielstimmig erwidert.

Dann meinte Regine:

„Peter Nowack kommt heute erst an, also müssten wir, uns beide eingerechnet, zwölf Personen sein! Und sind wir auch!"

Nach einigen Momenten, während der sie freundlich, beinahe schon mütterlich, zu Professor Zabert blickte, sagte Regine:

„Gut! Dann werden wir jetzt zum Flugzeug fahren. Wie die meisten wissen, ist der Professor nicht nur ein leidenschaftlicher und praktizierender Umweltschützer. Er ist ein ebenso guter Sportpilot und hat mich, nett wie er nun mal ist, auf den Flug von zu Hause auf die Insel mitgenommen. Gestern, kurz vor Sonnenuntergang, sind wir dann hier gelandet..."

„Stimmt", bestätigte Professor Zabert, der nun wieder vollständig zu der von ihm gewohnten Ruhe gefunden hatte.

„Wir werden", erklärte Regine weiter, „aus dem Flugzeug einige Dinge holen, die der Professor für Sie und uns und euch mitgebracht hat. Und auf dem Weg zum Flugzeug werden wir den Süden der Insel kennen lernen!"

*

Wir wissen, die Insel ist vulkanischen Ursprungs mit einem annähernd runden Grundriss. Etwa in der Mitte befand sich die höchste Erhebung, ein vor Jahrmillionen erkalteter und dann erodierter Vulkankegel, wenig mehr als einen und einen halben Kilometer hoch über dem die Insel umgebenden Atlantik.

Ungefähr von diesem Gipfel verliefen in unregelmäßigen Abständen tiefe Täler strahlenförmig zu den Ufern der Insel.

Jedoch, nicht jedes Tal endete an einem Strand am Ufer des Meeres.

Zum Atlantik hin verbreiterten sich die Schluchten und dann ist manchmal ein mit erodierter Lava bedeckter Strand die Verbindungsstelle zwischen Atlantik und Land. Oft allerdings endeten die Schluchten mit einer gewaltigen Steilküste am Meer, wie bereits bekannt ist. So auch im Nordwesten der Insel, wo bis zu achtzig Meter hohe Basaltstelen steil aus dem türkisfarbenen Atlantik aufragten.

Nach Süden hin war der Abstand zwischen den Tälern größer, so dass sich hier und unter dem Plateau in der Mitte der Insel weitere Hochebenen befanden. Auf einem dieser war der Inselflugplatz, groß genug, um dem zweisitzigen Flugzeug des Professors bequem Platz für Start und Landung zu geben. Doch darüber soll später etwas ausführlicher berichtet werden...

Diese Schluchten mit steilen Wänden an beiden Seiten, auf der Insel als 'Valle', Tal, bezeichnet, sind auch dafür verantwortlich, dass es erforderlich ist, zunächst zur Mitte der Insel zu fahren, um dann das Ziel der Fahrt, vielleicht am anderen Ende der Insel gelegen, von diesem geografischen Zentrum aus anzusteuern.

Also fuhr unser Bus auf Serpentinen diesem Zentrum entgegen, während Professor Zabert seinen Gästen die geografischen, geologischen und biologischen, besonders botanischen, Besonderheiten und Eigenarten der Insel nahe brachte.

„Ich gehe davon aus", sagte er, „dass ihr euch, wenn auch nicht akribisch und en detail, vor der Reise hierher mit den natürlichen Besonderheiten dieser Insel beschäftigt habt..."

Dafür, für diese Bemerkung, wurde der Professor mit Zustimmung überhäuft und jemand, der im hinteren Teil des Busses saß, meinte:

„Wir fahren nicht unvorbereitet ins Blaue! Keinesfalls!"

„Stimmt!", ergänzte ein anderer.

Der Professor, ein ebenfalls literarisch interessierter und darum gebildeter Mann, antwortete:

„Einen Ort zu erkunden und dann zu erkennen ist, wie es ein Dichter feststellte, ähnlich dem Häuten einer Zwiebel. Willst du zum Kern, zum vom Licht verborgenen Innern der Zwiebel vordringen, muss Schale um Schale abgetragen werden. Wir, die noch nicht vierundzwanzig Stunden Gast auf der Insel sind, haben nun begonnen, die Zwiebel zunächst von ihrer braunen und vertrockneten, aber auch schützenden Haut zu befreien!"

„Ja!", sagte jemand, „Ein guter Vergleich!"

Louise hatte meine Hand genommen. Nun lehnte sie sich zu mir und flüsterte in mein Ohr:

„Danke, dass du mich mitgenommen hast!"

Ich drückte ihre Hand und dann blickte sie wieder aus dem Fenster, während Professor Zabert weiter sprach:

„Die letzten vulkanischen Aktivitäten erlebte die Insel vor etwa acht Millionen Jahren. Danach sind die Vulkane erloschen und die bis dahin eruptierte Lava wird durch Erosionen, Wind und Sonne und Regen, abgetragen und somit der felsige Kern der Insel frei gelegt. An einigen Orten zeigen die versteinerten Vulkanschlote wie dicke Finger in den Himmel. Im Norden und Westen erleben wir beinahe immergrünen Wald, Regenwald, im Süden Trockenheit und oft auch Kühle...", Professor Zabert blickte mich, nun wieder mit bekanntem freundlichen, beinahe gütigen, Gesicht an und sprach weiter:

„Wir können uns glücklich schätzen, einen gelernten und dazu promovierten Biologen unter uns zu wissen!", der Professor deutete auf mich und sagte:

„Der junge Mann kann im Bedarfsfall die Botanik des Regenwaldes bis in die Verästelungen erklären und erläutern!"
„Gerne!", antwortete ich.

*

Nachdem der Bus zunächst durch das große Tal und dann über die Serpentinen am nördlichen Hang gefahren war, durchquerten wir zwei Tunnel, die im geringen Abstand und hintereinander durch den Berg gebohrt waren.
Dann erreichten wir den Regenwald und beobachteten, dass hier, am Waldrand der Atlantik noch an manchen Stellen durch die Bäume blinkte und blitzte.
Nun konnten wir bei Tageslicht sehen, dass die Bäume mit langem und manchmal bis auf den Waldboden reichenden Bartflechten bewachsen waren. Die von Norden und Nordwesten heranziehenden und auf die Insel treffenden nässeschweren Wolken ließen ihre Feuchtigkeit in den Flechten, wurden dadurch leichter und zogen dann über die Insel weiter in südliche Richtungen.

„Die Bartflechten vergrößern die Oberfläche der

Pflanzen, in diesem Falle die der Bäume, um so viel Feuchtigkeit wie möglich aus den Wolken zu ziehen, dem Kämmen vergleichbar. Leider haben wir heute nicht ausreichend Zeit, um uns das genauer anzusehen. Wir müssen zum Flugzeug!", sagte der Professor, „Sonst würde ich einen Halt vorschlagen und wir könnten den Regenwald, zumindest einen kleinen Teil davon, besuchen."

Das war die Aufforderung für mich zu sagen, dass wir den Besuch gern an einem der nächsten Tage nachholen können, denn:

„Wo findet man sechzehn verschiedene Lorbeerarten auf so einem kleinen Terrain? Ich meine, sonst nirgendwo auf der Welt!"

„Stimmt!", bestätigte der Professor.

An der Abzweigung fuhr der Bus nach Süden und bald darauf erreichten wir das große Hochplateau im Zentrum der Insel.

Einer unserer Mitfahrer, den ich nicht kannte, sagte:

„Auf diesem Hochplateau befand sich einst eine Kultstätte der Ureinwohner der Insel. Im Übrig ist es so, dass in dem großen Tal, aus dem wir gekommen sind, in frühen Zeiten mehrere Stämme der Ureinwohner in teilweise erbitterter Feindschaft nebeneinander lebten. Die ließen damals keine Gelegenheit ungenutzt, um sich gegenseitig abzuschlachten..."

„So was schaukelt sich immer weiter auf! Eine Spirale!", meinte jemand.

„Ja! Und irgendwann war dann einer der rivalisierenden Stämme erfolgreich und deren Häuptling bewacht jetzt, in Bronze gegossen, das Tal dort am Strand des Atlantik, wo wir vorhin losgefahren sind..."

„Ich hatte vergessen, euch unseren Freund Klaus

Beier vorzustellen..."

Louise hatte, während der junge Mann von den kriegerischen Auseinandersetzungen im Tal berichtete, aus dem Fenster gesehen, allerdings interessiert zugehört. Als Professor Zabert nun den Namen des Mannes nannte, zuckte Louise kaum bemerkbar und nahm ihre Hand aus meiner.

Leise fragte ich:

„Ist alles in Ordnung?"

„Das erzähle ich dir, wenn wir wieder im Hotel sind!", dann legte sie ihre Hand wieder in meine und der Professor sagte:

„Klaus Beier ist ein ausgewiesener Völkerkundler!"

Die Straße führte in einem Bogen um das Hochplateau. Was nicht bedeutete, der Bus konnte nun, ähnlich wie auf einer Landstraße, dem Ziel unbeschwert entgegen fahren. Im Gegenteil! Zunächst mussten einige, ich meine, es waren fünf oder sechs, sehr enge Serpentinen durchquert werden. Bevor dann auf der kurvigen Straße weiter um das Hochplateau gefahren werden konnte.

Während wir uns vom Fahrer sicher chauffieren ließen, war es ruhig im Bus. Keiner aus der Gruppe sprach oder wollte etwas erklären. Es war ohnehin ein ungeschriebenes Gesetz, wenn wir gemeinsam reisten, dass jeder den anderen seine Kenntnisse unaufgefordert mitteilte. Und es war ein ebenso ungeschriebenes Gesetz, dass die anderen sich das, was berichtet wurde, geduldig und höflich anhörten. Auch dann, wenn es ihnen bereits bekannt sein sollte. Oder nicht in jedem Falle für jeden gleichermaßen interessant sein sollte. Es war bereits die fünfte Reise mit Professor Zabert und den anderen, an der ich teilnahm. Wir hatten gemeinsam viele tausend

Kilometer erfahren und erwandert und erreist. Wenn es diese Begriffe dann gibt.... Aber nie habe ich, wenn jemand den anderen etwas erklärte, gehört, das Gesagte würde den einen oder den anderen aus unserer Gruppe nicht interessieren:

„Übrigens diese verbale Reaktion, es würde nicht interessant sein, nicht interessieren, ist oftmals charakteristisch für Zeitgenossen, die durch ihnen fremde Neuigkeiten nicht aus ihrer selbstgewählten Herrlichkeit aufgeschreckt werden wollen!", erklärte mir Louise später dann, „Und die zudem befürchten müssen, durch diese Neuigkeiten in ein von ihnen nicht beherrschbares Gespräch verwickelt zu werden!"

„Also, mit anderen Worten, lass dich nicht auf unbekannte Themen ein. Und nachfragen und um Erklärung bitten, kann als Schwäche ausgelegt werden Und wer ist schon gern schwach?", antwortete ich auf Louises Feststellung.

Doch zunächst befuhr der Bus das Hochplateau etwa einen und einen halben Kilometer über dem Atlantik und im Zentrum der Insel gelegen. Und nur hin und wieder war ein räuspern der Fahrgäste zu hören, bis Professor Zabert sagte:

„Es gibt zwei Straßen, die zum Flugplatz führen. Unweit der ersten, der wir uns jetzt nähern, steht ein sehr großer und sehr alter Drachenbaum. Durchaus sehenswert und von der Straße nach einem Spaziergang von etwa einer halben Stunde zu erreichen. Wenn wir uns hingegen für Straße zwei entscheiden, kommen wir zwar nicht an dem Drachenbaum vorbei, können aber die aus erstarrter Lava, in der Regel Basaltgestein, in die Höhe ragenden Vulkankegel bestaunen... Ist doch richtig erklärt, Günther?"

Günther, der Geologe, war in das Betrachten der

Landschaft vertieft, dass er auf die Frage des Professors nicht antwortete. Sein Nachbar machte ihn darauf aufmerksam und dann fragte Günther:

„Wie bitte? Worum geht es?"

Professor Zabert blickte zu Günther und dann wiederholte er, man spürte es, das tat er sehr gern, die Frage.

„Ja!", antwortete Günther, „In der Regel ist das so, dass Lava erstarrter Basalt ist. Und der ist wieder eingeschmolzener Granit. Das eine, Granit, ist ein Eruptivgestein und Basalt ein Ergussgestein. Somit haben beide Gesteine, bis auf Details, die gleiche chemische Zusammensetzung..."

„Identische Gesteine?", fragte jemand.

„Ja!"

„Und warum hat der Granit eine grobere Struktur? Die Kristalle sind sehr deutlich zu erkennen!"

„Ich sagte es bereits! Granit ist ein Eruptivgestein, was aus dem Vulkan geschleudert wird und sehr schnell erkaltet."

„Und Basalt ist dann erneut eingeschmolzener Granit, tritt langsamer aus als der Granit aus und erkaltet auch langsamer?"

„Ja!", sagte Günther, „Und diese Vulkanstümpfe sind entstanden, als die Lava nicht mehr austrat, weil die Magmakammer erschöpft war, und im Schlot erstarrte. Das umgebende weiche Gestein des Vulkankegels erodierte während einiger Millionen Jahre."

„Also fehlte aus der Magmakammer der Nachschub?", wurde Günther gefragt.

„Ja! Übrigens, zur Erklärung: Als Magma wird die in der Erde in verschiedenen Konsistenzen vorkommende Gesteinsschmelze bezeichnet..."

„Und Lava?"

„Lava, dieser Begriff kommt aus dem italienischen Sprachgebrauch und bedeutet 'Schlammassen', ist das nach einer Eruption aus dem Vulkan ausgeflossene Magma. Ich will keinem und niemandem zu nahe treten, aber ich meine, wir sollten es, jedenfalls für den Moment, bei diesen Erklärungen belassen. Was nicht bedeutet, wir reden nie mehr darüber. Die Insel ist geologisch hochinteressant, so dass man beinahe auf Schritt und Tritt etwas findet und sieht, über das es sich zu reden lohnt. Und selbstverständlich bin ich gern bereit, über den Vulkanismus auf de Insel Weiteres zu erläutern...“

Der Bus stand nun an der Stelle, an der die Straße zum Drachenbaum abzweigte. Der Fahrer blickte den Professor an und der Professor blickte zu Regine. Was bedeutete, er wollte nicht entscheiden, wohin der Bus nun fahren sollte.

Regine, die so oft, jedenfalls wird das hinter der vorgehaltenen Hand berichtet, Entscheidungen für ihren Chef und guten Bekannten und Freund getroffen hatte, war auch jetzt gefragt. Sie wusste um diese Aufgabe und nahm diese auch gern war. Sie sagte:

„Ich meine, der Drachenbaum ist sehenswert! Und anschließend fahren wir zum Flugplatz!“

„Ja!“, sagte der Professor, „So werden wir das machen!“

Regine gab dem Fahrer ein Zeichen und daraufhin lenkte der den Bus nach rechts und auf die Straße, von der aus der Drachenbaum zu erreichen war.

Wir fuhren nun in südliche Richtung durch aneinander gereihte Kurven und Serpentinen, die manchmal durch ein gerade gebautes Straßenstück miteinander verbunden und an die Hängen eine Tales gebaut waren.

Wenn ich, das sei an dieser Stelle erwähnt, über Straßen berichte, dann meine ich auch diese Bauwerke der Ingenieurkunst. Auf der Insel war in den zurückliegenden Jahren ein gut ausgebautes Verkehrsnetz, hauptsächlich Straßen, geschaffen worden. Jedes Dorf war mit dem Auto erreichbar. Allerdings möchte ich keine Besprechung darüber führen, ob das im Sinne des Umweltschutzes erforderlich ist. Im Sinne des Tourismus aber bestimmt. Man kann von keinem Touristen verlangen, dass er auf dem Rücken eines Esels sein Hotel erreicht...

Die Straßen auf der Insel waren nicht schlechter gebaut als die auf dem europäischen Festland. Stets wurden sie gepflegt und unterhalten. Sie waren so konstruiert, dass sich, langsam fahrend, an den zahlreichen und immer auf Sichtweite angelegten Verbreiterungen, durchaus zwei Busse begegnen konnten. Zwar war das dann für die Passagiere die an der Außenseite des an der Verbreiterung vorbei fahrenden Busses saßen, eine Mutprobe. Denn sie blickten den steil abfallenden Abgrund hinunter. Jedoch: Die Fahrer waren erfahrene Chauffeure und zwischen der Straßenkante und den Rädern des Busses war mitunter mehr Platz als, beispielsweise, im Hamburger Elbtunnel!

Also, die Straßen waren gut und auch unser Fahrer verstand sein Handwerk!

Professor Zabert ließ sich das Mikrofon geben und sprach in das Gerät:

„Wir haben es bereits erlebt! Der Norden der Insel ist grün und feucht und der Süden, wo wir uns jetzt befinden, trocken und teilweise versteppt. Die Gründe dafür haben wir besprochen!"

„Ja!", sagte einer der Fahrgäste.

„Das bedeutet nun wiederum, wir treffen auf der südlichen Seite der Insel eine andere Flora und Fauna an, die uns unser Freund und Gast", Professor Zabert blickte wieder zu mir und lud mich mit einer Handbewegung ein, „ihm sei bereits jetzt schon gedankt, erläutern wird!"

Ich blickte zum Professor und antwortete:

„Das mache ich doch gerne! Aber ich meine, das sollten wir im Feld und nicht vom Bus aus tun!"

„Ja, selbstverständlich!", antwortete der Professor.

*

Auf der Insel haben die Schluchten und Täler, die sich strahlenförmig fast von der Mitte des nahezu kreisrunden Archipels zu den Küsten erstrecken, sehr steile Hänge. Darum sind die Dörfer und Ansiedlungen terrassenförmig an diese Hänge gebaut. Manchmal und besonders dann, wenn sich die Ortschaft am Grund der Schlucht befand, sind die Häuser auch zu beiden Seiten der Abhänge gebaut.

Wir fuhren jedoch mit dem Bus nach Süden und in ein Straßendorf. Häuser und kleine Gehöfte, hinter denen die steilen Felswände aufragten, zu beiden Seiten der Straße.

Manchmal mündete zwischen den Häusern ein Weg, eine Schotterpiste, auf dem man zu außerhalb befindlichen Gehöften und Einsiedeleien gelangen konnte.

Der Fahrer hielt den Bus auf einem Parkplatz an und bedeutete dem Professor und Regine, dass er keinesfalls mit seinem Bus die Schotterpiste befahren würde. Was verständlich war. Gleichzeitig deutete er auf eine Stelle, an der, etwa fünfzig Meter entfernt, ein Weg von der Straße wegführte.

Dann sagte der Fahrer:

„Dracaena!"

„Aha!", sagte Regine, „Den Weg entlang kommen wir zum Drachenbaum!"

„Na, denn!", meinte der Professor, „Alles aussteigen! Wir werden nun etwa zwanzig Minuten auf diesem Weg dort zum Drachenbaum gehen."

Ohne sich darum zu kümmern, ob alle seiner Aufforderung folgten, wir waren nicht auf einer Schulabschlussfahrt, wie er später feststellte, verließ er den Bus, gefolgt von Regine.

Louise hatte meine Hand genommen und hielt mich fest, als sie sagte:

„Da unten ist der Atlantik!"

„Ja!", erwiderte ich, „Den kann man von beinahe jedem Ort der Insel sehen."

Der Professor und Regine gingen den Weg zum Drachenbaum und die anderen aus der Gruppe folgten. Einzeln oder zu zweit. Jürgen und Günther und Klaus Beier als Trio. Louise und ich am Ende der Gruppe.

Professor Zabert schritt so, wie es von ihm bekannt war, ohne Pause und sehr schnell den Weg entlang und in das Tal hinein. Etwa ab der Hälfte des Weges war der Drachenbau bereits aus der Ferne zu sehen.

Man konnte meinen, dieses schöne und offenbar sehr alte Gewächs, unbeschädigt und gerade gewachsen, würde den Professor anziehen.

Jedoch, wer wie ich den Professor kannte, wusste, so ist es seine Art, Wege zu beschreiten: Schnell und ohne Pause.

An seiner Seite Regine, die sich an dieses schnelle Gehen gewöhnt hatte. Machte der Professor zwei Schritte, waren es bei Regine drei, die erforderlich waren, um das Tempo zu gehen. Irgendwann hat jemand, der die beiden beim gemeinsamen Gehen nebeneinander beobachtet hatte, das als Zwei-zu-Drei-Verhältnis benannt.

Und die anderen? Wie bereits beschrieben, fanden sie einzeln und paarweise, auch eine Dreiergruppe war dabei, den Weg zum einzigen Drachenbaum der Insel. Louise hielt noch immer meine Hand fest in ihrer und blieb plötzlich stehen, als sie sagte:

„Ist das schön hier! Und nicht heiß! Angenehm warm."

„Ja!", erwiderte ich und sah sie an.
Dann zog ich mit ihr weiter auf dem Weg und meinte:

„Ich soll dort 'was über den Drachenbaum sagen. Da ist es nicht gut, auch wenn wir an letzter Stelle gehen, wesentlich später als die anderen anzukommen!"

„Stimmt!"

Der Professor und Regine erreichten erwartungsgemäß als erste das Ziel. Er ging um den Baum, prüfte mit den Händen die vernarbte Rinde, legte den Kopf in den Nacken und blickte in das Geäst.

Dann ging er einige Schritte zurück, zog einen Fotoapparat aus seinem Rucksack und begann, den Baum und seine Teile, Äste und Zweige, zu fotografieren.
Inzwischen kamen die anderen ebenfalls an und es begann, wie nicht anders zu erwarten, das Besichtigen, Bestaunen, Betasten und Befühlen des sehr großen Baumes.

Innerhalb kurzer Zeit, wenige Augenblicke waren dazu erforderlich, wurde die Situation von einer feierlichen Stimmung beherrscht. Niemand sprach laut oder machte in lauter Weise auf sich aufmerksam. Jeder war ergriffen von der Schönheit des Drachenbaumes und davon, wie der stolz seine Schönheit zeigte, nahezu anpries

Louise war einige Schritte zurückgewichen, hatte sich auf die von der Sonne ausgedörrte Wiese gehockt und betrachtete den Baum mit zusammengekniffenen Augen. Mal legte sie ihren Kopf in den Nacken, um in das fein gegliederte Geäst zu blicken, mal legte sie den Kopf zur Seite und sah zum Baum.

Schließlich holte sie ihre kleine Kamera hervor und begann ebenfalls, den Dracaena aus den unterschiedlichsten Perspektiven zu fotografieren

Auch einige der anderen fotografierten den Baum, während sie sich leise auf bestimmte Details im Geäst und am Stamm aufmerksam machten.

Ich wurde bald von einigen über den Baum befragt. Darum meinte ich, es wäre vielleicht besser, wenn wir uns in einiger Entfernung, vielleicht reichten ja zehn Meter, treffen. So könnten wir uns unterhalten und würden gleichzeitig die beinahe majestätische Erscheinung des Drachenbaumes ansehen und seine Ruhe nicht weiter stören.

Ich habe das, was ich damals sagte, aus der Erinnerung in mein Reisetagebuch notiert und gebe es hier wieder:

„Der Drachenbaum, Dracaena Draco L., gehört zur Gattung der Agavengewächse und ist vorzugsweise in den tropischen und subtropischen Gebieten Afrikas und Australiens beheimatet. Außerdem auf den Kanarischen Inseln, wo er eine Höhe von bis zu zwanzig Metern erreicht, ist er hier sehr häufig anzutreffen und erreicht auch hier ein sehr hohes Alter.

Alexander von Humboldt kam im Sommer 1799, auf der Fahrt nach Südamerika, nach Teneriffa, bestieg den Pico de Teide, auf dem er mit seinen Gefährten unter Felsüberhängen nächtigte und wissenschaftliche Untersuchungen über den Luftdruck machte und in den Krater des Teide hinabstieg.

Später trifft er dann am Fuße des Pico de Teide auf einen uralten Drachenbaum und notierte:

„In Orotava steht ein Drachenbaum, Dracaena Draco, dessen Umfang […] 45 Fuß misst. Vor 400 Jahren, zur Zeit der Guanchen, der Ureinwohner, war er schon so dick wie jetzt. Alexander erinnert sich an den viel kleineren Drachenbaum im Botanischen Garten zu Berlin, der damals ein heftiges Fernweh in ihm ausgelöst hat..." (Werner Biermann: „Der Traum meines ganzen Lebens. Humboldts amerikanische Reise.")

Humboldt schätzte das Alter dieses Baumes auf etwa 4000 bis 5000 Jahre und fertigte eine Zeichnung an. Weil der Baum in den folgenden Jahren verfiel und der Stamm hohl wurde, zerstörte ihn im Jahre 1868 ein Orkan.

Drachenbäume können, was ihr Alter betrifft, durchaus mit Mammutbäumen oder Olivenbäumen konkurrieren.

Bemerkenswert ist, dass der Stamm des Drachenbaumes während seines Wachstums außerordentlich zunimmt, ein Umfang von zehn Metern ist bei älteren Exemplaren keine Seltenheit.

Humboldt beschreibt, der „... Stamm teilt sich in viele Äste, die kronleuchterartig aufwärts ragen und an den Spitzen Büschel tragen, ähnlich der Yucca im Tale von Mexico... Unter den organischen Bildungen ist dieser Baum, neben der Adonsonia oder dem Baobab am

Senegal, ohne Zweifel einer der ältesten Bewohner unseres Erdballs...Sein Anblick [der Blüten und Früchte] mahnt lebhaft an die ewige Jugend der Natur, die eine unerschöpfliche Quelle von Bewegung und Leben ist..." (Alexander von Humboldt: „Reisewerk", Paris 1810)

Antiken Gelehrten wie Diascurides, war der Drachenbau und davon wiederum das bei Verletzungen der Rinde und des Holzes austretende blutrote Harz bekannt. Der italienische Dichter Dante Alighieri erwähnte ihn als bluttriefenden Baum. Die auch als indischer Zinnober bekannte Flüssigkeit (Gummi inabari) kann als Lack benutzt werden. Auch Heilsalben und Mittel bei Einbalsamierungen können aus dem Harz des Drachenbaumes hergestellt werden.

Man ist sich in wissenschaftlichen Kreisen insgesamt darüber einig, dass Dracaena Draco L. Während wärmerer Zeiten der erdgeschichtlichen Entwicklung im gesamten Mittelmeerraum beheimatet war, um dann in die subtropischen Regionen, vorzugsweise die Kanarischen Inseln, verdrängt zu werden. Hier gedeiht er besonders auf basalthaltigen Böden."

„Ich meine, es ist nun die Zeit gekommen, das wir wieder zum Bus zurückgehen sollten!", sagte Regine.

Eine halbe Stunde später waren wir wieder auf dem Weg zum Flugplatz...

Der Bus wurde vom Fahrer so, wie wir es bereits kannten, sicher über die Serpentinen am Hang des Tales gelenkt.

Später erzählte er uns, er hätte seine Busprüfung auf eben dieser Strecke abgelegt, die wir heute befahren. Um es genau zu berichten: Der Fahrer sagte das zu Regine, die es uns dann erklärte.

Und der Fahrer sagte auch, es wäre eine lange währende Tradition unter den Busfahrern, dass jeder von ihnen eine oder zwei Strecken befährt:

„Man kann sich nicht mit letzter Sicherheit merken, wie jede der vielen Kurven und Serpentinen auf der Insel sicher anzufahren ist!", soll Manuel, so hieß unser Busfahrer, noch geäußert haben.

Das erinnerte mich an einen entfernten Verwandten. Ich meine, es war der Cousin meiner Mutter. Der war Lokführer und fuhr auch immer, viele Jahre sind es gewesen, eine Güterzuglokomotive auf der gleichen Strecke. Ich dachte damals als Junge allerdings, Lokführer kommen weit im Lande umher. Sind heute hier und morgen dort. So, wie die Seeleute auf einem Schiff. Aber auch deswegen musste ich zu anderen Einsichten gelangen, denn die große Zeit der Trampschiffahrt ist Geschichte. Heute wird meistens, aller meistens, „Linie" gefahren.

*

Louise saß wieder auf dem Platz neben mir und am Fenster. Sie hatte wieder eine Hand in meine gelegt und umfasst und mit der anderen Hand streichelte sie meinen Unterarm. Dann, als wir für einige Augenblicke den nahezu ungestörten Blick auf den Atlantik erleben durften, nahm sie die Hand von meinem Arm und zeigte auf das Meer und sagte:

„Dort! Siehst du das Segelschiff?"

„Ja!"

Es war eines der umgebauten Fischerboote, oft mit einem Großmast und manchmal auch mit einem Besanmast, mit denen man mit Touristen zum Beobachten von Walen und

Delfinen hinausfährt, erklärte ich Louise.

„Werden wir das auch noch machen?"

„Das weiß ich nicht! Das müssen wir Regine fragen!"

Dann begann Louise erneut, meinen Arm sehr sanft, beinahe liebevoll, zu streicheln.

Etwa dreißig Minuten nach der Abfahrt am Parkplatz beim Weg zum Drachenbaum, erreichten wir den Inselflugplatz.

Manuel parkte den Bus vor dem Empfangsgebäude und Professor Zabert sagte:

„Ihr müsst 'mal einige Minuten auf uns warten! Regine und ich gehen, um uns anzumelden!"

„In Ordnung!", meinte jemand.

Nach wenigen Minuten kam Regine allein zum Bus zurück und sagte mit sehr ruhiger Stimme:

„Der Professor schickt mich, zwei starke Männer zu bitten, um mit ihm die Unterlagen aus dem Flugzeug zu holen!"

Dabei blickte sie mich und Günther an. Ich kannte Regine nur zu gut und wusste, was dieser Blick bedeutete.

Sofort erhob ich mich und sagte zu Günther:

„Komm!"

Regine ging mit uns zu einem Nebeneingang, es war kein Hintereingang, des Flughafengebäudes. Es war die Tür, die für das Personal vorgesehen war.

*

Nebenbei und an dieser Stelle sei erwähnt, dass der Flughafen und das Abfertigungsgebäude erst vor wenigen Jahren auf Drängen der damaligen Inselregierung gebaut worden sind. Somit war die gesamte Anlage noch neu und genügte internationalen Ansprüchen.

Nur die Tatsache, dass die geografischen Verhältnisse eine Rollbahn von nur eintausend und fünfhundert Metern zuließen, war der Grund dafür, dass die Insel nicht direkt von europäischen Städten angeflogen werden konnte.

Der Flugplatz, einer der modernsten der Inseln im Atlantik, war somit hauptsächlich das Ziel kleiner und kleinster Zubringermaschinen, die von den großen Flugplätzen des Archipels kamen.

*

Regine klopfte an die Tür und ein bärtiger Mann mit blauschwarzen Haaren öffnete. Nach unserem Eintreten ging der Mann vor die Tür und prüfte, ob wir allein gekommen waren. Ich blickte Regine an und daraufhin senkte sie ihre Augenlider und nickte, kaum zu bemerken. Ich meinte das so zu verstehen, dass alles seine Ordnung hatte.

Der Mann ging uns voran und in die Abfertigungshalle. Hier wartete Professor Zabert mit einigen anderen Leuten, auch einigen Frauen.

Wir wurden aufgefordert, etwa zwei Meter vor der Gruppe um Professor Zabert stehen zu bleiben. Dann trat eine der Frauen vor und sagte in akzentfreier deutscher Sprache:

„Guten Tag! Nennen Sie mich bitte Veronika!"

Sie schaute mich und Günther einige Augenblicke an. So, als prüfte sie, was in diesen Momenten in unseren Köpfen gedacht wurde.

Und ich überlegte wirklich, ob wir jetzt auf der guten oder schlechten, besser: bösen, Seite waren.

„Wie Sie vielleicht wissen", sprach die junge Frau, Veronika, weiter, „hat es in den vergangenen Nächten in einigen europäischen Ländern Auseinandersetzungen und Machtkämpfe gegeben. Das betrifft vor allem ost- und einige südeuropäische Länder..."

„Günther und ich sahen uns an, dann sagten wir nahezu gleichzeitig:

„Nein! Das ist uns nicht bekannt!"

„Macht nichts, ist aber so!"

Nach einigen Augenblicken sprach die junge Frau dann weiter:

„Auch in unserem europäischen Mutterland, die Inseln sind, wie Sie es wissen, autonomes Gebiet, haben politisch anders denkende Menschen versucht, die rechtmäßige Regierung zu stürzen. Und das mit Unterstützung bewaffneter Untergrundbanden. Drahtzieher dieser Aktion sind rechtspopulistische Kräfte mit sehr großem Einfluss in der Wirtschaft unseres Landes..."

„Und woher wissen Sie das?", fragte Günther.

Die junge Frau ging zu einem der Männer um Professor Zabert und beide besprachen sich. Dann kam sie mit einem Blatt Papier zu uns und sagte:

„Wir sind von der Inselverwaltung und von der autonomen Regierung des Archipels beauftragt worden, gemeinsam mit anderen und gleichgesinnten Menschen die demokratischen Werte zu schützen und zu verteidigen. Hier ist unsere Legitimation!"

Die junge Frau streckte uns ihre Hand mit dem Papier entgegen. Günther und ich gingen ihr zwei oder drei Schritte entgegen. Wir wollten das Schriftstück näher betrachten. Doch einer der Männer sagte laut:

„Stop!"

Wir traten wieder zurück. Dorthin, wo Regine stand. Dann reichte die junge Frau das Legitimationsschreiben an den bärtigen Mann zurück und Günther sagte:

„Wir befinden uns also inmitten eines Guerillakampfes!"

„Das sind Sie nicht!", antwortete die junge Frau, „Wir sind keine Guerillakämpfer sondern die von einer demokratisch gewählten Regierung beauftragte Bürgerwehr. Wir haben keine Angriffswaffen! Allerdings hat jeder von uns eine Pistole und Munition zur ausschließlichen Selbstverteidigung!"

„Und was möchten Sie von uns?", fragte wiederum Günther.

„Wir wollen Sie über die Verhältnisse in unserem europäischen Mutterland informieren. Und auch darüber, dass, soweit es uns bekannt ist, bis jetzt keine Aufständischen auf die Inseln gekommen sind. Ob das so bleibt, wissen wir nicht, halten das aber für weniger wahrscheinlich..."

„Und nun?", fragte ich.

Doch die junge Frau ließ sich von meiner Äußerung nicht stören und erklärte weiter:

„Es ist das Ziel der rechtspopulistischen Kräfte, die absolute und uneingeschränkte, sagen wir es so, Oberhand oder Macht der Industrie und Wirtschaft über unser Leben herzustellen..."

„Wie bitte?", war Professor Zabert zu hören.

„Ja!", sagte Veronika, „Bildung und Kultur, Umweltschutz, freie Meinungsäußerung und demokratische Grundrechte, um nur einige Beispiele zu nennen, sollen dem Ziel maximaler Wirtschaftsleistung und -entwicklung untergeordnet werden. Man geht sogar soweit, dass man Diskussionen darüber untersagen will und Debatten über Ökologie und Umweltschutz als Eingriff oder zumindest versuchten Eingriff in das öffentliche Leben zum Nachteil der Gesellschaft verbieten und unter Strafe stellen will!"

Günther und ich hatten nicht bemerkt, dass Regine mit dem bärtigen Mann, der uns die Tür geöffnet hatte, die anderen Leute aus dem Bus und in die Flughafenhalle geholt hatte. Auch unser Fahrer Manuel war unter ihnen. Erst dann, als Louise neben mir stand und erneut meine Hand ergriffen hatte, sah ich Manuel und die anderen. Louise blickte mich an und fragte:

„Ist alles in Ordnung?"

„Einerseits, was unsere körperliche Unversehrtheit betrifft, ist alles in Ordnung. Auch, was die Leute hier angeht. Andererseits kann es sein, dass wir einige nicht unerhebliche Probleme bekommen könnten.", antwortete ich, „Hör' bitte zu, dann wirst du viel erfahren!"

Dann trat ein anderer, etwas älterer Mann vor und begann, langsam und sehr ruhig zu sprechen. Nach zwei oder drei Sätzen machte er eine Pause und Veronika übersetzte für uns:

„Wir möchten Ihnen unserer Zusammenarbeit anbieten. Und wir möchten Sie schützen, falls das erforderlich sein sollte. Oben in den Bergen, mitten im Regenwald, gibt es gut ausgebaute Verstecke. Dorthin würden wir sie im äußersten Fall bringen und danach für Ihre sichere Abreise von der Insel Sorge tragen!"

Der Mann hörte zu, während Veronika das Gesagte übersetzte. Als sie geendet hatte, sprach er weiter:

„Aber soweit ist es noch nicht. Und soweit wird es, das hoffen wir, auch nicht kommen. In dem Hotel am Atlantik sind sie gut aufgehoben. Der Direktor und die allermeisten Mitarbeiter sind auf unserer Seite. Die zwei oder drei Angestellten, denen wir nicht vertrauen oder nicht vertrauen können, werden in den nächsten 24 Stunden ihre Arbeit in einem anderen Hotel aufnehmen!"

Auch das wurde von Veronika für uns übersetzt und danach ging der Mann wenige Schritte auf Professor Zabert zu und sagte:

„Sie, Herr Professor und ihre Kollegen haben sehr viel für den Umwelt- und Naturschutz auf unserer Insel getan. Viele Projekte tragen Ihre Handschrift über Nachhaltigkeit und dem Leben im Einklang mit der Natur. Dafür ist Ihnen die Regierung unseres Archipels und die Verwaltung der Insel zu Dank verpflichtet. Deshalb sehen wir es als unsere Pflicht an, für Ihre Sicherheit und die Ihrer Kollegen, Freunde und Begleiter aufzukommen..."

Dann sagte der Mann mit etwas lauterer Stimme und wieder übersetzte Veronika:

„Sollten Sie in die Hände der rechtspopulistischen Aufständischen gelangen, wird man Sie ohne Urteil sofort inhaftieren und in irgendein Gefängnis bringen. Später wird man Ihnen vor einem hörigen kleinen Provinzgericht den Prozess machen und dann in der Haft verschwinden lassen. Glauben Sie mir, Ihre Heimat werden Sie in diesem Fall nie wieder sehen!"

„Na, das sind ja schöne Aussichten!, sagte der Professor und Veronika übersetzte auch das.

„Es ist so!", sagte der Mann.

„Und wie geht es jetzt weiter?", fragte Regine.

Dann, als Veronika auch diese Frage übersetzt hatte, ging der Mann zu seinen Leuten und sprach mit ihnen. Was wir allerdings nicht verstanden.

Als er wieder vor uns stand, sagte er:

„Sie holen jetzt Ihre Sachen aus dem Flugzeug und fahren danach in das Hotel zurück. Wir haben zwei Leute von uns, darunter auch Veronika, gebeten, Sie zu begleiten und im Hotel als Kontaktpersonen zur Verfügung zu stehen. Sollte sich die Lage in den nächsten Tagen zu unseren Gunsten verbessern, sehen wir gemeinsam weiter. Wenn das nicht eintritt, werden Sie in Ihrem eigenen Interesse die Insel verlassen! Einverstanden?"

„Und mein Flugzeug?"

„Solange es sich in unserer Obhut befindet, wird damit nichts passieren!"

Professor Zabert kam zu uns und sagte:

„Das hört sich alles sehr vernünftig an. Zudem ist Gerd, ein Schulfreund von mir, der Direktor des Hotels. Also lasst uns den Vorschlag annehmen!"

„Ja", stimmte Jürgen, der Theologe, zu.

Und dann sagte Professor Zabert:

„Einverstanden! Wir werden es so machen, wie Sie es uns geraten haben! Wir holen jetzt meine Sachen aus dem Flugzeug!"

„Ja!", erwiderte der Mann in deutscher Sprache.

Der Professor sah mich an und sagte:

„Ich möchte gern, dass..."

„In Ordnung! Ich komme mit!", antwortete ich, ohne dass der Professor seine Bitte zu Ende gesprochen hatte.

„Ich werde Sie begleiten, während die anderen hier warten!", sagte Veronika und forderte uns auf, ihr zu folgen.

Wir gingen durch die Nebentür und in die hinter dem Flughafengebäude befindliche Flugzeughalle.

Das haben wir alles ein bisschen getarnt!", meinte Veronika und öffnete die Nebentür in dem großen Tor. Nachdem unsere Augen sich an das dämmrige Licht gewöhnt hatten, sahen wir in einer Ecke einen Stapel Holzkisten und dahinter die mit Planen und notdürftig verhangene Cessna von Professor Zabert.

Der Professor starrte auf sein Flugzeug. Dann sah er mich mit weit geöffneten Augen und wortlos an und danach Veronika und fragte leise:

„Da ist doch noch alles in Ordnung?"

Und ebenso leise, beinahe feierlich, antwortete die junge Frau:

„Ja! Sicher! Wir haben den Flieger lediglich in die Ecke geschoben und, sagen wir das so, etwas dekoriert!"

„Aha!", antwortete der Professor.

Er ging zu der Cessna und dann um die Maschine, hob dabei manchmal die Plane hoch und schaute darunter und meinte:

„Könnte stimmen!"

Und nach einigen Augenblicken fügte er hinzu, nun schon wieder versöhnlich:

„Ist wahrscheinlich auch besser so. Aufständische haben es oft eilig und deshalb keine Zeit, sich mit verdeckten Dingen zu befassen!"

„Möglich!", antwortete Veronika.

Der Professor ging erneut zu seinem Flugzeug, nahm dort, wo sich die Einsteigtür befindet, die Plane zur Seite und öffnete die Tür. Er arretierte die Bremse und sagte:

„Das, junge Frau, sollten Sie das nächste Mal nicht vergessen!"

„Ja, in Ordnung! "

Professor Zabert nahm zwei Reisetaschen aus der Cessna, stellte sie auf den Hallenfußboden und schloss wieder die Tür.

Bevor er die Plane über das Flugzeug zog, sah er noch einmal an der Maschine entlang. Und plötzlich berührte seine rechte Hand sehr sanft, beinahe zärtlich, die Außenhaut der Cessna, bevor er die Plane heruntersinken ließ.

Mit den Taschen in der Hand kam er zu Veronika und mir und meinte:

„Wir können gehen!"

In diesem Moment, so meinte ich, blinkte eine Träne in seinem linken Auge...

Die anderen warteten bereits im Bus. Während Professor Zabert und ich in den Bus stiegen, ging Veronika zu dem älteren Mann aus ihrer Gruppe und sprach mit ihm.

Nach wenigen Minuten stieg sie in den Bus, der Fahrer schloss die Tür und dann fuhren wir zum „Hotel am Atlantik".

Als wir das Dorf erreicht hatten, auf dem der Weg zum Drachenbaum abzweigte, sagte Veronika:

„Wir haben noch keine Informationen darüber, ob die Aufständischen eventuell auf dem Weg zu den Inseln sind. Wir wissen aber von unseren Kontaktleuten, in unserem Mutterland wird den Aufständischen erheblicher Widerstand entgegen gebracht. Große Teile der Bevölkerung haben sich auf großen und kleinen Flugplätzen versammelt und verhindern durch die Blockaden der Rollbahnen Starts und Landungen. Und die Häfen werden von Fischerbooten und privaten Yachten blockiert..."

Als Veronika das gesagt hatte, begann jemand im hinteren Teil des Busses, spontan Beifall zu klatschen.

Sofort beteiligten sich alle anderen an dieser spontanen Sympathiebekundung und Veronika meinte:

„Danke!"

Manuel fuhr genau auf der gleichen Straße zum Hotel, die er vorhin zum Flugplatz gefahren war. Nur umgekehrt, zum Hotel zurück.

Auch auf dieser Fahrt saß Louise neben mir, hatte ihre

Hand in meine gelegt und blickte aus dem Fenster.

Dann, als wir auf der Hochebene an dem Tafelberg aus Basaltgestein vorbeifuhren, auf dem in weit zurückliegenden Zeiten eine Kultstätte war, sagte sie leise zu mir:

„Und, wie geht es nun weiter? Mit dieser Entwicklung hat wohl keiner gerechnet!"

Ich sah Louise an, sehr lange, dann antwortete ich:

„Das kann ich dir nicht sagen. Was dich und mich betrifft, so könnten wir uns, und zwar offiziell, verabschieden und nach Hause fahren. Ich halte das für eine wenig glückliche Lösung. Das bedeutete doch auch, wir, und besonders ich, wollten mit den anderen, gerade jetzt, da uns, möglicherweise schwierige Zeiten erwarten, nichts weiter zu tun haben..."

„Ja, das könnte so verstanden werden..."

„Also bleibt nur", sagte ich weiter, „das auch wir auf der Insel bleiben..."

„Ja!"

„Ich kann mir vorstellen, der Professor wird nachher, wenn wir im Hotel sind, zu einer Besprechung bitten, auf der genau diese Thema besprochen wird. Und weil ich ihn als Pionier und Kämpfer kenne, wird er für unseren Verbleib auf der Insel werben..."

„Ja?"

„Der Mann hat so sehr viel für den Umwelt- und Naturschutz auf der Insel und dem gesamten Archipel getan. Sich jetzt zurück zu ziehen, käme für ihn einer Kapitulation gleich..."

„Verstehe!", antwortete Louise.

„Ist auch so. Und dann bedenke bitte ebenfalls, bis jetzt ist uns noch nichts widerfahren. Man hat uns lediglich im Flughafengebäude auf einen Aufstand im Mutterland hingewiesen!"

Nach einigen Augenblicken fügte ich noch hinzu:

„Was ich allerdings keineswegs bagatellisieren und unterschätzen möchte!"

„Ich habe dich verstanden!", antwortete Louise.

Wir hatten den Regenwald mit von den Bäumen hängenden Bartflechten und den mit Moos dicht bewachsenen Ästen erreicht. Professor Zabert stand auf, ließ sich vom Fahrer das Mikrofon reichen und sagte:

„Andere würden meinen, da hätten wir nun den Salat! Aber wir sind, das hoffe ich für jeden von uns, grundsätzlich Optimisten!"

„Stimmt!", sagte jemand.

„Deshalb lassen wir uns auch von einer, ich will es so sagen, Gefahrenwarnung nicht erschrecken! Man kann auf See auch nicht jede höheren Welle ausweichen. Und bis jetzt haben wir nichts weiter vorliegen als die zwar sehr zu beachtende, aber noch nicht akut bedrohliche Warnung vor Widernissen!"

„Da haben Sie recht!", sagte Veronika.

„So schlage ich vor, dass wir uns heute Abend zu einem gemeinsamen Essen treffen. Ich habe das, als wir diese Reise planten, mit der Direktion des Hauses besprochen. Nämlich, das wir uns am ersten Abend etwas länger treffen werden. Also um halb acht im Clubraum auf der Dachterrasse! Und Sie, Veronika und Ihr Mitstreiter, sind ausdrücklich eingeladen!"

„Was habe ich dir gesagt?", fragte ich Louise und ergänzte nach wenigen Augenblicken:

„Aber Veronika hat er wider seine Gewohnheit, nicht geduzt!"

„Stimmt!", sagte Louise.

Als sich Veronika für die Einladung bedankte, meinte sie noch:

„Vielleicht wissen wir heute Abend weitere Einzelheiten!"

„Das hoffen wir!", sagte der Professor und gab dem Fahrer das Mikrofon zurück.

Danach wurde im Bus kein Wort gesprochen. Jeder dachte an die ihn bewegenden Dinge und Louise hielt weiter meine Hand und schaute aus dem Fenster.

Etwa 45 Minuten später, nachdem der Professor auf die Dachterrasse eingeladen hatte, erreichten wir das Hotel.

Als der Bus gehalten und Manuel die vordere Tür geöffnet hatte, sagte sie leise:

„Na, denn!"

Beim Aussteigen legte jeder von uns eine Münze, meist waren es Zwei-Euro-Stücke, in einen mit einem Tuch ausgelegten kleinen Korb. Das war auf den Inseln des Archipels so üblich. Allerdings hatte das einen sehr realen und wirtschaftlichen Grund. Es gab hier, außer einigen Handwerksbetrieben, keine Industrie. Die Bevölkerung lebte, außer von einem bescheidenen Fischfang, hauptsächlich vom Tourismus. Egal, ob nun direkt als Servicemitarbeiter in einem Hotel oder indirekt wie der Busfahrer Manuel. Oft soll es auch so sein, dass sich zwei Personen eine Arbeitsstelle teilen und zwar so, dass in einem Jahr der eine und im anderen Jahr der andere arbeitet. Ist einer von beiden krank, dann arbeitet der andere für ihn, so dass nach zwei Jahren die Arbeitszeit sowohl des einen als auch des anderen ausgeglichen ist...

So bedeuteten die Münzen in dem Korb unseres Fahrers Manuel das, was das Trinkgeld in der Gastwirtschaft für die Bedienung war: Ein unbedingt benötigter Teil des monatlichen Einkommens.

Veronika und ihr Kollege hatten sich inmitten der Mitglieder unserer Gruppe und deshalb nahezu unbemerkt für einen Beobachter, in das Hotel begeben. Ich konnte sehen, sie gingen sofort zum Fahrstuhl, wohl um sich bei der Direktion des Hotels zu melden...

Louise und ich stiegen die Treppen zu dem Flur empor, in den sich unsere Zimmer befanden. Grundsätzlich fuhr ich nur im äußersten Notfall mit dem Fahrstuhl. Weil ich in meinem Job, war ich nicht auf reisen, die allermeiste Zeit am Schreibtisch saß, war mein Verlangen nach Bewegung, in diesem Fall nach dem Treppensteigen, verständlich.

Louise war, das bemerkte ich, müde und oben, vor unseren Zimmern, sagte ich:

„Du kannst dich etwas ausruhen. Ich wecke dich!"

„Kann ich zu dir kommen?"

„Gern!"

Louise legte sich auf das Bett und schlief sofort ein und ich öffnete die Terrassentür und zog dann die Gardinen wieder vor das Fenster. So blieb die Wärme draußen.

Dann setzte ich mich an den kleinen Schreibtisch und begann, Notizen über den heutigen Tag in mein Reisetagebuch zu schreiben. Ich war, das erwähnte ich bereits, im Auftrag einer weltweit arbeitenden Umweltorganisation auf der Insel und folgte der Einladung von Professor Zabert. Und als Privatmann hatte ich Louise um ihre Begleitung gebeten. Zugegeben, eine etwas eigenwillige Konstellation...

Den aktuellen und offiziellen Teil des Reisetagebuches schrieb ich sofort und fast täglich per E-mail an mein Büro. Den privaten Teil meiner Reisenotizen hingegen vertraute ich einem Notizbuch an.

Dort notierte ich private Befindlichkeiten ebenso wie ergänzende Begebenheiten. Es ging niemanden etwas an, was ich fühlte, als Louise neben mir einschlief. In der vergangenen Nacht, beispielsweise...
So führte ich zwei Reisetagebücher, wobei es so war, dass sich beide ergänzten...

Louise lag auf meinem Bett und ich beobachtete, wie sie schlief. Tief und regelmäßig war die Atmung und in ihrem Gesicht konnte ich Ruhe und Zufriedenheit erkennen. Manchmal lächelte sie, es war kaum zu sehen. Und dann überlegte ich, woran sie dachte...
Ich habe gelesen, dass Unterbewusstsein ist ständig aktiv, beinahe ruhelos und darum bemüht, das Geschehene und Erlebte mit den sehr privaten Ansichten und Meinungen zu vergleichen. Oder Erlebnisse zu speichern. Für bald oder später...
Manchmal klar und deutlich, manchmal schemenhaft, können wir uns an das erinnern, was wir während des Schlafes in den letzten Augenblicken vor dem Erwachen im Unterbewusstsein erlebten...
Das sind dann Träume, von denen wir meinen, wir hätten die ganze Nacht, oder zumindest größere Teile davon, wunderbare oder auch traurige Geschehnisse erlebt.
Louise hatte sich auf die Seite gelegt und sagte etwas, das ich nicht verstand.
Ich schrieb weiter in mein privates Reisetagebuch...

*

Professor Zabert hatte gerufen und alle waren gekommen. Dieses Mal auf die Insel und in das „Hotel am Atlantik" und in diesem Haus auf die Dachterrasse.
Bereits vor unserem ersten Treffen, das fand vor neun

Jahren auch auf einer Insel im Mälaren-See bei Stockholm statt, hatten wir gemeinsam festgelegt, während unserer Zusammenkünfte auf die von manchen Menschen so sehr geschätzte und sogenannte gesellschaftsfähige Kleidung zu verzichten.

„Der Mensch wird durch Kostümierung und Verkleidung, manchmal wider seinen Willen, auch kein anderes Wesen. Denken Sie an des Kaisers neue Kleider!", hatte Professor Zabert damals verkündet.

Regine und der Professor hatten, das wurde mir erst einige Jahre später bewusst, die Insel Bryggholm im schwedischen Mälaren-See nicht ohne Grund für die erste Zusammenkunft unserer Gruppe gewählt: Die Insel war nur per Boot vom Festland aus zu erreichen. Keine Fähre, keine Brücke führte auf das Eiland. Und, so hatten mir der Professor und Regine dann später erklärt, das war der allgemeinen Stimmung und Laune dienlich: Denn im Falle eines Konfliktes konnte keiner der Anwesenden die Insel „nur 'mal so schnell" verlassen. Also war es allen von Anfang an klar, dass der Umgang miteinander von besonderer Achtung und Höflichkeit gekennzeichnet sein würde. So lernten wir uns kennen...

Damals hatten weitere sechs oder acht Personen an dem Treffen teilgenommen. Vier oder fünf der damaligen Teilnehmer habe ich später nicht wieder gesehen. Aus welchen Gründen auch immer...

Und vor unserer gegenwärtigen Reise auf die Insel hatten sich auch zwei Leute, zumindest für diese Tour, abgemeldet.

So waren wir zwölf Personen, Professor Zabert und Regine inbegriffen, die auf die Insel im Atlantik gereist waren.

Wenige Minuten vor der vereinbarten Zeit waren diese zwölf Personen auf die Dachterrasse des Hotels gekommen. Jetzt warteten sie darauf, vom Servicepersonal in den Clubraum gebeten zu werden. (An die Tür war tatsächlich ein Messingschild geschraubt, in das „Clubraum" eingraviert war.)

Dann, pünktlich, genau um halb acht, wurde die Tür geöffnet.

Wie nicht anders zu erwarten, hatte man den Raum und den Tisch mit nahezu unendlicher Sorgfalt und Mühe hergerichtet. Dafür war das Hotel weit über die Ufer der Insel bekannt...

Einige hatten ihre Kameras mitgebracht und fotografierten. Allerdings so, dass auf den Bildern nicht zu erkennen war, welche Personen sich in dem Raum befanden.

Professor Zabert hatte darauf noch einmal ausdrücklich hingewiesen:

„Es geht, besonders unter den gegenwärtigen Umständen, niemanden, außer die Beteiligten, etwas an, wen ich eingeladen habe. Auch die Nachwelt sollte mit derartigen Mitteilungen verschont bleiben!"

Louise hatte erneut meine Hand ergriffen. Ich meinte, sie suchte damit Halt in einer Umgebung, die für sie noch neu und deshalb manchmal fremd war.

Ich begleitete sie an ihren Platz und war dabei behilflich, als sie sich setzte. Ich wusste es inzwischen sehr genau, Louise liebte diese Aufmerksamkeiten.

Als sie meinte, ich würde es nicht bemerken, blickte sie zu Klaus Beier, der auf der anderen Seite des Tisches, sehr schräg links von Louise, hinter seinem Stuhl stand und mit Günther sprach.

Dieser Blick von Louise sollte, so meinte ich, sagen, was er verpasst hatte. Ungefähr so:

„Nun hilft mir ein anderer!"

Bei der nächsten sich bietenden Gelegenheit, so nahm ich mir vor, wollte ich Louise nach Klaus Beier fragen. Ich wusste nur, er war Völkerkundler und zudem, wie, weiß ich nicht, mit Regine verwandt.

Dann, als jeder seinen Platz gefunden hatte, Regine organisierte das nach einer nur ihr bekannten Ordnung und Professor Zabert jetzt als Einziger hinter seinem Stuhl stand, war es plötzlich sehr still in dem Raum. So still und ruhig, dass durch die geschlossenen Fenster und Türen die Atlantikbrandung zu hören war, die mit mächtigen Wellen gegen den mit dunkelgrauen und abgeschliffenen Steinen übersäten Strand rollte und donnerte.

„Jetzt sind wir unter uns!", sagte Professor Zabert, denn die Servicemitarbeiter hatten soeben die Tür des Clubraumes geschlossen, „Ich habe mir vom Hoteldirektor, ihr wisst, wir kennen uns seit Schultagen, ausdrücklich versichern lassen, dass dieser Raum nicht verwanzt und zudem weitgehend abhörsicher ist. Was in der heutigen Zeit viel bedeutet und nicht selbstverständlich ist..."

„Fürwahr!", stimmte jemand zu.

„Doch das wollen wir nicht erörtern!", Professor Zabert holte ein kleines Notizbuch aus der Tasche seines Jackets, blätterte darin und sagte dann weiter:

„Vor einigen Wochen ist mir das Buch 'Totem und Tabu' von Siegmund Freud in die Hände geraten. Darin habe ich gelesen:

„Mit einem anderen zu essen und zu trinken war gleichzeitig ein Symbol und eine Bekräftigung von sozialer Gemeinschaft und von Übernahme gegenseitiger Verpflichtungen."

Professor Zabert ließ die Worte kommentarlos in uns nachklingen und setzte sich. Selbstverständlich neben Regine.

Auf dem Tisch und vor seinem Platz stand eine Glocke. Nach wenigen Momenten, vielleicht war es eine Minute, läutete der Professor die Glocke.

Daraufhin wurde die Tür geöffnet und die Mitarbeiter trugen das Essen auf den Tisch und gossen Wasser und Wein in die bereitstehenden Gläser.

An diesem Abend aßen und tranken wir lange und vor allem gut in dem Clubraum auf der Dachterrasse des „Hotel am Atlantik".

Gesprochen wurde nicht viel, eigentlich sehr wenig, beinahe nichts.

Was sollte auch noch besprochen und beredet werden? Die wesentlichen Dinge waren, zumindest für diesen ersten Tag, bekannt und erläutert worden. Warum sollte das Bekannte ein weiteres mal erörtert werden? Unsere Situation und Lage änderte sich dadurch nicht.

So erlebten wir die Ruhe des Augenblicks, lauschten der atlantischen Brandung und waren gegenseitig beim Zureichen der Speisen und Getränke behilflich.

Nach dem Essen ließ der Professor abräumen und es wurde Kaffee und Tee serviert. Dazu Wodka, Cognac und Likör.

„Vom Schnaps aber nur ein Glas für jeden! Wir wollen uns nicht betrinken!", mahnte der Professor.

Dann gingen wir auf die Dachterrasse und wer rauchen wollte, tat das jetzt.

Die Mitarbeiter des Hotels räumten im Clubraum während dieser Zeit die Tische bis auf die Wein- und Wassergläser ab und servierten erneut Getränke. Nach etwa zwanzig Minuten bat Professor Zabert wieder in den

Raum.

Als die Tür sorgfältig verschlossen war, sagte er:

„Sie und ihr seid heute Abend meine Gäste. Das sage ich vorsorglich und für den Fall, jemand meint, er müsse eine Rechnung begleichen!"

„Danke!", antwortete Günther, „Und das sage ich für alle!"

Regine übergab an jeden ein dünnes Bündel zusammen geheftet Papierseiten und als sie damit fertig war, wurde an die Tür des Clubraumes geklopft.

Professor Zabert bedeutete Günther, er saß der Tür am nahesten, zu öffnen.

Eine junge Frau, sie arbeitete am Empfang des Hotels und hielt ein Blatt Papier in der Hand, trat einen Schritt in den Raum.

Günther nahm das Papier, nachdem er hinter der Frau die Tür geschlossen hatte und gab es an Professor Zabert weiter. Der las die wenigen Worte und sagte dann wider seine Gewohnheiten:

„Ach du Scheiße!"

Er reichte den Zettel an Regine, die las die Mitteilung ebenfalls und dann fragte Klaus Beier:

„Was ist los?"

Professor Zabert hatte seine Fassung zurück erlangt und sagte, jetzt wieder mit gewohnt sicherer und fester Stimme:

„Peter Nowack wurde verhaftet!"

„Wo?", fragte Günther.

„Als er in Osteuropa, auf welchem Flughafen steht hier nicht, die Maschine besteigen wollte, um zu uns zu kommen! Er hatte wohl nur einen Anruf und hat uns informiert."

„Peter hat keine Angehörigen, Mutter und Vater sind bei einem Unfall umgekommen. Bruder und Schwester gibt es nicht. Er sagte mir 'mal, wir wären seine Familie!", sagte Jürgen.

„Günther!", sagte der Professor, „Versuche bitte herauszufinden, woher Peter angerufen hat!"

Günther stand sofort auf und verließ den Raum.

Louise hatte wieder meine Hand genommen und fragte leise:

„Und nun?"

„Weiß ich auch nicht!", antwortete ich ebenso leise, „Mal abwarten, was Günther gleich sagt."

„Dann meinte Regine:

„Das geht ja gut weiter!"

„Mit derartigen Zwischenfällen muss man jetzt rechnen!", sagte Professor Zabert.

Veronika hatte in der Zwischenzeit die Nachrichten auf ihrem Handy gelesen. Dann sagte sie:

„Unsere Informanten im Mutterland beurteilen die Lage als ernst und gespannt, allerdings ruhig. Und es stimmt, in zwei oder drei anderen europäischen Ländern, besonders in Osteuropa, soll es vereinzelt zu Demonstrationen gegen die Umweltorganisationen und weiterhin zu Zusammenrottungen Rechtsnationaler vor den Büros der Organisationen gekommen sein. Weiteres melden sie nichts!"

„Wollte Peter nicht von einer Tagung im Ausland zu uns kommen?", fragte Jürgen.

„Weiß ich nicht!", sagte der Professor, „Kann aber sein. Er ist ja viel auf Reisen!"

„Stimmt!", sagte Günther, der von uns nicht bemerkt, den Raum wieder betreten hatte.

„Und?", fragte Professor Zabert.

„Ich hab's an der Rezeption mit der Wahlwiederholung am Telefon versucht. Aber die mögliche Nummer war schon 'raus. Alles nur noch Anrufe von der Insel 'drauf..."

„Und der Speicher?"

„War leer. Bis auf die paar Anrufe der letzten halben Stunde. Die von der Insel. Peter muss schon vor einigen Stunden angerufen haben..."

„Warum?"

Günther zeigte auf den Zettel, der vor Professor Zabert auf dem Tisch lag und antwortete:

„Die junge Frau, die uns diesen Zettel brachte, sagte, sie hätte den auf dem Empfangstresen gefunden."

„Wann?"

„Als sie die Schicht um sechs übernahm!"

„Für das Mädchen war das eine Mitteilung, die sie weiter gereicht hat!", sagte Professor Zabert.

„Und nun?", fragte Regine.

„Trinken wir erst 'mal alle einen Schnaps!", sagte der Professor, „Machen oder regeln können wir jetzt sowieso nichts!"

„Stimmt!", meinte Regine und klingelte mit der Glocke.

Nachdem jeder seinen Schnaps erhalten hatte, erhob der Professor das Glas und sagte:

„Auf einen glücklichen Ausgang von Peters Odyssee und auf erfolgreiche Tage!"

Als wir getrunken und die Gläser abgestellt hatten, meinte der Professor:

„Wir müssen ja nun irgendwie weiter machen. Ich habe Ihnen und euch einiges Papier übergeben. Insgesamt drei verschiedene, aber doch miteinander, tja, wie soll ich es sagen... hm... nennen wir es so: einander bekannte Themen. Ich meine, Thema zwei und drei, also der Bericht, wenn auch unvollständig, über das seit unserem letzten Treffen in Sagres Geschehene und die

allgemeinen Bemerkungen, Thema drei, liest sich jeder erst einmal durch. Aber nicht jetzt, sondern vielleicht bis übermorgen. Dann können wir darüber sprechen...",
Professor Zabert trank aus dem Glas etwas Wasser und sagte weiter:

„Interessant ist im Moment, dass wir morgen mit einem Schiff fahren werden. Ich lade Sie, und wiederum auch euch, auf das Meer ein. Kann jemand nicht schwimmen oder hat vielleicht Probleme mit Wind und Wellen?"

Und als niemand auf die Frage antwortete, sagte Regine:

„Also morgen um neun, spätestens um zehn nach neun, vorm Hotel. Wenn ihr wollt, könnt ihr dann auch vom Schiff aus baden. Und Verpflegung gibt es an Bord!"

„Na, dann ist ja so gut wie alles geregelt!", meinte Günther.

„Und noch etwas!", sagte Regine, „Ich melde uns bei der Rezeption ab. Dann weiß Peter, falls er kommen sollte..."

Dann beendete Professor Zabert den offiziellen Teil des ersten Abends so, wie ein Dirigent sein Orchester bittet, aufzustehen: Er machte mit beiden Händen eine kreisende Bewegung die damit endete, dass beide Hände mit einer ruckartigen Bewegung nach oben bewegt wurden...

Wir konnten in der Tat nichts weiter tun, als zu warten und während dessen versuchen, Veronikas Kontakte zu befragen.

*

Louise und ich standen am Geländer der Dachterrasse, lauschten dem Donnern der Brandung am Strand und sahen auf die weißen Schaumkronen der

Wellenköpfe.

Louise hatte wieder meine Hand ergriffen und streichelte mit ihrer anderen Hand meinen rechten Unterarm.

Wir bemerkten nicht, dass Professor Zabert sich neben uns gestellt hatte. Erst als er sagte, hier wäre es ein schönes Fleckchen Erde, wurden wir auf ihn aufmerksam.

Louise stimmte dem Professor zu und der meinte noch:

„Es wird überlegt, wie der ökonomische Wert der Weltmeere berechnet werden kann. Man hat da bereits so einige Vorstellungen und Modelle entwickelt und zur Diskussion gebracht. Darüber sollten wir uns auch 'mal unterhalten! Aber nicht jetzt und hier!"

Dann sah Professor Zabert Louise an und anschließend mich und sagte mit einem breiten Grinsen:

„Gute Nacht! Und schlaft schön!"

„Danke!", antworteten wir beide gleichzeitig.

Und als der Professor gegangen war, sagte Louise leise:

„Heute lade ich dich zu mir ein. Gestern waren wir bei dir!"

„Gerne!", antwortete ich, nahm Louises Hand und wir gingen in das Haus und in die Etage, in der sich unsere Zimmer befanden.

Vor den Türen blieben wir stehen und Louise meinte, wie beiläufig, zu mir, als sie die Zimmerkarte einsteckte:

„Ich gehe schon 'mal zu mir. Wir können die Tür auflassen. Wenn du das möchtest!"

„Hattest du mich nicht schon eingeladen?", fragte ich.

Louise war bereits in ihr Zimmer getreten und die Tür war bereits halb geschlossen, als sie meinte:

„Ja! Ja!"

Ich ging in meinem Zimmer durch den dunklen Raum und zog die Vorhänge vor der Terrassentür zur Seite und öffnete die Fenstertür. Die angenehm kühle Nachtluft strömte in das Zimmer.

Ich sah einen schwachen Lichtschein unter der Tür zwischen unseren Zimmern. Dann hörte ich, dass Louise in das Bad ging und das Klatschen des ersten Wasserschwalls aus der Dusche auf die Bodenfliesen. Ich ging ebenfalls in mein Bad, entkleidete mich und ließ unter der Dusche das warme, fast heiße, Wasser auf mich niederprasseln. Dann seifte ich mich ein, spülte den Schaum ab und stellte mich einige Augenblicke unter kaltes Wasser.

Ich ging tropfnass vom Bad auf auf den Balkon, um mich von der kaum spürbaren Nachtbrise trocknen zu lassen und lehnte mich an das Geländer und lauschte den rhythmischen Klängen der Brandung.

Als ich unter der Zwischentür kein Licht erblickte, meinte ich, Louise ist zur Ruhe gekommen und hatte sich in ihr Bett gelegt. Meinte ich...

Und dachte auch, sie hätte es sich mit dem Besuch bei ihr anders überlegt... Wer weiß...

Ich ging an mein Bett und bemerkte unter der Decke etwas, das da nicht hingehörte. Und als ich die Zudecke ein wenig zur Seite gelegt hatte, sah ich auf Louises wohlproportionierten Körper. Die zog mich sofort an sich und flüsterte mir zu:

„Ich will bei dir sein!"

„Dann musst du aber etwas Platz machen! Wo soll ich liegen?"

Ich legte mich neben Louise auf den Rücken und zog die Zudecke über uns. Louise lag auf meinem Arm und hatte ein Bein über mich gelegt, als sie sagte:

„So will ich bei dir liegen und einschlafen!"

„Jetzt?", fragte ich.

„Ich muss dir noch 'was sagen!"

„Ja! Was denn?"

114

Louise richtete sich etwas auf, stützte ihren Kopf auf einen Arm und sagte leise:

„Klaus Beier und ich kennen uns seit der Schulzeit. Wir sind gemeinsam zum Gymnasium gegangen. Allerdings in verschiedenen Klassen...“

„Das ist doch nicht verboten. Ich meine, Schulfreunde wieder zu treffen!“

„Nee, nee. Aber irgendwie ist das schon eigenartig!“

„Was?“, fragte ich.

„Na, das man sich nach so vielen Jahren plötzlich und ohne jedwede Vorwarnung auf dieser Insel im Atlantik begegnet...“

„Und nun?“

„Mit Klaus war ich damals enger befreundet...“

„Du meinst, ihr seid zusammen gewesen? Also...“

„Ja!“

„Das ist doch ebenfalls nicht verboten!“, antwortete ich.

„Nein!“, sagte Louise leise und wenige Momente später hörte ich ihr gleichmäßiges Atmen und wusste, sie war eingeschlafen...

Irgendwann, wir waren längst wieder zu Hause, erzählte mir Louise, Klaus Beier war damals der heiß begehrte Mädchenschwarm am Gymnasium und nicht nur mit Louise zusammen. Er wechselte die Freundinnen alle paar Monate und mit den meisten von ihnen ist er in das elterliche Wochenendhaus an irgendeinem See gefahren.

„Das wir uns damals nicht Märchen vorgelesen haben, kannst du dir vorstellen! Klaus nannte diese

Wochenenden übrigens die Verwandlungszeit!", sagte Louise.

„Ja!"antwortete ich, „Die Verwandlung vom Mädchen zur Frau. So, wie es im Lied besungen wird!"

Der zweite Tag

Geräusche, die auf eine rege Betriebsamkeit am, und vor allem, vor dem „Hotel am Atlantik" zurückzuführen waren, weckten mich am Morgen des zweiten Tages auf der Insel.

Ich sah zu meinem kleinen Reisewecker, der mir bisher auf allen meinen Fahrten ein treuer Begleiter war und bemerkte, es war wenige Minuten nach sieben Uhr. Dass ich mit Louise gemeinsam eingeschlafen war, hatte ich noch sehr deutlich in Erinnerung. Aber nun lag Louise nicht mehr da, wo sie heute Nacht gelegen hatte! Doch bald bemerkte ich, Louise hatte in der Nacht meinen Schutz verlassen und sich die Decke von ihrem Bett geholt. Jetzt lag sie, fest in diese Decke gerollt, an der äußersten Kante des Bettes. Ich konnte unter der Zudecke beinahe jede Kontur ihres Körpers erkennen.

Louise schlief ruhig und atmete gleichmäßig. Ich beobachtete sie einige Augenblicke, stand dann auf und trat an das Balkonfenster.

Der Atlantik war bewegt wie am Abend; die Brandung brach sich vor dem mit grauen und abgeschliffenen Steinen jeder Größe bedeckten Strand und darauf schlugen polternd die Wellen.

Ich sah dem Spiel der Wellen eine Weile zu und als mir kalt war, ging ich in das Bad und unter die Dusche, stellte das warme, fast heiße Wasser an und ließ das auf mich dann einige Momente niederprasseln.

Dann bemerkte ich, wie Louise zunächst die Badezimmertür öffnete, eintrat und die Tür wieder in das Schloss fallen ließ. Sie kam zu mir unter die Dusche, umfasste mich von hinten und sagte:

„Du warst so weit weg!"

„Ich habe in der Nacht neben dir geschlafen!"

„Zu weit weg!"

Louise begann, meinen Bauch zu streicheln und dabei, so wie zufällig, mit ihren Händen in winzigen Abständen an mir tiefer zu gleiten.

„Wir sollen um neun vor'm Hotel sein und um halb zehn Schiff fahren!", sagte ich.

„Ich weiß! Aber soviel Zeit muss sein!"

Ich nahm Louises Hände und sagte, aber es war dann doch eine Frage:

„Später, ja?"

„Schade!"

„Ja! Die anderen", sagte ich, „werden nicht auf uns warten. Wir sind hier nicht alleine und auch nicht, um Ferien zu erleben!"

Ich kam mir, während ich das sagte, so merkwürdig erwachsen und belehrend vor. Aber manchmal, da gelingt es mir, von einem Augenblick zum anderen, aus dem Status „vollkommen emotional" auf „vollkommen rational" umzuschalten. So war es auch zu begreifen, dass Louise sagte:

„Was bist du für ein stocktrockener Mensch! Aber du hast ja auch recht!"

Ich nahm Louise in den Arm und einige Momente ließen wir, eng beieinander stehend, das warme Wasser auf uns prasseln. Das war, ich wusste es sehr genau, eine Wasserverschwendung par excellence. Jeder Tropfen Wasser, der auf der Insel benötigt wird, kommt aus einer Meerwasserentsalzungsanlage. Die wird elektrisch betrieben. Und den dazu benötigten Strom erzeugen Dieselmotoren und Generatoren...

Ich trat aus der Dusche und trocknete mich ab. Dann ging ich zum Balkon und spürte die angenehme Wärme dieses Inselmorgens. Bald kam auch Louise, umwickelt mit einem Badetuch und stellte sich neben mich. Nach einigen Augenblicken meinte sie:

„Dass ich eine Insel mit lavaschwarzem Strand nicht schon früher besucht habe! Aber jetzt hast du mich hierher entführt!"

„Es ist nie zu spät damit zu beginnen, die Welt zu erfahren!", schulmeisterte ich und nahm mir vor, diese sonderbaren und weisen Sätze zukünftig für mich zu behalten. Mindestens für heute und, wenn es möglich wäre, auch noch einige weitere Tage.

Louise ging, ohne meine Antwort zu beachten, in ihr Zimmer. Während sie sich für den Tag, und hoffentlich auch für mich, vorbereitete, sah ich wieder vom Balkon auf den Strand und den Atlantik. Ich sah vor den Klippen, da, wo sich die Wellen weit draußen brechen, ein kleineres Schiff. Etwa unser Schiff, mit dem wir nachher fahren sollten?

Ohne dass ich ihr Kommen bemerkte, stand Louise neben mir und meinte:

„So! Wir können zum Frühstück gehen! Und du, Träumerle? Du und die Insel! Jetzt weiß ich auch, warum du mich vorhin unter der Dusche..."

„Na?", fragte ich.

„Du wolltest nicht mich, sondern den Inselblick erleben und genießen! Komm Du heute Abend ins Bett!"
Vielleicht hatte sie recht. Und deshalb antwortete ich auch nicht und ging statt dessen, um mich anzukleiden und dann meine Sachen für den Tag einzupacken.

Als wir auf dem Weg zum Frühstücksraum auf der Dachterrasse Regine begegneten, meinte sie:

„Vielleicht haben wir Nachricht von Peter! Ich gehe zur Rezeption!"

„Ja! Vielleicht!", antwortete ich und mir war bewusst, wir waren nun wieder in der Realität angekommen. Obwohl wir uns auf einer sehr schönen Insel im Atlantik befanden...

Einige Leute aus unserer Gruppe waren bereits im Frühstücksraum. Sie hatten die großen und raumhohen gläsernen Schiebetüren weit geöffnet und einige Tische zu einer Tafel zusammen gestellt. Außerdem damit begonnen, alles das, was benötigt wird, darauf zu stellen. Immer dann, wenn ich wegfahre und in Hotels und Pensionen frühstücke, lege ich mir viel Rührei und Bacon auf den Teller. Dazu Brot und Wurst und manchmal ein Stück Kuchen.

Ich bemerkte bald, es war an diesem Morgen, beim Frühstück auf der Dachterrasse, sehr unruhig. Das hatte vielleicht bekannte Gründe. Ich aber meinte, eine Vorfreude auf die bevorstehende Schiffsfahrt bewegte viele.

Während unserer bisherigen Treffen, alle in unregelmäßigen Abständen, aber mindestens nach achtzehn Monaten, war immer am zweiten Tag der Ausflug. In diesem Jahr also mit dem Schiff. Beim Treffen damals in Norwegen sind wir im Jotunheimen gewandert. Oft hatte Professor Zabert einen oder zwei Busse gemietet und wir besuchten die Besonderheiten in der näheren, oft auch weiteren, Umgebung des Ortes unserer Zusammenkunft.

Dieses Mal nun die Fahrt auf dem Atlantik, einige Meilen an der Küste der Insel entlang.

Professor Zabert, es war wohl eher Regine auf des Professors Wunsch, hatte einen hochseetüchtigen Ausflugsdampfer, einen umgebauten kleinen Fischdampfer, für diesen Tag organisiert.

Der erwartete uns, so, wie verabredet und sehr pünktlich, um halb zehn an der ehemaligen Verladebrücke. Über diese Konstruktion werde ich dann noch berichten...

Als wir, selbstverständlich vollzählig und Regine an des Professors Seite, den Dampfer bestiegen, war Flut und wir mussten nicht über mit Algen und Muscheln, zumindest an den Rändern, bewachsene Leitern und Betontreppen auf das Schiff klettern. Was, daran dachte in diesem Moment wohl keiner der anderen, bei unserer Ankunft zu erwarten war.

Dann, als wir von der Stahlbetonkonstruktion etwa eine halbe Meile entfernt waren und über uns nur der Himmel und unter uns der Atlantik war, dessen Wellen uns sanft wiegten, sah ich zum Strand und zur Insel zurück. Mir wollte jetzt erscheinen, das Hotel dort am Strand ähnelte einem Schiff. Einem Musikdampfer, wie Seeleute die Passagierschiffe bezeichnen.

Die Inseln im Atlantik, besonders die westlichen des Archipels, waren in früheren Zeiten bedeutende Obst- und Gemüseproduzenten. Nicht nur für das Mutterland der Inseln. Auch für andere Staaten des europäischen Kontinents.

Im Atlantik und außerhalb der Sichtweite zur afrikanischen Küste gelegen, das nächste Land westwärts war Amerika, berührte die nahe der Inseln von Nordosten kommende Meeresströmung, früher Guineastrom genannt, beinahe den Archipel. Das war der Grund dafür, dass die vom Atlantik südwärts ziehenden Wolken sich an den nördlichen Hängen der Inseln abregneten, bevor sie nach Süden zogen. Deshalb wurden die an den Berghängen der Inseln gelegenen und auf Terrassen angeordneten Felder und kleinen Plantagen auf nahezu natürliche Weise bewässert.

Was von dem Wasser nicht benötigt wurde, lief häufig durch Rinnen zu anderen Feldern und Beeten. Wasser war kostbar.

Besonders Bananen und deren Sorten, die nicht sehr große, dafür schmackhafte, weil süße Früchte hatten, wurden angebaut und in großen Mengen nach Europa verschifft.

Die Bananenpflanzen, riesige und mehrere Meter hohe Stauden, benötigten während der Reifezeit der Früchte mehrere Hundert, wenn nicht sogar tausend Liter Wasser. Und die Früchte genügten Jahrzehnte jedweden, auch europäischen Ansprüchen.

Bis jemand auf die Idee kam und begann, den Europäern einzureden, die kleinen Bananen von den Inseln im Atlantik, sind nicht mehr „in". Und wer, als ordentlicher Europäer ab sofort etwas auf sich hält und modern essen möchte, besonders Bananen, der möge ab sofort die großen und weniger gekrümmten Früchte aus, beispielsweise, Südamerika oder auch Mittelamerika, verzehren. Wurde den Menschen derart eingeredet.

Wir wissen, wenn man den Menschen, in diesem Fall waren das Verbraucher, auch Konsumenten genannt, lange genug etwas einredet, dann organisieren sich Bewegungen, die es als chic und modern preisen, das Verbrauchs- oder Konsumverhalten zu ändern und beispielsweise ab sofort lange Bananen zu essen. Wer will da noch Tradition pflegen? Muss er doch damit rechnen, ab sofort geschmäht, gescholten und diffamiert zu werden! Wenn nicht sogar auch denunziert! Weil er kurz gewachsene Bananen isst?

Bald, und das war das Ende der Bananenära auf den Inseln im Atlantik, aß man in Europa genüsslich die langen gelben Früchte aus Übersee. Die auf den Inseln für die Produktion und den Transport der Bananen installierte Infrastruktur verfiel. Übrig blieben deren rudimentäre Hinterlassenschaften. Und Bananenbauern, die nun erst einmal begannen, an dem Zweifel zu hegen, was Jahrzehnte und länger gut und richtig und wichtig war. Aber sie steckten den Kopf nicht in den Sand. Sie begannen, ihre Felder mit anderen Früchten zu bestellten und außerdem, die Inselbananen als luxuriöse Delikatesse zu preisen.

Eine dieser Hinterlassenschaften ist der aus Stahl und Stahlbeton und Beton konstruierte Anleger am Strand vor unserem Hotel.

Von hier aus wurden damals, zur Blütezeit des Bananenanbaus, Schiffe, die Laderäume bis unter die Decksluken voll mit Bananen gestapelt, nach Europa geschickt.

Das war aber, wir wissen es, nun vorbei und der Anleger Ziel kleinerer und größerer Ausflugsdampfer geworden.

Als dann das Hotel gebaut wurde, hatte irgendjemand die Idee, die noch gut erhaltene Konstruktion am Strand zu reparieren und als Anlegestelle zu nutzen. Das steigerte die Attraktivität des Hotels. Konnte doch, wer es wollte, gegen Entrichtung einer Gebühr vom Hafen auf der anderen Seite der Insel an den Anleger gebracht werden. Und dabei die Insel auf südlichem Kurs etwa ein halbes Mal umrunden. Um dann, selbstverständlich auch wieder abgeholt zu werden. Sollte der Wunsch bestehen.

Neben dem Hotel hatten sich während der vergangenen Jahre einige kleinere touristische Unternehmen etabliert: Jemand, der mit den Leuten auf den Atlantik schipperte, um Wale und Delphine zu beobachten. Dann jemand, der mit Interessierten Wanderungen auf der Insel unternahm. Auch weitere kleine Läden und Geschäfte, die Souvenirs anboten sowie Waren des täglichen Bedarfs führten, ernährten ihren Inhaber

Regine hatte, wie immer und wie auch nicht anders erwartet, die Organisation dieser Schiffsreise übernommen.

So, wie die Busfahrer sich häufig den Job mit einem Kollegen teilen, daher nur ein unterdurchschnittliches Einkommen haben und auf den Erhalt von Trinkgeld als Teil ihres Gehaltes angewiesen sind, genauso haben auch die, die mit Inselbesuchern oder mit uns, wie heute, auf den Atlantik fuhren, nur ein schmales monatliches Salär zur Verfügung.

Ich hatte viele Jahre mit dem Professor gemeinsam gearbeitet und kannte sein Büro. So wusste ich auch, dass in seinem Schreibtisch eine Holzkiste, mit einem einfachen Vorhängeschloss versehen, stand, in die regelmäßig kleinere und auch größere Geldbeträge, ohne deren Herkunft zu dokumentieren, gelegt wurden.

Regine verwahrte den zweiten Schlüssel für diese Holzkiste. Wenn nötig, entnahm sie und das nur nach Aufforderung durch Professor Zabert, benötigtes Geld für zuvor besprochene Zwecke.

Professor Zabert vertraute ihr uneingeschränkt vom Beginn ihrer beider Zusammenarbeit. Und dieser Beginn lag irgendwo in bereits zur Legende gewordenen Zeiten.

Auch für unser Treffen, in diesem Jahr auf der Atlantik-Insel, hatte Regine, dessen war ich mir sicher, einen nicht geringen Betrag aus der Holzkiste genommen, das dann dem Professor mitgeteilt. Als der dann nicht von seiner Arbeit aufblickte und halblaut grummelte: „Ja! Mach 'mal!", legte Regine die Geldscheine in einen größeren Briefumschlag und verstaute den im Reisegepäck.

*

Nachdem alle an Bord waren, als letzter, eigentlich für ihn ungewöhnlich, Günther, kam auch Regine. Ging zum Bootsführer und übergab ihm einen Geldschein. Ich meine, es waren fünfzig Euro.
Daraufhin huschte über das Gesicht des Bootsführers ein verlegenes Lächeln und die schwarzen Augen blickten fröhlich aus dem mit tiefen Falten und Narben und Bartstoppeln markant gekennzeichneten Antlitz.
„Der hat heute", sagte Regine leise zu uns, „und solange, bis er heute Abend einschläft, gute Laune. Und seine Frau bekommt noch einen Blumenstrauß außer der Reihe und das allermeiste von dem Schein. Allerdings, ein Glas Wein, wenn wir wieder angelegt haben, bezahlt er dann doch von dem Geld..."
„Soll er das tun!", sagte Louise.
„Ja, soll er!", meinte Regine.

Auf dem Anleger waren stets einige Leute anzutreffen. Touristen, Kinder, Spaziergänger, Neugierige Auch Einheimische mit Angeln. Es war eine Stimmung so, wie es in jedem kleinen Hafen an allen Küsten der Meere zu beobachten war. Einige ältere Männer waren damit beschäftigt, ihre Angeln vorzurichten. Denen rief unser

Bootsführer in dem für uns unverständlichen Inseldialekt etwas zu.

Sofort legte einer von denen seine Angel nieder, kam zu unserem Schiff und machte erst achtern und anschließend vorn die Leinen los und warf sie auf das Deck.

Der Bootsführer hatte, während das Schiff vertäut am Anleger lag, den Motor, einen langsam laufenden Diesel, im Leerlauf blubbern lassen.

Bevor der Mann die Leinen auf das Deck geworfen hatte, betätigte der Bootsführer einen Hebel, ähnlich gekrümmt wie die Handbremse an den Pferdefuhrwerken, mit denen in meiner Jugendzeit Bauern die Milch ihrer Kühe in die Molkerei im Zentrum unseres Dorfes brachten.

Noch bevor die letzte Leine auf das Deck polterte, hatte der Bootsführer sehr langsam den Motor hochgefahren, dann eingekuppelt und anschließend den Hebel vollkommen aus der Arretierung gelöst.

Durch dieses Manöver gelang es dem Bootsführer, das Schiff sofort einige Meter, ausreichend genug, von der Stahlbetonkonstruktion zu entfernen.

Unsere Schiffsreise konnte beginnen!

*

Etwa eine drei Meilen nordwestlich der Anlegestelle sind zwei kleinere Felsen. Die erhoben sich so steil aus dem Meer, etwa zweihundert Meter, dass man mit einem Schiff sehr nahe heranfahren und den Stein berühren konnte. Doch das Aussteigen und Betreten der Felsen war unmöglich. Hinzu kam der Bewuchs mit Algen bis zu der Höhe, an der eine Landung von See aus möglich gewesen wäre. Die Algen wurden bei jedem Sturm, wenn meterhohe Wellen gegen die Felsen prallten, durchnässt und umgaben die Steine als schmieriger und glitschiger Bewuchs.

„Von der Oberfläche des Atlantiks fallen die Felsen noch etwa fünfhundert Meter steil bis zum Meeresboden ab und sind das, was von einem Vulkan übrig geblieben ist. Eine Eruption sprengte den Berg vor etwa fünftausend Jahren auseinander!", erklärte uns Günther.

Als ich auf Bläschen deutete, die stetig aus der Tiefe aufstiegen, meinte Günther:

„Methangas. Kann sein, der Vulkan, oder zumindest das, was wir heute davon noch sehen, wird bald wieder aktiv werden. Allerdings steigen die Methanbläschen bereits seit der zerstörenden Eruption empor!"

„Warst du dabei? Ich meine, damals als der Vulkan auseinander gesprengt wurde?", fragte jemand aus der Gruppe.

„Weshalb?"

„Weil du, keinen Widerspruch duldend, sagst, die Methanbläschen steigen seit etwa fünftausend Jahren empor!"

„Selbstverständlich war ich nicht Augenzeuge. Damals, als der Vulkan zerstört wurde. Aber unsere Messungen haben das ergeben. Ich kann dir das dann 'mal bei Gelegenheit genauer erklären!"

„Ich werde dich fragen!"

Während Günther mir und den anderen die Herkunft der ohne Unterlass aufsteigenden Gasbläschen erklärte, fuhr der Bootsführer mit dem Schiff um die Felsen. So, bedeutete er uns, wollte er vermeiden, dass das Schiff von der Strömung und den Wellen gegen die Felsen gedrückt wird. Die waren an vielen Stellen sehr scharfkantig und es bestand deswegen die durchaus berechtigte Gefahr, das Schiff würde leck geschlagen werden.

Wir wissen, an dem Inselarchipel führt eine aus nördlichen Richtungen kommende Meeresströmung vorbei. Darum hielt der Schiffsführer auf der Nordseite der Felsen auch einen respektablen Abstand zu den Klippen. Dagegen war es möglich, auf der südlichen Seite sehr nahe an die Lavafelsen zu fahren und diese sogar mit der Hand zu berühren.

Ich beobachtete Louise. Aufmerksam hörte sie wie die anderen, Günthers Erklärungen. Jetzt stand sie an der Reling und versuchte, so wie einige andere aus unserer Gruppe, die Felsen mit der Hand zu anzufassen. Nach einigen vergeblichen Versuchen hatten ihre Bemühungen den erhofften Erfolg und Louise konnte für einige Sekunden ihre Hand auf den Stein legen. Darüber freute sie sich und strahlte mich an.
„Pass darauf auf, dass du dich nicht verletzt!! Manchmal hat sich eine Muschel an die Felsen geheftet!", sagte ich.
Doch Louise hatte die Felsen bereits wieder losgelassen, das Schiff war nun weit entfernt von den Klippen.

Ich hatte, seitdem wir auf der Insel angekommen waren, nicht einen Moment Zweifel daran, ob es gut und richtig war, Louise um ihr Mitkommen zu bitten. Im Gegenteil!
Sie hatte in den wenigen Stunden, während der wir mit den anderen auf der Insel waren, in unserer Gruppe ihren Platz eingenommen, war mit allem zufrieden und ordnete sich den Gegebenheiten unter.

Vor einigen Jahren, während einer ähnlichen Reise zu den Liparischen Inseln, nördlich von Sizilien im Mittelmeer gelegen, war das anders. Ich war damals bereits sehr lange mit Lilly zusammen. Es war daher für mich eine Selbstverständlichkeit, Lilly zum Mitkommen

128

zu bitten.

Allerdings! Lilly hatte damals Probleme mit sich, mit mir und den anderen aus der damaligen Gruppe entwickelt und gepflegt. So waren alle, ich eingeschlossen, froh, als Lilly nach drei Tagen ihre Abreise verkündete. Ich brachte sie dann noch zur Schnellfähre. Den Weg nach Palermo, zum Flugplatz, würde sie auf Sizilien dann schon selber finden, sagte sie mir.

Damals reisten wir noch mindestens zwei Wochen gemeinsam in der Gruppe. Als ich dann nach der Reise zu Hause ankam, hatte Lilly bereits ihre wenigen Sachen aus meiner Wohnung geräumt und war, ohne eine entsprechende Nachricht zu hinterlassen, verschwunden.

Ich habe mich damals nicht bemüht, sie zu suchen und hatte auch keine Hoffnung, sie zu finden. Anfangs vermied ich Orte, die wir gemeinsam aufgesucht hatten, zu betreten. Irgendwann traf ich Lilly in Begleitung eines finster blickenden Manns vom Typ eines Türstehers und sie erklärte:

„Der Marko und ich lieben uns!"

Ich wünschte den beiden viel Spaß und ging meine Wege. Ich habe Lilly, die eigentlich Elisabeth hieß, nie wieder gesehen.

Das habe ich nie bedauert. Ihre divenhaften Auftritte und die immer und häufig während Unzufriedenheit mit Gegebenheiten und anderen Leuten hätten einen Abschied von ihr früher oder später zur Konsequenz gehabt.

Menschen sollten nicht miteinander verglichen werden. Sie dürfen nicht miteinander verglichen werden. Jede Situation und Gelegenheit, in der ein Mensch lebt, ist einmalig. Nie werden zwei Situationen, auch sind sie sich noch so ähnlich, die exakt identisch gleichen Bedingungen aufweisen.

Dennoch beobachte ich Louise! So, wie sie sich an Dingen erfreut. Mich dann anschließend mit beinahe mädchenhaftem Frohsinn anlächelt und mit sich und dem Tag zufrieden ist. Dann bin ich über jeden Zweifel erhaben, dass es richtig war, sie auf die Insel zu bitten. Ja! Es war gut und richtig, dass Louise mitgekommen ist.

Dann hörte ich Regine sprechen, ihre Stimme war, als sie zu reden begann, weit entfernt und kam dann mit jeder Silbe, die sie sagte, näher:

„Vorhin, im Hotel, habe ich an der Rezeption nach Nachrichten von Peter Nowack gefragt...!"

„Und?", wollte Günther wissen.

„Nichts! Man konnte mir nichts sagen. Ich soll heute, wenn wir wieder im Hotel sind, erneut nachfragen. In jeder Stunde würden so sehr viele Nachrichten ankommen...!"

„Na, das ist ja weniger schön!", ergänzte der Professor und fügte hinzu:

„Ich meine, dass wir noch nichts weiteres von Peter gehört haben!"

„Aber daran können wir im Moment kaum etwas ändern. Vielleicht, wenn sich heute Abend die Situation nicht gebessert oder überhaupt verändert hat, das deutsche Konsulat auf der Hauptinsel informieren!", meinte Klaus Beier.

„Ja! Das sollten wir dann auch tun! Ich frage den Hoteldirektor dann nach den Formalitäten. Wir sind, ihr wisst das, Schulfreunde. Der hilft mir bestimmt weiter!", ergänzte der Professor.

*

Das Schiff hatte sich von den Lavafelsen entfernt und war auf den Atlantik gefahren, allerdings noch immer in der Nähe der Küste. Deshalb konnten wir Einzelheiten an den wenigen Strandabschnitten und auch an den Steilküsten sehr deutlich erkennen.

Professor Zabert sah zur Insel und meinte dann:

„Es wäre sehr, sehr bedauerlich und käme einer ökologischen Katastrophe gleich, wenn sich die Befürworter einer Schnellstraße, vieles davon auf mehr oder weniger hohen Betonstützen gebaut, durchsetzten. Ich hatte davon bereits berichtet, als wir diese Reise vorbereiteten. Wir glaubten lange, unsere Ein- und Widerreden wären für die Ewigkeit. Aber nun, da sich der politische Wind im Mutterland offensichtlich zu drehen beginnt, hat man die entsprechenden Planungen erneut hervorgekramt!"

„Hoffentlich verschwinden die bald wieder in den Schränken!", erwiderte Günther, „Und zwar nach ganz unten!"

„Ja! Hoffentlich!", meinte der Professor.

„Um was geht es bei diesem Projekt?", fragte mich Louise.

„Professor Zabert hatte die Frage ebenfalls gehört und antwortete:

„Für alle, die dieses Projekt nicht kennen, man kann ja nicht alles wissen, werde ich einiges dazu erläutern!"

Louise hatte meine Hand genommen. Ich hatte inzwischen herausgefunden, dass sie das immer dann tat, wenn sie aufgeregt war.

Dann hörten wir den Professor sagen:

„Eine Investorengruppe, bestehend aus Vertretern der Wirtschaft, der Banken und der Tourismusbranche, ein oder zwei Baufirmen sind wohl auch mit im Boot, wollen auf der Insel eine Schnellstraße bauen. Von unserem

Hotel in einem Bogen um fast die halbe Insel bis zum Hafen auf der östlichen Seite. Und, so habe ich vor einigen Tagen gehört, dann noch weiter bis zu der Stelle, die wir nachher vom Schiff aus betrachten werden... da würde, bis sich der Kreis der Straße um die Insel schließt, nur weniger als ein Viertel übrig bleiben...“

„Von einmal um die Insel herum?“, fragte jemand.

„Ja!“

„Und warum soll das gebaut werden?“, fragte Marion. Sie war Archäologin und von Berufs wegen gegen vieles, was die Erde unnötig verletzte. Überall vermutete sie Spuren früher Besiedelungen.

„Um den reichen und manchmal schönen Leuten die Fahrt durch den Regenwald zu ersparen. Dann, wenn sie in ihre klimatisierten Hotels zum all-inclusive-trip auf die Insel kommen!“, antwortete der Professor, „Allerdings ist Schönheit eine Ansichtssache!“

„Die könnten sich doch auch in eine umgebaute Luftschiffhalle einschließen lassen und die erst dann am Tag und wenige Zeit vor der Abreise wieder verlassen! In der Lausitz steht übrigens solch ein Ferch!, meinte Günther.

„Ja!“, bestätigte Jürgen, „Da drin sollte ich 'mal eine Taufe feiern. Das habe ich abgelehnt. Ob das dann ein Kollege getan hat, weiß ich nicht. Ist auch egal!“

Na, jedenfalls soll hier diese Schnellstraße gebaut werden, große Teile davon auf Stützen oder Stelzen. Um die Täler zu überqueren...!“, sagte der Professor.

„Und die Leute? Ich meine, die Einwohner! Was sagen die dazu?“, fragte Marion.

„Denen wird Beschäftigung, Arbeit und Geld als Entschädigung versprochen! Du weißt, wie die Situation auf dem inseleigenen Arbeitsmarkt ist. Denk an die Busfahrer!“, erwiderte Professor Zabert.

„Und außerdem! Wer fragt die Bewohner in den Dörfern des Xingu im Urwald, ob man den Regenwald dort roden darf, dort in Brasilien!", ergänzte Klaus Beier.

Und der musste das wissen. Nicht nur, weil er ausgebildeter Völkerkundler war, sondern auch ein welt- und weitgereister Mann. Vor einigen Jahren lebte er für etwa ein halbes Jahr bei den brasilianischen Waldvölkern am Quellgebiet des Rio Xingu, mitten im Urwald. Nach seiner Rückkehr traf ich ihn zufällig während eines Vortrages über die Ökologie Brasiliens. Er berichtete mir von seiner Reise auf den Spuren des legendären Erich Wustmann, des großen deutschen Brasilien-Forschers in der Mitte des 20. Jahrhunderts. Ich traf Klaus Beier dann immer mehr oder weniger regelmäßig anlässlich der Zusammenkünfte bei Professor Zabert. Und meistens kam er von einer Reise zu den Naturvölkern irgendwo auf der Erde wieder oder bereitete seine nächste Fahrt vor. Ich wusste damals selbstverständlich nicht, dass Louise und er während der gemeinsamer Schulzeit für einige Wochen oder Monate zusammen gewesen sind. Das habe ich erst hier, auf der Insel, von Louise erfahren...

„Und, was wird nun geschehen? Ich meine, wird begonnen, die Straße zu bauen?, hörte ich Marion fragen.

„Nun ja, die Planungen dafür sind vor etwa acht oder zehn Jahren ausgeführt worden. Endgültig abgelehnt wurde das Projekt vor fünf Jahren!", antwortete der Professor., „Also müsste nun durch die Investorengruppe ein neuer Antrag eingereicht werden. Wir werden daher die weitere Entwicklung der politischen Ereignisse im Mutterland und dann folgend, auch auf den Inseln, abwarten. Sollten sich die gegenwärtig revoltierenden

Kräfte durchsetzen, dann wird mit einiger Sicherheit das Ministerium für Umweltentwicklung und Naturschutz dramatisch minimiert und de facto ein Büro werden. Mit einigen wenigen Mitarbeitern besetzt und dem Wirtschaftsminister unterstellt..."

„Das darf doch nicht wahr sein!", sprach Günther in den Satz von Professor Zabert.

„Doch! Das soll so organisiert werden! Das weiß ich aus mehr als zuverlässigen Quellen!", erwiderte der Professor, „Aber hier, im Falle der Schnellstraße, würde es um baurechtliche Belange gehen. Jedenfalls bei einem erneuten Interesse der Investorengruppe an dem Projekt..."

„Und warum?", fragte jemand.

„Weil ein einmal abgelehnter Antrag in der gleichen Form nicht noch einmal eingereicht werden darf. Auch ein umgeschriebener Antrag, der dem Inhalt nach dem bereits abgelehnten gleicht, ist nicht zulässig!"

„Aber ein neuer Antrag wäre dann zu bearbeiten?", fragte wieder Günther.

„Ja! Und das mit allen erforderlichen Stellungnahmen und Gutachten! Es sei denn, man würde per Dekret ein neues Baurecht verkünden! Aber warten wir ab! Noch ist es nicht soweit!", Professor Zabert sah über den Atlantik und zur Insel.

Ich hatte den Eindruck, er wollte an das, was er gesagt hatte, nicht glauben. Weil er soeben sehr viel Optimismus verkündete. Ich kannte ihn, so meinte ich, einigermaßen gut. Schließlich war er vor einigen Jahren mein Doktorvater gewesen...

Dann ergänzte Professor Zabert seine Worte:

„Die Inseln haben Autonomiestatus! Was bedeutet, auch daran könnte das Projekt der Schnellstraße scheitern!"

„Was bedeutet dieser Status?", fragte Louise.

„Das autonome Regionen oder Gebiete über eine gewisse Selbstständigkeit verfügen. Meistens werden sie außenpolitisch, unter anderem, und militärisch von der Zentralregierung vertreten und verwaltet. Aber nach innen sind sie selbstständig. Richtig so, Klaus?", Professor Zabert blickte Klaus Beier an.

„Ja, sicher!", antwortete Klaus Beier.

*

Der Atlantik war an diesem Tag außergewöhnlich ruhig. Das Meer wurde, je weiter sich das Schiff vom Ufer entfernte, ruhiger. Das war mit der zunehmenden Wassertiefe zu erklären. Nur eine sehr lange Dünung war die einzige Bewegung des Atlantiks.

Vom Schiff war die strandnahe Brandung sehr gut zu beobachten. Dort, an den Felsen nordwestlich vom Hotel, da, wo einige Häuser bis an das Wasser gebaut und nur durch diese davor befindlichen Felsen, allerletzte Reste eines vor unendlichen Zeiten explodierten Vulkankraters, geschützt waren, spritzte die weiße Gischt hoch auf, wenn die Dünung dagegen prallte.

Und das Hotel sah vom Meer so aus wie ein Passagierschiff, was in einem Hafen, das konnte das Tal dahinter sein, vor Anker gegangen ist.

Wie alle Einheimischen, selbst nennen sie sich Inselbewohner, sprach auch unser Schiffsführer dann, wenn er die Meeresströmung westlich der Inseln im Atlantik meinte, vom Guineastrom.

Veronika war ebenfalls mit an Bord und übersetzte uns jetzt das, was der Mann berichtete:

„Dem Guineastrom kam zu der Zeit, als vom

135

nördlichen Afrika nur ein geringer Teil der Küste bekannt war, eine bedeutende Rolle zu. Es ist davon auszugehen, dass wir bereits Besuch von den Phöniziern hatten. Damals, als sie sich in der Straße von Gibraltar durch die Strömung vom Mittelmeer in den Atlantik ziehen ließen. Um die Ufer am „Meer der Finsternis", wie der Atlantik damals genannt wurde, zu erkunden..."

„Warum mit der Strömung in den Atlantik?", fragte Louise, „Ist der Meeresspiegel nicht überall auf gleicher Höhe? Auf gleichem Niveau?"

„Nein! Keinesfalls!", erwiderte der Schiffsführer, „Denken Sie nur an die Gezeiten! Da haben wir an einigen Orten, in Europa beispielsweise vor der Bretagne oder auf den norwegischen Lofoten, einen Tidenhub von zwölf, teilweise fünfzehn Metern. Aber so weit wollen wir nicht ausschweifen. In der Straße von Gibraltar beträgt der Niveauunterschied zwischen Atlantik und Mittelmeer einen Meter und vierzig Zentimeter. Im Mittel..."

„Also ist der Atlantik höher?", fragte Louise erneut.

„Dessen Meeresspiegel ist höher! Und darum strömt das atlantische Oberflächenwasser in das Mittelmeer. Dann aber, etwa zweihundert und fünfzig Meter tiefer, befindet sich die Gibraltarschwelle. Und über diesen untermeerischen Grat fällt das Wasser des Mittelmeeres in den Atlantik, dann nochmal neunhundert Meter tiefer hinab. Und dann gelangt das Wasser nach Norden, wo es vor Portugal nach oben gelangt. Deshalb ist der Atlantik vor Portugal kalt..."

„...und fischreich, weil voller Nahrung!", ergänzte ich.

„Ja!", sagte der Schiffsführer, „Aber das wollen wir jetzt nicht weiter betrachten!"

Der Mann wartete, bis Veronika die Übersetzung beendet hatte, drehte während dieser Zeit am Steuerrad, ohne das von dem Schiff eine bemerkbare Kursänderung erfolgte, und sagte dann weiter:

„Diese untermeerische Strömung vom Mittelmeer in den Atlantik kannten die Phönizier, woher weiß ich allerdings nicht. Aber als erfahrene Seefahrer... Na, jedenfalls ließen sie ihre Schiffe mit einem Treibanker in den Atlantik ziehen!"

Der Schiffsführer sah Louise an, um die Wirkung seiner Worte zu prüfen. Jedoch ließ sie sich davon nicht beeindrucken. Wohl auch deshalb, weil Louise ähnliche Situationen kannte und beherrschte. Statt dessen fragte sie:

„Und was ist, sagen Sie es mir und uns, ein Treibanker?"

„Ein großer Sack, der an einer Leine befestigt, das Schiff zieht oder bremst. Je nachdem, wo er befestigt ist. Aber, das mit dem Sack, das dürfen Sie nicht allzu wörtlich nehmen! Das ist symbolisch gemeint!", sagte der Schiffsführer, was dann Veronika übersetzte.

„Jedenfalls sind die Phönizier mit ihren Schiffen, nachdem sie sich durch die Straße von Gibraltar ziehen ließen, auch nach Süden gesegelt und sind irgendwann auch auf unseren Inseln angekommen. So wollen es jedenfalls unsere Historiker wissen!"

„Und weil damals die Seefahrt im wesentlichen in der Nähe der Küsten stattfand, ließen sich die Phönizier dann ebenso mit dem bereits einige Male erwähnten Guineastrom treiben!", ergänzte Klaus Beier und sah Louise so lange an, bis er nach einigen Momenten ergänzte:

„Übrigens, zu Zeiten Heinrich des Seefahrers hat ein Kapitän in dessen Diensten, Gil Eanes, mit Hilfe des Guineastromes als erster Europäer das Kap Bojador passiert. Das ist deshalb so nennenswert, weil für die

Seefahrer der damaligen Zeit hinter dem Kap Bojador nun wirklich die Hölle begann. Bis Gil Eanes den Gegenbeweis lieferte und der modernen Seefahrt dadurch das Tor öffnete!"

Klaus Beier sah Louise erneut etwas länger an, als es erforderlich gewesen wäre dann, wenn man jemandem etwas sagt.

Das wiederum nahm Louise zum Anlass, um ihre Hand auf meine Schulter zu legen. Dann fragte sie:

„Und wo ist dieses geheimnisvolle Kap?"

„An der afrikanischen Küste. Genauer gesagt, an der Küste der Westsahara..."

„Und die zieht sich einige hundert Kilometer südlich von Marokko an der Küste entlang! Nun weiß ich genau, wo dieses sagenhafte Kap ist!", antwortete Louise und sah Klaus Beier etwas spöttisch an.

Ich bemerkte, wie der etwas schluckte, mit dieser Antwort hatte er nicht gerechnet, aber ich meinte, es war gerechtfertigt. Wenn ich jemanden danach frage, wo sich etwas befindet, dann erwarte ich auch eine möglichst genaue Beschreibung. Nicht den Hinweis darauf, dass sich da oder dort, jedenfalls irgendwo dort, das von mir Gesuchte befinden kann.

Doch dann sagte Klaus Beier:

„Etwa 160 Kilometer südlich unseres Archipels und dann etwa 100 Kilometer genau nach Osten. Da, wo Wanderdünen, bis 130 Meter hoch, auf den Atlantik treffen und in Küstennähe Sandbänke und Untiefen bilden. 160 Kilometer sind etwa 90 Seemeilen und 100 Kilometer sind 60 Seemeilen..."

„Danke!", meinte Louise, „Nun weiß ich, wo ich in einem Atlas zu suchen habe!", dann nahm sie ihre Hand von meiner Schulter, wendete sich so, dass sie über das Meer schauen konnte und ich beobachtete ein unterdrücktes Grinsen auf ihrem Gesicht.

*

Als wir am Abend in unseren Zimmern waren und auf dem Balkon standen, fragte ich Louise:

„So richtig könnt ihr, ich meine dich und Klaus Beier, nicht miteinander?"

Louise sah mich an und meinte dann:

„Ich hatte früher bei ihm immer das Gefühl, er führt über seine weiblichen Eroberungen ein Tagebuch. Oder zumindest eine Strichliste!"

Dazu konnte ich nun nichts mehr sagen.

*

Nachdem nun geklärt war, wo sich das Kap Bojador befindet, sagte der Schiffsführer weiter und Veronika übersetzte:

„Zwischen unseren Inseln ist von der Meeresströmung weniger zu bemerken als draußen, auf dem Atlantik und westlich des Archipels. Dort ist die Strömung sehr schnell. So schnell, dass sich bei ruhiger See Wale und Delfine an der Oberfläche sonnen, während sie nach Süden getrieben werden. Besonders gegen Ende des Sommers, wenn die jungen Pottwalbullen aus den arktischen Polargewässern und an Madeira vorbei nach Süden ziehen..."

„Das gibt es wirklich? Sich sonnende Wale?", fragte Marion, die Archäologin.

Der Schiffsführer sah die Frau einen Moment an, dann sagte er:

„Wenn ich das nicht selbst gesehen hätte, würde ich das nicht glauben und erst recht nicht erzählen! Das schon gar nicht! Manchmal treiben die Wale vor der Insel da drüben", der Schiffsführer deutete auf das Land im Westen, „nur wenige hundert Meter, keine halbe Meile, unter Land vorbei! Und manchmal kommt einer der Wale oder eine Schule Delfine vom Kurs ab und schwimmt zwischen den Inseln nach Süden..."

„Was für die Tiere nicht ganz ungefährlich ist!", ergänzte ich.

„Stimmt!", bestätigte der Schiffsführer und sah mich fragend und auffordernd zugleich an.
Nun sollte ich also weiter berichten!

„Wale und Delfine orientieren sich unter Wasser mit einem dem Sonar auf U-Booten ähnlichen System. Sie senden Schallwellen aus, die werden von im Wasser befindlichen Gegenständen, Schiffen, anderen Tieren oder auch Felsen, reflektiert und ermöglichen so die Orientierung. Zwischen den Inseln ist allerdings ein reger Schiffsverkehr. Das führt dazu, dass die Tiere sich leicht im Gewirr der reflektierten Schallwellen, nennen wir das 'mal so, „verheddern" und dann vom Kurs abkommen. Die Kollision mit einem Schiff ist deshalb schon beinahe vorauszusehen..."
Veronika hatte meine Worte für den Schiffsführer übersetzt. Und danach sagte ich weiter:

„Das ist übrigens auch der Grund dafür, warum in beinahe jedem Jahr, besonders im Herbst und im Winter, an der Nordseeküste zwischen Dänemark und Holland, Wale stranden. Häufig junge Pottwalbullen. Die sind vom Kurs abgekommen und in die sehr befahrene Nordsee geschwommen. Statt westlich von Irland nach Süden zu ziehen. In der flachen, nur wenige hundert Meter tiefen, Nordsee können sie sich nicht orientieren und kommen aus dem flachen Wasser nicht wieder heraus. Die Folge ist, dass sie am Strand verenden, von ihrem eigenen

Gewicht erdrückt!"

Wir waren jetzt etwa eine halbe Meile von der nordwestlichsten Klippe der Insel entfernt, als der Schiffsführer aufmerksam den Atlantik beobachtete. So, als warte er auf etwas, dessen Erscheinen unmittelbar bevor stand. Wartete er auf einen Wal, dessen Fluke als letztes dann, wenn das Tier wieder in das Meer glitt, abtauchte? Oder hatte er einen meterhoch ausgeblasenen Spantstrahl ausgemacht? Oder Delfine gesehen? Der Mann schaute lange auf den Atlantik, dann sagte er leise einige Worte, deren Inhalt Veronika so wiedergab:
„Er meinte, für Wale ist es noch zu früh im Jahr. Vielleicht in zwei oder drei Wochen kommen die ersten. Dann hätten wir mit Sicherheit Wale gesehen!"
Nun wusste ich, wonach der Mann Ausschau gehalten hatte und meine Vermutungen wurden jetzt bestätigt.

Wir fuhren jetzt erneut auf den Atlantik hinaus. Eine oder auch eine und eine halbe Meile weit. Das Schiff schaukelte sanft in der langen Dünung und ging mühelos über die Wellenberge und dann sanft in das flache Wellental. So sanft und gleichmäßig, dass wir im Schiff stehen und über das unendliche Meer blicken konnten.
Jedoch, sosehr wir uns auch bemühten und die Wasseroberfläche beobachteten, einen Spantstrahl oder eine Fluke konnten wir nicht ausmachen.
Für einige Augenblicke dachte ich jetzt an Kapitän Ahab und die Mannschaft der „Pequod" auf der Suche nach dem weißen Wal...

Dann spürte ich, dass Louise ihre Hand an meinen Arm legte und sich festhielt. Ich wusste, dieser Törn auf den Atlantik hinaus, war für sie eine neue Erfahrung. Und das Festhalten an meinem Arm die Bitte und Aufforderung zugleich, sie dabei zu begleiten und auch, wenn nötig, zu beschützen. Das wollte ich gern und nahm nun Louises Hand zwischen meine beiden Hände und gemeinsam schauten wir auf den Atlantik hinaus.

Der Schiffsführer stellte den Motor aus. Jetzt trieb das Schiff auf dem Meer. Getragen von der Strömung und nach Süden. Nur das Schlagen und Schmatzen der Wellen war zu hören dann, wenn sie gegen die Bordwand klatschten. Das Schiff wiegte sich in der Dünung und wurde von den Wellen sanft empor gehoben und glitt dann nach unten.

Keiner, niemand, sagte auch nur ein einziges Wort. Jeder ließ die ehrfurchtsvolle Stille wirken und beobachtete das Meer.

Ein Vogelschrei zerriss die Stille. Eine Möwe klatschte auf das Wasser. Und als das Tier sich wieder in die Höhe schwang, hatte es einen Fisch, wohl eine Sardine, im Schnabel.

Danach war wieder Stille...

Wir näherten uns der Insel, trieben auf den Wellen reitend, dem Ufer entgegen. Der Schiffsführer hatte das Ruder so gelegt, dass wir ein Stück östlich der Stelle ankommen mussten, von der aus wir begonnen hatten, nach Walen und Delfinen zu suchen.

Als wir uns dem Land bis auf etwa eine halbe Meile genähert hatten, startete der Schiffsführer den Motor und fuhr eine kurze Strecke parallel zum Ufer. Wir passierten eine kleine, aber sehr steile Klippe und der Schiffsführer deutete auf steile Felsen, die sich unmittelbar aus dem Meer erhoben.

Die Sonne schien uns direkt in das Gesicht, weil wir jetzt, wenige Minuten vor zwölf Uhr, genau nach Süden drifteten. Den Motor hatte der Schiffsführer nicht wieder abgestellt, sondern ausgekuppelt.

Erst nach einigen Augenblicken und dann, als unsere Augen sich an das gleißende Licht und die Pupillen die Adaption beendet hatten, erkannten wir, auf was der Mann zeigte:

Eine Wand aus riesigen, leicht zum Land geneigten Basaltstelen ragte in den sommerblauen Himmel.

Der Mann ließ das Schiff zur Insel driften. Jetzt konnten wir Details der Basalte erkennen. Wir waren inzwischen so nahe an den steil aufragenden Felsen, dass die Sonne von deren Spitzen in geschätzten fünfzig oder mehr Metern Höhe verdeckt wurde.

(Später, als ich zu Hause noch einmal über diese Basaltfelsen nachgelesen habe, konnte ich erfahren, sie waren sogar an einigen Stellen über achtzig Meter Meter hoch und die Wand war mehr als zweihundert Meter lang. Sie waren die weltweit am besten erhaltenen Basaltstelen, die unmittelbar aus dem Meer aufsteigen. Und wohl auch die bedeutendsten.)

Mit dem Ruder und gelegentlich leichtem Gegensteuern hielt der Schiffsführer das Boot in genau immer gleichem Abstand zur Felswand aus Basaltstelen.

Professor Zabert bedeutete Günther, uns die Felsformation zu erklären:

„Wir wissen, die Insel ist vulkanischen Ursprungs und etwa elf Millionen Jahre alt. Längst sind alle Vulkane erloschen und auch die Magmaschlote sind erkaltet und erstarrt. Was wir dort sehen", Günther deutete auf die Felswand, „sind die erkalteten Reste der vor zwei

Millionen Jahren auf der Insel beendeten vulkanischen Aktivitäten..."

„Dann haben Vulkane etwa neun Millionen Jahre die Insel gestaltet?", fragte jemand.

„Ja! Aber wohl kaum gestaltet. Statt dessen ist es wohl angesagter, von Verwüstung der Insel zu sprechen. Was wir nun dort sehen, sind die erstarrten und im Prozess der Verwitterung, auch Erosion genannt, befindlichen Schlote eines Vulkans. So, wie wir auf der gesamten Insel Vulkane nicht mehr antreffen, sondern nur noch die erstarrten Schlote..."

„Also wird durch einen Schlot die flüssige Magma in den Vulkankegel befördert, um dann als Lava auszutreten?", fragte Louise.

„Ja! Eine deutlich erkennbare Caldera, einen Kessel, der sich bildet, wenn ein Vulkan explodiert, können wir im Süden der Insel und in unmittelbarer Strandnähe antreffen. Allerdings führt dorthin nur ein Trampelpfad. Oder wir müssen uns dem Ort vom Meer aus mit einem Schiff nähern..."

„Das könnte man sich ja 'mal ansehen!", meinte Jürgen. Der war, zu unser aller Verwunderung, sehr interessiert an naturwissenschaftlichen und technischen Dingen. Was von einem ausgebildeten Theologen und Philosophen nicht unbedingt erwartet werden konnte. Er war, was seine naturwissenschaftlichen und technischen Kenntnisse betrifft, teilweise belesen bis in die Verästelungen. Aber, so überlegte ich mir dazu vor einiger Zeit, möglicherweise ist das auch eine der Voraussetzungen dafür, dass er uns die Welt aus seiner Sicht und ohne mitunter anzutreffenden Pathos, wie es Kirchenmännern und -frauen manchmal zu Eigen ist, erklärt.

144

„Nun ja, interessant wäre das schon!", erwiderte Günther, „Aber für die Reiseleitung ist auf dieser Fahrt jemand anderes zuständig. Will sagen, darüber habe ich nicht zu entscheiden!"

Günther sah Regine an, die dann den Professor. Und als der weder zustimmte noch ablehnte und auch keine entsprechenden Zeichen erkennen ließ, sagte sie:

„Mal sehen!"

Dann führte Günther seine Erklärungen fort:

„Vor etwa zwei Millionen Jahren war nun auf der Insel Schluss mit den vulkanischen Aktivitäten. Die Magma erkaltete und erstarrte in den Schloten der Vulkane und durch die dabei auftretenden Spannungen im Material sind Risse und Spalten entstanden. Deren Anordnung wird weitestgehend von der Kristallstruktur der erstarrten Lava bestimmt. Meistens handelt es sich bei der Lava um basaltische Materialien. Also Ergussgesteine, deren chemische Zusammensetzung, wir wissen das bereits, denen des Granit gleich ist..."

„Und die dann einsetzende und bereits Millionen Jahre während Erosion hat den Vulkan zerstört und abgetragen und der harte Basalkern in den Schloten blieb übrig!", sagte Jürgen.

„Genau! So war und ist es!", bestätigte Günther.

Inzwischen, während Günthers Erklärungen, waren wir an den Basaltfelsen, immer im beinahe gleichen Abstand zwischen Schiff und Felsen, vorbei getrieben. Wir konnten nun genau erkennen, dass die Basalte sich nicht genau senkrecht aus dem Meer erhoben, sondern leicht geneigt. Ich schätzte die Abweichung von der Senkrechten zum Land hin auf etwa fünf Grad, vielleicht zwei oder drei Grad mehr. Und unten, unmittelbar über dem Atlantik und bis in eine Höhe von zehn Metern, hatte der gesamte Felsen eine Neigung von mindestens fünfzehn oder zwanzig Grad. Aber das hatte ich schon beobachtet, als wir uns den Felsen vom Meer aus näherten.

Wir erreichten eine Bucht mit einem Strand aus hellem Sand. Im Gegensatz dazu hatten die meisten Buchten und Strände auf der Insel einen Strand aus kleinen und kleinsten erodierten Lavateilchen oder waren mit vulkanischem Geröll bedeckt. Aber hier erwartete den Besucher goldgelber und feiner Sand, wie das von den Stränden der Ostsee, auf Rügen und Hiddensee zum Beispiel, oder denen in Polynesien, bekannt ist.

Wir trieben auf den Strand zu und dann warf der Schiffsführer den Anker. Er sagte und Veronika übersetzte:

„Hier ist das Wasser etwa zwei Meter tief. Manchmal ragt über dem Meeresboden auch ein Felsen, den man von ober kaum oder nicht sieht. Man verschätzt sich auch über dessen Größe. Da hatten wir im vergangenen Jahr, etwa um diese Zeit, einen schlimmen Unfall."

Der Schiffsführer sah uns an, dann sprach er weiter:

„Da ist einer trotz Warnung vom Boot in das Wasser gesprungen und als er auftauchte, hatte der großflächige Schürfwunden, alles blutig, auf dem Oberkörper und an den Beinen... Wäre der Mann wenige Zentimeter eher eingetaucht, hätte sein Kopf auf den Felsen aufgeschlagen! Am besten, ihr geht über die Leiter am Heck in das Wasser!"

Dann reichte er mir eine Taucherbrille. So eine, wie sie auch zum Schnorcheln benutzt wird und sagte:

„Setz' das Ding auf und schwimme voraus! Beobachte, wo unter der Wasseroberfläche Felsen sind! Am besten ist es wohl, ihr haltet euch hier links entlang.

Ihr könnt aber auch hier bleiben und um das Schiff schwimmen. In einer und einer halben Stunde rufe ich euch zum Essen!"

Und nach einigen Augenblicken sagte er noch:

„Das hört sich alles schlimmer an, als es ist. Dagegen ist es an manchen anderen Stränden, an denen sich mitunter tausende Menschen im Wasser aufhalten, gefährlicher. Wegen der Strömungen. Die ziehen alles hinaus, da hat man keine Chance. Es sei denn, man wird beobachtet. Hier gibt es keine Strömungen!"

„Ich schwimme dann als erster und schaue für euch in das Wasser!", sagte ich, „Wann wollen wir los?"

Und als keiner antwortete, meinte ich:

„Dann also gleich!"

Alle hatten ihre Badebekleidung bereits im Hotel angezogen und so warteten nach wenigen Augenblicken zehn leicht bekleidete Personen an Bord des Schiffes darauf, an den Strand zu schwimmen. Professor Zabert meinte, er müsse mit Regine 'was besprechen und die meinte, sie als alte Frau würde hier nicht mit den jungen Leuten und in aller Öffentlichkeit baden gehen. Und Marion meinte, sie würde auf dem Schiff bleiben, sie könne heute nicht in das Wasser...

Dann ließ ich mich von der Leiter am Heck des Schiffes in den Atlantiks gleiten und schwamm einige Meter in Richtung Strand, um die Taucherbrille zu testen. Während dessen kamen die anderen in das Wasser und dann schwamm ich, Kopf mit dem Gesicht im Wasser und nur zum Luft holen auftauchend, zum Strand. Als ich mich umdrehte, sah ich die anderen, einer hinter dem anderen, mir folgen und ich wurde an eine Entenmutter, in diesem Falle wohl eher an einen Entenvater, erinnert...

Ich erreichte den Strand, ohne unter der Wasseroberfläche einen Felsen erblickt zu haben. Als ich mich dann im hüfttiefen Wasser aufrichtete, sah ich die anderen, noch immer wie an einer Schnur aufgereiht, zu mir schwimmen. Als erste Louise. Ich ging ihr entgegen, ergriff ihre Hand und zog sie zu mir. Als wir so dicht beieinander standen, dass unsere nassen Körper aneinander klebten, sagte sie leise zu mir:

„Wenn wir jetzt hier alleine wären...“

„Ja!“, antwortete ich, „Wenn...“

Wir gingen an den Strand und ich erinnerte mich an meine Kindheit, fühlte mich um Jahre zurückversetzt. Damals, als wir, Mutter und Vater und Geschwister, an beinahe jedem Sommersonntag und dann, wenn es irgendwie möglich war, mit einem umgebauten Fischkutter von Rügen nach Hiddensee über den Bodden schipperten. Das war ein bedeutender Teil meiner Kindheit. Auf Hiddensee lernte ich das Meer kennen, lieben und achten. Das habe ich mir bis heute bewahrt, diese Ehrfurcht vor dem Meer als Teil der Natur...

Wie abgesprochen, hörten wir dann nach einer Stunde und einer halben vom Schiff einen das Mark erschütternden Pfiff. Der Schiffsführer stand an der Reling und winkte uns zu.

„Ich meine, wir sollen zum Essen kommen!“, sagte Jürgen und die anderen bestätigten das.

Wir erreichten das Schiff nach wenigen Minuten. Der Schiffsführer hatte in der Pantry gekocht und auch bereits den langen Tisch zum Essen aufgebackt, wie es an Bord heißt.

Wieder musste ich an meine Kindheit und die Sommer auf Hiddensee denken. Manchmal kaufte mein Vater am Hafen einige geräucherte Fische, oft Flundern, die wir dann am Strand zum Mittag aßen...

Der Schiffsführer startete den Dieselmotor und während wir aßen, fuhr das Boot weg vom Strand mit den himmelhohen Basaltfelsen und der kleinen Bucht. Fuhr erneut hinaus auf den Atlantik, eine Meile oder etwas mehr...

Trotz vieler Bemühungen des Schiffsführers und unserer intensiven Beobachtungen hatten wir bis zu dieser Stunde weder Wale noch Delfine gesehen. Irgendwann deutete der Schiffsführer auf seine Uhr, sagte etwas und Veronika übersetzte:

„Er meint, wir fahren jetzt zurück. Er hat heute noch eine andere, aber kleinere Tour zu fahren!"

Bis zu unserer Ankunft am Anleger vor dem Hotel würde ab jetzt noch etwa eine Stunde vergehen. Jetzt, da der Schiffsführer die Heimfahrt verkündet hatte, wäre es selbstverständlich gewesen, dass das Schiff auf Kurs zum Anleger gebracht würde. Statt dessen fuhren wir weiter auf das Meer hinaus. So weit, bis die Basaltfelsen und einige andere markante Merkmale nur noch sehr undeutlich zu erkennen waren. Wollte der Mann uns jetzt, da die Fahrt auf dem Meer sich dem Ende näherte, doch noch eine Begegnung mit Walen bescheren?

Dann, nach weiteren Minuten, als er das Ziel seiner Fahrt auf den Atlantik erreicht hatte, wendete er das Schiff, stellte den Motor aus und blickte prüfend über das Wasser.

Er sprach einige Worte mit Veronika. Dann stellte er sich zu uns und erklärte, was Veronika übersetzte:

„Als wir heute Vormittag ablegten, hatten wir Hochwasser, Flut lief auf und erreichte bald den höchsten Stand. Unmittelbar danach setzte die Ebbe ein. Das Wasser begann, abzulaufen. Wenn wir nachher den Anleger erreicht haben, wird Niedrigwasser sein. Es ist auf dem Meer kaum wahrzunehmen, wenn das Wasser steigt und fällt. Wir haben keinen Bezugspunkt. Nur an Felsen, die sowohl bei Hochwasser als auch bei Niedrigwasser aus dem Meer ragen, können wir den Tidenhub erkennen. Und aus diesem Grund, weil wir keinen Bezugspunkt haben und weil in etwa einer Stunde Niedrigwasser sein wird, bin ich weiter auf das Meer hinaus gefahren..."

„Sind hier untermeerische Felsen, Riffe?", fragte Günther und Veronika übersetzte auch das.

„Ja! Richtig! Wir nähern uns jetzt einigen Unterwasserfelsen! Von dort!", der Mann deutete auf einen Felsen auf der Insel, „Von dort bis etwa drei Meilen auf das Meer sind Felsen unter der Wasseroberfläche. Die sind bei Flut nicht zu sehen. Aber zur Orientierung sind sie wie an einer Schnur aufgereiht und, wie gesagt, drei, vier, manche auch sechs Meter unter Wasser. Dann für unsere Schiffe ungefährlich..."

„Aha!", meinte jemand.

„Aber jetzt, bei Niedrigwasser, sind die Spitzen der höchsten Felsen, also deren Kämme, nur etwa einen oder zwei Meter unter Wasser. Heute haben wir ruhige See. Da ist davon nichts zu sehen, aber bei auch nur geringem Wellengang sind die Felsen zu sehen..."

„Das ist interessant!", meinte Louise leise zu mir, nahm erneut meine Hand und hielt sie fest.

„Ich will mit euch nichts riskieren und bin deshalb weiter hinaus gefahren!"

„Und weshalb treiben wir jetzt auf dem Meer? Mit der Maschine zu fahren wäre doch sicherer. Weil das Schiff besser zu manövrieren ist!", meinte Marion, die Archäologin.

„Beim Treiben kann man das Meer besser, weil intensiver, erleben! Motorengeräusch stört nicht und nur

das Platschen der Wellen an die Bordwand ist zu hören.
Und wenn ich gleich nichts mehr sage, dann seid auch ihr
bitte ruhig. Wir werden dann die Melodie des Meeres
hören! So, wie ein leises Lied!"

Nun war mir auch klar, warum wir während der
Ausfahrt dichter unter Land gefahren sind. Es war
Hochwasser! Dann war Ruhe auf dem Schiff. Und jeder
lauschte auf das Meer.
Wir blickten uns an, nickten uns manchmal wortlos zu
und dann hob auch 'mal einer den Finger und zeigte auf
etwas. Auf das, was er beobachtet hatte. Oder auch, als
wollte er seine Aufmerksamkeit besonders beachtet
wissen... Und keiner sprach. Alle waren still. Keiner
räusperte sich oder schnupfte oder schnäuzte in ein
Taschentuch... Oder scharrte mit den Füßen.
Es war vollkommene Stille. Nur das Meer war zu hören,
sein Schmatzen und Schlürfen dann, wenn die Wellen
versuchten, sich einzuholen und manche an die Planken
des Schiffes klatschten.
Ich spürte, wie mich eine besondere Ruhe erfasste.
Louise hielt mit ihrer Hand noch immer meine Hand und
ich merkte, wie auch sie langsam entspannte. Ich sah sie
an. Ihr Gesicht war vollkommen ruhig. Sie blickte in die
Ferne. Nur ihr Wimpernschlag verriet, dass sie wach war.
Vielleicht war sie in einem Zustand flacher Hypnose?
Dann beobachtete ich auch unauffällig die anderen
und stellte bei denen Ähnliches und so, wie bei Louise
fest.

Wir trieben, von der Strömung bewegt, über das
unendliche Meer. Oft beschrieben, besungen, gemalt.
Stätte unendlicher, grausamer Tragödien und froher
Stunden. Es war möglich, von hier aus, von dieser Stelle

nahe der Insel im Atlantik, da, wo wir jetzt auf dem Meer trieben, um die Welt zu fahren. Ohne jemals wieder Land zu sehen. Wenn, dann höchstens am Kap Hoorn. Und dann noch, vielleicht und zufällig, irgendwo in der Südsee. Dann, wenn der Kurs an einer der vielen tausend Inseln vorbeiführte. Man müsste von hier, vor der Insel im Atlantik, nach Süden fahren. Den Spuren Vasco da Gamas folgend, der Portugiese hatte 1498 den Seeweg nach Indien entdeckt, um das Kap der Guten Hoffnung und dann weiter nach Osten reisen. Südlich an Australien und Tasmanien vorbei in den Pazifischen Ozean. Dann Kap Hoorner werden und mit der Falklandströmung ein Stück nordwärts treiben und versuchen, den Südatlantikstrom zu erreichen. Anschließend den Benguelastrom finden und später zum Kap Bojador kommen und schließlich wieder zur Insel im Atlantik. Geschätzte Reisedauer: weiß ich nicht. Ich bin kein guter Segler. Nicht 'mal ein schlechter. Aber gelingen würde mir solche Reise. Da bin ich mir sicher. Die, die es nicht gelernt haben, egal was, sollen am meisten Glück haben. Habe ich gelesen. Also legte ich mich nicht fest und dachte im gleichen Augenblick an sechs oder mehr Monate Reisezeit...

Und Louise würde ich fragen, ob sie mitkommen wollte...

Viele saßen mit geschlossenen Augen und schienen zu meditieren. Und die, die das nicht getan hatten, waren von Leichtigkeit und Zufriedenheit ergriffen. Und träumten vielleicht mit offenen Augen. Wie mir das Jürgen später sagte.

Unsere Fahrt auf dem Meer näherte sich langsam, aber stetig, dem Ende. Je näher wir der Insel kamen, desto zusammenhängender war das Brüllen der Brandung zu hören. Es schwoll allmählich, einem Crescendo gleich, an. Ohne zu stören und ohne die noch immer auf dem Schiff dominierende Ruhe, Stille, zu übertönen.

Als wir noch etwa eine viertel Meile von der Insel entfernt waren, hörten wir sehr deutlich einzelne Töne der Brandungsmelodie und jetzt machte der Schiffsführer sehr leise und rücksichtsvoll auf sich aufmerksam: Er begann leise, ein Lied zu summen. Dann flüsterte er Veronika etwas zu und die übersetzte:

„Er muss jetzt den Dieselmotor wieder in Betrieb nehmen. Sonst werden wir gegen die Felsen getrieben.“

Alle waren wach und aus ihren Tagträumen zurück auf das Schiff gekommen. Sie ließen das Erlebte nachklingen. Professor Zabert meinte leise:

„Das ist in Ordnung!“

Dann startete der Schiffsführer den Motor und das Schiff fuhr direkt auf den Anleger zu.

Tatsächlich hatten wir Niedrigwasser und das Schiff näherte sich langsam der mit Algen und Muscheln bewachsenen Stahlbetonkonstruktion.

Fünf oder mehr Meter ragten die schwarzgrünen Pfeiler und Verstrebungen aus dem Meer und in die Höhe. Und wir sahen es deutlich! Auch die Plattform aus armiertem Beton, die wie ein Podest auf den Pfeilern lag, war an der Unterseite mit Algen und kleinen Muscheln bewachsen. Von denen waren allerdings die meisten abgestorben. Vielen Pflanzen und Tieren ist der stetige Tidenhub unangenehm. Sie leben entweder ständig im und unter Wasser. Oder über dem Wasser.

An einer Seite des Anlegers befand sich eine Betontreppe. Am unteren Ende war eine kleine Plattform. Treppe und Plattform wurden ständig vom Wasser überspült. Immer dann, wenn Hochwasser war oder sehr hoher Wellengang.

Treppe und Plattform waren nicht mit Algen und Muscheln bewachsen. Auch das Stahlgeländer an der Seeseite der Treppe war sauber: Muscheln und Algen wurden stets sorgfältig entfernt.

Louise kletterte als erste von Bord und auf die Plattform, ich war ihr dabei selbstverständlich behilflich. Sie hielt sich an meinem Arm fest und während einiger unsicherer Bewegungen bemerkte ich, meine Hilfe war notwendig.

Die Treppe stiegen wir gemeinsam empor, ich immer eine Stufe hinter Louise.

Auf der Plattform stand ein Mann. Als Louise und ich die letzte Stufe der Treppe emporgestiegen waren und nun auf dem Anleger standen, kam Peter Nowack uns entgegen und sagte:

„Die Leute von der Rezeption haben mich hierher geschickt!"

„Wann?"

„Vielleicht vor 'ner Stunde. Ich habe euch kommen gesehen! Mit dem Schiff auf dem Atlantik"

Wir begrüßten uns so wie Menschen, die sich sehr lange nicht gesehen hatten: Sehr intensiv. Dann stellte ich Louise vor:

„Unsere Wissenschaftsjournalistin!", meinte ich.

Peter grinste mich daraufhin mit breitem Lächeln an und wollte dazu etwas sagen. Antwortete dann aber nicht und sagte zu Louise nur:

„Guten Tag!"

Die anderen kamen und als Professor Zabert gemeinsam mit Regine die Treppe empor gestiegen war, rief er laut:

„Da ist er ja!"

Und weil Peter nichts anderes einfiel, sagte er nur:

„Ja!“

„So“, meinte der Professor, „nun erkläre uns 'mal, wo du warst! Wir wollten bereits das Konsulat alarmieren!“

Alle standen um Peter Nowack und einige von uns wussten nicht, wer er war und warum dieser außergewöhnliche Empfang auf dem Anleger für ihn stattfand. Jürgen meinte deshalb:

„Peter ist Geograf und war in den letzten Wochen in Osteuropa unterwegs. Dort wurde er... Aber das will er uns ja selbst erzählen...“

„Wir dachten, du bist irgendwo in Osteuropa im Knast!“, ergänzte Günther.

Peter sah uns an und erwiderte dann:

„Das hätte auch beinahe geklappt. Ich meine, das mit dem Knast. Man wollte mich tatsächlich einsperren! Ich weiß bis heute nicht, warum und weshalb! Aber dann wurde ich mit jemandem verwechselt. Und wieder weiß ich nicht, wie, warum und weshalb. Schließlich ließ man uns beide laufen und ich bin auf dem schnellsten und kürzesten Weg nach Hause geflogen...“

Und nach einigen Minuten ergänzte er sehr nachdenklich:

„Ihr könnt euch nicht und wenn, dann nur sehr schwer, vorstellen, was da los ist! Da verschwinden Leute, werden auf offener Straße in Gewahrsam genommen, verhaftet. Jeder, der irgendwie etwas zu sagen hat, ist Chef. Oder meint zumindest, einer zu sein. Ich meine, dass ich hier stehe, habe ich einem glücklichen Umstand zu verdanken...“

„Nämlich?“, fragte der Professor.

„Man hatte begonnen, Reservisten einzuziehen. Und wenn ich mich nicht sehr täusche, war derjenige, der mich eigentlich im Gefängnis abliefern sollte, mich dann aber zum Flugplatz und abschieben ließ, allerdings nicht, ohne mich vorher und in schriftlicher Form, also höchst offiziell, zur persona non grata zu erklären, ein Kollege. Ich kann mich, wenn auch sehr undeutlich, daran erinnern, den Mann vor einigen Jahren bei einem Kongress gesehen und kurz gesprochen zu haben...!"

„Man sieht sich, wir haben das eben gehört, immer zweimal im Leben!", meinte Regine.

Ich sah die anderen an und blickte in sehr nachdenkliche Gesichter.

Dann sagte der Professor zu Regine:

„Dann reserviere uns 'mal für heute Abend die Dachterrasse. Wir müssen gemeinsam einige Dinge besprechen!"

„Mach' ich!", antwortete Regine.

Und bevor der Professor mit Regine zum Hotel ging, sagte er:

„Dann bis um acht!"

„Gern!", antworteten wir beinahe einstimmig.

*

Nach dem Abendessen gingen Louise und ich am Strand spazieren. Nicht lange. Aber doch lange genug, um den Rat meines Vaters zu befolgen:

„Nach dem Essen sollst du ruh'n oder tausend Schritte tun!"

Ich hatte während dieses Spazierganges am Strand die Ahnung, wohl mehr den Wunsch, diese und alle anderen Inseln des Archipels könnten von den gesellschaftlichen Veränderungen verschont bleiben. Dass keine Schnellstraße gebaut und der Massentourismus, so, wie auf den größeren Nachbarinseln inzwischen üblich, nicht etabliert würde. Denn Schnellstraße, Massentourismus, Hotelburgen, höher als Dattelpalmen und damit verbundene irreparable Eingriffe in die Natur hätten verheerende Folgen und Auswirkungen. Auch für die Leute auf der Insel, die trotz hoher Arbeitslosigkeit, weil nur begrenzte Arbeitsplätze zur Verfügung standen, einen ausgeglichenen Eindruck vermittelten.

Das bestätigte mir dann auch Veronika, als wir später zufällig darüber sprachen.

Louise saß auf dem Strand. Sie war voraus gegangen, während ich am Strand nach Steinen mit Einschlüssen suchte. Als ich zwei Exemplare, etwa halb so groß wie eine Faust und mit unzähligen Olivinen bestückt, gefunden hatte, schenkte ich Louise einen der Steine.

Sie betrachtete den lange. Drehte und wendete ihn in den Händen, hielt ihn hoch und gegen die tiefstehende Sonne. Dann sagte sie:

„Den stelle ich auf meinen Schreibtisch! Dann bist du, zumindest auf diese Weise, immer bei mir!"
Und nach einigen Augenblicken fügte sie hinzu:

„Irgendjemand, ich weiß bestimmt nicht, wer das war, hat mir vor lange zurückliegender Zeit ein kleines Röhrchen, ähnlich einer Ampulle, mit Olivinen geschenkt. Das habe ich irgendwohin gelegt und weiß nicht, wohin! Aber nun habe ich diesen Stein!"

Dann ergriff sie meine Hand zog sich hoch und wir gingen zum Hotel zurück.
Professor Zabert liebte Pünktlichkeit!

*

157

Genau um acht gab Professor Zabert ein Zeichen und ein Mitarbeiter des Hotels schloss die Tür.

Dann sagte der Professor:

„Peter, es ist schön und gibt Anlass zur Freude, dass du wohlbehalten zu uns gekommen bist! Nochmals: Herzlich willkommen! Und gleich eine Frage: Wie ist die Lage in Europa?"

Peter überlegte einige Augenblicke, dann antwortete er:

„Ich weiß nicht, wie lange ihr auf de Insel seid. Aber zu Hause ist es ruhig. Bis auf das ewig während Gezänk der Parteien miteinander und untereinander. Und in einigen Ländern Osteuropas, ich habe es selbst erlebt, kann man sich nur und wenn, dann sehr mühsam, daran erinnern, was vor noch nicht einmal einer Generation dort für Zustände anzutreffen waren. Und in einigen Ländern Westeuropas sind die gesellschaftlichen Veränderungen sehr deutlich zu beobachten. Und ich befürchte, unsere Ziele und Ideale von Nachhaltigkeit und der Ökologie im Denken und Handeln werden dann, wenn bestimmte Personen ihren Einfluss ausweiten können, kaum noch gehört werden. Im Gegenteil! Man wird uns beschimpfen, unser Tun und Handeln schmähen und unter Strafe stellen. Aber das ist ja bekannt!"

Nach diesen Worten war es sehr ruhig im Clubraum auf der Dachterrasse des „Hotel am Atlantik"!

Dann sagte Veronika:

„Ich habe vor zwei Stunden eine Nachricht erhalten, die ich euch nicht vorenthalten möchte!"

„Nämlich?", fragte der Professor.

„Man hat mir mitgeteilt, dass Flugplätze, Häfen und öffentliche Gebäude, auch die großen Straßen, nach wie vor von der Bevölkerung besetzt sind. Man wehrt sich kollektiv gegen die Revolte einiger weniger Aufrührer. Wichtig ist, Polizei und Armee halten sich zurück. Und so, wie man glaubhaft versicherte, soll es auch bleiben!"

„Danke!", sagte Professor Zabert, „Was auch bedeutet, die Insel ist sicher?"

„Ja! Zumindest gegenwärtig", antwortete Veronika, „Aber wie lange, das weiß ich nicht!"
Professor Zabert blickte einige Leute aus unserer Gruppe an und meinte:

„Ich gehe davon aus, dass ihr bereits zum Abend gegessen habt. So habe ich einige Getränke bestellt und möchte mit euch auf unsere sehr schöne Fahrt übers Meer und vor allem, auf die glückliche Ankunft von Peter anstoßen!"
Er hob das Glas und wir folgten seinem Beispiel, als er sagte:

„Prosit! Es nütze!"
Als wir die Gläser abgestellt hatten, fragte Professor Zabert:

„Wer kennt mindestens drei Lieder, in denen das Meer besungen wird?"
Alle meldeten sich. Deshalb fragte der Professor:

„Und wer kennt fünf Lieder?", Professor Zabert blickte in die Runde.
Und als sich wieder ausnahmslos alle gemeldet hatten, sagte der Professor:

„Ich will jetzt nicht wissen, wer welches Lied kennt. Singen möchte ich ebenfalls nicht, das würde mir nicht gelingen. Keinesfalls. Ich kann nicht singen... Nun, ich wollte mit meinen Fragen nach drei und fünf Liedern darauf aufmerksam machen, dass das Meer im Leben und für die Menschen sehr bedeutend ist...", Professor Zabert schaute aus dem Fenster und dann wieder einige von uns an und sprach dann weiter:

„Wir kennen alle die zumindest wichtigsten Daten über das Meer. Und wem das nicht bekannt sein sollte, der wird wissen, dass etwa zwei Drittel unserer Erde mit dem Wasser der Meere und Ozeane bedeckt ist. Und auch, dass die südliche Halbkugel bedeutend mehr Wasserfläche hat als die Nordhalbkugel. Ich möchte jetzt nicht darüber sprechen, welche extremen Bedingungen die Meere bereit halten, das höchste Gebirge zum Beispiel. Das kann man nachlesen. Und ich bin überzeugt davon, die tägliche Arbeit bringt jeden von uns immer aufs Neue mit dem Meer zusammen..."

„Das ist wohl wahr!", ergänzte Jürgen.

„Deshalb", Professor Zabert trank von dem Wasser in seinem Glas, „ist es für mich unverständlich, warum das Meer so sehr missachtet wird. Dieser Missachtung zu begegnen habe ich meine Arbeit gewidmet!"

Dann war Stille im Raum. Wir waren so leise, dass durch die geschlossenen Fenster das Rollen und Donnern der Brandung zu hören war. Nach einigen Minuten meinte Jürgen:

„Jeder von uns könnte einen längeren Vortrag jetzt, sofort, und darüber halten, welche Bedeutung seine Arbeit über die Ozeane und für die Meere hat. So, wie es uns der Professor eben sagte. Und einem Ingenieurwissenschaftler würde es ebenfalls gelingen, seine Arbeit in den Bezug zu den Ozeanen zu setzen. Ja, das würde ihm zweifelsohne gelingen!"

„Stimmt!", meinte Peter Nowack.

Dann, und für mich völlig überraschend, sagte Louise:

„Ich bin als Gast bei euch. Aber auch ich habe als Lektorin in einem Verlag oft Manuskripte zu betreuen, in denen über das Meer geschrieben und berichtet wird. Eines der interessantesten Bücher, welches über die Ozeane geschrieben wurden, ist für mich „Der Mensch und das Meer". In diesem Buch wird sehr anschaulich

160

beschrieben, der Autor ist Meeresbiologe, dass die Menschen nichts unversucht lassen, um den größten Teil ihrer natürlichen Umwelt nicht nur zu schädigen, sondern weitestgehend zu vergiften und unbewohnbar zu machen..."

„Das stimmt!", ergänzte Günther, „Man sollte jedoch sehr viel Zeit und Ruhe investieren, um dieses Buch zu lesen!"

„Ja!", sagte Louise.

Dann lehnte sie sich zurück und meinte noch:

„Das wollte ich euch sagen!"

Als ich das Manuskript für diesen Bericht über unsere Reise zur Insel im Atlantik erarbeitete, habe ich mich entschlossen, die weiter führenden Angaben zu dem von Louise erwähnten Buch hier aufzuschreiben:

„Der Mensch und das Meer" von Callum Roberts, ISBN – Nummer: 978-3-421-04496-9, Deutsche Verlags Anstalt.

Ich hatte, zugegebenermaßen, nicht erwartet, dass Louise sich so und spontan äußerte. Sie war mir bis jetzt eher zurückhaltend, aber nicht temperamentlos, begegnet. So lernt man Menschen an jedem Tag neu kennen.

An diesem Abend saßen wir noch sehr lange auf der Dachterrasse unseres „Hotel am Atlantik".

Wir sprachen, zum Teil laut und heftig diskutierend, aber dann auch wieder ruhig und sachlich erklärend, über die uns bewegenden Dinge im Zusammenhang mit der Nutzung, der damit einher gehenden Verschmutzung und Ausbeutung der Meere und Ozeane. Wir besprachen die Überfischung der Meere und darüber, dass wirtschaftlich schwachen Ländern die Fischereirechte abgekauft werden und auch darüber, dass dieses Geld für den Aufbau eigener Fischwirtschaften genutzt werden sollte. Aber dann doch auf den Konten korrupter Regierungsmitglieder der betreffenden Staaten zu finden ist. Und das die einheimischen Fischer so wenig fangen, dass sie davon ihre Familien nur mit Mühe ernähren können. Weil in Sichtweite der Küsten große Trawler und Fabrikschiffe das Meer leer fischen...

„Beispielsweise nur wenige hundert Kilometer östlich von uns", sagte Peter Nowack, „vor Mauretanien und noch mehr vor den Küsten der von Marokko annektierten Westsahara. Aber auch die Republik der Kapverdischen Inseln ist in diesem Zusammenhang erwähnenswert!"

„Und wenn dann die Meere in der einen Region leer gefischt sind, ziehen die Fabrikschiffe weiter!", ergänzte Professor Zabert.

Wir sprachen auch darüber, dass in Asien in jedem Jahr hunderttausende Haie gefangen werden, denen man bei lebendigem Leib die Flossen abschneidet. Die verunstalteten Kreaturen werden zurück ins Meer geworfen, wo sie qualvoll verenden.

„Das alles für ein paar Liter Suppe!", meinte Regine, „zur vermeintlichen und nie bewiesenen Stärkung der Manneskraft!"

„Das isst du doch hoffentlich nicht?", fragte mich Louise leise.

„Habe ich das nötig?"

„Ich frage nur vorsorglich!"

„Oder denkt nur an den Meeresbergbau!", sagte Günther, „Die Ölindustrie verschmutzt in jedem Jahr unzählige Quadratkilometer Meeresboden. Zum einen dadurch, dass die Bohrlöcher niemals absolut dicht sind.

Darum quillt Öl stets und ständig heraus. Zum anderen durch geplatzte Leitungen, brennende Förderanlagen, defekte Maschinen und Geräte. Die Havarien mit den Tankern in den 1970-er und 1980-er Jahren haben wir, hoffentlich, noch gut in Erinnerung. In der Bretagne, da war ich im Sommer vor drei Jahren, kann man noch heute Öl von den Felsen kratzen, dass bei dem Unglück des Tankers „Amoco Cadiz" in das Meer gelangte und an den Strand gespült wurde! Mehr als 223 Tausend Tonnen!"

„Und wann war der Unfall mit dem Tanker?", fragte Louise.

„Im März 1978. Während eines Sturmes zerbrach eine Hydraulikleitung der Ruderanlage und es gelang den Schleppern auch nicht, das Schiff mit dem Bug in den Wind zu drehen. So lief das Schiff auf die Felsen vor Ploudalmézeau... Wie gesagt, da kann man noch heute Öl von den Felsen kratzen!"

„Diese und ähnliche Unglücke sind doch in der Vergangenheit beinahe jährlich passiert! Wobei ich hiermit keineswegs einer gewissen Gewöhnung an derartige Ereignisse das Wort reden will!", sagte Regine, „Weil immer und immer wieder solche Havarien geschehen, muss man sich doch fragen, ob es keine Alternativen zum Öltransport gibt. Soweit ich weiß, ist doch erst wenige Jahre vor der „Amoca Cadiz" an den Küsten der Bretagne ein Tanker der Deutfracht Reederei gestrandet!"

„Stimmt! Das war die „Böhlen" aus Rostock, gestrandet im Sturm am 14. Oktober 1976 vor der Küste von Crozon."

„Also einige Meilen südlich vom Unglücksort der 'Amoco Cadiz', oder?", fragte Regine.

„Ja!", bestätigte Günther und sagte dann:

„Auch der Kiesabbau im küstennahen Wasser ist eine

163

Sache, deren Auswirkungen nahezu vollständig verschwiegen werden. Die Bagger mit ihren bis zu zehn Meter breiten Saugköpfen ziehen alles vom Meeresboden an die Oberfläche und dann ins Schiff. Nicht nur Kies. Auch Pflanzen, Muscheln, Laich, Fische. Alles wird nach oben befördert. Intakte Ökosysteme werden vorsätzlich zerstört! Das ist doch nur schlimm!"

„Ob damit nicht auch die Grenze zur Kriminalität zumindest tangiert wird?", fragte jemand.

„Nun ja, den Menschen wird von Wirtschaft und Politik systematisch eingeredet, dass nur der was ist, der was hat... Egal, was, Hauptsache Besitz!", sagte Andrea Holzmann, Politikwissenschaftlerin an einem unabhängigen Institut, das sich ausschließlich durch Spenden finanziert. Und aus diesem Grunde staats- und parteiunabhängig arbeitete.

„Ja,ja! Haste 'was dann biste 'was!", meinte Jürgen.

„Das Wohlstandsdenken in den führenden Industrieländern ist auch ein Grund dafür warum, symbolisch gemeint, die Wunden, die man der Erde zufügt, immer tiefer werden..."

„Und alles muss billig sein! Man sagt dazu auch, es muss günstig sein!", ergänzte Regine.

„Ja! Billig könnte zu sehr an Ausverkäufe und Grabbeltische erinnern!"

Andrea Holzmann war, wie sie nicht müde wurde zu erklären, besonders stolz darauf, in einem Institut zu arbeiten, das unabhängig ist. Das auch von der Wirtschaft keine Spenden annimmt war nur folgerichtig.

„Wir arbeiten mit vielen zusammen, sind aber unabhängig und wollen das auch bleiben. Und das seit zwanzig Jahren! Nein, es sind inzwischen zweiundzwanzig Jahre!"

„Es ist doch nahezu unmöglich, von den niedrigen Preisen, die für viele Produkte verlangt werden, eine Produktion zu betreiben, von der die Produzierenden ihren Lebensunterhalt bestreiten können. Und gleichzeitig dem Anspruch an eine umweltschonende Herstellung gerecht werden. In der Lebensmittelbranche sagt man dazu artgerechte Haltung und ökologischer Landbau...", erklärte Andrea dann weiter.

„Das sollte uns 'mal ein Ökonom erklären! So richtig und ohne Wenn und auch Aber!", meinte Jürgen.

„Auf alle Fälle, liebe Freunde, ist es so, dass die meisten Menschen ihr grünes Gewissen noch immer vergeblich suchen. Und von denen, die das wollten, können viele das nicht ausleben. Weil dazu, unter anderem, das erforderliche Geld fehlt", meinte Professor Zabert und sagte dann:

„Ich wollte eigentlich mit euch gemeinsam das 'Insel-Manifest" erarbeiten. Jedoch, da keiner von uns weiß, wie sich unser Besuch auf der Insel weiter gestalten wird, müssen wir wohl darauf verzichten und statt dessen einiges Interessantes besuchen und begehen. Sind wir wieder zu Hause, werde ich eine Erklärung schreiben und an alle schicken. Mit der Bitte um Ergänzung und Korrekturen. E-mail genügt. Ich dachte an einen Bericht oder Zusammenfassung dessen, was wir hier getan und erlebt und besprochen haben. Ich muss doch, bitte versteht das, unseren Sponsoren einige Ergebnisse präsentieren. Nicht, das die Meinung aufkommt, wir hätten hier nur gebadet und roten Wein getrunken!"

„Und Fisch gegessen!", ergänzte Regine.

„Meinetwegen auch das!", sagte Professor Zabert.

An diesem Abend, dem dritten auf der Insel im

Atlantik, saßen wir dann später in Gruppen zusammen, deren Mitglieder, manchmal auch nur Zuhörer, ständig wechselten. Je nachdem, was besprochen wurde.

Dann sagte Louise, sie sei müde und würde jetzt ins Bett gehen:

„Der Tag auf dem Meer. Verstehst du?"

Sicher verstand ich das und wünschte ihr eine geruhsame Nacht.

*

Als ich, es war nach Mitternacht, in mein Zimmer kam, öffnete ich das Fenster und die Terrassentür weit auf und ließ die angenehme Nachtluft in den Raum.

Dann zog ich mich aus und als ich mich in mein Bett legen wollte, so wie immer auf die Seite, die dem Fenster zugewandt war, musste ich unverrichteter Dinge auf die andere Seite des Bettes gehen. Denn auf der Fensterseite, meiner Seite, lag Louise.

Ich deckte mich zu und dann kam sie unter meine Bettdecke und meinte leise:

„Ich habe auf dich gewartet!"

Der dritte Tag

Ich lag auf dem Rücken in meinem Bett. Die Augen hatte ich geschlossen und die Bettdecke bis unter die Kinnspitze gezogen.

Neben mir schlief Louise und atmete regelmäßig und mit tiefen Zügen die klare Luft, die vom Atlantik kam und durch die geöffnete Terrassentür und das Fenster in das Zimmer wehte.

Heute war Sonntag und der dritte Tag auf der Insel.

Es war ruhig, beinahe still. Kein Auto fuhr. Kein Personal lärmte. Lediglich ein Hahn krähte manchmal. Und die Brandung des Meeres brach sich und spülte Wellen an den Strand. Dann klackten die Steine und das Wasser versickerte gurgelnd und schmatzend.

Ich dachte daran, dass Professor Zabert heute vor sieben Jahren Emeritus wurde und sich ab diesem Tag vermehrt den Dingen zuwenden konnte, die ihn eigentlich interessierten:

„Keine Vorlesungen! Keine weiteren Verpflichtungen! Wie angenehm wird das sein!", schwärmte er bereits ein Jahr zuvor.

Professor Zabert gehörte zu den Menschen, deren Alter sehr schwer zu bestimmen war.

Dass er nicht fünfzig Jahre alt war, stritt er nicht ab. Jedoch, bereits zweiundsiebzig zu sein, glaubten ihm die wenigsten.

„Tja", sagte er mir 'mal, „viel Schlaf, angenehme Arbeit, gutes Essen und Rotwein in Maßen sind mein Elixier für ein gesundes und langes Leben! Und nicht zu vergessen: Ein angenehmes und entspanntes Liebesleben. Womit ich nicht meine, jeden Abend durch die Betten toben zu müssen. Wichtiger ist das Gefühl, lieben zu können und geliebt zu werden!"

Dabei grinste er mich mit breitem Gesicht, aus dem die blauen Augen fröhlich blickten, an.

So war es auch nur allzu verständlich, dass er gestern Abend, wenig später nach dem offiziellen Teil unserer Zusammenkunft, Regine anblickte und uns mit ihr verließ.

Kurz zuvor meinte er noch:

„Morgen um zehn fahren wir mit dem Bus in den Regenwald und sehen uns dann den nördlichen Teil der Insel an. Da werden dann auch einige botanische Erklärungen und zoologische Hinweise verkündet. Seid bitte pünktlich unten! Am Bus, meine ich!"

Dabei schaute er mich an und ich wusste, das wird mein Tag.

Nun war heute mein Tag. Es würde mir kaum Schwierigkeiten bereiten, Flora und Fauna der Insel zu beschreiben. Es war nicht mein erster Besuch auf der Vulkaninsel im Atlantik...

Ich hörte, wie Louise neben mir etwas Unverständliches in ihr Kissen flüsterte. Dann spürte ich, wie sie näher an mich heranrückte, unter meine Decke kam und leise sagte:

„Du bist mein!"

Dann schlief ich mit Louise an meiner Seite ein...

Als das Telefon klingelte, erschraken Louise und ich und saßen noch im selben Augenblick aufrecht im Bett.

Ich nahm den Hörer und Regine sagte:

„Das Glück sei euch vergönnt! Aber, wir wollen in etwas mehr als einer halben Stunde mit dem Bus los! Da ist nun allerdings Eile geboten!"

Gleichzeitig sprangen wir aus dem Bett und brachten es gemeinsam in Ordnung.

Jeder ging in das Bad seines Zimmers und wenig später betraten wir, noch mit nassen Haaren, den Frühstücksraum. Betrachtet von hämischen, aber auch von neidischen Blicken.

Marion, die Archäologin, sah uns sogar etwas mitleidig an. Wir gingen zum Buffet und auf halbem Weg dorthin wünschte Louise allen und mit Lächeln einen „Guten Morgen!"

Nun war, so bemerkte ich, wieder alles in Ordnung und Fröhlichkeit und Leichtigkeit hatten uns erneut erreicht. Und ich hoffte, Großzügigkeit und gegenseitige Achtung ebenfalls...

*

Professor Zabert sagte:

„Ich dachte schon, euch ist 'was passiert. Hätte sein können. Und ich muss dann den Regenwald erklären!"

„Die Sorge bist du nun los!", antwortete Regine.

„Ja!"

„Wohin fahren wir heute?", wollte Andrea Holzmann, Politikwissenschaftlerin, wissen.

Und als sie keine Antwort erhielt, meinte sie:

„Oder ist das geheim?"

„Was? Wie bitte? Wer hat ein Geheimnis?", fragte Professor Zabert.

„Ich fragte, wohin wir heute fahren und auch, ob das ein eventuelles Geheimnis ist."

„Ach so!", der Professor sah Regine an und die beeilte sich, zu erklären:

„Wir werden zunächst die Serpentinen an den Hängen im Tal hinter dem Hotel hinauf fahren, uns unterwegs eine architektonische Besonderheit ansehen und anschließend in den Regenwald fahren. Dann darin ein Stück laufen und uns einige Besonderheiten betrachten. Anschließend werden wir in ein sehr schönes Dorf, wieder über Serpentinen und vorbei an erstarrten und erodierten Vulkankegeln, fahren!"

„Dann sollten wir jetzt aber daran denken, dass der Bus um zehn fährt!", erinnerte Professor Zabert.

„Der fährt auch wenige Minuten nach um zehn!", antwortete Regine, „Und die beiden jungen Leute", dabei blickte sie zu Louise und zu mir, „müssen doch auch wieder zu Kräften kommen!"

„Um zehn ist um zehn!", sagte der Professor, „Und nicht fünf Minuten danach!"
Er stand auf, räumte sein Geschirr zusammen und meinte:
„Ich gehe dann 'runter. So ist wenigstens einer von uns pünktlich!"

Louise und ich hatten jeden Grund, nicht nur mit Worten, sondern auch mit Gesten und Blicken, uns an dem Gespräch über die Pünktlichkeit nicht zu beteiligen. Statt dessen nutzten wir die wenige Zeit, um das Frühstück, keinesfalls in großer Eile, aber dennoch zügig, zu essen.
Dann, als der Professor den Raum verlassen hatte, meinte Regine zu Günther:
„Er wird's verkraften!" und goss noch Kaffee in ihre Tasse.

Ich schaute Louise an und beide wussten wir in diesem Augenblick, dann, wenn Regine's Tasse leer war, endete auch unsere Frühstückszeit.

Als Regine ihre leere Tasse absetzte und meinte: „Dann wollen wir 'mal!", begannen Louise und ich, unser Geschirr zusammen zu stellen.

Regine erhob sich, nahm ihren Rucksack und ging zur Tür. Sofort taten das auch die anderen und als wir unseren Platz aufgeräumt hatten, waren Louise und ich die letzten, die hinter Peter Nowack den Raum verließen.

Wir erreichten die Haltestelle genau sechs Minuten nach zehn Uhr. Der Professor wartete und der Bus fuhr um die Straßenecke, um gleich danach bei uns zu halten.

„Na siehste!", sagte Regine zu Professor Zabert, „Nun hat ja alles geklappt!"
Der maulte etwas Unverständliches und war dann Regine beim Einsteigen behilflich.

*

Regine hatte es organisiert, dass für die Fahrt durch den Regenwald und dann zu dem Dorf im Norden der Insel, erneut Manuel mit seinem Bus gekommen war. Und Manuel begrüßte jeden so, als würde er ihn bereits eine Ewigkeit kennen.

Nach wenigen hundert Metern, als wir den Ort soeben verlassen hatten, begann der Bus, sich die Serpentinen am nördlichen Hang des Tales hinauf zu quälen. Geschickt lenkte Manuel das Fahrzeug durch die Haarnadelkurven. Entgegen kommende Autos erschwerten oft die Fahrt das Busses.
Dann, am Ende einer langen Geraden, die auch die Zufahrt zu einem Tunnel war, hielt Manuel den Bus an, öffnete die Tür und Regine meinte:

„Hier müssen wir euch 'was zeigen!"
Wir stiegen aus und liefen hintereinander am Straßenrand zu einem Gebäude, dass aus sechseckigen Lavasteinen erbaut war.
Das Haus war, wie wir bald feststellten, auf einem

Plateau und als oberer Abschluss einer sehr hohen Steilwand, gebaut.

Wie uns Manuel sehr glaubhaft versicherte, auch wieder von Veronika übersetzt, war die Steilwand an dieser Stelle mehr als einhundert Meter hoch.

In dem Gebäude befand sich ein Restaurant, dass allerdings jetzt, am Vormittag, geschlossen war.

So blieb uns nur die Gelegenheit, von der Plattform in das Tal zu schauen und im Westen den Atlantik blinken zu sehen.

Manuel, der nicht nur ein sehr guter Busfahrer war, sondern ein ebenso guter, weil kundiger Reiseführer, erklärte uns das, was wichtig war zu wissen und Veronika übersetzte. Vorzugsweise die Besonderheiten der Insel, aber auch kulturelle, historische und besondere Details.

„Dieses Haus", sagte er, „ist von einem der berühmtesten Maler, Bildhauer, Architekten und Umweltschützer unseres Archipels geplant worden. Er lebte und arbeitete auf der östlichsten unserer Inseln und hat auf dem gesamten Archipel unauslöschbare Spuren in Form von Gebäuden, Plastiken und Bildern hinterlassen. Leider ist er vor einigen Jahren, genauer gesagt im Jahre 1992, unter bis heute nicht vollständig geklärten Umständen, bei einem Autounfall ums Leben gekommen..."

Als Veronika die Übersetzung beendet hatte, erklärte Manuel weiter:

„Wie bei vielen anderen Bauten wurden auch hier nur Baumaterialien aus der unmittelbaren Umgebung verwendet. Von einigen Ausnahmen, wie Steckdosen oder Sanitärarmaturen, abgesehen. Das ist einer der Gründe dafür, warum sich auch dieses Gebäude ideal in die natürlichen Gegebenheiten der Umgebung einfügt. Ich

werde euch unterwegs noch mehr darüber berichten...",
Manuel hatte bemerkt, dass Regine zur Eile drängte und
meinte nur noch:

„Dann sollten wir jetzt also weiterfahren!"

*

Weniger dutzend Meter nach einer Kreuzung,
mitten im vor Nässe triefenden Regenwald, war ein
Parkplatz. Manuel hielt den Bus an und Professor Zabert
sagte:

„Nachdem wir ausgestiegen sind, gehen wir ein Stück
durch den Wald. Manuel erwartet uns dann in einiger
Entfernung an einem der nächsten Parkplätze!"

Dann sah er mich an und als wir vor dem Bus standen,
begann ich, den anderen die Besonderheiten dieses
weltweit einmaligen Waldes zu beschreiben.

Ich habe für diese Aufzeichnungen das von mir
Gesagte zusammengefasst, ergänzt und aufgeschrieben.
Ich werde diese Notizen ohne Änderungen und eventuelle
Kürzungen hier wiedergeben. Auch, sollte das Eine oder
auch das Andere bereits bekannt sein:

Die Insel war annähernd rund und bildete mit zwei in
etwa 25 Meilen Entfernung aus dem Meer steil
aufragenden Vulkanen die westlichsten Landmassen der
Inseln im Atlantik. Bei den beiden Vulkanen, an den
engsten Stellen nur zwei Meilen voneinander entfernt,
handelte es sich um sogenannten „Doppelvulkane", die in
der Tiefe einen gemeinsamen Schlot hatten, der sich erst
unmittelbar unterhalb der Vulkane teilte und diese mit
Lava versorgte.

Die Entstehung dieses sehr besonderen Vulkanpaares ist den Geologen bis heute ein Rätsel. Ist es doch in der Vergangenheit beobachtet worden, dass einer der Vulkane reichlicher mit Lava gespeist wurde. Was dann, über einen längeren Zeitraum dazu führte, dass der andere Vulkan „verhungerte", seine Tätigkeit einstellte und von seinem Nachbarn einverleibt wurde. Auf dem östlichen der Vulkane war auf einem kleinen Plateau, etwa dreißig Meter über dem Atlantik gelegen, eine geophysikalische Station zur Erforschung der Erde errichtet worden. Die Messgeräte arbeiteten automatisch und etwa zweimal im Jahr kamen Wissenschaftler, um Wartungsarbeiten auszuführen. Die Anwesenheit der Forscher war daran zu erkennen, dass ein roter Hubschrauber auf dem Plateau gelandet war.

Der andere Vulkan war am Osthang besiedelt. Ein kleines Dorf, in dem Fischer mit ihren Familien lebten und einige Maler und zwei Keramiker die meiste Zeit des Jahres verbrachten. Außerdem hatten wohlhabende Menschen in dem Dorf ein knappes Dutzend Ferienwohnungen und in einem Hotel und drei Pensionen, deren Personal ebenfalls hier lebte, kehrten regelmäßig Urlauber ein. Das Dorf hatte keine Straße, nur mit festgestampfter Lava befestigte Wege.

In den späten fünfziger und frühen sechziger Jahren des 20. Jahrhunderts war es mehrmals Kulisse für Heimatfilme mit zu der damaligen Zeit bekannten Akteuren.
Weil sich alle Krater dieses Vulkans am Westhang befanden, konnte das Dorf relativ sicher etwas oberhalb des Meeresstrandes existieren.

Allerdings ereignete sich der letzte Ausbruch, ein kleineres Ächzen und Husten mit einigen wenigen

Aschewölkchen im Jahre 1989.

Ein steter Wind aus nördlichen Richtungen sorgt dafür, dass wassertriefende Wolken vom Atlantik unsere Insel erreichen. Dass die sich auch an den Hängen der Vulkane draußen im Atlantik und vor der Insel gelegen, etwas abregneten, war nur von untergeordneter Bedeutung.

Die erloschenen Vulkanberge unserer Insel, ragten mindestens 500 Meter über den Atlantik empor. Und in den ankommenden Wolken war soviel Wasser, dass sie sich an den Nord- und Nordwesthängen unserer Insel abregnen mussten, um weiter in südliche Richtungen zu ziehen.

So war also unsere annähernd runde Insel die 'Insel unter dem Wind'.

Nebenbei sei bemerkt, dass man ähnliche Erscheinungen auch woanders auf der Welt beobachten konnte. Beispielsweise in der Karibik. Da werden die Inseln der Kleinen Antillen bis nach Grenada als 'Inseln über dem Wind' bezeichnet und als 'Inseln unter dem Wind' werden die Inseln von der Isla Margarita bis zur Insel Aruba, also unmittelbar vor der südamerikanischen Küste, bezeichnet. Der ständige Nordost-Passatwind bringt mit Wasser getränkte Wolken heran, die sich auf den 'Inseln über dem Wind' abregnen und zu einer Niederschlagsmenge von etwa 2000 mm jährlich sorgen Während auf den 'Inseln unter dem Wind' die Niederschlagsmenge nur etwa 500 mm im Jahr beträgt.

Ähnlich ist es auch auf den Kapverdischen Inseln. Die nordöstlichen Inseln dieser Inselgruppe im Atlantik werden als 'Ilhas de Barlavento', 'Inseln über dem Wind' bezeichnet, während die weiter südwestlich gelegenen Inseln die 'Ilhas de Sotavento' die 'Inseln unter dem Wind' sind.

Wegen der nahezu ständigen einhundertprozentigen Luftfeuchtigkeit an den nördlichen Hängen der Insel hatte sich ein Jahrhunderte alter Regenwald ausgebildet. Besonders beeindrucken waren die in den Bäumen hängenden und oft bis auf den Waldboden reichenden Bartflechten. Die saugten aus den durch den Wald ziehenden Regenwolken das Wasser, kämmten also die Wolken, und gaben es stetig an den Bäume und Sträucher, Pflanzen und Farne ab

Auf der Südseite der Insel dagegen waren staubtrockene Berghänge, auf denen die karge Vegetation von der Sonne ständig verbrannt wurde, anzutreffen.

So war es auch nur das Ausnutzen natürlicher Besonderheiten, dass die meiste Landwirtschaft in dem Gebiet angesiedelt worden ist, in dem das Aufeinandertreffen beider Vegetationsareale erfolgte. Und das seit Jahrhunderten! Durch ein kompliziert konstruiertes System von kleinen und kleinsten Kanälen wird Wasser aus den regenreichen Gebieten auf die terrassenförmig an den Südhängen der Berge angelegten Felder, oft nicht größer als ein Beet im Garten, geführt. Hier werden seit jeher Melonen und Bohnen, Gurken und Tomaten, Gartenkräuter und Getreide angebaut. Ebenso Wein und Zitrusfrüchte.

Waren die Kanäle, manchmal nur handbreit, für die Bewässerung der oft nur handtuchgroßen Felder wichtig, so war deren ständige Wartung und Unterhaltung als Voraussetzung für den Transport das lebensspendenden Wassers als Selbstverständlichkeit angesehen.

Hirten, die Ziegen und Schafe von den Weiden und zu den Weiden trieben, übernahmen die Kontrolle der Kanäle. Da wurde ohne größere Mühe zu investieren, hier ein Loch abgedichtet und dort ein schräg liegender

Stein wieder gerade eingefügt. Und ein verloren gegangener Stein durch einen neuen ersetzt.

Die Schafe und Ziegen hatten ebenso Gefallen an den Pausen gefunden, während der repariert und ersetzt wurde. Die schmackhaften Waldkräuter waren geeignet, die Tiere zum äsen zu verleiten.

Größere Schäden hingegen wurden im nächsten Dorf gemeldet, worauf ein Bautrupp ausrückte, um den Wasserfluss an der bezeichneten Stelle wieder zu ermöglichen.

Bei unseren Wanderungen durch den Regenwald haben wir dann noch die Reste dieses Bewässerungssystems gefunden.

Durch die Natur wurde die Insel so konstruiert, dass sich nahezu in der Mitte ein knapp 2000 Meter hoher Berg befindet. Von diesem gehen nahezu strahlenförmig Täler, die sich mit Berggraten abwechseln, zu den Küsten. Was der Grund dafür ist, dass mehr als 80 Prozent, genau 81,25 Prozent, der Insel steil zum Atlantik abfallen. Nur die restlichen 18,75 Prozent sind davon ausgenommen und davon ist wiederum etwa ein Drittel als Badestrand geeignet. Bedeckt von schwarzem Lavastrand. In diesem findet man kleine grüne und durchsichtige Kristalle: Olivine.

Anmerkung:

Als wir während einer der Fahrten und Wanderungen auf der Insel in einer Caldera einen größeren Olivin fanden, hat uns Dr. Günther Marksson vom Geologischen Institut, an dem vorrangig Forschungen über vulkanische Aktivitäten stattfinden, über Olivine berichtet.

Das habe ich dann an anderer Stelle aufgeschrieben.

Und das ein Konsortium aus verschiedenen Interessenten bereits vor einigen Jahren den Bau einer Hochstraße auf der Insel plante, berichtete uns Professor Zabert bereits während der Schiffsfahrt auf dem Atlantik. Und auch, dass es möglich wäre, unter den sich gegenwärtig ändernden politischen und gesellschaftlichen Bedingungen, eine Renaissance der Planungen anzustreben.

Der Regenwald konnte entstehen und sich erhalten, weil während der letzten Eiszeit die Insel von der Vereisung ausgeschlossen war und die Flora sich, wenn auch möglicherweise eingeschränkt, erhalten und entwickeln konnte. Bemerkenswert ist in diesem Zusammenhang das Vorkommen von unterschiedlichen Arten des Echten Lorbeer. Wissenschaftler wollen davon bis zu sieben verschiedene Arten gezählt haben, sowohl als Strauch und auch als Baum.

*

Wie verabredet, erwartete uns Manuel mit seinem Bus auf einem anderen Parkplatz. Bevor wir einstiegen, ging Professor Zabert mit uns auf einen kleinen Vorsprung, etwa fünfzig Meter entfernt vom Bus.

Als wir auf das mit einem kleinen und einfachen Holzzaun gesicherte Plateau, etwa vier Meter im Quadrat groß, getreten waren, faszinierte uns der überwältigende Ausblick.

Unter uns, etwa fünfzig oder mehr Meter tiefer, wiegten sich Baumwipfel. Wir blickten in ein Tal, an dessen Ende sich der Atlantik befand. Und am Horizont konnten wir zwei andere Inseln sehen. Eine im Nordwesten, die andere im Osten.

„Wir blicken in die größte Caldera der Insel. Oder zumindest in das, was davon übrig geblieben ist!"

„Wir sprechen immer von einer Caldera. Was ist das?", fragte Louise und blickte mich an.

„Das ist", begann Günther, der neben uns stand, zu erklären, „ein Kessel. Allerdings weiß ich nun auch nicht, ob damit der Topf auf dem Kessel genauso gemeint sein könnte wie der Waschzuber!"

„Aha!", sagte Louise.

„Die Geologen und unter ihnen die Vulkanologen bezeichnen nun als Caldera da, was bei der Explosion und dem darauf meist folgenden Einsturz eines Vulkans entstanden ist..."

„Also ein zerstörter Vulkan?", fragte Louise und blickte in die Tiefe und ich merkte, sie war mit der Antwort nicht vollständig zufrieden. Das musste Günther ebenso bemerkt haben und beeilte sich nun, weiter zu erklären:

„Solch ein Vulkan ist eine hochkomplizierte Einrichtung der Natur. Er ist, ich umschreibe es so, ein Ventil, durch das Druck und Spannungen und auch Temperaturen der unter der Erdoberfläche in Bewegung befindlichen Magma reguliert werden.

„Und wenn die Magma aus dem Vulkan kommt, ist es Lava!"

„Ja! Und da in solch einem Vulkan enorme Kräfte wirken und freigesetzt werden, haben die Explosionen auch diese Folgen!", Günther deutete auf die unter uns befindliche Caldera und sagte dann:

„Diese Caldera, Reste eines riesigen Kraters, ist die zweitgrößte dieses Archipels. Die größte mit mehr als neun Kilometern Durchmesser befindet sich auf der Nachbarinsel!",Günther deutete auf die nordwestlich befindliche Insel und meinte dann:

„Auf unserer Insel ist der letzte tätige Vulkan vor etwa zwei Millionen Jahren erloschen und nach den heutigen Stand der Wissenschaft und menschlichem Ermessen kann ausgeschlossen werden, dass hier jemals wieder ein Vulkan Feuer und Lava ausspeien wird...“

„...weil die Schlote mit erkalteter Lava verstopft sind!“, meinte jemand.

„Ja!“, bestätigte Günther.

„Aber man weiß ja nie!“, sagte Monika, die Archäologin.

„Da hast du recht!“, sagte Günther. „Vielleicht sehen wir irgendwann da oder da drüben aus dem Atlantik einen Vulkan emporsteigen! Ich sprach eben auch nur davon, dass auf dieser Insel der Vulkanismus zu Ende ist!“

„Stimmt!“, meinte Jürgen.
Nach einigen Augenblicken sagte der Professor:

„Wenn es nun nach den Plänen einiger Leute geht, dann soll die Schnellstraße hier auf riesigen Betonstützen die Caldera überqueren und zerteilen. Und man will eine Aussichtsplattform, etwa da drüben über dem Steilufer zum Atlantik, gleich mitbauen!“

Und beinahe entschuldigend fügte er hinzu:

„Ich wollte euch das 'mal gezeigt und gesagt haben! Wir sprachen bereits über dieses Vorhaben!“, dann ging er von dem Holzgeländer weg und wieder zum Weg, der zum Parkplatz führte.

„Ja! Gestern!“, sagte jemand.
Als letzte blickte Louise noch einmal über das Geländer in die Caldera hinab. Dann nahm sie meine Hand und wir gingen den anderen hinterher zum Bus.

*

Manuel lenkte den Bus und so, wie gewohnt, sicher über die Serpentinen und durch den vor Nässe triefenden Regenwald.

Regine hatte ihm, von Veronika übersetzt, mitgeteilt, er möchte dann bitte an einer bestimmten Stelle, einem weiteren Parkplatz, anhalten.

Professor Zabert hatte mich, bevor wir nach dem Ausblick auf die Caldera und den Atlantik, erneut in den Bus stiegen, gebeten, dann mit den Leuten etwas abseits zu gehen und weitere botanische Besonderheiten zu erklären.

Als der Bus wieder anhielt, hatten wir uns erst eine kurze Distanz vom Regenwald entfernt, aber dennoch lag vor uns eine vollkommen anders organisierte Landschaft. Sie ähnelte der, wie wir sie am ersten Tag auf dem Weg zum Flugplatz erlebt hatten.

Genau vor uns und etwas mehr als zwei Kilometer entfernt (das sagte Manuel), lag die Kuppe des höchsten Berges der Insel. Der war allerdings und deshalb leider in dichte Wolken gehüllt.

Ich kam der Bitte des Professors gerne und selbstverständlich nach und führte die Gruppe jetzt zu einem anderen kleineren Plateau und wir stiegen, einem schmalen Weg folgend, hinab. Bald erreichten wir einen anderen Weg, dem wir folgten und dann, nach wenigen Schritten, bat ich die anderen darum, ihnen etwas erklären zu dürfen. Dann deute ich auf einen Baum mit heller, grau-brauner Rinde, der sich nach oben in zum Teil langen und dürren Ästen und Zweigen verjüngte, die miteinander verwoben schienen, und fragte:

„Kennt jemand diesen Baum?"

Die anderen sahen mich an, dann den Baum und einige blickten dann wieder zu mir, bis Jürgen meinte:

„Ist das ein Eukalyptusbaum?"

„Ja!"

Dass Jürgen meine Frage beantworten konnte, verwunderte mich nicht. Aufgefordert, zu wetten, hätte ich auf ihn gesetzt. Jürgen kannte so viel, warum dann nicht auch die Antwort auf meine Frage. Er war eben belesen und gebildet bis, wie bereits erwähnt, in die Verästelungen...

In der unmittelbaren Nachbarschaft, allerdings auf den ersten Blick nicht zu erkennen, weil durch einen Felsvorsprung verdeckt, standen weitere Eukalyptusbäume. Deren Kronen erschienen so, wie miteinander verflochten. Die Bäume waren stattlich Gewächse von mindestens zehn Metern Höhe.

Als die anderen unter den Bäumen standen, begann ich zu berichten:

„Die ursprüngliche Heimat dieser immergrünen Myrtengewächse ist Australien und Polynesien. Dort werden sie, entsprechende Standortbedingungen vorausgesetzt, manchmal über einhundert Meter hoch..."

„Das ist ja beachtlich!", meinte jemand.

„Ja!"

Ich nahm eines der frisch vom Baum gefallenen Blätter und begann, es zwischen meinen Fingern zu zerreiben. Bald konnten auch meine Nachbarn den typischen herb-würzigen Geruch des in den Blättern enthaltenen Öl wahrnehmen. Ich forderte die anderen auf, ebenfalls einige Blätter zu zerreiben und dann mit den Fingern die Schläfen einzureiben.

Nach einigen Minuten meinte Louise:

„Das ist ja außerordentlich belebend und erfrischend!"

„Ja!", bestätigte ich, „Das Öl des Eukalyptusbaumes

wird bekanntlich in der Medizin und Heilkunde verwendet."

„Und zur Herstellung von Bonbons!", ergänzte Jürgen.

„Und wie kommen die Bäume nun auf die Insel?", fragte Andrea Holzmann.

„Das 'wie' kann ich dir nicht erklären, wohl aber, warum man begann, die Bäume anzupflanzen!"

„Nämlich?"

„Man hat die Eukalyptusbäume auf die Insel geholt, um der fortschreitenden Erosion entgegen zu wirken. Bis zu einer bestimmten Höhe wachsen die nämlich sehr schnell und bilden zudem ein markantes Wurzelgeflecht..."

„So, wie der Strandhafer in den Sanddünen. Auf Hiddensee und auf Sylt ist das sehr gut zu beobachten!", ergänzte Günther.

„Stimmt!", meinte Jürgen, „Und da, wo die Dünen nicht bepflanzt sind, haben wir dann Wanderdünen. Wiederum auf Sylt und ebenso auf Amrum zu beobachten. Und die bekanntesten Wanderdünen an der Ostseeküste befinden sich bei Leba und auf der Kurischen Nehrung an der polnischen Ostseeküste!", erklärte Günther weiter.

Und nach einigen Augenblicken, während der er meinen Blick suchte und ich ihn so bat, weiter zu sprechen, sagte er:

„Auch in Afrika sind bekannte Wanderdünen anzutreffen. Beispielsweise landeinwärts und östlich vom am Kap Bojador an der Atlantikküste der Westsahara. Da hat sich der Sand sogar im Atlantik abgelagert und dazu geführt, dass das Wasser hier nur wenige Meter tief ist und eine professionelle Seefahrt nahezu unmöglich macht. Was wir bereits besprochen haben. Na, und so weiter... Die Wanderdünen im Sossusvlei in Namibia sind bis zu dreihundert und achtzig Meter hoch. Zum Beispiel...

„Man hat allerdings nicht bedacht", sagte ich, „dass sich die Pflanzen wegen ihres schnellen Jugendwachstums sehr schnell ausbreiten. Das führte dann schließlich dazu, dass bald größere Teile der Insel von Eukalyptusbäumen nahezu überwuchert waren. Nun wurde begonnen, gegen die Pflanzen anzugehen. Allerdings ist den Insulanern damals eine sehr einfache Methode zur Hilfe gekommen..."

„Nämlich?"

„Den Bäumen wurde das Wasser entzogen..."

„Aha!", meinte Jürgen, „Dann wurden die also ausgetrocknet!"

„Ja! Die Insulaner können bekannterweise sehr gut mit dem Wasser umgehen. Ich erinnere nur an die Rinnen im Regenwald! Und somit war es kein Problem, den Bäumen das Wasser zu entziehen!"

„Und somit sind die dann vertrocknet? Ich meine, die Eukalyptusbäume!"

„Ja, bis auf einige, die noch heute an einigen Wasserlöchern stehen oder wie diese Exemplare. Die haben das Glück, dass Oberflächenwasser durch Ritzen und Spalten in den Steinen sickert..."

„Woher kommt das Wasser?", fragte Louise.

„Aus dem Regenwald. Der beginnt dort oben!"

„Ja, stimmt!", beeilte sich Louise nun, zu antworten. Wir standen unter den Eukalyptusbäumen, schauten nach oben in die Kronen, deuteten auf die eine oder auch weitere Besonderheit und dann sagte ich zu den anderen aus unserer Gruppe:

„Ihr wisst, dass die in Australien lebenden Koala-Bären sich ausschließlich von den Blättern der

Eukalyptusbäume ernähren?"

„Das ist der graue Bär mit den Ohrbüscheln?", fragte jemand.

„Ja!"

Wir gingen weiter, weg von den Eukalyptusbäumen. Und nach geschätzten einhundert Metern erreichten wir einen Platz, von der ein sehr steiler Weg auf den Parkplatz führte. Die Stufen waren manchmal in den Felsen gearbeitet worden. Und manchmal auch aus dicken Holzbohlen und Rundhölzern gebaut. Als ich stehen blieb, ermahnte ich die anderen zur Vorsicht dann, wenn der Aufstieg gleich beginnen würde. Und bat darum, dass sie nicht zu dicht beieinander gehen:

„Falls doch einer stolpern sollte, dann reißt er die oder den anderen nicht mit!"

„Wenn wir gleich den steilen Weg hinauf zum Parkplatz klettern, gehst du dann am Ende?", fragte ich Günther.

Die Antwort wartete ich nicht ab, denn es war für mich selbstverständlich, dass Günther meine Bitte erfüllte.

Ich ging hinter Louise. Dass ich sie im Notfall halten konnte. Als ich mich umblickte, sah ich die Gruppe, einer nach dem anderen, den steilen Weg hinauf klettern. Günther ging als letzter, so wie besprochen.

Louise erwies sich als gute Kletterin, die geschickt die natürlichen Steighilfen nutzte und nun als erste den Weg hinauf stieg und dann über die Kante zum Plateau kletterte.

Und dann kamen die anderen über die Kante und betraten das Plateau. Nun waren es nur noch wenige Schritte bis zum Parkplatz, wo Manuel mit seinem Bus wartete.

Ich bat die anderen erneut zu mir und gemeinsam blickten wir in das Tal. Wir sahen, dass nach Süden der Bewuchs weniger und zunehmend von Palmen dominiert wurde.

Die waren, wir wissen es bereits, typisch für die Insel.

„Und denkt daran", sagte ich, „kein Gebäude auf der Insel darf höher sein als die Palmen in seiner Umgebung!"

„Also im Mittel acht bis zehn Meter?", fragte Jürgen.

„Ja!"

„Früher wurden nicht nur Hof und Vieh und Land vererbt, sondern auch die Palmen!", sagte ich, „Die Bäume sind, wir sehen es, nicht nur prägend für die Landschaft, sondern ebenso ein bedeutender Teil der landwirtschaftlichen Kultur. Zwar sind die Früchte für den Menschen nicht genießbar. Für die Schweinemast sind sie allerdings ein wertvolles Futter..."

„Weshalb?", fragte Marion.

„Die Früchte enthalten sehr viel Stärke, bekanntlich die Speicherform des Zuckers. Und Zucker wiederum enthält viel, sehr viel, Kohlenhydrate. Damit wird die Energiebilanz des Körpers im günstigsten Fall verbessert. Denkt an die Sportler! Die essen vor, manchmal auch während des Wettkampfes mitunter sehr viel Kohlenhydrate.

„Und im ungünstigsten Fall, dann wenn die Insulinproduktion des Körpers gestört ist, ist dein Blut süß. Ein sicheres Zeichen dafür, dass du dich 'mal mit dem Besuch bei einem Diabetologen beschäftigen solltest...", meinte Marion.

„Stimmt!", meinte jemand.

Und nach einigen Momenten sagte ich:

„Aus dem Saft der Palmen wird der bekannte Palmhonig hergestellt. Es ist nicht Honig wie wir ihn kennen. Nicht aus dem Nektar der Blüten hergestellt...“

„Sondern?“

„Der Saft der Palmen wird oben, an der höchsten Stelle des Stammes, entnommen und dann eingekocht. In Gläser gefüllt, wird er als der für die Insel typischer Palmhonig verkauft...“

„Also ist das eigentlich eingedickter, in der modernen Küche würde man sagen, reduzierter Palmsaft!“, ergänzte Louise.

„Richtig!“

„Deshalb sind die Palmen für ihre Besitzer eine durchaus wirtschaftliche Pflanze?“

„Ja! Und deshalb war es für die Besitzer ein sehr großer Verlust, als vor einigen Jahren bei einem umfangreichen Feuer sehr viele Palmen verbrannten. Palmen wachsen nicht 'mal schnell über Nacht nach!“

„Davon habe ich seinerzeit gehört!“, meinte Günther, „Das Feuer soll als Folge unkontrollierter Brandrodung entstanden sein!“

„Ja!“, bestätigte ich, „Innerhalb kürzester Frist, vielleicht war es eine halbe Stunde, brannten große Flächen des Tal ab. Die Leute sind, zum Teil erst in letzter Sekunde, aus ihren Häusern gekommen. Viele wurden verletzt und manches Haus wurde Opfer der Flammen!“

„Nun ja, die Folgen sind ja heute noch zu sehen!“, meinte Günther und deutete auf eine angekohlte Palme. Die stand auf dem Weg zum Parkplatz.

Dort wartete Manuel mit seinem Bus auf uns.

*

Wir wissen, die Insel war nahezu kreisförmig. Und zudem mit kleinen und großen, tiefen und etwas flacheren Tälern zerfurcht, so wie ein Cañon. Alle Täler endeten am Atlantik und begannen an einem großen Plateau. Ungefähr an der geografischen Mitte der Insel. Zwei dieser Täler waren besonders dominant, weil sehr groß und mit steilen Hängen zu beiden Seiten.

Das eine Tal begann etwas abseits des großen Plateau und endete südwestlich davon am Atlantik. Da, wo es sich am Meer weitete und öffnete, stand, nur durch eine Uferpromenade und die parallel dazu befindliche Straße vom Atlantik getrennt, das „Hotel am Atlantik".

Das andere Tal begann annähernd genau im Mittelpunkt der Insel und berührte den Atlantik in einiger Entfernung nördlich vom Zentrum der Insel. Dort standen die Ruinen einer ehemaligen Verladeplattform. So, wie sich vor unserem Hotel eine derartige Konstruktion befindet. Beide Plattformen gebaut für die Ewigkeit und aus Stahlbeton.

Nur wenig entfernt von dem Ort, an dem dieses Tal in der Mitte der Insel begann, befanden sich sehr dicht beieinander die Basaltkegel zweier Vulkane. Die überragten die steilen Hänge dieses Cañons. Früher, als die Elektrizität die Insel noch nicht erreicht hatte, brannte auf beiden Kegeln ein Feuer, abwechselnd auf dem einen und nach einer gewissen Zeit auf dem anderen Kegel. Während das Feuer auf dem einen der Basaltkegel loderte, wurde auf dem anderen erneut Holz aufgeschichtet.

Man erzählte sich, dieses Feuer diente den Schiffen, die aus nördlichen Richtungen Kurs auf die Insel hielten, als Orientierung. Es war sogar gut von den Nachbarinseln zu sehen und für Christoph Kolumbus und seine Steuerleute eine Navigationshilfe. Damals, vor über fünfhundert Jahren, als die Männer zu der großen Reise über den Atlantik nach Westen segelten. Zuvor nahm er auf der Insel im Atlantik Vorräte, auch Wasser, auf. Und verabschiedete sich von einer guten Freundin, damals Herrin der Insel.

Das Haus, in dem die Frau wohnte, die war Dame am spanischen Hof von Alfonso und Isabel auf der Alhambra in Granada, nachdem die Mauren Anfang des Jahres 1492 ihre Herrschaft aufgegeben hatten, ist noch heute zu besuchen.

Als dann der Anleger am nördlichen Strand der Insel gebaut wurde, errichtete man auf der Plattform auch einen Leuchtturm, der nun elektrisch betrieben und auf eine Ecke des Bauwerks gesetzt, den Seeleuten ihren rechten Weg zeigte.

Auf einem Parkplatz, der sich gegenüber den Basaltkegeln befand, hielt Manuel den Bus an, ließ uns aussteigen und wenig später lehnten wir am Holzgeländer am Rand einer Plattform und sahen zu den Resten der Vulkane und Günther meinte:

„Wenn man genau hinschaut, sind noch die Reste der Wege zu erkennen. Die wurden, um das Holz für die Feuer zu transportieren, einem Band gleich um die Felsen angelegt...“

„Da musste das Holz hinauf getragen werden?“, fragte Louise.

„Ja! Jeder Ast und jeder Scheit. Scheinbar ewige Zeiten und beinahe täglich. Außer an ausgewählten Feiertagen. Da durften die Träger sich ausruhen!“

„Ich habe eine andere Frage!“, sagte Marion, die Archäologin.

„Ja! Gerne!"

„Haben sich die beiden Vulkane, damals, während ihrer aktiven Zeit, nicht gegenseitig behindert?"

„Darüber sind sich meine Kollegen und ich nicht einig. Es gibt dazu zwei Meinungen..."

„Aha!"

„Ja! Die erste besagt, die Vulkane waren zeitlich nacheinander aktiv. Mit dem Abstand von tausenden Jahren. Allerdings lässt sich nicht feststellen, welcher der Vulkane der ältere ist. Auch nicht mit heutigen modernen Messmethoden. Wir wissen aber, dass sie vor etwa drei Millionen Jahren entstanden sind. Und bitte, was sind einige tausend Jahre während eines Zeitraumes von drei Millionen Jahren?"

„Stimmt!", meinte Marion, „Und die zweite Hypothese?"

„Die geht davon aus, dass es ehemals ein Vulkan war mit zwei Schloten, aus denen, weil der Druck in der Magmakammer außergewöhnlich hoch war, nahezu parallel Lava austrat..."

„Solange, bis der Druck abgebaut war und die Schlote mit Lava verstopften..."

„Ja, Jürgen!"

„Und die Erosion sorgte dann dafür, dass der Kegel, also der Vulkankegel, abgetragen wurde und wir heute die erkaltete und erstarrte Lava sehen können."

„Aha! Und welche der Hypothesen hältst du für wahrscheinlich?", fragte Marion.
Günther blickte Marion an und antwortete dann:

„Ich habe mir darüber noch keine Gedanken gemacht. Ich warte ab, welche von beiden Theorien eines fernen Tages der Wahrheit am nächsten kommt!"

„Manchmal ist es auch gut, die Dinge aus der Ferne zu betrachten. Man muss nicht zu allem etwas sagen.

Man kann auch 'mal ruhig sein!", meinte Jürgen.

Es schien, als hätte sich Jürgen mit dieser Bemerkung die Diskussion über die Entstehung der beiden Basaltkegel beendet. Denn, so erinnere ich mich, solange wir auf der Plattform gegenüber den beiden Kegeln standen, wurde dieses Thema nicht weiter besprochen.

Aus einem damals nicht erkennbaren Grund drängte Regine plötzlich darauf, dass wir sofort weiterfahren. Jeder hatte sich, manchmal mit einem anderen, Jürgen und Günther und ich standen als Trio beieinander, dorthin gestellt, wo der für ihn interessanteste Platz war.

Regine gelang es innerhalb kürzester Zeit, wenige Minuten waren seit ihrer Aufforderung zur Weiterfahrt vergangen, alle in den Bus zu bitten.

Mir war damals nicht bekannt, auch habe ich es nicht geahnt, warum Regine zur Eile drängte. Denn nichts schien die paradiesische Stille auf dem Plateau gegenüber den Basaltkegeln zu stören.

Heute weiß ich, was der Grund für das beinahe überstürzte Verlassen dieses Platzes war. Doch darüber werde ich später berichten...

Manuel lenkte den Bus ruhig und sicher über die Serpentinen und hin zum Atlantik unten im Tal.

Wir fuhren durch ein Dorf, beinahe eine kleine Stadt, die bekannt ist für den in früheren Zeiten bedeutenden und einträglichen Bananenanbau.

Wir wissen, warum diese landwirtschaftliche Produktion beinahe in Vergessenheit geraten wäre: Weil aus Südamerika, obwohl tausende Kilometer entfernt, die größeren Bananen nach Europa geliefert werden. Das haben wir bereits erfahren.

„Dieses Tal", so erklärte Manuel während der Fahrt und Veronika übersetzte seine Worte, „bietet außergewöhnlich gute Voraussetzungen für den Anbau von Obst und Gemüse. Waren es früher hauptsächlich Bananen, die auf den Feldern wuchsen, so sind es heute unterschiedlichste Obst- und Gemüsesorten, die auf den Feldern zu finden sind. Der Grund dafür ist denkbar einfach: Wir befinden uns im wasserreichsten Tal der Insel und der Bach, den wir jetzt neben uns sehen, kommt aus dem Regenwald und versiegt auch im trockensten Sommer nicht."

Ich bemerkte, Manuel fuhr mit dem Bus etwas schneller als vor zwei Tagen, als wir im Süden der Insel waren. Am Drachenbaum und am Flugplatz. (Ich möchte mich nicht wiederholen, nur erinnern.)
Und so fragte ich mich, ob Regines Bitte um Eile und Manuels Fahrweise den gleichen, oder zumindest ähnlichen, Grund hatten. Zu diesem Zeitpunkt wusste ich nicht, wie nah ich mit meinen Überlegungen und Gedanken der Wahrheit war. Doch darüber später mehr...
Das Dorf war, von einigen kleinere Lücken abgesehen, bis an den Atlantik gebaut. Wir erreichten den mit Geröll und abgeschliffenen Steinen bedeckten Strand auf einem kleinen Vorsprung, der zu einem Parkplatz ausgebaut war. In der Ferne sahen wir die Nachbarinseln, über der ostwärts gelegenen erhob sich der schneebedeckte Gipfel eines mächtigen aktiven Vulkans. Eine sehr dünne Rauchfahne, kaum sichtbar und darum einem beinahe durchsichtigen und aufgeräufelten weiß-grauen Wollfaden gleichend, zog vom Gipfel in den wolkenlosen Sonnenhimmel.
Louise stand neben mir, blickte staunend und abwechselnd auf die gegen den Strand rollenden Wellen

und zu den Inseln am Horizont. Sie hatte meine Hand genommen und sagte leise:

„Ist das schön hier!"

„Ja!", bestätigte ich, „Und deshalb erhaltenswert so, wie es ist. So soll es bleiben!"

Dann blickte ich mich um. Ich sah das lange Tal, das sich in nahezu Nord – Süd - Richtung entlangzog. An den Hängen zu beiden Seiten waren die auf Terrassen angelegten Felder, dazwischen niedrige Gebäude, wohl Geräte- und Vorratsschuppen mit der für die Insel typischen Dachdeckung aus halbkreisförmigen Tondachziegeln, auch als Mönch-Nonne-Eindeckung bekannt.

Weiter unten und neben der Straße hatten die Bewohner ihre Häuser errichtetet. Oftmals stattliche Gebäude, vielfach kleinen Villen gleichend. Die Menschen, die hier wohnen, gelten als wohlhabend. Auch wegen des bisher nie versiegten kleinen Baches im Talgrund. Beidseitig des Wasserlaufes konnte ich Obstplantagen und Gemüsefelder sehen, die in sattem Grün leuchteten.

Und am landwärtigen Ende des Tals, ganz am Ende, hoben sich die Basaltkegel der beiden längst erloschenen Vulkane gegen den tiefblauen Sommerhimmel ab.
Ich nahm Louise in meine Arme, drehte sie langsam und vorsichtig so, dass sie diesen prächtigen Anblick ebenfalls erleben konnte.

Und ich überlegte, die beiden Basaltkegel müssen damals, als in früheren Zeiten die Holzfeuer brannten, nicht nur in der Nacht eine willkommene Orientierungshilfe gewesen sein. Auch am Tag, klares Wetter und gute Sicht vorausgesetzt, konnten die beiden Felsen, auch ohne Feuer, vom Meer aus in meilenweiter

Entfernung zu sehen gewesen sein. Dann, wenn man sich der Insel aus nördlichen Richtungen näherte. Oder vorbei fuhr...

Ich erinnerte mich daran, auf meiner Heimatinsel in der Ostsee Baken gesehen zu haben, die am Ufer standen und ebenfalls der Orientierung von See aus dienten. Das waren meist auf Gittermasten montierte dreieckige Flächen, die in einiger Entfernung und unter einem bestimmten Winkel zum Ufer scheinbar übereinander angeordnet waren und dann Rhomben bildeten. Sie dienten den Seeleuten zur Peilung und wiesen den gefahrlosen Weg. Seezeichen, die im Zeitalter der Satellitennavigation ihre Dienste verwirkt haben.

Louise hatte sich an mich gelehnt und die Augen geschlossen. Ich hielt sie fest, so als wollte ich damit auch diese Momente des Glücks, die wir soeben erlebten, festhalten. Wir standen so, wie lange, weiß ich nicht, als plötzlich Regines Stimme zu hören war. Ich vernahm nur einige Wortfetzen, gegen den Wind und das Grollen der Brandung gesprochen. Gleichzeitig deutete Regine mit Handbewegungen und Gesten zum Bus auf dem Parkplatz.
Nach wenigen Augenblicken hatten wir verstanden, weil Regine nun bei dem Bus stand und uns zu sich winkte, dass wir kommen sollten. Und wiederum einige Minuten später saßen wir im Bus und Regine meinte, dass
„...wir jetzt mit dem Bus weiterfahren. Dafür, dass wir am Strand entlang und in das Nachbardorf laufen, ist es zu spät. Jedenfalls in unserem Zeitplan."

Ich konnte mich nicht daran erinnern, dass Regine jemals irgendwelche Tourenpläne ausgearbeitet und dann danach mit Leuten unterwegs gewesen war. Bis auf den durchaus liebenswerten Tick von Professor Zabert, stets und ständig äußerst pünktlich, noch pünktlicher, als ich es inzwischen von Louise kannte, zu erscheinen („Lieber eine Stunde zu früh, als eine Minute zu spät!"), ließ Regine sich oft von den Ereignissen überraschen, statt sie zielstrebig mit der Uhr in der Hand zu besuchen.

Dennoch, das Verhalten am heutigen Tag, seitdem wir die Basaltkegel vor drei Stunden, etwa drei Stunden, beobachtet hatten, stimmte mich in zunehmendem Maße nachdenklich.

Ich spürte, Jürgen suchte mich mit den Augen und als sich unsere Blicke trafen, sah er mich fragend an und hob, kaum zu bemerken, seine Schulter. Mit Günther hatte ich eine ähnliche visuelle Begegnung.

„Dorthin, wo wir jetzt fahren", hörten wir Regine sagen, „wir hätten auch am Strand dahin laufen können, werden wir uns in einem Vulkankrater befinden. Oder genauer gesagt, in dem, was von einem Vulkan übrig geblieben ist."

Die letzten Worte waren nur sehr undeutlich zu verstehen, denn Manuel schloss die Türen des Bus. Und das geschieht, wir hatten es bereits dutzende Male erlebt, mit Hilfe von Druckluft und begleitet von einem Zischen und Pfeifen.

Wieder lenkte Manuel den Bus über Serpentinen und durch Haarnadelkurven auf der Straße. Nun wieder hoch über dem Meer. Es war so, wie jedes Mal, wenn wir mit dem Bus auf den steilen und engen Straßen unterwegs waren:

Der eine Außenspiegel kratzte beinahe den Felsen, manchmal war es vor Millionen Jahren erstarrte Lava, während vielleicht mindestens ein Rad der hinteren Zwillingsreifen auf der anderen Seite des Busses über dem steilen Abgrund schwebte.

Um so überraschender war es dann ein jedes Mal, wenn ein entgegen kommendes Fahrzeug ebenfalls noch Platz neben unserem Bus auf der Straße hatte. Und es ging immer alles gut. So, wie Manuel den Bus lenkte.

Nach etwa zwanzig Minuten, oder einigen mehr, erreichten wir einen beinahe im Dunkeln befindlichen Parkplatz, mitten in einem Dorf gelegen. Manuel parkte und öffnete die Türen mit dem bekannten Zischen aus Druckluftdüsen. Der Parkplatz befand sich unmittelbar an einer sehr hohen, senkrecht empor steigenden Wand. Die wiederum bildete einen mehr als halbkreisförmigen Ring um das Dorf. Nur zum Atlantik gab es keine Lavawand, etwa einen Viertelkreis breit.

„Das ist eine der schönsten Caldera auf der Insel!", sagte Professor Zabert und sah Günther auffordernd an.

Zugegeben, ich kann Längen und Höhen, Breiten und Tiefen, Größen und Gewichte nur sehr ungenau schätzen. Wenn ich das dann versuche, bin ich manchmal erstaunt, oft jedoch enttäuscht über das Ergebnis meiner Schätzungen und die von mir getroffenen Annahmen. Die entsprachen in den meisten Fällen auch nicht annähernd den realen Zuständen.

Darum versuchte ich auch nicht, mich an der von Günther angeregten Schätzung zu beteiligen: Die Höhe der Lavawand des ehemaligen Vulkans sollte bestimmt werden. Ich sagte nichts und war froh darüber, denn auch in diesem Falle wäre die von mir favorisierte Annahme weit, sehr weit, von dem tatsächlichen Wert abgewichen.

„Die Wände dieser Caldera, Teile eines erloschenen Vulkans, ragen bis zu sechshundert Meter über dem Atlantik steil dem Himmel entgegen. (Ich hatte, das möchte ich hier dennoch erwähnen, eine Höhe von höchstens sechzig Metern angenommen, diesen Wert aber nicht genannt.)

„Es gibt verschiedene Vulkantypen!", hörte ich Günther erklären, „Hier befinden wir uns nahezu auf dem Grund eines Stratovulkans. Was bedeutet, die Eruptionen, bei denen Lava und Asche austraten, haben den Kegel des Vulkans wachsen lassen. Irgendwann hat eine gewaltige Explosion einen Teil des Vulkankegels weggesprengt und der Kraterkessel, eine Caldera, entstand. Das treffen wir auch auf den Nachbarinseln sehr häufig an. Manche dieser Caldera haben einen Durchmesser von mehreren Kilometern...“

„Wir stehen also jetzt etwa dort, wo früher, als der Vulkan in Betrieb war, der Schlot endete und die Lava austrat?", fragte Marion.

„Ja! Genauso ist das!“

„Und es kann, auch nicht aus Versehen, erneut Lava austreten?", fragte sie weiter.

„Nein! Der oder die Schlote dieses Vulkans sind für die Ewigkeit dicht. Verstopft mit erstarrter und erkalteter Lava! Aber in unmittelbarer Nachbarschaft ist es durchaus möglich, dass 'mal wieder Lava austreten könnte. Was aber nach dem gegenwärtigen Stand der Erkenntnisse kaum zu erwarten ist!“

„So oder so ähnlich haben wir das vorhin bei den Basaltkegeln besprochen!", sagte Marion.

„Stimmt!", bestätigte Günther und ergänzte dann:

„Und zudem wissen wir, der letzte Vulkan hat seine Tätigkeit auf der Insel vor etwa zwei Millionen Jahren eingestellt...“

„Ja!", meinte jemand aus der Gruppe, so eher nebenbei.

Günther zeigte auf die Felswand und deutete auf verschiedene, teilweise sehr farbige Lagen und Schichten, und meinte:

„Man kann sehr gut den Aufbau des Vulkankegels erkennen und so, wie in einem Buch lesen, hier allerdings zu betrachten, die jeweiligen Eruptionen erkennen. Sicher nicht alle. Aber viele!"

Jetzt standen wir, den Kopf weit in den Nacken gelegt, und sahen, durch den Geologen zuvor erklärt, tatsächlich einzelne Schichtungen im Gestein.

„Und die verschiedenen Farben des Gesteins? Wie sind die entstanden?", fragte Regine.

„In der Lava sind die unterschiedlichsten Mineralien enthalten. Die färben wegen ihrer chemischen Zusammensetzung die Gesteine. Kalkmineralien, beispielsweise, weiß und Schwefel gelb, Kupfer wiederum grün. Na, und so weiter..."

„Aha!", meinte Regine.

„Man kann, beispielsweise dort oben, nun nicht nach Kupfer oder Schwefel oder anderen Elementen suchen. Das wirst du so nicht finden!", sagte Günther.
Und nach einigen Augenblicken meinte er noch:

„Wenn wir dann wieder zu Hause sind, dann besucht ihr mich in meinem Institut und ich zeige euch Mineralien, die ich an Kraterrändern oder auf Vulkanen gefunden habe!"

„Wo?"

„Beispielsweise auf Island und Sizilien. Aber meldet euch vorher. Sonst kann es sein, ihr steht vor verschlossenen Türen..."

„Weil du wieder Vulkane besuchst!"

„Ja!"

Ich kannte Günther seit unserer Zeit an der Universität. Auf der Immatrikulationsfeier sind wir uns das erste Mal begegnet. Er kam aus denkbar einfachen Verhältnissen. Hatte unter Tage Bergmann gelernt und dann, auf dem Abendgymnasium, das Abitur abgelegt. Es war sein unbedingter Wunsch und erklärtes Ziel, Geologe zu werden. Er wollte die Erde erkunden, erforschen...
Günther war in den theoretischen Disziplinen seines Berufes ebenso zu Hause so, wie er ein sehr guter Praktiker war. Er konnte die chemischen Zusammenhänge der Gesteinsbildung mit der gleichen Gründlichkeit erklären, wie er in der Lage war, an einem Grabenbruch erdgeschichtliche Zusammenhänge zu erkennen und zu beschreiben.
Günther war ein in seinem Fachgebiet, so wie es mir Kollegen erklärten, überdurchschnittlich gebildeter Mann, der zudem über ein breit angelegtes Allgemeinwissen verfügte.
Das machte jede Begegnung mit ihm zu einem Erlebnis.

Günther ging einige Schritte, bis er sehr nahe an der Felswand stand, sie berühren konnte. Dann kletterte er flink und geschickt auf einen Stein, holte sein Taschenmesser hervor, kratzte an einem Stein und kam mit einem breiten Lächeln zu uns zurück.

In der Hand hielt er einen grünlichen und beinahe durchsichtigen Stein, etwa so groß wie ein Daumennagel.

„Das den vorher keiner gefunden hat!", sagte er und betrachtete seinen Fund. Hielt den Stein gegen das Licht und drehte und wendete ihn. Dann hielt er den Stein zwischen Daumen und Zeigefinger in die Höhe und fragte:

„Was ist da?"

Einer nach dem anderen, manchmal auch zwei Leute zusammen, betrachteten das, was Günther uns zeigte.

Louise sah mit einem kurzen Blick auf den Stein und sagte sicher:

„Das ist ein Olivin!"

Alle sahen Louise an und Günther bestätigte:

„Stimmt! Ein Olivin!"

Günther war zu höflich, um nun Louise zu fragen, warum sie sich so sicher gewesen war, dass er einen Olivin zeigte. Allerdings wusste ich, Louise hatte einmal, wenn ich mich recht erinnere, irgendwann 'mal von Olivinen erzählt, die sie geschenkt bekommen hatte... Oder irrte ich mich?

Doch das war in diesem Moment völlig egal!

„Ja!", sagte Günther, „Das ist ein Olivin! Ich hatte da 'was blinken sehen. Alles weitere kennt ihr!"

Ich wusste, Günther überlegte bereits, wie er uns mit möglichst eindeutigen Worten sein Wissen über diese grünen Steine mitteilt...

Dann hörte ich Günther sagen:

„Olivine können die bekannte olivgrüne Farbe haben, daher der Name, aber auch gelbliche bis gelb-braune oder sogar rötliche Farbtöne aufweisen. Die Kristalle bestehen zu etwa 85 bis 90 Prozent aus Magnesium und zu ungefähr 10 bis 15 Prozent aus Eisen, je nach den, lasst es mich so sagen, Umständen, der Entstehung im Tiefengestein, das dann durch die Lava an die Oberfläche gerissen wird. Selbstverständlich werden durch die chemische Zusammensetzung auch die physikalischen Eigenschaften bestimmt, unter anderem das spezifische Gewicht, die Härte, der Schmelzpunkt und andere. Eisen ist ein anderes Element als Magnesium..."

„Das ist wohl wahr!", sagte jemand.

„Und deshalb beeinflusst der Eisenanteil auch das Gewicht, und so weiter...", sagte Günther und ergänzte:

„Olivine bilden sich magmatisch, jedenfalls die meisten. Somit sind sie wesentlicher Bestandteil vieler basischer Magmatite..."

„Was ist das?", fragte Marion.

„Basische Magmatite sind Gesteine, die einen geringen Kieselsäureanteil haben und dafür einen hohen Gehalt an Magnesium und Eisen aufweisen."

„Aha! Und bitte, was bedeutet 'sich magmatisch bilden'? Steht das im Zusammenhang mit dem Magma, das als Lava aus den Vulkanen austritt?", wollte Marion weiter wissen.

„Ja, da hast du recht! Die Geologen klassifizieren Mineralien auch nach ihrem Ursprung, also dem Ort der Entstehung und der Entstehungsweise. 'Sich magmatisch bilden' bedeutet in der Tat nichts anderes, als dass diese Mineralien in den Tiefen des Erdinneren entstehen. Da, wo es Temperaturen von mitunter weit über eintausend Grad Celsius gibt und ebenfalls sehr hoher Druck anzutreffen ist. Ausgangsmaterial sind die zähflüssigen und heißen Magmaschmelzen, die sich allmählich abkühlen, wenn sie in die unteren Schichten der Erdkruste aufsteigen. Das dann dabei entstehende Material wird als Tiefengestein bezeichnet. Während dieser Erstarrungsphase erfolgt die Kristallisation der Mineralien. Und zwar beginnend mit denen, die den höchsten Schmelzpunkt haben...."

Während Günther uns über die Olivine berichtete und dann über die Kristallisation von Mineralien, konnte ich beobachten, dass Regine, beinahe von Minute zu Minute, nervöser, unruhiger wurde. Ich bemerkte auch, dass sie dem, was Günther sagte, schon seit längerer Zeit nicht mehr folgte. Das war nicht ihre Art! Im Gegenteil! Immer hörte sie dann, wenn einer von uns etwas erklärte, sehr interessiert zu.

Regine sah den Professor an. So, als wollte sie sagen, er möchte, bitte, etwas unternehmen. Wofür oder wogegen, das war ihr Geheimnis. Doch der Professor beruhigte sie, legte eine Hand auf ihre Schultern und sagte sehr leise einige Worte.

Dann hörte ich Günther wieder sagen:

„Der Stein im Brustschild des Hohepriesters ist, so wird vermutet, ein Olivin gewesen. Nachzulesen im Alten Testament. Allerdings wurden Olivine damals als Topas bezeichnet. Warum, das entzieht sich meiner Kenntnis. Topase sind übrigens vermehrt in Graniten zu finden, denn Granit ist bekanntermaßen ein Tiefengestein!"

Der Olivin war während Günthers Ausführungen von allen betrachtet worden und genau dann, als Günther die letzten Worte sagte, hielt er den Stein wieder in seiner rechten Hand und meinte noch:

„Zu Hause werde ich den Fund in meine Sammlung legen. So einen großen Olivin habe ich noch nicht gefunden. Und, was den Hohepriester im Alten Testament angeht, kann uns Jürgen bestimmt weiter helfen, oder?"

Günther zog ein Notizbuch aus der Brusttasche seines Hemdes, notierte Datum und Fundort und ließ dann das kleine rote Büchlein wieder in der Tasche seines Hemdes verschwinden, holte ein Taschentuch hervor, wickelte den Olivin darin ein und packte ihn in seinen Rucksack.

Dann sagte Regine:

„Wir gehen jetzt noch eine Stunde durch den Ort und fahren anschließend zum Hotel!"

Ich wusste, wäre es Regine überlassen worden, hätte

sie jetzt, unmittelbar nach Günthers Erklärungen, die Rückfahrt begonnen. So haben wir diese individuelle Ortsbesichtigung der Fürsprache des Professors zu verdanken.

*

Das Dorf am Rande des Atlantiks und auf dem Grund eines Vulkankraters wird nicht nur von seinen Bewohnern als der schönste Ort auf der Insel gefeiert. In Reiseführern und -prospekten sind gleiche lobende Worte, zumindest ähnliche Formulierungen, aufgeschrieben.

An dieser Stelle weise ich nochmal auf Regines nicht zu übersehende Unruhe hin. Sicheres und äußeres Zeichen war die leichte Rötung ihres Hals bis tief in ihr Dekolleté. (Soweit das zu sehen war.)
Zudem redete sie unaufhörlich, pausenlos, auf Professor Zabert ein. Was sie sagte, verstanden wir nicht, denn Regine sprach sehr, sehr leise. Sie stand außerdem mit dem Professor etwas abseits von uns und blickte, während sie sprach, auf den Atlantik. Ablandiger Wind trug dann ihre geflüsterten Worte auf das Meer und nicht zu uns.

Später sagte mir Marion, die Archäologin, man hätte in Regines Nähe deren Anspannung körperlich gespürt. Was nun für Marion Anlass genug war, mir ihre Erkenntnisse und Meinung über derartige Empfindungen en detail erklären zu müssen.
Dann, als Marion bereits einige Minuten über mentale Schwingungen, deren Ausbreitung und Wahrnehmung sprach und Louise bereits unruhig wurde, kamen Jürgen

und Günther und fragten, ob wir mit ihnen durch den Ort gehen wollten. Hatten die beiden meine und Louises Schwingungen der Unmut gespürt?

Günther, Jürgen, Louise und ich gingen vom Parkplatz einige dutzend Meter bis zu einem Kaufmannsladen und von dort in einen mit fein zerstampfter Lava befestigten Weg, etwa drei Meter breit. Auf der einen Seite war eine kleine Mauer, etwa einen dreiviertel Meter hoch und auf der anderen ein größerer Garten. In dem wuchsen auf terrassenförmig angelegten Beeten Melonen und Gurken, gelbe und grüne Zuchini, Tomaten und Paprika. An der Seite des Gartens, die an den Weg grenzte, lehnten Bananenstauden an armdicken Pfählen. Die waren in den Boden gegraben oder gerammt und hielten die drei und mehr Meter hohen Pflanzen. Manche, kleine Bäume, lehnten auch an dem Zaun, der den Garten umgab.
Louise blieb stehen, um den Garten zu betrachten. Dann deutete sie auf die Bananen und fragte:

„Wechselt hier manchmal die eine oder andere Frucht unfreiwillig den Besitzer?"
Ich blickte sie an und meinte:

„Du kannst das 'mal versuchen!"
Louise verstand die Warnung in meiner Antwort und erwiderte:

„Also dann lieber nicht?"

„Nein! Der oder die Besitzer oder Pächter des Gartens haben uns längst entdeckt und wir werden beobachtet. Und wenn du jetzt eine Banane pflückst, wird man dich spätestens dort, wo der Weg zu Ende ist, zur Rede stellen!", gab ich zu bedenken.

„Und die Nachbarn passen ebenfalls auf!", sagte Günther.

„Na, dann eben nicht!", sagte Louise.

„Aber etwas anderes ist noch sehr interessant!", sagte Günther und blieb stehen, um zu erklären:

„Der Ort wird von den Einheimischen auch der grüne Balkon genannt und besteht eigentlich aus mehreren Teilen. Da ist einerseits der etwas tiefer gelegene Ortsteil, der befindet sich da vorn und unmittelbar an der Atlantikküste. Und zum anderen der Teil des Ortes, in dem wir uns befinden. Etwa zweihundert und fünfzig Meter über dem Meeresspiegel und von der UNESCO zum Weltkulturerbe wegen seiner Ursprünglichkeit und der im wesentlichen erhalten gebliebenen geschlossenen Besiedlungsstruktur erklärt..."

Günther war, während er die letzten Worte sagte, weitergegangen und deutete dann auf den oberen Rand der Caldera, als er weiter sagte:

„Da oben, etwa sechshundert Meter über dem Atlantik, ist eine Aussichtsplattform, deren Boden über den Rand der Caldera ragt, etwa acht Meter weit. Man hat von dort einen sehr schönen Blick auf das Dorf und über den Atlantik zur Nachbarinsel mit dem Vulkan..."

„Aber da gehen wir nicht hinauf?", fragte Louise und nahm meine Hand.

„Nee, das schaffen wir in der uns gegebenen Zeit nicht!", sagte Günther, „Ich wollte euch nur darauf hinweisen!"

„Dann ist es ja gut!", sagte Louise.

„Und dann ist noch 'was!", sagte Günther.

„Na?", fragte Jürgen.

„Von dort vorn, da, wo die Straße in dem Tunnel unterm Berg durchgeführt wird, sind es nur wenige Kilometer bis zu dem Strand, an dem die Basaltkegel steil aus dem Meer aufsteigen. Da waren wir gestern!"

„Ja!", sagte Jürgen und meinte dann:

„Ich würde mit euch noch gern zur Kirche gehen,

bevor wir wieder zurück müssen!"

„Gern!", bestätigte Louise.

Da das Dorf nicht sehr groß war, benötigten wir auch nur wenige Schritte, bis wir vor der im maurischen Stil erbauten und blendend weiß gestrichenen Pfarrkirche standen. Leider war das Gotteshaus verschlossen, warum, war nicht zu erkennen. So blieb Jürgen nur zu erklären:

„Im Innern ist eine sehr interessante Christusfigur zu besichtigen, die ein Künstler von diesem Inselarchipel geschaffen hat!",

„Schade, dass wir nicht hinein können!", sagte Louise.

„Weist du, in diesen Ort kommen an jedem Tag sehr viele Besucher, Touristen. Die meisten von denen können sich benehmen und akzeptieren und respektieren. Aber einige sind manchmal mehr als aufdringlich und kriechen den einheimischen Bewohnern bald bis in das Schlafzimmer hinterher..."

„Wenn das man reicht!", meinte Günther.

„Und irgendwann haben die Bewohner die sprichwörtliche Reißleine gezogen und begonnen, sich dann, wenn sie es für erforderlich hielten, zurückzuziehen und Fremde auszuschließen!"

„Ja!", sagte Louise, „Das ist verständlich!"

Wir gingen um die Kirche und dann wieder zu dem Parkplatz zurück, an dem der Bus stand.

Unterwegs sagte Günther uns noch, dieses Dorf sei das erste auf der Insel gewesen, in dem eine Strom- und Trinkwasserversorgung gebaut worden war. Und auch die Verladeplattform aus Stahl und Beton, von der aus Bananen und andere Waren verschifft worden sind, war die erste auf der Insel.

„Die Plattform mit elektrisch betriebenem Leuchtturm!", ergänzte ich.

„Ja!"

Nur Klaus Beier fehlte, als wir nach genau einer Stunde am vereinbarten Ort, am Bus auf dem Parkplatz, waren. Wir wussten, Klaus Beier beanspruchte immer zusätzliche Zeit. Aber nie mehr als fünf oder sechs Minuten. Und so war es auch an diesem Nachmittag: Wir saßen bereits im Bus, bereit für die Abfahrt zum Hotel, als Klaus Beier über den Parkplatz kam und beim Einsteigen meinte, er hätte sich noch etwas Interessantes angesehen.

Leider konnte er uns seine Beobachtungen nicht mitteilen, denn als er eingestiegen war und Manuel die Bustüren geschlossen hatte, sagte Regine:

„Der Professor und Veronika sind bereits in einem Taxi zum Hotel gefahren!"

Erst nachdem Regine das gesagt hatte, bemerkten wir, dass Professor Zabert und die junge Frau nicht im Bus waren.

„Und warum?", fragte Günther, „Und warum sind die beiden vorgefahren?"

Regine zögerte nicht mit der Antwort:

„Veronika hat bereits vorhin, als wir bei den Basaltkegeln waren, eine SMS erhalten..."

„Und was wurde ihr mitgeteilt?"

„Das weiß ich nicht genau! Nur soviel hat sie dem Professor und mit gesagt, dass ihre Freunde von der Bürgerbewegung sie erwarten! Später hat sie den Professor gebeten, mit ihr voraus und zum Hotel zu fahren. Sie zu begleiten."

„Na, dann wollen wir hoffen, da droht uns kein Ungemach und wenn, es wendet sich alles zum Guten!"

„Ja, das sollten wir tun!", bestätigte Günther.

*

Vom Parkplatz, an der Stelle gelegen, an dem nach wenigen dutzend Metern der östliche Rand des ehemaligen Kraters steil abfiel und dann unten den Atlantik berührte, fuhren wir in einem weiten Bogen zum westlichen Teil des steil aufragenden Lavamassivs und erreichten dann bald den Tunnel.

Nachdem wir den durchquert hatten, begann die Straße, sich erneut in Serpentinen und Haarnadelkurven den Berg hinauf zu schlängeln. Manche dieser Kurven waren so eng, dass Manuel sie mit dem Bus nicht ohne ein- oder zweimaliges und jeweils einige Meter zurücksetzen und wieder vorwärtsfahren, passieren konnte. Einmal musste er das sogar dreimal machen: rückwärts – vorwärts – rückwärts. Dann noch einmal vorwärts und erneut rückwärts. Und dann stand der Bus so, dass er bergan weiterfahren konnte. Ob der sich bei diesen Lenk- und Fahrmanövern immer mit allen Rädern und Achsen auf der Straße befand, wird nicht zu erfahren sein. Ich hatte allerdings den Eindruck, zumindest das Heck befand sich manchmal ein Stück über dem steilen Abhang.

Doch wir wissen, Manuel war ein erfahrener und gut ausgebildeter Chauffeur. Deshalb ist es ihm auch diesmal gelungen, den Bus sicher die Straße an diesem Berg hinauf zu lenken.

Trotz der Eile, mit der Regine unsere Reise ab dem Parkplatz bei den Basaltkegeln begleitet hatte, bat sie Manuel jetzt, oben auf dem Parkplatz am Ende der Straße, anzuhalten.

„Ich will euch noch 'was zeigen!", erklärte sie den Halt.

Wir stiegen aus und gingen zu dem Holzgeländer am Rand der befestigten Fläche.

Und erneut konnten wir ein grandioses Panorama erleben. Genauso, wie während der vergangenen Tage bereits einige Male beobachtet.

Unmittelbar hinter dem Geländer war ein Abhang, der nahezu senkrecht in eine mit undurchdringlichen Gehölzen überwucherte Schlucht abfiel. Gegenüber sahen wir kahle und nackte Felsen und Günther sagte:

„Das ist der obere Abschluss der Basaltstelen, die wir gestern vom Schiff gesehen haben!"

Wir waren überwältigt von diesem grandiosen Anblick, so dass wir auf Günthers Bemerkung nur mit einem stummen Nicken antworten konnten.

Günther hatte wohl auch nichts anderes erwartet.

Louise nahm meine Hand, blickte vorsichtig und zögernd über das Geländer und sagte leise zu mir:

„Da hinunter möchte ich nicht fallen!"

Dann trat sie von dem Geländer zurück und meinte noch:

„Der Vulkan auf der Insel da drüben, der ist jetzt auch deutlicher zu sehen als vorhin am Strand!"

Ich konnte das nur bestätigen.

Dann drängte Regine zur Weiterfahrt. Wenig später fuhr Manuel den Bus vom Parkplatz und in den Regenwald hinein...

Obwohl die Sonne noch hoch am Himmel stand und der Tag sehr hell war, spendete das dichte grüne Blätterdach der Bäume im Regenwald außerordentlich viel Schatten. Wenig Licht erreichte den Boden und wir fuhren so, wie durch einen langen Tunnel, nun durch den Wald.

Nässe tropfte von den mit Bartflechten bewachsenen Bäumen. Nebelschwaden und tief ziehende Regenwolken hüllten den Wald mit seinen häufig knorrigen Bäumen ein.

Im Bus hatte Ruhe die Stelle der geschwätzigen Aufregung eingenommen. Kein Wort wurde gesprochen.

Auch nicht geflüstert.

Ich hatte den Eindruck, diese Stimmung verstärkte sich mit jedem noch so geringen Stück Weg, das wir dem „Hotel am Atlantik" näher kamen.

Später sagte mir Jürgen, er ahnte mehr als er wusste, heute, spätestens dann, wenn wir das Hotel erreicht hätten, würde etwas geschehen. Oder soeben geschehen sein.

Wir verließen den Regenwald, der Bus fuhr durch die beiden Tunnel. Dann an dem Restaurant vorbei, auf dessen Terrasse wir am Vormittag gestanden hatten...

Bald, nach einer Haarnadelkurve, lenkte Manuel den Bus an einem Friedhof vorbei. Regine sagte, auf diesem Friedhof werden die Toten nicht in die Erde gebettet. Statt dessen standen für die letzte Ruhe übereinander gestapelte Kästen, Regalen gleich und vier Etagen hoch, an den Rändern einer Wiese. In diese Kästen wurden die Särge geschoben und die Öffnungen anschließend verschlossen. Wahrscheinlich zugemauert.

Louise hatte wieder meine Hand genommen und ihren Kopf an meine Schulter gelehnt. Ich hörte ihr regelmäßiges Atmen, begleitet von einem leisen Säuseln: Louise war eingeschlafen. Als der Bus die letzte Kurve auf den Serpentinen am Hang durchfahren hatte und wir in wenigen Minuten das Hotel erreichen würden, weckte ich Louise.

Sie sah mich an, noch verschlafen und etwas ohne Orientierung,. Dann fragte sie mich leise:

„Sind wir schon am Hotel?"

„Gleich! Nur noch wenige Meter!"

Bevor Manuel den Bus anhielt, sagte Regine, dass sie mit uns in einer Stunde einige Dinge besprechen möchte:

„Oben! Auf der Dachterrasse!"

Wir stiegen aus und nichts, wirklich nichts, deutete auf irgendwelche Veränderungen, Ereignisse, oder auf außergewöhnliches Geschehen hin.

Louise und ich gingen in unsere Zimmer und als ich die Tür geschlossen hatte, sagte Louise:

„Ich lege mich hin. Weckst du mich, wenn es soweit ist, dass wir auf die Terrasse zu Regine gehen?"

„Ja!"

Ich setzte mich auf den Balkon und blickte über den Atlantik zum Horizont. Hinüber zur westwärts gelegenen Insel. Die ist das letzte sichere Land, was auch Kolumbus gesehen hat, damals, als er die Überfahrt nach Amerika wagte...

Wie lange ich auf dem Balkon gesessen hatte, waren es zehn Minuten oder eine halbe Stunde – ich kann das heute nicht mehr sagen. Ich weiß nur, nicht bemerkt zu haben, dass Louise neben mir stand und sagte:

„Wir sollten 'mal von der Dachterrasse auf den Atlantik sehen!"

Zweites Buch

1

Das „Hotel am Atlantik" hatte einen Grundriss, ähnlich dem des Buchstaben „Y". Also hatte es auch das Dach diesen Grundriss: In einem der Balken war im Dachgeschoss der Frühstücksraum, auch eine kleine Küche und eine Bar. Der andere Balken war die Sonnenterrasse.
Und auf dem dritten Balken des y-ähnlichen Grundriss befand sich ein Schwimmbecken., mit himmelblauen Fliesen versehen. Etwa zwanzig Meter lang und acht Meter breit und zwei Meter und zehn Zentimeter tief war das Becken. Die Angabe prangte an zwei Piktogrammen. Die waren an den Stirnseiten des Schwimmbeckens angeschraubt.
Vom Dach hatte man die durch nichts verdeckte Sicht auf die grandiosen Sonnenuntergänge vor der Kulisse der westlichen Nachbarinsel und auch weiter nördlich, vor dem Doppelvulkan.

Um in das Schwimmbecken zu gelangen, mussten drei Stufen hinaufgestiegen werden: Entweder an den beiden Längsseiten oder an der inneren Querseite. An den Längsseiten waren in gleichmäßigen Abständen drei Leitern an die Beckenwand montiert. Über die sollte man in das Wasser steigen. Das Becken und die Flächen bis zur Außenwand, an jeder Seite drei Meter, waren mit rutschfesten hellen Fliesen belegt.
Am Rand der Dachterrasse war die Außenmauer, etwa einen Meter und fünfzig Zentimeter hoch, als Absturzsicherung und zugleich Sichtschutz, gebaut. Zwischen der Mauer und dem Becken standen an jeder Seite Liegestühle.

Louise und ich waren, das hatten wir bald bemerkt, die einzigen Gäste auf dem Dach mit dem Schwimmbecken.

Ohne ein Wort zu sagen, streifte Louise ihre Jeans ab, zog den roten Pullover aus und sprang in das Becken. Splitternackt – sie war nur mit Jeans und Pullover bekleidet gewesen.

Ich beobachtete, dass sie unter Wasser beinahe bis zur anderen Querseite schwamm. Sie tauchte auf, orientierte sich einen Moment und rief mir zu:

„Worauf wartest du? Komm ins Wasser!"

Darauf, auf diese Situation, war ich nicht vorbereitet. Doch der Aufforderung kam ich gern nach und sprang wenige Augenblicke später und ebenfalls unbekleidet in das Wasser und schwamm zu Louise.

Wir spielten so, wie Kinder im Wasser. Schwammen davon, um uns dann wieder zu fangen. Tauchten und tobten, balgten und verfolgten uns.

Nur – wir hatten nicht bemerkt, dass die anderen sich, einer neben dem anderen, an den Rand des Schwimmbeckens gestellt hatten und uns beobachteten.

Irgendwann sahen Louise und ich dann doch, dass die anderen uns zusahen und Regine meinte:

„Sollen wir auch ins Wasser kommen?"

Louise erschrak und versuchte, sich hinter mir zu verstecken.

Und Jürgen meinte:

„Wir gehen dann 'mal. So könnt ihr in Ruhe aussteigen!"

Und dann zog die Truppe in den Raum auf der anderen Seite der Dachterrasse.

Louise sagte:

„Wenn die anderen nicht gegangen wären, hätte ich es noch eine Weile im Wasser ausgehalten. Vor allem mit dir!"

„Aber da hätten wir nichts zusammen machen können! Ich meine..."

„Ich weiß, was du meinst!"

„Wirklich?"

„Ja! Aber vielleicht jetzt?", Louise schwamm mit wenigen Zügen zu mir, hielt sich an meinen Schultern fest und legte ihr Beine um meine Hüften.

„Was soll das denn werden?"

„Hast du noch nie im Schwimmbecken auf der Dachterrasse eines Hotels am Atlantik mit einer nackten jungen Frau...?", Louise konnte diesen Satz nicht zu Ende sprechen.

Günther war an den Rand des Beckens gekommen und sagte:

„Es tut mir unendlich leid, euer Glück stören zu müssen! Regine hat wichtige Nachrichten für uns. Ich hole euch Handtücher!"

Günther kam mit zwei blendend weißen Badetüchern zurück. Er legte eines neben die eine Treppe und das andere neben die andere Treppe.

Als er bereits einige Schritte vom Becken entfernt war, drehte e sich noch einmal um und sagte:

„Wir warten!"

„Na gut!", flüsterte Louise mir zu, „Aufgeschoben ist nicht aufgehoben! Irgendwann werde ich mit dir hier oben, und wenn es um Mitternacht sein sollte, noch einmal in das Wasser klettern!"

Dann schwamm sie zur Leiter, stieg hinauf und wickelte sich in das Badetuch.

Ich tat das gleiche.

Dann zogen wir unsere Sachen an, legten die Handtücher zum trocknen auf einen Liegestuhl und gingen zu den anderen.

Wir bemerkten sofort die ruhige, beinahe gedrückte, Stimmung, als ich die Tür zu dem Raum öffnete, in dem die anderen auf uns warteten und dann Louise den Vortritt gewährte.

Außer Jürgen, der am Fenster stand und auf den Atlantik blickte, saßen die anderen am Tisch.

Regine schaute wenige Sekunden zu uns und bedeutete mit einer Handbewegung, wir möchten eintreten und zu den anderen setzen.

Die Stimmung im Raum erinnerte mich an eine Gedenkfeier oder auch daran, dass schlimme Dinge geschehen sind.

„Was ist denn hier los?", fragte Louise.

„Sie sind da!", sagte Regine leise, beinahe tonlos.

„Wer?", fragte Louise.

Dann drehte wendete Jürgen sich um. Ich sah ihn an und bemerkte, er wirkte ebenfalls sehr ernst, allerdings beherrschter als die anderen.

„Als wir heute auf dem Parkplatz gegenüber den Basaltkegeln waren", Jürgen sprach leise, aber sehr deutlich, „hat Veronika eine SMS erhalten und sofort den Professor darüber informiert, dass es wohl einigen Aufständischen gelungen ist, ein Flugzeug mit Besatzung und Passagieren an Bord, zu kidnappen. Es wird vermutet, dass die Rebellen versuchen werden, auf die Inseln kommen!"

Jürgen sah uns an und dann Regine. Die nickte nur stumm und Jürgen sagte weiter:

„Inzwischen müssten sie auf einer der Inseln gelandet sein. Als wir in dem Dorf am Atlantik waren, erhielt Veronika erneut eine SMS und wurde zu ihrer Gruppe gebeten. Sie hat uns bekanntlich darüber informiert, dass sie der örtlichen Bürgerwehr angehört..."

„Und der Professor?", fragte ich, „Wo ist Professor Zabert?"

„Der hat sich bereit erklärt, Veronika zum Hotel zu begleiten. Dort soll sie abgeholt werden und der Professor auf uns warten."

„Und nun?", fragte Louise.

„Als wir ankamen, war weder Veronika noch der Professor anwesend. Statt dessen erhielt Regine am Empfang einen Brief vom Professor, den sie erst heute Abend öffnen sollte und auch nur in unserer Anwesenheit. Das hat sie selbstverständlich nicht getan und den Brief noch am Empfang gelesen..."

„Und was hat der Professor geschrieben?", wollte ich wissen.

„Hier! Kannst du selbst lesen!", Regine reichte mir einen eilig und darum unordentlich aufgerissenen Umschlag, aus dem ich den Bogen Papier entnahm, den zweifellos Professor Zabert beschrieben hatte.
Ich las die wenigen Zeilen und stellte dann fest:

„Also sind die beiden jetzt auf dem Weg zur Nachbarinsel! Oder dort schon gelandet!"

„Ja!", antwortete Jürgen und erklärte dann weiter:

„Wir haben in der Zwischenzeit beschlossen, das Hotel zunächst, zumindest während der nächsten Stunden, nicht mehr zu verlassen. Regine kümmert sich weiterhin um die organisatorischen Belange. Wichtige Entscheidungen treffen wir gemeinsam. Bei Beschlüssen gilt die einfache Mehrheit!"

„Hm! Und wie lange gilt das?", fragte ich.
Jürgen sah mich etwas erstaunt an und sagte dann sehr bestimmt:

„Müssen wir 'mal sehen. Vielleicht meldet sich der Professor, wohl eher Veronika und gibt Entwarnung! Wer weiß?"

Und dann nickten die anderen und bekundeten damit ihre Zustimmung.

„Na gut!", sagte Louise.

Ich sah Louise an. Die war von der Situation offenbar genauso überrascht wie ich.

Noch vor wenigen Minuten, keine halbe Stunde war seitdem vergangen, tobten wir noch ausgelassen im Schwimmbecken auf der anderen Dachterrasse. Da war es so, als gäbe es nur Louise und mich. Und jetzt, Louises Haare waren noch nicht getrocknet, wurden wir ohne Vorwarnung von der Realität des Lebens eingeholt.

Es wurde Zeit zu begreifen, dass unsere zum größten Teil sorglosen Tage auf der Insel Vergangenheit waren. Und dass es, im äußersten Fall, nur noch um das bloße Überleben gehen könnte!

Mir war Peters Bericht über seinen Aufenthalt und seine Erfahrungen mit den Aufständischen in Osteuropa noch sehr gegenwärtig. Die hatten andere Ziele und Vorstellungen von ihrer Revolte als die Rebellen, von den einige zu dem Archipel der Inseln im Atlantik unterwegs oder bereits angekommen waren. Aber, so dachte ich, im Grunde genommen würden sich alle Aufständischen, zumindest in der Wahl ihrer Mittel, ähneln. Oder sich sogar gleichen!

Bereits damals, als ich Peters Bericht hörte, war mir ohne langes Überlegen und sehr schnell klar, Rebellen waren zu vielem, wenn nicht sogar zu allem, bereit. Die meisten von denen waren Fanatiker, äußerst gefährliche Menschen. Terroristen vergleichbar.

Jedoch, diese Gedanken sagte ich nicht. Statt dessen setzte ich mich, nun endlich, auf einen der freien Stühle am Tisch. Ich wollte nicht länger stehen. Vielleicht, meinte ich, erwarteten dann die anderen von mir erklärende Worte, Vorschläge gar. Aber dazu war ich jetzt nicht bereit. Noch nicht. Wäre ich mit Louise alleine auf der Insel, ohne die anderen, hätte ich sofort die Heimreise vorbereitet. Ich würde vor den Fanatikern nicht weglaufen. Ich würde Louise und mich in Sicherheit bringen.

Doch warum, überlegte ich, sollten wir das nicht ebenfalls tun? Noch wäre es dazu nicht zu spät. Man müsste selbstverständlich den Professor darüber informieren. Der hat, da war ich mir sicher, sein Telefon mitgenommen. Auch über Veronika könnte man Kontakt aufnehmen. Doch was wäre, wenn er und Veronika, in die Hände der Rebellen gelangten? Hatten wir dann nicht die, zumindest moralische Pflicht, ihm zu helfen? Oder wenigstens den Versuch der Hilfestellung zu wagen?

Weiter überlegte ich, ob es überhaupt sinnvoll wäre, die gegenwärtig einigermaßen sichere Unterkunft im Hotel zu verlassen, um nach Hause zu reisen. Woher wollten wir dann wissen, ob die Häfen und Flugplätze der Nachbarinseln, von denen unsere Abreise möglich wäre, nicht bereits längst von den Aufständischen kontrolliert würden? Somit war die Absprache der anderen, zunächst das Hotel nicht zu verlassen, keine falsche Entscheidung.

Ich wollte meine Gedanken nicht mit den anderen besprechen. Da waren noch zu viele der oft zitierten „Wenn" und „Aber", vielleicht auch beides, zu bedenken. Vielleicht würde ich meine Gedanken zunächst nur mit Jürgen und Günther, eventuell Peter, der hatte bereits Erfahrungen mit solchen Leuten, Rebellen, besprechen.

„Ich muss hier 'raus!", Regine sprang plötzlich auf und lief zur Tür und dann ins Freie.

Andrea und Marion sahen sich kurz an, standen auf und

eilten Regine hinterher.

Wir waren auf diese Reaktion von Regine nicht vorbereitet. Und Männer benötigen ohnehin, so meine ich, etwas mehr Zeit, um eine emotional geprägte Situation zu begreifen.

Jürgen, der noch immer am Fenster stand und auf den Atlantik blickte, meinte, wir sollten Ruhe bewahren und, wie abgesprochen, im Hotel bleiben.

„Und wenn jemand doch 'mal raus will oder muss, dann sollten wir das auch nicht so kritisch sehen. Nur sollten die anderen informiert werden, wohin es geht und wann die Rückkehr zu erwarten ist!"

„Ja!, So könnten wir das machen!", sagte jemand, bevor Klaus Beier meinte, er hätte sich das alles anders vorgestellt.

„Meinst du etwa, wir hatten nicht andere Pläne, als ab jetzt im Wesentlichen hier im Hotel zu hocken?", fragte Günther.

„Ich wollte, und das müsst ihr mir glauben, keinem zu nahe treten. Eigentlich wollte ich nur sagen, dass ich mich nicht damit einverstanden erkläre, von einigen wild gewordenen Anarchisten oder Fanatikern oder gar Terroristen daran gehindert zu werden, hier meinen Job zu machen!"

„Tja, da hast du allerdings recht!", antwortete Günther.

„Und was machen wir jetzt?", fragte Klaus Beier.

„Wir haben doch nun beschlossen, im Hotel zu bleiben. So grundsätzlich und die meiste Zeit. Um abzuwarten, was geschieht!", sagte Jürgen und sah während dessen er sprach auf den Atlantik.

„Das habe ich verstanden. Ich meine, wollen wir hier noch 'ne Weile sitzen oder...?

„Ach so!", antwortete Jürgen, „Momentan haben wir

ja alles besprochen. Und wenn 'was sein sollte, ich bin in meinem Zimmer!"

verließ den Raum.

„Ich komme mit!", meinte Arndt Becker, der war Math „Dahin gehe ich jetzt auch!", meinte Klaus Beier und ematiker. Und zwar aus Leidenschaft. So, wie es von ihm bekannt war, hatte er mit Sicherheit auf seinem Laptop irgendein Problem gespeichert, an dessen Lösung er nun arbeiten würde.

„Ich werde dann auch 'mal gehen!", Hannes Neumann, Physiker und einer der besten Freizeitskipper des Landes, erhob sich ebenfalls und ging nach Arndt Becker aus dem Raum.

Ich war jetzt mit Louise und Jürgen und Günther allein, weil inzwischen auch Peter Nowack, der Geograf mit Erfahrungen in osteuropäischem Gewahrsam, den Raum verlassen hatte.

„Und nun?", fragte Louise.

„Tja!", meinte Jürgen und wendete sich zu uns um, blieb aber immer noch am Fenster stehen, „Nachdem nun die anderen, allen voran Regine, sich in ihre Privatgemächer zurückgezogen haben..."

„Wobei Regine's Reaktion verständlich ist!", sagte Günther.

„Weshalb?", Louise sah Günther an, „Wir sitzen doch jetzt alle im gleichen Boot! Oder Hotel!"

Ich hatte Louise nichts darüber gesagt, dass sich Regine und der Professor sehr nahe standen.

„Ach so!", meinte sie, als Günther ihr die Situation mit wenigen Worten erklärt hatte.

„Und außerdem", sagte Jürgen, „wissen wir, dass unser Professor noch immer ein charmanter Schwerenöter ist. Das weiß Regine. Deshalb weicht sie ihm auch nicht von der Seite!"

„Du meinst also, Regine befürchtet, ihr Professor und Veronika... Die könnte doch seine Tochter sein!", sagte Louise.

„Meine liebe Louise!", erwiderte Jürgen, „Ich meine ausnahmsweise 'mal gar nichts!"

„Na gut! Ich habe laut nachgedacht!", antwortete Louise.

„Dennoch sollten wir einige Gedanken darüber zusammen tragen, was wir jetzt machen werden!", sagte ich.

„Ist denn überhaupt sicher, dass der Professor mit Veronika die Insel verlassen hat?", fragte Günther, „da gibt es auf dem Flugplatz einen Tower, irgendwo müssen die beiden sich mit dem Flugzeug abmelden. Und wegen der Telefonnummer kann bei der Rezeption unseres Hotels nachgefragt werden!"

„Richtig!", sagte Jürgen, ging zur Tür und meinte:
„Ich werde 'mal nachfragen!"

Unerwartet trat Jürgen nach wenigen Minuten wieder in den Raum, gefolgt von zwei Männern.
Wir müssen die drei wohl etwas ängstlich angesehen haben, denn Jürgen sagte sofort:

„Keine Angst! Alles in Ordnung!"

„Na, dann ist ja gut! Und wen bringst du mit?, fragte Günther.

„Das ist Fernando!", meinte Jürgen und deutete auf einen schwarzhaarigen, untersetzten Mann.

„Und das", Jürgen legte dem anderen Mann eine Hand auf die Schulter, „ist Karl-Heinz Beitz!"

„Aha!", sagte Louise und ging zu den beiden fremden Männern, um sie per Handschlag zu begrüßen.
Dann meinte der Mann, den uns als Karl-Heinz vorgestellt worden ist:

„Ich arbeite in diesem Hotel an der Rezeption und komme aus Deutschland. Habe im Hotel gelernt, dann Hotelmanagement studiert und folgte dann den Pfaden der Liebe auf die Insel. Meine Frau hat mich in ihre Heimat mitgenommen...", der Mann sah uns nacheinander an, bevor er weiter sprach:

„Wir wissen, wer Sie sind und was Sie machen. Und auch, dass Sie wahrscheinlich Hilfe benötigen werden...""

„Woher ist Ihnen das bekannt?", fragte Günther.

„Unser Chef und Professor Zabert sind Schulfreunde. Die haben als Kinder in der gleichen Scheune gespielt und im Heu und Stroh Höhlen gebaut. Zu einer Zeit, als die meisten von uns noch nicht geboren waren...""

„Stimmt!", meinte Louise, „Das hat schon 'mal jemand gesagt. Ich meine, das mit den Schulfreunden!"

„Mehr brauche ich dazu wohl kaum noch zu sagen! Und übrigens: Ich heiße Karl-Heinz!"

„Dann stellte Jürgen uns vor und sagte:

„Die anderen aus unserer Gruppe sind im Hotel, in ihren Zimmern! Sagten sie zumindest, als sie gingen!"

„Ja!"
Jürgen bat die beiden Männer an den Tisch und rückte zwei Stühle zurecht.

Dann begann Fernando zu sprechen. Zuerst sehr langsam und in einer uns unverständlichen Sprache, die ich noch nie gehört hatte. Obwohl ich bereits mehrmals auf der Insel gewesen war. Es war eine harmonische und sehr ausdrucksstarke Sprache. Und wurde keinesfalls 'abgehackt' gesprochen. (Ein anderes Wort kann ich dafür nicht finden.)
Als Fernando einige Sätze gesprochen hatte, blickte er Karl-Heinz an. Der nickte und sagte dann:

„Bevor ich das wiedergebe, was Fernando soeben gesagt hat, sollt ihr wissen dass er ein Freund von

Veronika ist, ebenfalls in der Bürgerwehr mitarbeitet und zu euch in der Sprache spricht, in der sich einst und vor langer Zeit, die Bewohner der Insel unterhalten haben. Der Gebrauch dieser Sprache in der heutigen Zeit ist Teil des Protestes der Inselbewohner gegen die Kommerzialisierung und der damit verbundenen teilweisen Umgestaltung, oft bis zur Zerstörung, ihrer Heimat...."

Karl-Heinz sah uns an und sagte dann weiter:

„Fernando soll ausrichten, dass Veronika und der Professor wohlbehalten ihr Ziel auf der Nachbarinsel erreicht haben und jetzt Gäste unserer dortigen Kameraden sind."

„Ja! Das wollen wir hoffen!", sagte ich.

Der Hotelmanager übersetzte das für Fernando und der nickte zustimmend.

Wir standen an den Fenstern und blickten dorthin auf dem Meer, wo neben den kleinen Nachbarinsel die Sonne bald den Atlantik berühren würde.

Ich erinnerte mich in diesem Moment an den Text aus einem meiner Kinderbücher. Das hieß „Die Abenteuer der drei Gummitiere". Und in dem Buch war eine Zeile geschrieben:

„Und die Sonne sank ins Meer..."

Wo das Buch wohl jetzt war?

„Und warum ist Professor Zabert, nachdem er Veronika auf die andere Insel geflogen hat, nicht zurück gekommen?", fragte Jürgen und riss mich aus den Gedanken an meine Kindheit.

„Das ist gegenwärtig zu gefährlich. Erstens wegen der ungebetenen Gäste und zweitens werden wir einen sehr kräftigen Sturm erleben. Da braut sich 'was zusammen, wie es die Seeleute so nennen!", antwortete Fernando und

224

Karl-Heinz übersetzte die Worte.

„Aha!", meinte Jürgen.

„Zwei oder drei Tage Sturm, das ist nicht ungewöhnlich für diese Jahreszeit!", ergänzte Fernando.

„Und was werden wir in der Zeit tun?", wollte Günther wissen.

„Warten!", erwiderte Louise, „Aber uns wird bestimmt nicht langweilig!", sie nahm meine Hand und sah mich an.

Mir war diese Geste in diesem Moment nicht sehr willkommen. Die anderen sahen mich dann auch eher mitleidig als strafend an.

„Ich habe Fernando die Möglichkeit geboten, sich dann, wenn er es möchte, also jederzeit, im Hotel aufzuhalten. Wir haben für die Mitarbeiter des Hauses einige Zimmer reserviert. Wenn die nicht nach Hause können oder 'mal Besuch bekommen. Aus welchen Gründen auch immer das sein kann. Fernando hat Zugang zum Zimmer 281. Das ist, wie leicht festzustellen, im zweiten Geschoss das letzte Zimmer auf dem linken Flur. Wenn man aus dem Lift kommt!", erklärte uns Karl-Heinz Beitz.

„Hoffentlich müssen wir seine Hilfe nicht in Anspruch nehmen! Und wenn, wie verständigen wir uns?", fragte Jürgen.

„Fernando spricht Englisch!", sagte Karl-Heinz Beitz.

Ich hätte gern mit Jürgen und Günther einige meiner Gedanken besprochen. Unter anderem, ob es nicht besser wäre, die Insel zu verlassen, solange dazu noch einigermaßen reale, weil größere, Chancen bestehen.

Jedoch, irgendetwas hielt mich davon ab. Es war nicht die Abwesenheit des Professors. Der hatte sein Flugzeug und würde, da hatte ich keinerlei Zweifel, mit der Maschine, wenn es irgendwie möglich wäre, sich und Regine in Sicherheit bringen.

Noch heute bin ich allerdings der Meinung, allein die Tatsache, dass uns Fernando und der Hotelmanager ihre ausdrückliche Hilfe zugesagt hatten, was ich auch glaubte, die würde gewährt werden, ließ mich meine Gedanken für mich behalten.

Wir verabredeten, uns spätestens am nächsten Vormittag, nach dem Frühstück, erneut zu treffen. Es sei denn, eine andere Situation erforderte schnelle und sofortige Entscheidungen.

„Dann hole ich euch auch um zwei Uhr am Morgen aus dem Bett!", meinte der Hotelmanager und sah Louise und mich mit einem breiten Grinsen an.

„Wir sollten aber auch auf Regine aufpassen. Dass der Professor und Veronika gemeinsam abgereist sind, bereitet ihr erhebliche Sorgen!", meinte Jürgen.

„Da kann Regine allerdings vollkommen unbesorgt sein!", erwiderte Fernando und Karl-Heinz übersetzte die Worte.

„Warum?"

„Erstens widerspricht es Veronikas Grundsätzen, jemandem den Partner wegzunehmen. Und zweitens kann Veronika mit einem Mann nichts anfangen immer dann. wenn es die Grenze freundschaftlicher Beziehungen überschreitet."

„Wie soll ich das verstehen?", fragte Jürgen, „Sie ist doch eine kluge und hübsche Frau!"

„Nun, sagen wir es anders: Veronika mag Freuen mehr als Männer. Du könntest ihr einen attraktiven Mann, was auch immer darunter zu verstehen sein mag, ins Bett legen..."

226

„Aha!", sagte Jürgen, „Jetzt habe ich verstanden!"

Nach diesem Gespräch und als die anderen die Dachterrasse verlassen hatten, standen Louise und ich allein oben auf dem „Hotel am Atlantik" und jeder hatte das Geländer mit seinen Händen fest umfasst.

Ich bemerkte, dass Louise das Geländer sehr fest umklammert hatte, denn die Gelenke ihrer Finger waren weiß und zeichneten sich sehr deutlich ab.

Dann sah sie mich an und ich konnte in ihren Augen Unsicherheit, Ratlosigkeit und wohl auch Angst erkennen. Ich wusste, jetzt etwas zu sagen, wäre falsch. Meine Worte würden sie nicht erreichen. Und ebenso falsch wäre es jetzt zu versuchen, sie in bester Absicht in den Arm zu nehmen. Das Beste ist, so beschloss ich, Louise in Ruhe zu lassen.

Ich hatte die Erfahrung, in derartigen Situationen wollen die meisten Menschen in Ruhe gelassen werden. Sie brauchen auch körperliche Ruhe, um sich auf die für sie ungewohnte Gegebenheiten einzustellen, sich zu orientieren.

Mit Louise bin ich einer außergewöhnlichen Situation noch nicht begegnet und wusste darum auch nicht, wie schnell sie sich zurechtfinden würde.

Louise sagte plötzlich:

„Ich weiß, du hast keine Schuld an dem momentanen Status..."

Ich sah Louise an und sagte nichts.

„Aber manchmal, glaube mir, habe ich Angst davor, dass wir unser Zuhause nicht wiedersehen. Angst davor, dass man uns Gewalt antut. Angst davor, dich zu verlieren...", Louise nahm meine Hand und sprach weiter:

„In den vergangenen Stunden habe ich häufig darüber nachgedacht, ob wir beide, du und ich, verschwinden, abreisen sollten. Mehrmals täglich fährt das Schiff und auf dem Flugplatz werden wir wohl noch zwei Tickets bekommen..."

Ich wollte Louise nicht sagen, dass ich ähnliche Gedanken überlegt hatte. Und zwar für die gesamte Gruppe. Ich hatte bereits darüber berichtet. So sagte ich:

„Es ist bestimmt nicht falsch, noch bevor man einer Gefahr begegnet zu versuchen, auszuweichen. In unserem Falle bedeutete das, die Insel zu verlassen. Aber nur so, dass alle aus der Gruppe mitkommen. Außer denen, die freiwillig hier bleiben möchten. Aber alleine und vielleicht auch noch, ohne den anderen Bescheid zu sagen, können und dürfen wir beide nicht abreisen. Das wäre unkameradschaftlich..."

Louise sah mich an und nach einigen Augenblicken sagte sie:

„Das verstehe ich!"

„Gut!", antwortete ich, „dann sollten wir mit den anderen darüber sprechen!"

„Das wird wohl das Beste sein!", erwiderte Louise und sah mich erneut an.

Ich bemerkte, Angst und Ratlosigkeit und auch Unsicherheit waren aus ihrem Blick gewichen. Ich meinte, sie wäre zu ihrem mir bekannten Status zurückgekehrt.

2

Während der Fahrt mit dem Taxi zum Flugplatz empfing und versendete Veronika ununterbrochen Nachrichten per SMS.

Sie saß auf der Rückbank des Autos und hatte Professor Zabert den Platz neben dem Chauffeur überlassen.

„Sie sind jetzt etwa auf der Hälfte des Weges zur Insel!", sagte Veronika, „Noch etwas mehr als eine und eine halbe Stunde Zeit bis zur Landung! Schaffen wir das?", fragte sie den Professor.

„Vom Eintreffen auf dem Inselflugplatz bis zu dem Start, vergeht 'ne halbe Stunde. Und dann der Flug mit Landung. Tanken muss ich auch noch!"

„Wie lange?"

Zwei Stunden ab Eintreffen Inselflugplatz!"

Veronika sagte dem Fahrer einige Worte, daraufhin beschleunigte der das Taxi.

„Wenn der so weiterfährt, sind wir in einer halben Stunde bei deinem Flieger!"

„Na ja!"

Professor Zabert war nach eigenen Worten von den fahrerischen Leistungen der im öffentlichen Personenverkehr auf der Insel beschäftigten Menschen überzeugt. Und er wusste ebenso, deren Temperament war es dann wohl auch geschuldet, dass der oft zitierte „heiße Reifen" nur allzu gern gefahren wurde. Jedoch wurde das von dem Fahrer des Taxi um ein vielfaches übertroffen, nachdem Veronika mit um schnelleren Transport gebeten hatte.

Dem Professor wurde später, als er mir davon berichtete, noch immer irgendwie anders. Jedenfalls sah er bei seinem Bericht über den letzten Teil der Fahrt zum

Inselflugplatz sehr blass, beinahe aschfahl, im Gesicht aus.

Veronika hingegen schien die nunmehr rasante Fahrt mit dem Taxi überhaupt nicht zu stören. Sie saß bequem, sehr bequem sogar, auf der Rückbank, schaute aus dem Fenster, pfiff eine Melodie und empfing oder verschickte weiterhin SMS-Nachrichten.

Als sie bemerkte, die Fahrweise des Chauffeurs fand nicht die ungeteilte Anerkennung des Professors, sagte sie:

„Wir sind gleich da! Zum Drachenbaum müssten wir dann hier abbiegen!"

„Aha!"

Veronika sollte recht behalten. Genau dreiundzwanzig Minuten, nachdem sie um mehr Tempo gebeten hatte, hielt das Taxi vor dem Flughafengebäude.

„Ich werde uns anmelden und das Tanken organisieren! Mach du bitte dein Flugzeug bereit, die Halle ist nicht verschlossen. Aus Sicherheitsgründen, sollte 'mal eine Havarie eintreten... Und dann brauche ich auch noch die Kennung deines Fliegers!", sagte Veronika.

„Ja!", Professor Zabert reichte ihr eine Karte, ähnlich einer Visitenkarte. Dann steig er aus dem Taxi.

Das Tor am Hangar war leicht zu öffnen. Der Professor entriegelte eine Sperre und schob das Rolltor mühelos zur Seite.

Licht drang in die dunkle Halle. Professor Zabert trat ein und wartete einige Augenblicke. Solange, bis seine Augen sich an das Halbdunkel gewöhnt hatten. Dann erkannte er in der Ecke sein Flugzeug, mit Planen bedeckt.

*

Immer dann, wenn er die Maschine parkte, egal, wo das geschah, traf er Vorkehrungen, die ihm zeigen sollten, ob sich jemand unberechtigterweise an dem Flugzeug vergriffen hatte.

Es waren kleine, von ihm gelegte Spuren, Sicherungen nannte er das auch, die er suchte: an einer Stelle der Plane, die über das Flugzeug gezogen war, ein bestimmter Knoten. An einer anderen Stelle war die Plane bis zu einer von ihm genau ausgesuchten Stelle nur soweit gezogen, dass die Schrift am Rumpf nur bis zu einer bestimmten Stelle und nicht fünf Millimeter weiter, bedeckt war. Und so weiter...

„Es sind so sechs oder sieben Zeichen. Die suche ich. Und als letztes, bevor ich aussteige, schreibe ich die Anzahl der Betriebsstunden auf und stecke den Zettel in mein Portemonnaie. Na, und dann noch so einige weitere kleinere Spitzfindigkeiten... Zugegeben, das grenzt schon an Aberglaube. Aber bis jetzt hat mich mein System noch nicht enttäuscht...", hat der Professor mir 'mal vor einem gemeinsamen Flug erklärt und dann begonnen, die Maschine zu überprüfen."

„Und der Mechaniker?", fragte ich, „Wenn der am Flugzeug 'was reparieren muss?"
Der Professor sah mich an und sagte:

„Erstens schraube und montiere ich viel selber. Und dann, wenn ich fremde Hilfe benötige, bin ich anwesend. Und drittens ist 'was anderes noch nicht vorgekommen!"

„Wirklich nicht?"

„Na ja", der Professor legte den Kopf zur Seite, „jedenfalls ist mir nichts bekannt!"

„Aha!"

Professor Zabert hatte den Rundgang um sein Flugzeug im Hangar beendet und begann, die schwere Plane zu entfernen.

Dann schob er die Keile vor den Rädern zu Seite und löste die Feststellbremse.

Veronika war gekommen und half ihm jetzt, die Maschine vor den Hangar zu schieben und schloss das Rolltor, während der Professor in die Kanzel kletterte und den Motor startete.

Das gelang ohne Mühen beim ersten Versuch und dann bedeutete er Veronika, dass er nun zur Tankstelle rollen würde.

Die junge Frau ging schnell die wenigen Schritte zur Tankanlage und als der Professor die Cessna betankte, meinte Veronika, die nun eingestiegen war:

„Wenn du uns angemeldet hast, können wir starten!"

„Mach ich!"

Professor Zabert meldete sich beim Tower und nachdem seine Angaben bestätigt waren, rollte er die Cessna zum Startpunkt am östlichen Rand der Piste. Er stoppte das Flugzeug und wartete auf die Startfreigabe.

Er reichte Veronika die Hand und meinte:

„Auf einen guten Flug!"

„Danke! Wir sollten schnell hochkommen. Es soll starken Wind geben. So ein trockener Sommersturm. Die wenige Stunden andauern und dann verschwinden. So, als wäre nie 'was gewesen!"

„Ja! Stimmt!"

In diesem Moment war die Stimme des Fluglotsen aus dem Tower zu hören, der Start war nun freigegeben und Professor Zabert sagte:

„Na denn!"

Er brachte den Motor der Cessna auf volle Leistung, löste langsam die Bremse und nachdem die Maschine eine kurze Strecke auf der Piste gerollt war, wenige hundert Meter, löste sich das Flugzeug von der Startbahn und

schwebte gen Westen empor.
Professor Zabert zog das Flugzeug schnell nach oben.

Auf den Inseln im Atlantik sind die Start- und Landebahnen meistens in west-östlicher Richtung gebaut. Beinahe ständig wehen Winde aus westlichen Richtungen. Starts und Landungen sollten bekannterweise gegen den Wind erfolgen.

Kurz vor dem Start war Professor Zabert vom Fluglotsen auf den bevorstehenden starken Wind hingewiesen worden. Man hatte ihm geraten, die Thermik über der Insel zu nutzen, um für die Cessna auf diese Weise zusätzlichen Aufwind zu erhalten.

Tatsächlich kam die Maschine dadurch sehr schnell in die Höhe und der Professor ging auf Kurs Nordost und war aber dennoch darauf bedacht, das Flugzeug nicht vor den Wind zu bringen. Was bedeutete, eine Böe in der Höhe hätte die Cessna möglicherweise um die Längsachse gedreht, gekippt.

Nachdem etwas mehr als ein Viertelkreis über der geflogen und das Flugzeug stetig gestiegen war, blieb der Professor weiter auf Nordostkurs und sagte zu Veronika:

„Noch zweihundert Fuß und wir sind oben. Das reicht für einen Sichtflug aus!"

„Okay, wenn du meinst!"

„Ja! Meine ich!"

Seit Beginn des Aufstandes im Südwesten des europäischen Festlandes hatte die Flugüberwachung der Inseln im Atlantik festgelegt, dass private Flugzeuge nur in Ausnahmefällen eine Startfreigabe erhalten und sich dann vom Land entfernt bewegen müssen. So sollten beide geschützt werden, das Land und die Maschinen. Ein Angriff vom Land auf die Flugzeuge würde so weitgehend ausgeschlossen werden. Und, sollte das wider alle Vorsicht dennoch erfolgen, könnte der mögliche Absturz über dem Atlantik erfolgen und nicht, eventuell, über Feriensiedlungen

Professor Zabert hatte die Order erhalten, sich seinem Zielflughafen auf der Nachbarinsel von Nordosten zu nähern und erst unmittelbar vor der Landung die Piste, auch hier in Ost-West-Richtung gebaut, direkt anzufliegen.

„Das bedeutet für uns zwar einen Umweg. Aber die dazu erforderlichen wenigen Liter Flugbenzin haben wir dann auch noch!"

Die Cessna hatte die Starterlaubnis also nur deshalb bekommen, weil Veronika als hochrangiges Mitglied der Bürgerwehr überzeugend erklärt hatte, dass ihre Anwesenheit bei der Ankunft der Aufständischen zwingend erforderlich ist.

„Jeder Mensch ist ersetzbar!", meinte der Flugleiter zunächst. Doch als Veronika eine entsprechende Legitimation der Regierung der Inseln im Atlantik vorzeigte, waren diese Bedenken ausgeräumt. Die Startfreigabe erfolgte umgehend, bedingungslos und ohne weitere Diskussionen.

„Wie lange noch?", fragte Veronika und blickte seitlich aus der Cessna und auf den Atlantik.

„Wir sind doch soeben erst gestartet!"

„Nun ja!", sagte Veronika, „Ich muss dringend dahin!", sie deutete auf die Insel voraus.

„Wegen des Umwegs über den Atlantik benötigen wir mindestens eine zusätzliche halbe Stunde. Und die Landung der gekidnappten Maschine aus Europa werden wir ohnehin nicht mehr erleben. Die erfolgt nämlich in ungefähr einer dreiviertel Stunde!"

„Verdammter Mist!", schimpfte Veronika.

„Es ist üblich, dass in solchen Fällen der Flieger nach der Landung ohnehin zunächst am Rande der Rollbahn abgestellt wird. Die Verhandlungen mit den Aufständischen an Bord werden dann in der Regel vom Tower geführt! Und ob du da Zugang erhältst, wer weiß!" Und nach einigen Augenblicken fügte der Professor hinzu:

„Wir kommen also noch früh genug zu spät!"

Eine halbe Stunde später meldete sich Professor Zabert beim Tower des Zielflughafens und gab die Position der Cessna an.

Dann sagte er zu Veronika:

„In etwa zwanzig Minuten werden wir gelandet sein!"

„Und die anderen?"

„Die haben sich beeilt und werden wohl in diesen Minuten ausrollen, dann die Turbinen ausstellen und am Rand der Rollbahn stehen. Wir werden es dann sehen!"

*

Als Professor Zabert über den Flug mit Veronika berichtete, sagte er, sie hätte ihm während der gemeinsamen Zeit über dem Atlantik beinahe ihr gesamtes Leben erzählt.

„Ich glaube, sie musste Flugangst oder Höhenangst, wahrscheinlich beides, verdrängen. Es ist ein sehr bedeutender Unterschied, ob man in einem Jet, gleich welcher Bauart, mit einigen hundert anderen Passagieren sitzt oder in einer kleinen Cessna! Daran musste ich mich auch erst gewöhnen! War nicht so einfach!"

Professor Zabert lächelte still in sich hinein und meinte:

„Was die mir nicht alles erzählt hat! Aber ich nehme es mit der Schweigepflicht sehr genau! Und dann war sie plötzlich sehr still! Es war, während wir die Insel und den Flugplatz anflogen. Dazu mussten wir, von Norden kommend, die Insel überfliegen. Wir sollten auf dem südlichen Teil der Rollbahn landen. Bei diesem Flug hatten wir den unverdeckten Blick auf den größten Teil der etwa dreihundert Vulkane der Insel. Das war schon beeindruckend! Über dem riesigen Lavafeld im Süden der Insel, dass bis an den Atlantik reichte, flog ich eine Kehre, um dann den Landeanflug zu beginnen. Und genau in dem Moment, als wir, entgegen den Bestimmungen, vom Tower aufgefordert wurden, über die Insel zu fliegen, verstummte Veronika... Ich habe für solche schweren Fälle ununterbrochenen Plapperns einige Pflaster mit Reißverschluss an Bord. Davon hätte ich ihr ohne zu Zögern eines auf den Mund geklebt..:", Professor Zabert grinste verschmitzt und berichtete dann weiter:

„Es war schon beeindruckend, die Vulkane, jeder anders gefärbt durch die in der Lava befindlichen unterschiedlichen mineralischen Salze, unter uns zu sehen. Manchmal waren das einige von denen, fünf, sechs oder vielleicht auch einer oder zwei mehr, in einer Reihe hinter- oder nebeneinander. Wirklich beeindruckend! Das gibt es nicht oft auf der Welt zu bestaunen! Auf Kamtschatka habe ich 'mal ähnliches erlebt. Aber da waren immer Nebelfetzen, die die Sicht beeinträchtigten..."

*

So, wie vom Professor bereits angedeutet, stand die Passagiermaschine etwas abseits am Rand der Rollbahn. Die Triebwerke waren außer Betrieb.

„Wenn dann die Klimaanlage ausfallen sollte, möchte ich da nicht drin sitzen!", sagte der Professor zu Veronika, während die Cessna auf den zugewiesenen Parkplatz rollte.

„Deshalb wollen wir für Passagiere und Besatzung auf ein schnelles und erfolgreiches Ende der jetzigen Situation hoffen!"

„Ja! Unbedingt!"

Professor Zabert stellte die Maschine ab und ließ den Motor noch einige Minuten im Stand laufen.

Er meldete sich beim Tower ab und öffnete die Kabinentür. Auch Veronika öffnete die Tür auf ihrer Seite und meinte:

„Schöne Grüße aus der Sahara!"

„Stimmt!"

Dann kletterten beide aus der Cessna, schlossen die Kabinentüren und gingen zum Empfangsgebäude.

*

Anmerkung:

Nach unserer Rückkehr von der Insel traf ich mich mit Professor Zabert in Rias Café. Ich wollte von ihm noch einmal erfahren, was damals auf der Nachbarinsel geschehen ist. Er berichtete mir gern und ausführlich von den Erlebnissen auf der Nachbarinsel.

Ich meine, es ist für das Verständnis der Aufzeichnungen über die Tage auf der Insel im Atlantik besser, den Zabert'schen Bericht hier zu beginnen und dann an geeigneten Stellen weiter zu führen:

„Veronika und ich hatten, noch vor dem Hotel auf der Insel im Atlantik besprochen, dass ich sie zur Nachbarinsel bringe und dann sofort zurückfliege. Aber durch ein Missverständnis gestaltete sich alles anders...“

„Welches Missverständnis?“, fragte ich.

„Ordnungsgemäß hatte ich die Cessna beim Tower angemeldet, um die Landeerlaubnis gebeten und auch meinen sofortigen Rückflug genehmigt bekommen. Und auch Flugbenzin bestellt...“

„Aha!“

„Und nun zu dem erwähnten Missverständnis. Ich wollte nach der Landung auf eine der Seitenflächen fahren. Da, wo die Tankstelle für Kleinflugzeuge ist. Dort sollte Veronika aussteigen, ich wollte tanken und dann erneut starten. Alles in allem wäre ein Aufenthalt von etwas mehr als eine Viertelstunde erforderlich gewesen. Auf keinen Fall dreißig Minuten...“

„Und nun? Was ist da anders gekommen?“

„Ich erhielt dann die Landeerlaubnis, auch das Benzin wurde bereit gestellt... Dann hörte ich Stimmen im Tower, weil die Funkverbindung noch bestand. Bedenke, die hatten einen gekaperten Flieger mit Passagieren und Luftpiraten an Bord auf dem Rollfeld stehen! Ich fragte dann nach der Startfreigabe, besser nach der Reservierung dafür. Dann kommt man auf eine Warteliste. Aber der Tower reagierte nicht...“

„Hm!“

„Es ist üblich, dass in solchen Situationen keine Diskussionen über Wenn und Aber, und so weiter und so fort, geführt werden. Ich hatte die Landeerlaubnis und Sprit war reserviert. Also beschloss ich, nach der Landung zunächst zu parken, um Veronika aussteigen zu lassen. Ich hatte ja, bedenke bitte, keine Reservierung für

238

die Startfreigabe..."

„Sollte Veronika nicht an der Tankstelle aussteigen?"

„Ja! Aber dem hat der Tower nicht zugestimmt! Nach der Landung auf die Parkfläche zum Aussteigen, dann zum tanken rollen... Und dann war die Verbindung unterbrochen. So bin ich ebenfalls ausgestiegen, um das zu klären..."

„Verstehe! Und die Leute im Tower meinten nun, Sie wollten Veronika ins Flughafengebäude begleiten und haben die Startreservierung annulliert?"

„Ja!"

„Und dann?"

„Dann wurde der Flughafen geschlossen. Starts abgesagt und Landungen auf andere Inseln umgeleitet. Das wäre auch unabhängig von meiner Landung geschehen!"

„Wird wohl so sein!", sagte ich.

„Ja! Das war auch so. Ich habe dann Veronika gebeten, im „Hotel am Atlantik" anzurufen, die Situation zu erklären und meine sofortige Rückkehr anzukündigen, wenn die Lage es erlaubte."

„Ja! Den Anruf haben wir damals erhalten! Und Regine war zu dem Zeitpunkt noch völlig verzweifelt. Die dachte noch immer, Sie sind mit Veronika auf und davon!"

Professor Zabert sah mich an, dann lachte er und sagte:

„Veronika könnte doch meine Tochter sein! Und außerdem: Veronika kann mit Männern nichts anfangen. Die ist lesbisch veranlagt bis in die Haarwurzeln! Das habe ich bei unserem Kennenlernen nach zehn Minuten festgestellt...!

„Ich habe davon nichts bemerkt. Und Regine wohl auch nicht!"

Professor Zabert sah mich wieder mit seinen

wasserblauen Augen an und meinte nur:

„Na ja! Geschenkt!"

Dann saßen wir uns gegenüber, und schwiegen. Bis Ria zwei Gläser gut temperierten Rotwein brachte und sagte:

„Na, ihr Weltenbummler!"

„Beinahe gestrandete Weltenbummler!", meinte der Professor und dann, als er das Glas hob:

„Es nütze!"

Er trank einen kleinen Schluck, schmeckte, roch am Glas und sagte dann zu Ria:

„Davon bekommen wir später, nicht zu spät, noch mehr! Ja?"

„Selbstverständlich! Warum nicht?"

Dann fragte ich, nachdem Ria uns allein gelassen hatte:

„Und was geschah dann weiter auf dem Flugplatz?"

„Nachdem nun klar war, dass ich nicht mehr starten konnte, zumindest nicht in den nächsten Stunden, meinte Veronika, sie würde mir eine Unterkunft besorgen. Sie hätte auf der Insel noch eine Tante zu wohnen..."

„Das wird ja jetzt richtig spannend!", antwortete ich.

„Ja! Mit alten Tanten und lesbischen Frauen!", meinte der Professor und trank etwas von dem Rotwein.

„Und dann? Wie ging es weiter nach der Landung und dem unfreiwilligen Aufenthalt?"

„Nun, wie schon gesagt, ich stellte die Cessna auf dem Parkplatz für Kleinflugzeuge ab und ging mit Veronika zum Empfangsgebäude. Als wir die Halle betreten hatten, blickte sich Veronika um und entdeckte auf einer der Sitzbänke zwischen anderen Passagieren zwei Männer. Mit denen nahm sie Blickkontakt auf und wurde bald darauf von den beiden begrüßt. Anschließend kamen alle drei zu mir und bei dem Anblick konnte ich mir ein Grinsen nur mit großer Mühe unterdrücken..."

„Warum?"

„Der eine ihrer Begleiter, er wurde mir dann als Pablo vorgestellt, war klein, nicht größer als Veronika, und sehr beleibt. Und der andere Juan, war sehr schlank. Beinahe dürr und noch einen Kopf größer als ich!", der Professor war aufgestanden und deutete mit entsprechenden Handzeichen die Körpergröße der beiden Männer an.

„Ja! Das glaube ich, dass dieses Trio..."
Der Professor hatte sich wieder gesetzt und unterbrach meinen Satz, indem er sagte:

„Doch in den nächsten Minuten wurde ich wieder einmal darüber belehrt, Leute nicht nach Äußerlichkeiten zu beurteilen... Glücklicherweise bemerkte meinen Irrtum niemand..."

„Ach so?"

„Ja! Ich nahm im ersten Augenblick an, als Veronika mit den beiden vor mir stand, es wären örtliche Kiezgrößen, die sie, in diesem Falle uns, lediglich abholen sollten..."

„Aber?"

„Der eine, mir wurde er als Juan vorgestellt, war Professor Juan Gomez, Völkerrechtler an der Universität von Granada. Übrigens eine der ältesten akademischen Lehranstalten im westlichen Mittelmeerraum..."

„Und der andere?"

„Der andere, Professor Pablo Santiago, kam ebenfalls von der Universität Granada und war Professor für Politikwissenschaften!"

„Das war ja beste Gesellschaft!", stellte ich fest.

„In der Tat!"

„Und was wollte Veronika von den beiden?"

„Die beiden Herren waren für einige Wochen auf den Inseln zu Besuch, hielten Vorträge, waren auf Konferenzen zu Gast. Na ja, alles das, was ein Wissenschaftler so macht, wenn er nicht Wissenschaft betreibt!"

„Aha!"

„Außerdem waren sie die offiziellen Vertreter der Regierung bei den Gesprächen mit den Aufständischen. Doch darüber später mehr! Veronikas Gruppe, auf allen Inseln vertreten, hatte die Professores eingeladen. Sie wollten neueste Informationen über den eskalierten Streit zwischen den unterschiedlichen gesellschaftlichen Gruppen erhalten. Und als Treffpunkt war das Flughafengebäude vereinbart worden...!"

„Aber das war doch nur der Treffpunkt?"

„Stimmt! Wir sind dann zu einer der abseits und etwas einsam gelegenen Fincas gefahren. Die gehörte Veronikas Tante, einer agilen und rüstigen älteren Dame, der man ihre mehr als achtzig Lebensjahre nicht ansah..."

„Daher die Tante!"

„Ja! Wir wurden als Gäste einquartiert. Die Finca war früher ein Weingut und wurde dann zu einer Pension umgebaut. Ich war ja nun auf diese Dinge überhaupt nicht vorbereitet. War, wie man so zuweilen sagt, auf der Insel gestrandet. Ich hatte nicht 'mal 'ne Zahnbürste mit... Von Wechselwäsche nur zu schweigen!"

„Und Regine nicht dabei!"

Professor Zabert sah mich etwas eigenartig an und erwiderte:

„Ich brauche doch kein Kindermädchen!"

„So war das auch nicht gemeint!"

Professor Zabert stand auf, ging zu Ria und sprach mit ihr. Und wenige Minuten danach brachte Ria wieder zwei Gläser mit gut temperiertem Rotwein.

„So!", sagte sie „Es möge gelingen!"

Professor Zabert prüfte den Wein und meinte dann:

„Gut so!"

Mit diesen Worten war Ria für den Moment ihrer Pflicht entbunden und ich war mit dem Professor wieder allein an dem Tisch.

„Übrigens, das über Regine, was ich eben sagte, war nicht böse gemeint!"

„Habe ich so auch nicht verstanden!", erwiderte ich.

Der Professor hob das Weinglas, prostete mir zu und ich tat gleiches. Als wir die Gläser wieder auf den Tisch gestellt hatten, fragte ich:

„Wie ging es dann weiter auf der Finca?"

„Eigentlich ging da gar nichts weiter! Veronikas Tante zeigte mir ein Zimmer und meinte, sollte ich über Nacht bleiben, dann könnte ich hier schlafen. Und sagte dann noch, ich kann bleiben, solange ich will. Ich bin Veronikas Gast!"

„Und Veronika?"
Die war sofort nach unserer Ankunft mit dem dicken und dem langen Professor wieder weggefahren. Wohin, hat sie mir nicht gesagt!"

„Also waren Sie allein und noch dazu auserwählt, auf der Finca zu bleiben?"

„Ja!"

3

Louise und ich trafen die anderen beim Abendessen. Der Hotelmanager, Karl-Heinz Beitz, kam und sagte leise zu uns, Veronika hätte sich gemeldet. Sie und der Professor müssten auf der Nachbarinsel bleiben, weil der Luftraum gesperrt ist.

Weil Regine trotz der ausdrücklichen Versicherung, Veronika hätte nur ein rein sachliches Interesse am Zusammensein mit dem Professor, weiterhin misstrauisch war, fragte sie den Hotelmanager:

„Können Sie das bestätigen? Ich meine, dass die nicht starten dürfen?"

„Ja! Absolut richtig so!"

„Und nun?", fragte Regine, „Vielleicht kommen wir von hier auch bald nicht mehr weg?"

„Noch scheint alles ruhig zu sein!", wurde sie von Jürgen beruhigt.

„Zudem wurde der Luftraum im Zusammenhang mit der Landung der gekidnappten Maschine gesperrt. Vorsorglich. Es ist nicht bekannt, ob hinter dem Kidnapping vielleicht 'was anderes steckt! Man weiß bei solchen Leuten ja nie!", ergänzte der Hotelmanager und wiederholte:

„Eine reine Vorsichtsmaßnahme!"

„Na gut! Ändern können wir das ja ohnehin nicht!", gab sich Regine offensichtlich zufrieden.

Und leise, sehr leise, sagte Louise zu mir:

„Ich will auch nicht in 'ner Höhle wohnen!"

„So weit sind wir noch nicht!", antwortete ich.

„Hoffentlich nicht!"

*

An diesem Abend und als wir an dem langen Tisch saßen, konnte man, in des Wortes wahrster Bedeutung, die Luft im Raum zerschneiden.

Nicht deshalb, weil schlecht oder gar nicht gelüftet worden war, sondern weil ein jeder von uns eine so intensive emotional geladene Spannung ausstrahlte, dass ein falsches Wort, egal, ob gut oder schlecht gewählt, gereicht hätte, um einen Gemütsausbruch des einen oder anderen zu bewirken.

Jeder wusste das und jeder bemühte sich, das nicht zu provozieren. Oder, um es anders zu formulieren:

Eine nach einem falschen Wort erfolgende psychische Entladung hätte mit sehr großer Wahrscheinlichkeit tiefgreifende Veränderungen im Zusammenleben der Gruppe und der Mitglieder untereinander zur Folge gehabt. Daran wollte selbstverständlich keiner Schuld sein.

Wir saßen zumeist schweigend beieinander und das Wenige, was noch gesprochen wurde, als der Hotelmanager uns wieder allein gelassen hatte, beschränkte sich auf solche kurzen Sätze wie:

„Gib mir bitte die Butter!" oder:

„Kannst du mir dieses oder jenes reichen?"

Regine und Professor Zabert legten immer sehr großen Wert darauf, dass wir die Mahlzeiten gemeinsam einnahmen. Und zwar nicht in Vierer-Trupps an mehreren Tischen, sondern gemeinsam an einer langen Tafel. Es gab nie eine feste Sitzordnung. Bis auf eine Ausnahme:

Der Professor und Regine saßen stets an einer der Stirnseiten. Oder, wenn das aus irgendwelchen Gründen nicht möglich war, nahmen sie in der Mitte einer der beiden Längsseiten Platz. Und, sollten uns Gäste besuchen, so war deren Platz neben Regine und dem Professor.

Danach gefragt, warum er eine feste Sitzordnung nicht favorisierte, meinte der Professor:

„Wer Fraktionen bilden möchte, soll sich in die Parlamente bemühen!"

Louise sagte mir sehr leise, dass sie aufstehen möchte. Das wäre ein Fauxpas gewesen. Unter anderen Umständen wäre das mit einem mitleidsvollen Lächeln der anderen Leute quittiert worden. Ich legte meine Hand auf ihr Knie und bedeutete so, sie möge jetzt sitzen bleiben.

Dann, als alle gegessen und wir noch einige Augenblicke beieinander gesessen hatten, meinte Regine: „Ich gehe noch 'mal runter! Am Strand spazieren gehen! Ich möchte aber allein sein! Für euch alle noch einen schönen Abend!"

Regine erhob sich, stellte wie gewohnt etwas umständlich ihren Stuhl an den Tisch, blickte in die Runde und ging wortlos zur Tür, die sie dann leise hinter sich schloss.

Nach einigen Augenblicken sagte Marion, die Archäologin:

„Vielleicht ist es besser, wenn einige von uns auch an den Strand gehen! Wir sollten Regine nicht allein und vor allen Dingen, nicht unbeobachtet, lassen!"

„Das hätte ich ohnehin getan!", meinte Jürgen und sah Günther an, der sofort reagierte und sagte:

„Ich komme mit!"

„Ich auch!", meinte dann noch ein anderer.

Inzwischen hatte ich meine Hand von Louises Knie genommen. Als Jürgen aufgestanden war, sagte sie zu mir:

„Ich würde gern von der Dachterrasse den Sonnenuntergang beobachten!"

„Ich auch!", antwortete ich und meinte dann:

„Ich gehe schon 'mal hoch!"

Wir verließen den Tisch. Ich ging auf die Dachterrasse, Louise in ihr Zimmer. Als sie zu mir kam, hatte sie einen Pullover an und gab mir mein rotes Sweatshirt und sagte:

„Bevor du frierst und ich dich wärmen muss!"

„Danke! Aber, das würdest du doch gern tun!"

„Ja sicher!", sagte Louise und legte ihren Arm auf meine Schulter.

*

An der kleinen Bar kaufte ich für Louise und mich Weißwein. Gut gekühlt. So, wie wir es aus Ria's Café kannten.

Ich stellte die Gläser mit dem Wein auf die gemauerte und verputzte Brüstung und zwei Stühle zurecht.

Ich setzte mich und wartete auf Louise, die auf der anderen Seite der Dachterrasse stand und die Lavafelsen anschaute.

Die Sonne stand jetzt etwa 15 Grad über dem Horizont. Ich hielt meine geschlossene Faust, Daumen nach unten, der Sonne entgegen am ausgestreckten Arm entgegen. Und zwar so, dass die Unterkante der Sonne sich auf der Faust befand. Nun war der Horizont etwa an meinem Daumen. Ich wusste, die geschlossene Faust eines durchschnittlichen Mannes (Nicht die eines Boxers und auch nicht die eines Schwerstarbeiters, beispielsweise) gegen den Himmel oder in das Gelände gerichtet, umspannt einen Winkel von etwa 15 Grad.

Louise hatte mich beobachtet und als ich meine Betrachtungen über den Sonnenstand beendet hatte, kam sie zu mir und fragte:

„Na, alles in Ordnung?"

„Ja! Sicher!"

„Und welche Erkenntnisse hast du erfahren?"

„Das wir noch etwa eine Stunde hier sitzen werden!"
Ich nahm ein Weinglas, gab es dann Louise, nahm das andere und prostete ihr zu.
Nachdem wir getrunken hatten, stellte Louise ihr Glas wieder auf die Brüstung, nahm mein Gesicht in ihre kleinen Hände und sagte leise:

„Es ist, trotz und alledem, so schön hier mit dir!"

„Danke!"
Sie fasste meine Hand und gemeinsam blickten wir auf den Atlantik.

Dann meinte Louise, nachdem wir eine Weile stumm nebeneinander gesessen hatten:

„Ich hatte nicht vermutet, dass Regine so emotional reagiert. Immerhin haben wir ihr doch klipp und klar erklärt, dass Veronika's Interesse den Frauen gilt und nicht den Männern. Und insofern ist der Professor für sie als männliches Wesen völlig ohne Bedeutung. Was nicht seine Qualifikation als Wissenschaftler und Kamerad betrifft!"

„Professor Zabert ist Regines Lebensmittelpunkt! Ihr Mann, damals waren sie erst einige Jahre, fünf vielleicht, verheiratet, ist bei einem Unfall um's Leben gekommen. Ich kenne die Geschichte auch nur vom Erzählen..."

„Regine will den Professor nicht verlieren! Trotzdem

er mit einer anderen Frau verheiratet ist!"

„Ja!"

Und dann saßen wir wieder und blickten auf's Meer. Die Sonne hatte sich nun soweit dem Horizont genähert, dass nur noch wenige Grad fehlten, bis sie die Kimm berührte. Louise fragte mich:

„Könnte man mit so einem Boot, was da unten an der Plattform befestigt ist, über's Meer fahren?"

„Ja!"

„Traust du dir das zu?"

„Ja! Nur, wie weit würden wir kommen? Und was ist mit den anderen?"

„Die kommen mit!", sagte Louise, ohne zu zögern.

„Vorausgesetzt, die wollen das. Ich kann mir vorstellen, dass Regine so lange hier bleibt, bis der Professor sie abholt!", antwortete ich.

„Und wenn, was ich nicht hoffe und wünsche, Professor Zabert nicht auf die Insel zurückkommt? Was dann?"

„Das bewegt mich, seit er weg ist. Aber deine Frage bezog sich auf Regine..."

„Ja!"

„Du hast beobachtet, sie ist so auf den Professor fixiert, das dann, sollte dieser Fall eintreten, es sehr viel Geduld und Kraft kostete, sie zum Mitkommen zu bewegen. Sie würde uns ohne Weiteres erklären, der Professor lässt sie nicht zurück!"

Die rotglühende Sonne tippte auf die Kimm und Louise sagte plötzlich:

„Sieh! Die Sonne taucht ins Meer!"

Wer einmal einen Sonnenuntergang am Strand beobachtet hat, der weiß, es hat tatsächlich den Anschein, als würde die Sonne vom Wasser verschluckt werden.

Wir wissen jedoch, dieses Schauspiel ist mit dem Stand der Sonne und der Erde zueinander zu begründen, weiterhin mit der Rotation der Erde um die eigene Achse und im Laufe jedes Jahres um die Sonne. Jedoch! Beim Anblick dieses immer auf's Neue grandiosen Schauspiels denkt man nicht an die astronomischen Gesetze.

„...Und die Sonne sinkt ins Meer!", sagte Louise noch einmal.

Nach wenigen Minuten war dieses faszinierende Ereignis zu Ende. Der Himmel leuchtete nun in allen orange und roten, gelben und manchmal auch vielen anderen Farben, die langsam dem Nachtdunkel wichen.

Wir sahen, dass die anderen in das Hotel zurückkamen und als Louise sich umsah, meinte sie:

„Die ersten Sterne sind zu sehen!"

„Ja!"

Nach einigen Augenblicken sah sie mich an und sagte sehr leise :

„Weißt du, das dort im Meer Nessaja wohnt?"

„Ja! Und woher weißt du das?"

„Eines Tages, ich war noch ein kleines Mädchen von vielleicht drei Jahren, brachte mein Papa Nessajas Lied und die Lieder ihrer Freunde mit nach Hause. Wir haben nach dem ersten Anhören dann tagelang diese Melodien wieder und wieder abgespielt und mitgesungen. Und immer dann, wenn eine neue Platte, später CD, mit neuen Geschichten und Liedern dieser weisen und lieben Wesen erschien, dauerte es oft nur wenige Tage, bis mein Papa uns dann auch diese vorspielte. Und als dann, Jahre später, ein Musical gespielt wurde, ich war inzwischen acht oder zehn Jahre alt, war es beinahe selbstverständlich, dass auch wir, meine Mutter und mein Papa, aber auch meine Geschwister und ich, zu den Besuchern gehörten. Und das nicht nur einmal!"

„Du hattest eine schöne Kindheit? Stimmt's?"

„Ja!"

Der vierte Tag

Am nächsten Morgen, es war der vierte auf der Insel, prasselte Regen auf den Asphalt der Straße vor dem Hotel.

Es war noch sehr früh und nächtlicher Regen war auf der Insel nicht ungewöhnlich. Das sollte sich am Vormittag ändern und dieser Tag der wärmste in einem Oktober werden.

Louise war, ich wusste nicht, warum, in der Nacht in ihr Zimmer gegangen und hatte auch die Tür zwischen unseren Räumen geschlossen.

„Du hast so entsetzlich geschnarcht! Und dann hast du alle Bettdecken, auch meine, allein für dich beansprucht. Ich habe es, glaube mir, mit lieben Worten und gutem Zureden versucht, dich zu einem angenehmeren Schlafverhalten zu bewegen! Umsonst! Alles vergeblich! Um drei bin ich dann, zitternd wegen der Kälte, in mein Bett gezogen!", sagte mir Louise, als ich sie weckte und meinte:

„Da konnte ich dein Bein nicht wärmen!"

„Nee!"

Nach dem Frühstück trafen wir uns, es war wenige Minuten nach zehn Uhr, auf der Dachterrasse, um, wie es Arndt Becker, Mathematiker und in seiner Freizeit begeisterter Gärtner, sagte, „Organisation zu machen", denn es waren einige Dinge zu besprechen.

Regine war psychisch wieder in Ordnung, auch wenn sie, wann immer der Name des Professors genannt wurde, die Augen schloss.

„Zunächst habt vielen Dank für eure Geduld mit mir! Aber ihr wisst...!", den Rest des Satzes sagte sie nicht.

Was sie nicht sagen wollte oder konnte, war ohnehin

jedem bekannt.

Die Beziehung zum Professor war eine ihrer Lebensaufgaben.

Doch dann sprach Regine weiter:

„Wie ihr wisst, wollten wir heute nach Hause fahren. Daraus wird ja nun nichts. Was auch bedeutet, heute ist der offizielle Teil unseres Besuches auf der Insel beendet. Meinetwegen könnt ihr jetzt nach Hause fahren! Und, wer hier bleiben will, kann das auch tun. Ich bleibe jedenfalls so lange hier, bis ich weiß, wie es um den Professor bestellt ist...“

Ich tippte Louise sanft an, ohne dass die anderen das bemerkten. Und daraufhin nickte Louise ebenso, dass es kaum zu beobachten war.

„Mit dem Hotel habe ich gesprochen!“, sagte Regine, „Wir können so lange bleiben, wie wir möchten. Gegen eine tägliche Aufwandsentschädigung von 15 Euro für Unterkunft und Verpflegung. Eure Betten müsst ihr selbst beziehen, Ende der Woche. Der Zimmerservice kommt zweimal in der Woche, Montag und Donnerstag. Ansonsten sind wir Gäste des Hauses...“

Ich fragte Louise leise, sehr leise:

„Wie lange kannst du bleiben?“

Louise machte eine Handbewegung, die ich so deutete als müsse sie nicht sofort nach Hause reisen. Dann, später, ergänzte ich meine Frage:

„Allein wollen wir hier nicht bleiben. Ich meine, wenn die anderen abreisen, sollten wir auch fahren. Zumal das Angebot des Hotels für die preisgünstige Unterkunft dann nicht auf zwei Individualisten übertragen wird.“

„Nach 'ner Woche müsste ich mich im Verlag melden. Ich hatte ohnehin bis zum nächsten Wochenende Urlaub!“

„Das habe ich irgendwie geahnt!“, antwortete ich.

Ich blickte aus dem Fenster. Die Regenwolken waren weiter gezogen und manchmal zeigte sich durch eine Wolkenlücke das Blau des Himmels. Die Wellen des Atlantiks rollten, wie immer und ständig auf den Strand. Und jemand fragte:

„Der Sturm hat es sich wohl anders überlegt? Uns verschont?"

„Ich habe heute früh den Wetterbericht gesehen und wenig verstanden. Nur soviel, der angekündigte Sturm hat sich draußen, weit draußen auf dem Meer, bereits ausgetobt. Der Regen heute Nacht waren letzte Grüße!", sagte Günther.

„Dann hat sich das ja auch erledigt!"

„Ja!"

Wir saßen und warteten. Immer wieder waren Worte kurzer Gespräche zwischen einigen Leuten oder Dialoge zwischen zwei Personen zu hören. Eigentlich waren es Gesprächsfetzen, die kaum zuzuordnen waren.

Louise und ich hofften, so wie die anderen ebenfalls, irgendetwas würde geschehen. Und das möglichst schnell.

Vielleicht kam jemand, Fernando etwa, und überbrachte uns eine Nachricht. Oder Regine hatte etwas zu berichten. Oder jemand anderes wollte 'was sagen.

Aber nichts geschah.

Wir saßen am langen Tisch im Raum auf der Dachterrasse, schwiegen die meiste Zeit und nur manchmal waren einige Worte zu hören.

Ich hatte das Empfinden, keiner wollte diese Situation zerstören oder gar beenden.

Dann wurde sehr zögernd, beinahe zaghaft, an die Tür geklopft. Klaus Beier, der Völkerkundler, hörte auf,

Louise anzustarren und öffnete, weil er neben der Tür saß.

Eine junge Frau, beinahe noch ein Mädchen, trat ein und sagte, den Raum wollte eine andere Gruppe jetzt nutzen.

„In Ordnung!", erwiderte Regine und sagte dann zu uns:

„Das hatte ich vergessen, dass jetzt andere Leute hier 'was zu besprechen haben!"

„Na, dann wollen wir die nicht länger warten lassen!", sagte der Völkerkundler und verließ den Raum.

Louise und ich waren sehr froh darüber, dass sich die zumeist schweigende Gesellschaft auflöste.

Wir gingen, gleich einigen anderen an den Strand, blieben jedoch immer in Sichtweite des Hotels.

*

Ich blickte Professor Zabert an und seinem Gesichtsausdruck entnahm ich, er hatte wohl weniger gute Erinnerungen.

Was durchaus verständlich war...

„Nun ja!", sagte er, „bereits während des Fluges hatte ich beobachtet und dann auch eine Meldung über Funk mitgehört, dass schlechtes Wetter zu erwarten war. Und deshalb war ich zufrieden damit, auf der Finca von Veronikas Tante ein Quartier zu bekommen. Die Alternative wäre der Besucherraum im Flughafengebäude gewesen. Abwettern sagen die Seeleute zu solcher einer Situation. Hätte durchaus passieren können. Ich meine, das mit dem Quartier im Flughafen..."

„Und dann?"

„Tatsächlich erreichten die Insel in der Nacht die Reste eines atlantischen Sturmtiefs. So richtig ausgetobt hatte sich das allerdings bereits auf dem Meer und schickte nun nur noch starken Wind, ich schätzte so 8, in Böen auch ein wenig mehr. Und viel Regen! Wo diese gewaltigen Regenmengen herkamen - wer weiß! Am späten Morgen, so gegen neun, war das dann auch vorbei..."

Professor Zabert sah mich an, dann durch Ria's Café, nahm einen Schluck Wein und sagte:

„Eigentlich hätte ich am Morgen wieder unsere Insel anfliegen können. Das hatte ich auch vor. Ich verließ das Zimmer auf der Finca, um Veronika zu suchen. Wenn die mich dorthin geholt hatte, dann sollte sie auch dafür Sorge tragen, dass ich wieder wegkomme. Aber die Finca erschien mir menschenleer. Irgendwann traf ich dann Veronikas Tante im Garten.

Sie bemerkte mich sofort und kam mir mit kleinen und schnellen Schritten entgegen. Dann begrüßte sie mich so, wie einen alten Freund:

„Señor Professor, das Mädchen ist mit den Señores Pablo und Juan bei den anderen Kollegen!"

„Aha! Und..."

„Und nun sollen Sie warten!"

„Wie lange? How long?", redete ich wie ein kleiner Junge.

Und die Tante verstand mich!

„Bis Siesta!"

Ich überlegte und dann war mir klar, dass Veronika wohl frühestens um zwei wieder auf der Finca sein könnte.

Dann kramte die Tante aus ihrer Rocktasche einen sorgfältig gefalteten Zettel hervor. Den gab sie mir mit einer feierlichen Geste.

„Aha!, sagte ich „Noch 'n Brief!"

Veronika teilte mir mit, dass sie, so, wie es die alte Dame, ihre Tante, mir bereits erklärt hatte, mit den Professores Pablo und Juan zur Gruppe gefahren ist. Man wollte die

Verhandlungen mit den Luftpiraten begleiten...

„Das hörte sich unglaubwürdig an. Bei jeder ordentlichen Flugzeugentführung ist doch sofort Polizei und Militär zur Stelle. Noch bevor der Flieger gelandet ist. Statt dessen sollten das nun die Freizeit-Sheriffs von der Insel regeln?"

„Ja! So war es. Aber dafür hatte ich keine Verantwortung!"

„Ich meine ja nur!", entgegnete ich etwas kleinlaut.

„Nun gut, ich setzte mich im Garten auf eine Bank, sah der alten Dame, Veronikas Tante, bei der Gartenarbeit zu. Ich begann, zu warten..."

„Was soll man in solch einer Situation auch weiter machen?"

„Eben! Und was und welche Gedanken während dessen so aufkommen und durch den Kopf eilen!"
Ich fragte nicht danach, was der Professor dort auf der Bank, auf einer Insel 170 Kilometer westlich des nächsten Kontinents und umgeben von Vulkanen und Lavafeldern, überlegt und gedacht hatte. Erstens würde er mir ohnehin nicht die Wahrheit sagen, weil zweitens jeder Mensch, so auch der Professor, das Recht auf sein sehr Persönliches hat.
Dann sprach Professor Zabert weiter:

„Ich bin, selbstverständlich nicht zu irgendwelchen Ergebnissen gekommen. Irgendwann bemerkte ich, die Tante war im Gartengrün verschwunden und die Sonne höher gestiegen. Ich stellte fest, es war bereits wenige Minuten vor zwölf Uhr. Deshalb hielt ich es für ratsam, im Haus auf Veronika zu warten..."

„Und?", fragte ich und ergänzte:

„Lass es mich raten!"

„Ja!"

„Veronika kam dann irgendwann! Aber nicht zur Zeit

der Siesta!"

„Stimmt! Irgendwann am Nachmittag hielt ein Auto, ein klappriger Jeep, vor dem Haus und Veronika stieg mit den Professores aus!"

„Da war die Freude wohl groß?"

„Eher gemäßigt. Nahe an zurückhaltend."

„Kann ich mir vorstellen!", antwortete ich und fragte: „Und, was hatte Veronika zu berichten? Die wollten den Kontakt mit den Luftpiraten aufnehmen?"

„Ja! Wollten, dachte, hoffen...", der Professor sah mich an, nippte am Weinglas und blickte Ria interessiert hinterher, als die soeben an unserem Tisch vorbeiging.

„Die hat 'n Mann. Mit dem ist sie glücklich verheiratet. Sie sind doch mit ihren zwei Frauen auch zufrieden! Oder?"

„Die eine, also die, mit der ich verheiratet bin, ist ausgezogen. Als wir von der Insel im Atlantik wiederkamen, war sie weg und der gemeinsame Besitz war, bis auf den letzten Kartoffellöffel, fifty-fifty geteilt. Im Flur lag 'n Zettel..."

„Da sind Sie nicht der Erste..."

„Aber Regine bleibt in ihrer Wohnung. Anders will ich das nicht. Man kann ja am Wochenende oder sonst wann gemeinsam frühstücken..."

„Stimmt! Und was hat Veronika gesagt, damals, als sie verspätet zur Finca zurück kam?"

„Die Verhandlungen mit den Luftpiraten waren wohl Wunschdenken der jungen Frau und ihrer Kollegen von der Bürgerwehr. Und wie ich es dann, so nach und nach und von jedem ein bisschen, erfahren habe, wurden bei den auf der Insel ansässigen Gruppen der Bürgerwehr lediglich Grundsatzdiskussionen geführt. Es ist doch bei solchen Leuten, ohne sie zu schmähen, üblich, dass sie derartige Diskussionen mit den Gesprächen über

Probleme verwechseln. Die meisten von denen sind mit sich selbst beschäftigt..."

„Aha!", antwortete ich, denn das war mir bekannt.

Ich vergleiche Gruppen wie die, der Veronika angehörte, meistens mit jungen Menschen, die den Weg ins Leben finden müssen. Immer nach wenigen Schritten, in diesem Falle Tage oder höchstens Wochen, stehen sie an einer Gabelung ihres Lebensweges. Mitunter auch an einer Kreuzung und müssen nun beratschlagen, wie und wo es weitergeht. Darum sieht man junge und oft auch sehr junge Menschen häufig redend und streitend dann, wenn für ältere Leute die Entscheidung längst getroffen ist. Sie, die jungen Leute, wollen die Straße ihres Lebens finden. Es wäre in solchen Situationen unangebracht, ihnen einen bestimmten Weg vorzuschreiben. Empfehlungen auszusprechen ist in diesem Falle angebracht, auch ein Zuspruch oder das Abraten sind dann angebracht, wenn zugleich auf die Konsequenzen des Ja oder Nein hingewiesen wird. Die Entscheidung sollten junge Menschen allerdings alleine treffen. Auch der Hinweis darauf, dies und jenes wurde bereits immer so oder so getan, ist in den allermeisten Fällen nur dazu geeignet, der jungen Menschen Willen und ihre Vorstellungen in einen Lebensentwurf zu drängen, den sie so nicht erleben wollten.

Diese Gedanken gingen mir in wenigen Sekunden durch den Kopf, als ich Professor Zabert in Ria's Café gegenüber saß. Ich habe dann später aus der Erinnerung diese Gedanken aufgeschrieben.

„Und wie ging es nun weiter!", fragte ich.

„Nachdem Veronika von dem missglückten Versuch, die Luftpiraten über Funk vom Tower aus zu sprechen, berichtet hatte, meinte sie, uns noch einmal für kurze Zeit allein zu lassen. Und schon war sie weg!"

Professor Zabert deutete mit einer Handbewegung den davon fliegenden Vogel an und meinte dabei:

„Und ich war mit dem Völkerrechtler und dem Politik-Professor allein..."

„Das haben Sie doch, wie ich Sie kenne, schamlos ausgenutzt..."

„Nun ja!", der Professor grinste mich an, „Ich hatte, so möchte ich es nennen, die Gelegenheit, mich mit zwei Herren zu unterhalten, die... Wie sagt man da?"

„Weiß ich nicht!"

„Ja, die an den damaligen Ereignissen sehr nahe 'dran waren. Sowohl als Berater der Regierung im Mutterland als auch in gleicher Funktion für die Regionalregierung der Inseln im Atlantik..."

„Aha!"

„Ja! Und dann noch dazu als Konfliktmanager und Verbindungsleute zu den Aufständischen arbeiteten!", der Professor sah mich an.

Dann deutete er auf sein leeres Glas, ich nickte und dann gab er Ria ein Zeichen.

Die kam bald darauf mit Wein und Wasser für den Professor und für mich.

„Die Verständigung war nicht einfach. Keiner der beiden sprach deutsch und ich nicht ihre Muttersprache. Juan, der Völkerrechtler, sprach Englisch. Während Pablo, der korpulentere der Herren, Französisch verstand. Das beherrsche ich nicht. Auch nicht ansatzweise. Blieb also nur Englisch und Juan als Mittler!"

„Na, immerhin 'was!"

„Dachte ich damals auch."

Ich wollte Professor Zabert nicht bedrängen, mir zu berichten, was er mit den beiden Herren besprochen hatte. Ich kannte ihn zu gut und wusste, das würde er mir ohnehin erzählen. Zweifelsohne und wenn auch später. Also ließ ich ihn mit seinen Gedanken bei sich und überlegen, was er sagen wollte. Oder auch nicht.

Als wir längere Zeit, vielleicht eine Viertelstunde, beinahe zwanzig Minuten, an dem Tisch in dem Café gesessen, uns ansahen und kein Wort miteinander gesprochen hatten, kam Ria und fragte uns mit besorgter Miene, ob alles in Ordnung wäre oder ob wir noch 'was wünschten.
So angesprochen, erschrak der Professor und sagte sofort:
    „Nein, nein! Es ist alles in bester Ordnung!"
Dann sah Ria mich an und ich gab ihr zu verstehen, es ist wirklich alles in Ordnung.
    „Na, dann ist ja gut!"

Nachdem Ria wieder gegangen war, sagte Professor Zabert leise:
    „Da habe ich wohl mit offenen Augen geträumt!"
    „Nein, nein", beeilte ich mich, zu antworten, „nur Gedanken sortiert!"
    „Na gut! Und wo waren wir? Also, was wollte ich berichten?"
    „Über den kleinen und den großen Professor. Und, was zwischen Ihnen besprochen wurde!"
    „Stimmt!"
Professor Zabert hatte jetzt wohl den sprichwörtlichen Faden wiedergefunden und sagte:
    „Also die beiden Herren waren bis zu diesem Zeitpunkt die einzigen Menschen, denen ich begegnet bin und die einen oder mehrere Aufständische kennen gelernt hatten. Sie waren, ich sagte es bereits, als Berater der Regierung in diesem Konflikt tätig!"

„Ja!"

„Das Gros der Aufständischen waren zum damaligen Zeitpunkt zu Verhandlungen über die künftige Politik, bei der Ökologie und Ökonomie zu gleichen Teilen berücksichtigt werden, bereit. Aber, wie so oft, war innerhalb der Revoltierenden eine sehr gefährliche, weil aggressive und militant ausgerichtete Plattform vertreten..."

„Das müssen Sie mir noch genauer erklären!", sagte ich.

„Unter den Mitgliedern des aggressiv-militanten Flügels waren rhetorisch sehr begabte Leute. Die hatten es vermocht, beinahe alle Aufständischen von ihren Ideen zu begeistern!"

„Und die anderen, wenn nicht alle?"

Die wurden als Mitläufer und Leute, die sich gern interessant machen, eingeschätzt!"

Professor Zabert trank etwas Wein und Wasser und sagte weiter:

„Jedoch erkannte der gemäßigte Teil der Aufständischen, dass die militant geprägte und aggressive Vorgehensweise einige Gefahren birgt. Tätliche Auseinandersetzungen am Rande von Demonstrationen hinterließen eine Spur der Verwüstung und einige erheblich Verletzte. Unbeteiligte und Sicherheitsleute und Demonstranten waren unter denen..."

„Verständlich, dass zartbesaitete Mitmenschen danach nachdenklich wurden!", meinte ich.

„Selbstverständlich. Aber auch etwas rustikalere Seelen konnten sich mit dauernden militanten Aktionen nicht einverstanden erklären. So kam es, dass sich eine Spaltung innerhalb der Anti-Öko-Bewegung vollzog. Nur zur Erinnerung: Das geschah innerhalb weniger Tage, nicht 'mal zwei Wochen, wovon ich berichte!"

„Ja! Ich weiß!"

„Dann eskalierte der Streit innerhalb der Bewegung, als der gemäßigte Teil zu Gesprächen bereit war. Die wurden auch begonnen und es stellte sich heraus, dass zu verschiedenen Fragen die Ansichten der Aufständischen und der Regierung nicht so weit auseinander lagen, wie es zunächst erscheinen wollte. Nicht vergessen: Die Aufständischen waren mit der ökologisch orientierten Politik der Regierung nicht, oder nur eingeschränkt, einverstanden!"

„Na, das war doch schon 'mal 'was!"

„Ja! Sie wissen, dass eine gewisse Vielfalt der Ansichten eine gewisse Sicherheit schafft!"

„Ja! Das haben wir bereits gelernt, als wir noch Ihre Studenten waren!"

„Stimmt!"

Der Professor sah aus dem Fenster der städtischen Vielfalt auf der hellerleuchteten Straße zu. Trotz der späten Stunde waren noch sehr viele Menschen unterwegs.
Ich hatte den Eindruck, Professor Zabert überlegte darüber, was er mir nun in welcher Art und Weise sagen wollte. Dann sah er mich einige Augenblicke an und anschließend erneut aus dem Fenster auf die Straße.
Plötzlich sagte er:

„Und wir da mitten 'drin. Das hatte ich mir auch nicht träumen lassen! Aber so ist das Leben!"

„Man weiß nie, was einen in der nächsten Stunde erwartet! Und Gefahren lauern überall!", stimmte ich zu.

„So sagte es mir Pablo, der Politikwissenschaftler ebenfalls. Er meinte auch, die Neuordnung der alten Welt und damit im Zusammenhang auch von Teilen der Schwellenländer und ebenso wichtiger Rohstoffnationen nach dem Ende des Kalten Krieges hat auch andere Gefahren hervorgebracht..."

„Nämlich?"

„Terroristische Organisationen mit Leuten, denen nichts heilig ist und die zum Teil aus den Ländern kommen, die nun den Kalten Krieg beendet haben und oft gemeinsam mit Glaubensorganisationen oder auch dagegen ihre Interessen verfolgen..."

„Stimmt!"

„Dazu kommen die vielen beinahe lokalen Machthaber, die ihr Volk peinigten und das noch immer ungestraft tun. Und alle bestimmen in nicht unerheblichem Maße die internationale politische Szene...", der Professor sah mich einige wenige Augenblicke an, bevor er weitersprach:

„Es vergeht doch kaum ein Tag, an dem die Nachrichtensendungen nicht mit Meldungen über Entführungen und Selbstmordanschläge ausgefüllt sind. Du kannst dir eigentlich kaum vorstellen, wie sicher wir hier eigentlich sind!"

„Doch! Das kann ich! Nur stelle ich mir eben vor, was wäre, wenn an der Ecke da drüben mehrere bewaffnete Männer anfingen, auf die Passanten zu schießen!"

„Woanders ist das bittere Realität!"

„Ich weiß! Und vielleicht ist das bei uns nur noch nicht angekommen!", antwortete ich und fragte:

„Was haben die spanischen Professores weiter berichtet?"

Professor Zabert überlegte einen Moment und sagte dann:

„Sie waren übereinstimmend der Meinung, die Demonstranten oder Aufständischen, egal, wie man sie nun bezeichnen will, würden sich gegenseitig aufreiben. Was dann auch zum Teil in den vergangenen Wochen geschehen ist..."

„Und was dazu führte, das ein Passagierjet auf dem Rollfeld einer der Inseln im Atlantik stand...!"

„Stimmt! Und mich daran hinderte, zurückzufliegen!"

„Ja! Wie war denn nun das weitere Gespräch?, drängte ich erneut, denn Ria, das wusste ich, legte auf einen pünktlichen Feierabend großen Wert.

„Als erste Verhandlungen zwischen der Regierung und den gemäßigten Demonstranten begannen, nahmen die militanten Aufständischen einige von ihren gemäßigten Gesinnungsgenossen als Geiseln und tauchten mit denen ab. Bis heute weiß keiner, wohin. Man vermutet sie irgendwo in den Pyrenäen. Was zu Spekulationen über die Teilnahme baskischer, also ehemaliger ETA-Kämpfer, am Aufstand führte. Auch katalanische Separatisten waren in diesem Zusammenhang im Gespräch..."

„Da ist mir nicht bekannt!", antwortete ich.

„Glaube ich gerne! Und aus Angst vor einer Geiselnahme kidnappten dann einige Gemäßigte das Flugzeug. Was dann einige Stunden später in der prallen Sonne auf der Rollbahn in der Nachbarschaft meiner Cessna stand..."

*

Als bekannt geworden war, dass mit der Ankunft von Aufständischen auch auf den Inseln im Atlantik gerechnet werden musste, hatte man alle Nebeneingänge des Hotels sorgfältig verschlossen. Sogar verriegelt, wie mir Karl-Heinz Beitz, der Hotelmanager, sagte. Bis auf Ausnahmen, zwei Ausnahmen:

Der Eingang durch den die Belieferung der Küche erfolgte und der Ausgang, durch den Speisereste entfernt wurden.

Wäre der Anblick von frischem Fleisch und Gemüse, im Falle einer Anlieferung durch den Haupteingang des

Hotels, für die Gäste durchaus zumutbar, zumal die Behälter, wenn nicht verschlossen, dann mit sauberen Tüchern bedeckt waren, so wäre allerdings der Abtransport der mit Speiseresten gefüllten Drangtonnen nicht zu vermitteln gewesen.

Darum hatte die Leitung des Hauses angewiesen, den Kücheneingang und -ausgang nicht zu verschließen und als zusätzliche Sicherheitsmaßnahme eine Videokamera anbauen lassen. Der entsprechende Monitor befand sich unter dem Tresen der Rezeption und konnte von den Mitarbeitern jederzeit beobachtet werden.

Der Haupteingang des Hotels war jetzt in zwei Bereiche, abgeteilt durch ein Geländer aus Edelstahl, eingeteilt worden:

Drei Viertel des sehr breiten Eingangsbereiches waren weiterhin den Gästen des Hotels vorbehalten und ein Viertel für die Angestellten des Hauses und den Boten.

*

Nachdem wir den Raum auf der Dachterrasse verlassen hatten, holten Louise und ich aus unserem Zimmer Handtücher. So, wie die anderen, wollten wir den Tag nicht im Hotel verbringen. Sondern in Sichtweite des Hauses am steinigen Strand.

Ich bemerkte, alle wollten alleine sein. Oder sich nur mit Vertrauten beraten.

Es hatten sich in unserer Gruppe Beziehungen zwischen den Mitgliedern entwickelt, die jetzt wieder zu beobachten waren:

Jürgen und Günther gingen grundsätzlich gemeinsam und auf gleicher Höhe nebeneinander. Peter Nowack und Marion hatten, gerade jetzt, sehr viel zu besprechen. Keinesfalls, und davon war ich überzeugt, konnte davon ausgegangen werden, dass beide die Zeit auf der Insel dazu nutzten, um sich emotional näher zu kommen.

Ich bin davon überzeugt, auch Regine und Professor Zabert wären in trauter Gemeinsamkeit am Strand anzutreffen gewesen. Allerdings, der Professor war nicht anwesend...

Regine bemühte sich, seitdem der Professor die Insel verlassen hatte, um einen intensiveren Kontakt 'mal bei dem einen Mitglied der Gruppe und 'mal bei den anderen.

Und Louise und ich galten als das Traumpaar unserer kleinen Gesellschaft und saßen auf den Steinen am Strand vor dem Hotel und schauten auf den Atlantik. Dessen Wellen rollten, heute etwas höher und größer, auf dem Meer hatte ein Sturm getobt, unaufhörlich gegen die Insel und auf den Strand. Die Brandung brach sich draußen und trotzdem erreichten noch mannshohe Wellen das Ufer und ließen die Steine erklingen.

„Ich habe 'mal gelesen", sagte Louise, „jede siebente Welle, die auf den Strand kommt, soll höher und stärker sein und weiter auflaufen!"

„Mag sein!"

Dann saßen wir weiter schweigen nebeneinander, hörten die Melodie des Meeres und der Steine, bis Louise meinte:

„Scheint zu stimmen!"

„Was?"

„Das mit der siebenten höheren und kräftigeren Welle!"

„Hm!"

Dann saßen wir wieder stumm nebeneinander und beobachteten Meer und Brandung und Wellen.

Rechts von uns, in einiger Entfernung, aber noch nahe genug, um es genau beobachten zu können, befand sich der Platz, an dem die scheinbar in den Atlantik gleitenden und dann verschwindenden Felsen eines ehemaligen Kraterrandes von der Brandung umtost wurden. Ich wusste, an Tagen mit einigermaßen ruhiger See, schauten die Klippen etwa fünf oder sechs Meter aus dem Meer heraus. Auch dann, wenn die Brandung dagegen lief.

Von diesen Lavafelsen war jetzt nichts zu sehen, außer zwischen zwei ausrollenden Wellen die Spitzen der beiden höchsten Felsen. Und das manchmal auch nur für wenige Sekunden. Statt dessen tobte die See gegen die Klippen, brachen sich die Wellen und die Gischt schäumte haushoch. Manchmal, so wollte es mir erscheinen, rollte eine besonders hohe Welle über die Klippen hinweg und donnerte dann gegen die Uferbefestigung und schwappte darüber und lief erst in den Vorgärten der Häuser an der Straße aus.

War das jedesmal die von Luise erwähnte siebente Welle? Konnte sein, musste es aber nicht.

„Kannst du dir vorstellen", fragte mich Louise in meine Betrachtungen hinein, „wir gehen hier eines nicht allzu fernen Tages am Strand mit einem Mundschutz im Gesicht entlang? So, wie das heute bereits in asiatischen Staaten üblich ist!"

Ich sah Louise an und fragte:

„Das ist nicht dein Ernst?"

„Doch! Obwohl ich mir diese Szene nicht vorstellen kann! Und auch nicht will!", antwortete Louise.

Ich wusste nicht, was ich antworten sollte. Als ich einige Momente nichts sagte, fragte Louise erneut:

„Kannst du dir das vorstellen? Das mit den Masken im Gesicht?"

Ich sah Louise an und ich erkannte sofort, diese Frage

war von ihr sehr ernst gemeint.

Deshalb sagte ich:

„Sicher besteht grundsätzlich diese Möglichkeit. Vielleicht auch auf dieser Insel. Vielleicht auch nicht. Weil hier vom Wind viel weg geweht wird. Aber einige Regionen auf dem Festland...“

„Und wenn es keinen Ort gibt, an den der Wind den atmosphärischen Dreck hinwehen kann. Weil überall bereits Ruß und Dreck vorhanden sind...“

„Dann kann es sein“, ergänzte ich Louises Gedanken, „dass auch auf dieser Insel die Menschen mit einem Mundschutz am Strand spazieren gehen müssen“

„Ja! So könnte es schlimmstenfalls sein! Darf es aber nicht! Zukünftige Generationen sollen nicht darüber befinden müssen was wir nicht in der Lage waren oder versäumt haben, zu zerstören!“

„Stimmt!“, sagte ich.

Mir wurde in diesen Augenblicken bewusst, Louise hatte erkannt, weshalb unsere Gruppe auf der Insel war. Wir hatten seit unserer Ankunft einige sehr schöne und nachhaltige Erlebnisse auf der Insel erfahren. Professor Zabert war es zu verdanken, dass wir nicht ständig über die uns alle bedrohende Umweltszenarien gesprochen hatten. Statt dessen hatte er uns die Schönheit der Insel im Atlantik gezeigt und erklärt. Oder erklären lassen. Und dann würde er dazu, nachdem wir die Schönheit der Insel erfahren haben, nur feststellen:

„Jetzt weiß hoffentlich jeder, was er zu tun hat!“

Und wieder blickten Louise und ich hinaus auf das Meer. Während die anderen aus unserer Gruppe, die ebenfalls am Strand waren, über die Steine stolperten und von hier nach dort, von rechts nach links und dann wieder zurück, gingen. Auch 'mal, wenn sie sich trafen, stehen blieben und miteinander sprachen, dann saßen Louise und ich auf den Steinen, hörten das Schmatzen des ablaufenden Wassers und das Tosen und Brüllen der Brandung und blickten über den Atlantik zum Horizont.

Dahin, wo die nahe nebeneinander aus dem Meer ragenden Vulkane, Doppelvulkane, wie Günther sie bezeichnete, durch den Schleier des Wassers, über dem Wasser in feinste Aerosole zerstäubt, auszumachen waren.

„In drei Metern Höhe ist die Luft klarer. Und bis dahin, ab der Oberfläche des Wassers, befinden sich in der Luft feinste Tröpfchen salzhaltigen Wassers. Eine Freude für jeden, dessen Atemwege durchgespült werden müssen!", sagte ich zu Louise.

„Ich weiß!", antwortete sie.

Und ergänzte ihre Antwort, indem sie erklärte, dass „...ich während meiner Zeit an der Uni, nicht die gesamte Zeit, aber immerhin fast drei Jahre, mit einem angehenden Chemiker zusammen war. Der hat mit vieles aus dem für mich noch heute geheimnisvollen Reich der Naturwissenschaften mit Hilfe solch' alltäglicher Dinge erklärt..."

„In der Schule wird das alles viel zu nüchtern erklärt!"

„Sagte Thilo, so hieß der Chemiestudent, auch immer dann, wenn er mich auf etwas hinweisen wollte. Allerdings kann man nicht mit allen Schülern unseres Landes an den Atlantik fahren, um Aerosole zu beobachten!", erwiderte Louise.

„Stimmt!"

„Ich kann nicht weiter auf den Steinen sitzen!", sagte Louise nachdem wir wieder eine Weile den Atlantik beobachtet hatten.

Sie stand auf, ging an die Wasserkante, an Sandstränden

ist das der Spülsaum. Nun konnte ich wieder ihre grazile und mädchenhafte Figur beobachten...

Als mich Regine ansprach, erschrak ich ein wenig. Ihr Kommen hatte ich nicht bemerkt.

„Entschuldige, ich wollte dich nicht stören!", meinte sie.

„Nee, schon gut! Kann ich dir helfen?"

„Ich wollte nur sagen, der Professor hat sich gemeldet...!"

„Ja?"

„Ja! Erst wegen des Sturmes, dann wegen einer Flugzeugentführung wird sich seine Rückkehr verzögern!"

„Aber die Cessna wurde ihm nicht geklaut?"

„Bloß nicht! Nee, einen Ferienflieger haben Highjacker..."

„Ach so. Und wann kommt er nun?"

„Morgen oder Übermorgen. Er wird sich melden!"

Dann ging Regine weiter, den anderen die Nachricht zu überbringen.

Sie ging, das konnte ich beobachten, von einem zum anderen, dann zu zwei Leuten aus unserer Gruppe, die zusammen standen, und dann wieder weiter. Den Strand entlang. Allen erzählte sie, was sie mir bereits gesagt hatte:

Der Professor hatte sich gemeldet.

Konnte ich wenige vom Wind herüber gewehte Worte von dem, was sie in der Nähe Stehenden sagte, verstehen, es waren Peter Nowack und Marion, so konnte ich, dann, wenn Regine mit den weiter entfernt und bereits auf sie wartenden Leuten unserer Gruppe sprach, genau erkennen, was sie sagte, denn die Gesten ihrer Hände waren immer gleich. So, als genügte es nicht, nur zu sprechen, begleitete sie ihre Worte und Sätze mit von ihren Händen geformten Schwüngen und Kreisen.

Dann, als sie dem letzten der Strandspaziergänger unserer Gruppe ihre Nachricht überbracht hatte, setzte sie sich auf einen sehr dunklen und großen Stein. Der wurde zur seeseitigen Hälfte von dem auflaufenden Wasser bespült.

Regine blickte auf den Atlantik.

Ich wusste, wohl als einer der wenigen Menschen, die unserer Gruppe angehörten, um die Ernsthaftigkeit der Beziehung zwischen Regine und Professor Zabert. Er war ja damals, als beide begannen, sich einander zu nähern, begannen, sich einander abzutasten, mein Doktorvater. Er betreute meine Arbeit so umfangreich und intensiv, was zur Folge hatte, dass ein beinahe täglicher Kontakt bestand. So konnte ich, ungewollt, erleben, wie sich Regine zunehmend an Professor Zabert orientierte. Allerdings, ohne ihm hörig zu sein! Und abhängig ebenso nicht. Sie verdiente eigenes Geld und war durch eine nicht unerhebliche Erbschaft ohnehin finanziell abgesichert.

Das, was Regine und den Professor miteinander verbunden machte, waren Gründe, die vielleicht in den Sphären des Unterbewusstseins zu suchen waren. Und beide taten einander gut, ohne sich dabei selbst aufzugeben.

Es war darum nur allzu verständlich, wenn Regine jetzt über diesen mit Steinen bedeckten Strand lief und die Nachricht vom Professor verkündete. Vor allem, dass es ihm gut gehe und mit seiner baldigen Rückkehr zu rechnen sei. Und bei diesem Gang über den Strand wurde Regine, so wollte es erscheinen, immer leichter: Weil die

Last der Sorge um den Professor mit jedem Schritt von ihr weichen, sie entlasten konnte.

Louise kam zu mir, hockte sich auf die Steine, nahm meine Hände, auch um sich festzuhalten und sah mich mit ihren wasserblauen Augen durch die randlose Brille an, als sie sagte:

„Ob das mit uns auch 'mal so sein wird?"

Ich antwortete zunächst nicht. Dann, nach einigen Augenblicken, sah ich sie an und sagte:

„Wenn du und ich das so wollen!"

„Ja, so wird das wohl sein!"

Dann erhob sie sich und ging wieder dahin, wo das auflaufende Wasser die Steine berührte.

Louise war wenige Schritte von mir entfernt, als ich ihr nachrief:

„Danke!"

Sie hat dieses Wort nicht gehört, denn sie blickte sich nicht um, wie man es gewohnt ist, wenn jemand angesprochen wird.

Louise ging weiter zum Spülsaum...

*

An diesem Tag, dem vierten auf der Insel und dem ersten, an dem Professor Zabert nicht bei uns war, entfernten wir uns vom Hotel am Atlantik nicht weiter als bis zum Strand. So hatten wir das besprochen. Und alle beachteten diese Abmachung.

Ich saß meistens auf den Steinen, Louise ging am Strand spazieren und kam manchmal und setze sich für eine Weile neben mich. Manchmal währten diese Besuche nur einige Momente, um etwas Gefundenes abzulegen. Oder auch, um mich einige Augenblicke zu berühren. Wenn sie mich etwas fragte und auf meine

Antwort wartete und dann hörte, dauerten ihre Besuche bei mir an den Steinen etwas länger.

Nach diesen Besuchen stand sie wieder auf und ging erneut am Strand entlang, traf dann andere aus unserer Gruppe, sprach mit ihnen und ging dann weiter. Oder ging grüßend an den anderen vorbei, ohne mit ihnen zu sprechen. Eine bestimmte Ordnung konnte ich in diesem Verhalten nicht erkennen. Vielleicht auch deshalb, weil keine existierte.

Als ich dann, es war zufällig, zu der Stahlbetonkonstruktion blickte, an der heute Schiffe und Boote festgemacht hatten, sah ich, dass die Stützen, algen- und moosbewachsene Bauteile, aus dem Wasser ragten. An denen brachen sich die dagegen anrollenden Wellen. Unter der Plattform wogte das Wasser, mit breiten Schaumstreifen bedeckt. Es war die Zeit des ablaufenden Wassers, Was jedoch kaum zu bemerken war. Einerseits wegen der hohen Brandung draußen, vor dem Strand. Andererseits waren wir auf einer Insel mitten im Atlantik. Da ist der Tidenhub nicht so, wir wissen das, wie etwa in der Bretagne oder auf den Lofoten zu beobachten. An der nordamerikanischen Ostküste, vor Neuengland und Neufundland, soll der Tidenhub auch bedeutend sein. Ich beschloss, mir das, wenn wir hier jemals wieder von der Insel weggekommen sind, anzusehen. Da, vor Neuengland. Und Louise würde ich wieder bitten, mitzukommen. Ich würde sie vorher selbstverständlich fragen, ob sie mich begleiten wollte...

*

„Na ja, dann immerhin schon vierundzwanzig Stunden. Da wurde es doch so allmählich ungemütlich in dem Flugzeug!", sagte ich und sah den Professor an.

„Ja! Die Mitarbeiter des Flughafens haben sich um die Passagiere und die Besatzung gekümmert. Wasser an das Flugzeug gebracht und einige Frauen mit sehr kleinen Kindern durften die Maschine verlassen."

„Wenigstens etwas!", antwortete ich.

„Ja! Den Kidnappern, das wurde später offenkundig, war daran gelegen, die Situation schnell zu beenden."

„Kann ich mir vorstellen!"

Der Professor bestellte nochmals Wein und Wasser und dann, als Ria erneut serviert hatte, sprach er weiter:

„Die Kidnapper hatten sich mehrerer Straftaten schuldig gemacht: Menschenraub, Freiheitsberaubung, Nötigung, gefährlicher Eingriff in den Flugverkehr, Sachbeschädigung... Na, und so weiter. Professor Gomez, der Völkerrechtler, nannte dann noch zwei oder drei weitere Vergehen. Alles in allem reichte das, um jeden der Kidnapper für sehr lange Zeit, Professor Gomez sprach von zehn Jahren, hinter den oft benannten Gittern verschwinden zu lassen. Und das, was im Zusammenhang mit dem Aufstand strafrechtlich interessant war, würde noch dazu kommen..."

„Meinte Professor Gomez?"

„Ja!"

„Also wären die Herrschaften tatsächlich für einige Jahre eingezogen? In den Knast, meine ich!"

„Ja! Das habe ich so auch verstanden! Aber man einigte sich!"

„Und wie darf ich das verstehen?"

„Einzelheiten wollte Professor Gomez nicht nennen. Mit Rücksicht auf laufende Ermittlungen... Sagte er jedenfalls. Und meinte dann, den Kidnappern des Flugzeuges wurde die Kronzeugenregelung angeboten. Außerdem gab es die Aussage der Piloten und der anderen Besatzungsmitglieder, dass mit Waffen nicht gedroht wurde. Auch nicht mit waffenähnlichen Gegenständen. Und, was sehr wichtig war, die Besatzung bestätigte ausdrücklich, dass keine Gewalt angewendet wurde..."

„Also ein mehr oder weniger freiwilliger Trip auf die Inseln im Atlantik?", fragte ich.

„Dazu kann ich nichts sagen. Ich meine, der Regierung war die Kronzeugenregelung wichtig, um an die Hintermänner des Aufstandes zu kommen. Denn die Kidnapper kamen wohl, wollte man deren Worten Glauben schenken, aus dem inneren Kreis der Aufständischen..."

„Somit bis dahin unbescholtene Bürger, die, etwas labil, in gutem Glauben falschen Idealen nachgelaufen sind. Die Verführten! Aber so 'was soll es ja geben!", meinte ich nicht ohne Ironie.

„Jedenfalls war dann, nach der Einigung über die Kronzeugenregelung, innerhalb kürzester Frist, vielleicht innerhalb einer Stunde, wenn überhaupt, das Drama auf dem Flughafen beendet...!"

„Manchmal und unter bestimmten Voraussetzungen werden Dinge, oftmals schneller als erwartet, geregelt!"

„Ja!"

„Dann hat es aber mit dem Rückflug auf unsere Insel noch etwas gedauert? Wir haben gewartet und besonders Regine hat Sie sehr vermisst!"

„Ich weiß das. In solchen Fällen, Ausnahmefällen, wie eine Flugzeugentführung, treten detailliert ausgearbeitete Notfallpläne in Kraft. Deren Einzelheiten möchte ich jetzt allerdings nicht erläutern, das würde zu weit führen und dazu, dass wir morgen früh noch hier sitzen...!"

„Nein! Ria will ja auch irgendwann zu ihrem Mann!"

„Kann ich verstehen. Ist ja auch 'ne hübsche Frau...",

Professor Zabert grinste wie ein Pennäler und sagte dann weiter:

„Na, jedenfalls, nachdem die Entführer aufgegeben hatten, wurden sie in Polizeigewahrsam genommen. Die Passagiere verließen ebenfalls das Flugzeug und wurden im Empfangsgebäude untergebracht. Einige auch zur Beobachtung in ein Krankenhaus."

„Aber keiner hat einen dauernd anhaltenden Schaden genommen?"

„Soweit es mir bekannt ist, nicht! Jedenfalls wurde bald der reguläre Flugbetrieb wieder aufgenommen. Das war dann allerdings schon am später Nachmittag. Und, Sie wissen ja...", Professor Zabert sah mich an, „die geografische Nähe zum Äquator bestimmt die Dauer der Dämmerung!"

„Ja!"

„Jedenfalls wurden dann die Privatflugzeuge zwischen den Starts und Landungen der Jets abgefertigt. Für mich hätte das bedeutet, in der Nacht zurückfliegen zu müssen. Ich habe zwar die Nachtfluglizenz, bin aber jahrelang nicht in der Dunkelheit geflogen..."

„Dafür waren Sie am nächsten Tag zum Frühstück im Hotel..."

„Ja!"

„Und was haben Sie bis zum Abflug, der muss wenig später als der Sonnenaufgang erfolgt sein, getan?"

Professor Zabert sah mich verwundert an. Ich überlegte, ob ich mit meiner Frage zu weit gegangen war, schließlich wollte ich ihn keinesfalls überprüfen oder ausfragen. Und auch nicht in irgendwelche Erklärungszwänge bringen. Oder hätte ich meine Frage anders formulieren sollen? Oder gar nicht erst fragen?. Allerdings wollte ich den Kreis dieses Gespräches mit Professor Zabert auch schließen und deshalb fragte ich:

„Ist etwas nicht in Ordnung?"

„Nein! Alles ist gut so! Ich versuche nur, mich zu erinnern!"

Nach weiteren Augenblicken, während der Professor Zabert in seinen Erinnerungen weilte, um auf meine Frage zu antworten, begann er zu sprechen:

„Ich hatte ja nun die Gelegenheit, aus berufenem Munde zu erfahren, welche Motive und Organisationsstrukturen, Inhalte und Vorstellungen die Aufständischen hatten. Manches von dem, was mir die Professores schon berichtet hatten, kannte ich bereits, anderes war mir fremd..."

„Und die ETA?"

„Das war nur ein Anfangsverdacht, der sich nicht bestätigte. Es wäre auch schlimm, weil gefährlich, sollte die ETA beteiligt gewesen sein. Allerdings konnte der Verdacht einer gewissen Nähe, zumindest des militanten Flügels der Aufständischen zu ebenfalls umstrittenen katalanischen Separatisten bis heute nicht entkräftet werden..."

„Aha!"

„Später kam noch Veronika zu uns. Übrigens eine sehr interessante Frau. Allerdings könnte es für sie nur von Vorteil sein, sollte sie beginnen, und das sehr deutlich, ihre radikalen Vorstellungen etwas zu mäßigen. Es könnte bei einem ungenauen Beobachter, schade dann, der Eindruck erweckt werden, sie wäre ein radikaler Gegenpol der Aufständischen. Das wäre in der Tat sehr schade!"

„Nun, Sie konnten die junge Frau genügend lange beobachten!"

Der Professor ging darauf nicht ein und sagte statt dessen:

„Wir haben dann nach dem Abendessen im Garten

von Veronikas Tante, übrigens eine wirklich nette alte Dame, noch einige Zeit beieinander gesessen. Wir haben das und jenes besprochen, noch von dem guten und interessanten Malvasier-Wein, der auf der Insel angebaut wird, getrunken. Und all' das besprochen, worüber ich soeben berichtet habe. Ich habe mich dann nicht spät, vielleicht war es um zehn am Abend, verabschiedet. Ich wollte am anderen Morgen sehr früh losfliegen. Um halb sechs kam das Taxi und um sieben bin ich, nach einem kleinen Imbiss am Flughafen, gestartet. Zum Rückflug auf unsere Insel...“

„Wo Sie rechtzeitig zum Frühstück auf der Dachterrasse des Hotels eingetroffen sind!“

„Ja!“

*

Louise, das hatte ich beobachtet, erkundete nun allein den Strand. Manchmal blieb sie stehen, bückte sich, hob etwas vom Strand auf, betrachtete es und wenn es ihren Gefallen fand, steckte sie es in die Tasche ihrer Hose.
Anderenfalls warf sie es mit Schwung und deshalb weit in den Atlantik.
Bald waren die Taschen ihrer Hose gefüllt und sie kramte aus der Gesäßtasche der Jeans einen kleinen Stoffbeutel hervor, etwa so groß wie eine Frühstückstüte. Darin legte sie nun die Fundstücke vom Strand.
Später sollte sie diese Erinnerungen an den Strand in ihrer Reisetasche verstauen und dann zu Hause wieder auspacken.

Die Tide hatte ihren Tiefpunkt erreicht, die Ebbe hatte die mit Algen und Tang bewachsenen Stützen der

Stahlbetonkonstruktion zur Besichtigung vollkommen freigegeben. Wider die Erwartungen hatte der Seegang nachgelassen. Die Wellen waren nicht mehr so hoch wie noch vor zwei oder auch zwei und einer halben Stunde. Was zudem bedeutete, die Wellen liefen nicht mehr so weit auf den Strand.

Ich wollte nicht länger am Strand bleiben und bedeutete Louise, nun zum Hotel gehen zu wollen.

„Es ist so schön hier!“, sagte sie, „Ich bleibe am Strand!“

„Mach das 'mal!“

Als ich unter dem Denkmal am Straßenrand vorm Hotel stand, kam mir Regine entgegen gelaufen und sagte sehr aufgeregt:

„Zabert hat sich gemeldet. Er ist am Vormittag, morgen am Vormittag, zurück!“

„Sicher?“

„Das weiß ich nicht. Aber wenn er das so sagt...“

Ich wusste, der Professor würde in solchen Situationen keine Scherze mit anderen Leuten, egal, wer es war, machen. Deshalb konnte ich Regine antworten:

„Dann kommt er auch, wenn er da so gesagt hat!“

„Ja!“, rief sie mir zu, denn Regine war jetzt über die abgeschliffenen Steine gestolpert, hin zu den anderen, ihnen entgegen, um die Nachricht von Professor Zaberts Rückkehr auf die Insel allen zu berichten.

Ich ging durch die Automatiktür am Eingang des Hotels, durch die Empfangshalle und die Treppen empor zu meinem Zimmer.

An diesem Nachmittag, so spürte ich das, war es

ruhig, ungewöhnlich ruhig, im „Hotel am Atlantik". Die Reisesaison war in diesem Jahr vorbei und das Haus deshalb nur zu einem geringen Teil belegt. Was bedeutete, dass es ohnehin leiser und ruhiger im Hause war als dann, wenn in allen Zimmern Gäste wohnten.

Aber dennoch, es herrschte eine bereits angedeutete ungewöhnliche Ruhe im Haus, als ich die Treppen zu meinem Zimmer empor ging.

Waren sonst, von irgendwoher eigentlich immer, Stimmen zu hören, so herrschte jetzt Ruhe. An der Rezeption wurde ebenso nicht gesprochen. Auch nicht telefoniert. Gäste erkundigten sich nicht nach einer Angelegenheit oder wollten jenen Rat erfahren. Die beiden Frauen hinter dem Tresen sahen wortlos auf den Fußboden vor ihren Schuhen.

Oft waren aus der Küche gedämpfte Arbeitsgeräusche zu hören. Aber auch das musste ich vermissen.

Ich hatte den Eindruck, irgendetwas war nicht in Ordnung, stimmte nicht. Was mich in der gegenwärtigen Situation, über den Aufstand auf dem europäischen Festland haben wir bereits mehrmals gesprochen und die Geiselnahme durch die Flugzeugentführer war soeben erst beendet, nicht verwunderte.

Mich hätte sogar die Tatsache, im nächsten Moment in die Mündung eines Gewehrlaufes oder einer Pistole zu blicken, von einer vermummten Person auf mich gerichtet, nicht erstaunt.

Doch nichts dergleichen geschah!

Auch die beiden Frauen hinter dem Tresen der Rezeption blickten nicht auf, sondern starrten weiter auf die Spitzen ihrer Schuhe.

Es war, wie mir jetzt wieder bewusst wurde, ein Nachmittag in einem sehr angenehmen Hotel, in dem jetzt nichts weiter passierte außer der Tatsache, dass die

Zeit verging.

Weil die allermeisten der wenigen anwesenden Gäste außer Haus waren, an der Rezeption zufällig das Telefon nicht klingelte und die beiden diensthabenden Frauen sich einige Augenblicke erholten. Und in der Küche wurde soeben eine Arbeitspause begangen, als ich durch die Automatiktür das Hotel betrat und die Treppe zu meinem Zimmer empor ging...

Aus dem Kühlschrank nahm ich die kleine Flasche Weißwein, goss davon etwas in ein Glas und setzte mich an den Tisch auf dem Balkon. Dann begann ich, die ersten Sätze, Skizzen gleich, dieses Reiseberichtes in meinen Laptop zu schreiben...

*

Bevor wir während der Schulzeit mit dem Schreiben eines Aufsatzes begannen, war eine Gliederung auszuarbeiten. Wurde der Aufsatz in der Schule verfasst, meistens während einer von den Lehrern zusammen getauschten „Doppelstunde", waren die ersten fünfzehn Minuten dazu vorgesehen, diese Gliederung zu schreiben. An Aufsätzen, die zu Hause geschrieben wurden, durfte erst dann gearbeitet werden, wenn der Lehrer der schriftlichen Gliederung, ebenfalls zu Hause aufgeschrieben, zugestimmt hatte.

Bei Hausaufsätzen habe ich mich grundsätzliche nicht oder nur in Ausnahmefällen an diese Vorgaben gehalten. Ich habe, meistens am Sonnabend, wenn die Familie den damals so genannten „bunten Abend" im Fernseher erlebte, den Aufsatz geschrieben. Meine Familie hatte sich daran gewöhnt, dass ich dieser kollektiven Zwangsbespaßung nur unter Androhung von Strafe beiwohnen würde. Weil meine Eltern ein liberales Haus führten, verzichteten sie auf meine Anwesenheit und Bemerkungen über die Darbietungen.

So hatte ich Ruhe und Gelegenheit, den Hausaufsatz zu schreiben. Selbstverständlich nicht zur Abgabe vorgesehen. Aber die wichtigsten Passagen, Meinungen und Ansichten, oft auch die ersten fünf oder zehn Sätze, schrieb ich im Schein der Schreibtischlampe. Danach verfasste ich die vom Lehrer geforderte Gliederung. Die wurde dann ohne Widerspruch akzeptiert. Zumindest häufig.

Diese Arbeitsweise hatte Gründe: War das Thema des Hausaufsatzes bekannt gegeben, hatte ich mir meistens innerhalb der folgenden ein oder zwei Stunden die wesentlichen Inhalte dessen, was ich schreiben wollte, überlegt. Das schrieb ich dann sofort auf, oft nur Worte, kurze Sätze und Gedanken zur Erinnerung. Diese Notizen waren dann das Gerüst für die später zu verfassenden Ausarbeitungen... Dazu benötigte ich keine Gliederung!

Die schrieb ich dann, wenn der Aufsatz beendet war. So war eine, ebenfalls geforderte Übereinstimmung von Gliederung und Text garantiert. Das wollte der Lehrer ebenfalls. Und während meiner Schülerlaufbahn hatte ich irgendwann erkannt, dass ein Lehrer stets Recht hatte. Er wurde schließlich dafür bezahlt, wie eine Schulfreundin meine Gedanken damals ergänzte...

*

Heute schreibe ich anders. Ich sitze vor der leeren Seite und überlege mir den ersten Satz. Der, so meine ich, ist sehr wichtig. Beinahe der Leitsatz für alles, was dann weiterhin aufgeschrieben werden wird.

Ich habe die Geschichte in meinem Kopf gespeichert und muss jetzt nur das Passwort finden, um den Code zu knacken, unter dem sie im Kopf vorhanden ist. Und dieses Passwort ist der erste Satz... (Ich vergaß zu erwähnen, dass ich außer dem bereits erwähnten Reisebericht über Norwegen bereits einige Kurzgeschichten und Erzählungen, allerdings unter einem Pseudonym, veröffentlicht habe.)

Und dann, wenn der entscheidende erste Satz aufgeschrieben wurde, dann ist das zugleich der Anfang von einem Faden, den ich, symbolisch verstanden, aus meinem Kopf ziehe und zu Wörtern lege.

Den Anfang für diesen Bericht über unsere Reise und die Erlebnisse und Ereignisse auf der Insel im Atlantik habe ich später geschrieben.

Noch sehr genau kann ich mich daran erinnern, dass ich für diesen Reisebericht zuerst das aufgeschrieben habe, was über den Drachenbaum bekannt war.

Das erklärte ich meinen Freunden am ersten Tag auf der Insel, dem Leser sei das an dieser Stelle noch einmal in Erinnerung gerufen. Damals, als wir dieses seltsame exotische Gewächs auf dem Weg zum Flugplatz aufsuchten.

Zu diesem Zeitpunkt war, das gebe ich ehrlich zu, für uns alle die Welt noch in der sprichwörtlichen Ordnung. Zwar wussten wir von den rivalisierenden Bevölkerungsschichten, haben dem aber nicht die erforderliche Aufmerksamkeit zukommen lassen.

*

An dieser Stelle sei mir der Hinweis erlaubt, dass der hier vorliegende Anfang des Reiseberichtes die vierte Fassung ist. Zunächst schrieb ich so, als wäre ich allein zu den anderen auf die Insel gefahren. Dazu erarbeitete ich zwei Varianten. Ich dachte mir dann später, es wäre Louise gegenüber nicht gerecht, ihre Anwesenheit auf der Insel, gemeinsam mit mir und den anderen, zu verschweigen. Sie ist auf der Insel ein wichtiger Teil meines Lebens geworden. Ich möchte ihre Nähe nicht mehr vermissen.

Also habe ich über Louises Anwesenheit ebenfalls zwei Varianten geschrieben. Eine davon mit vielen persönlichen, teilweise privaten Details. Die sind dann allerdings in dem später veröffentlichten Reisebericht nicht zu finden.

Selbstverständlich habe ich Louise das Manuskript als Erste zu lesen gegeben. Noch bevor ich damit offiziell im Verlag vorsprach. Louise hat aus Fairness mir gegenüber eine Kollegin gebeten, das Lektorat zu übernehmen und meinte nur:

„Ich will mir nicht nachsagen lassen, wegen eventueller Befangenheit vorhandene Fehler möglicherweise nicht bemerkt zu haben. Das wäre nicht gut. Neider gibt es auch in unserem Haus! Und sollte dein Buch, davon gehe ich aus und das wünsche ich dir, beim Publikum gut ankommen, dann soll nicht gesagt werden, das ist auf meinen Einfluss zurück zu führen!"

„Das verstehe ich und da kann ich dir nur zustimmen!", antwortete ich.

Ebenso weise ich jetzt darauf hin, dass ich in den offiziellen E-mails an mein Büro ebenfalls nichts von und über Louise erwähnte. Das, so meinte ich, würde auch nur Neider auf den Plan rufen. Die hätten dann nichts anderes als die Mär vom Liebesurlaub auf der Insel im Atlantik zu verkünden:

„Und stellt euch vor: Das alles auch noch auf Kosten des Steuerzahlers und der Förderer der Organisation! Und der Professor gab auch noch seinen Segen, hatte alles abgenickt!"

Jedoch wurde Louises Teilnahme nachweislich nicht von unserer Umweltorganisation bezahlt. Auch nicht von ihrem Verlag. Ich habe Louise eingeladen und ihr die Flugtickets geschenkt. Hotel- und Pensionskosten habe ich dann am Tag der Abreise, so wie jeder andere aus unserer Gruppe, an der Rezeption gegen Quittungen, je eine für mich und die andere für Louise, bar bezahlt.

*

Ich sitze jetzt an meinem Schreibtisch und blicke über die Dächer der Stadt, auf die sanft und lautlos dicke Schneeflocken fallen. Und ich meine, keinen Menschen zu kennen, der den gesellschaftlichen Zerwürfnissen in den Ländern Ost- und Südeuropas die erforderliche Aufmerksamkeit beigemessen hat.

In den Medien ist, zugegeben auch in etwas sensationslüsterner Weise, lediglich über den täglichen Ist-Zustand der Auseinandersetzungen berichtet worden. Eine Analyse der Hintergründe und Ursachen habe ich nicht erfahren. Freunde und Bekannte, allen voran Louise, konnten meine Beobachtungen nur bestätigen.

War unsere Gesellschaft, kein Vierteljahrhundert nach dem Ende des Kalten Krieges, durch den selbst verschuldeten Niedergang des Sozialismus in Europa, bereits so überheblich, so arrogant, geworden, dass eine Analyse gesellschaftlicher Herausforderungen als nicht notwendig erachtet wird? Die marktwirtschaftlich orientierten Systeme, egal, wie unterschiedlich und nuancenreich sie auch sein mögen, gehören zu den Siegern der Geschichte. Und Sieger sind mitunter taub und blind, oftmals auch auf der rechten Seite. Für Probleme und auch kleine Wenn und Aber.

Jedoch, nun zurück auf die Insel im Atlantik, in eine Zeit, die ich auch mit ihren Widernissen nicht missen möchte! Es war die Zeit, während der Louise und ich uns sehr nahe kamen.

*

Ich trat an das Geländer des Balkons und blickte zum Strand und dann über den Atlantik zu den Doppelvulkanen, deren Silhouetten sich genau und präzise gegen den Himmel abzeichneten. Es war jetzt die Zeit des Tages, während der die nahende Dämmerung als Vorbote der Nacht bereits zu erahnen war.
Am Strand erkannte ich Louise, die mit den anderen aus unserer Gruppe, jeweils zwei oder drei Strandgänger gemeinsam, langsam zum Hotel kam.
Beinahe möchte man meinen, sie trödelten dem Hotel entgegen.

Als Louise einige Zeit später zu mir gekommen war, meinte sie:
„Das war ein sehr schöner Spaziergang am Strand!“
„Am Strand ist es immer wieder sehr schön!“, antwortete ich.

Eine halbe Stunde später standen Louise und ich neben den anderen auf der Dachterrasse und warteten, um in den Clubraum eintreten zu dürfen. Regine hatte dann doch zu einer Zusammenkunft gebeten und darauf bestanden, dass diese oben stattfindet:

„Nicht lange. Vielleicht noch nicht 'mal 'ne Stunde. Aber seid bitte pünktlich!"

Inzwischen waren alle aus der Gruppe vor dem Clubraum eingetroffen, der Professor bekanntermaßen entschuldigt. Und Regine?

Als sie wenige Augenblicke später die letzte Stufe der Treppe hinaufstieg, fragte sie:

„Habe ich wenigstens das akademische Viertel eingehalten?"

Irgendjemand meinte, das wäre ihr „...gerade so..." gelungen, Regine öffnete die Tür zum Clubraum und sagte einladend:

„Bitte, die Herrschaften!"

*

Wir hatten vor drei Tagen in froher Runde, wenn auch nicht ausgelassen und uns der dunklen Wolken am Horizont durchaus und sehr bewusst, in diesem Raum gesessen. Professor Zabert hatte als aufmerksamer Gastgeber angenehme Stunden gegeben.

Doch, wie leer und trostlos war der Raum jetzt! Ohne Dekoration und nicht ausgestaltet!

Es war aber Regines Wunsch, dass wir uns hier trafen.

Dann, als Fernando die Tür geschlossen hatte, sagte Regine:

„Fernando wird uns über den Professor und seinen Verbleib informieren! Wir warten jetzt nur noch auf Karl-

Heinz, der wird als Übersetzer behilflich sein. Das haben wir bereits einmal so praktiziert!"

„Stimmt!", meinte Günther.

Karl-Heinz, deutschstämmiger Hotelmanager, war, wie er während unseres Aufenthaltes auf der Insel erklärte, nicht nur der Vertreter des Hoteldirektors. Ebenso war er Gesellschafter, also gemeinsam mit dem Direktor und dreier honoriger Herren, Miteigentümer des Hotels.

„Meine Großeltern hatten in der Nähe von Freiburg, im Markgräflerland, ein Weingut. Als sie es meinen Eltern zur Bewirtschaftung anboten, bekundeten die nur wenig Interesse. Der familiären Tradition folgend übernahmen sie das Gut und bestellten allerdings einen Verwalter..."

„So'n Weingut im Schwarzwald ist doch ein Schatzkästchen...", meinte Jürgen.

„Na, eher ein Kasten, um nicht zu sagen, ein Fass ohne Boden. Ehrlich gesagt, mein Vater und meine Mutter kamen gerade so zurecht mit den Einnahmen und den Ausgaben. Oft wurde ein Teil der Einkünfte meines Vaters, er arbeitete als Technischer Direktor in einer mittelständischen Maschinenfabrik, für das Fortbestehen des Gutes aufgewendet. Von seinen Gratifikationen hat er meistens nichts gesehen."

„Das hört man oft!", stimmte nun auch Günther zu.

„Da war mir bald klar, dass ich mich auf derartige Experimente nicht einlassen würde!", sagte Karl-Heinz und ergänzte:

„Schaut euch doch an, woher heute die Weine kommen! Aus Australien und aus Südafrika! Auch aus Kalifornien und Chile. Und aus Frankreich und Spanien und Italien. Deutschen Wein wollen nur noch einige

Liebhaber kaufen. Vielleicht wird das 'mal anders...
Jedenfalls haben meine Eltern, als ich meine berufliche
Zukunft nicht in der Weiterführung des Gutes erkennen
konnte, den Weinberg verkauft. Ich ließ mir mein Erbe
auszahlen, nicht in bar... die Steuern...!"

„Sondern?"

„Sie kauften sich in die Gesellschaft ein, der dieses
Hotel gehört. Damals existierte das Haus lediglich als
Planung..."

„Da wurde eine Gesellschaft gegründet, die dann als
Bauherr auftrat?", fragte ich.

„Ja! Und meine Mutter und mein Vater haben mir
dann, über mehrere Jahre verteilt und im Rahmen der
jährlich zulässigen Summe, Freibetrag nennt man das, die
Hotelanteile überschrieben..."

„Und das Finanzamt?"

„Musste zähneknirschend zuschauen! Was meinen Sie,
wie oft wir damals die Herren Finanzinspektoren und
-oberinspektoren samt Gefolge in unserem Haus
begrüßen durften! Aber nun hat sich alles beruhigt! Zum
gegenseitigen Vorteil!"

„Na, das ist ja fein!"

„Ja! Und nach einer großzügigen Spende, wofür, weiß
ich nicht mehr, war dann endgültig Ruhe."

Das erzählte Karl-Heinz uns vor einigen Tagen und
nebenbei. Sein verspätetes Kommen an diesem Abend
begründete und entschuldigte er mit einer dringenden
Zusammenkunft im Direktionszimmer:

„Sie wissen doch, unsere Aufständischen!"
Er sprach dann einige Worte mit Fernando und sagte
anschließend:

„Professor Zabert geht es gut. Er hält sich bei
Veronikas Tante auf und wir erwarten ihn morgen am

Vormittag zurück. Über seine Erlebnisse und Eindrücke kann er euch dann selbst berichten!"

Karl-Heinz sah Fernando an und meinte dann:

„Und so, wie ich ihn kenne, wird Professor Zabert morgen dann, wenn keiner von euch seine Ankunft vermutet, in unser Hotel kommen. Ein Liedchen pfeifend und sich darüber wundernd, warum ihr so sehr nervös seid. Schließlich ist nichts passiert und alle sind um einige Erfahrungen reicher!"

„Ja!", sagte Regine, „Das kann so sein!"

„Na, dann wollen wir 'mal abwarten!", meinte Karl-Heinz und blickte erneut zu Fernando.

Der nickte und begann zu berichten:

„Wie wir erfahren haben, regt sich Widerstand unter den Provokateuren. Vielen sind die Methoden ihrer Anführer zu radikal. Die wollen zwar keine Industriediktatur, aber mit der Anerkennung einer auf Nachhaltigkeit orientierten Wirtschaft haben sie ebenfalls ihre Probleme. Die allerdings zu bewältigen und auch zu lösen sind...!"

„Aha!", meinte Jürgen, „Da bin ich aber gespannt!"

Karl-Heinz reagierte nicht auf diese Bemerkung. Statt dessen konzentrierte er sich auf das, was Fernando sagte:

„Erstens. Durch diese Entwicklung geraten die Anführer in Bedrängnis und müssen nun beginnen, sich entweder zu mäßigen oder das Weite zu suchen. Und das deshalb, um nicht in absehbarer Zeit von ihren, dann ehemaligen, Anhängern an den Pranger gestellt zu werden..."

„Was sehr schnell geschehen könnte!", meinte einer aus unserer Gruppe.

„Ja! Was aber dann auch bedeutete, unsere Inseln sind als Rückzugsort nach wie vor interessant!"

Karl-Heinz hatte wieder Fernandos Erklärungen übersetzt

und beide blickten sich an.

Dann sagte Fernando weiter:

„Zweitens. Es ist nun für die Regierungen der vom Aufstand betroffenen Staaten die Chance gekommen, separate Verhandlungen mit der Mehrheit der Aufständischen zu führen. Nämlich mit genau denen, die ihren Führern die Gefolgschaft beginnen, zu verweigern. Oder zumindest dazu bereit sind. Und mit dem Ziel, ein Abkommen zu erreichen, dass in der Gesellschaft Ökonomie und Ökologie als gleichberechtigte Interessen ihren Platz haben sollen...“

„Wäre wünschenswert!“, meinte jemand, „Denn ohne Nachhaltigkeit als eines der grundsätzlichen Prinzipien moderner Ökonomie geht es nicht. Man kann doch nicht so weiter wirtschaften wie bisher. Irgendwann sind, beispielsweise, die natürlichen Ressourcen aufgebraucht... Und dann?“

„Hoffentlich wird das was! Ich meine, dieses Abkommen!“, sagte Jürgen und fragte weiter:

„Und wie ist der aktuelle Stand der Dinge?“

Karl-Heinz übersetzte die Frage.

Und Fernando antwortete:

„Nun, zum gegenwärtigen Zeitpunkt wissen wir, ich sagte es bereits, dass die Front der Aufständischen zerbricht. Wann allerdings die endgültige Trennung vollzogen sein wird und ob das überhaupt geschieht, ist noch nicht abzusehen. Wir hoffen, das wird in naher Zukunft sein...“

„Und das ohne größere Auseinandersetzungen, schlimmstenfalls bürgerkriegsähnliche Zustände?“, fragte Günther.

Fernando sah Karl-Heinz an, der übersetzte die Frage.

Daraufhin hob Fernando die Schultern und Karl-Heinz übersetzte:

„Das ist ungewiss. Jedoch wünschenswert. Für alle Beteiligten!"

„Ja!", meinte Günther, „Aber bekanntlich hat dann, wenn Geld ins Spiel kommt, die Freundschaft oftmals ihre Grenzen erreicht. Sagt man so oder ähnlich. Und bei dieser Auseinandersetzung wird um viel, sehr viel Geld, gerungen."

„Ja, das stimmt!", ergänzte ich, „Nicht nur für die Anhänger der Banken und der Industrie. Auch für die Vertreter einer nachhaltigen und ökologisch orientierten Wirtschaftspolitik. Ich denke dabei an das Geld für die Forschung und die davon abhängenden Arbeitsplätze. Auch für die ökologisch produzierende Landwirtschaft und deren verarbeitende Industrie. Na, und so weiter. Das wissen wir hier alle nur zu gut!"

Als Karl-Heinz die Übersetzung meiner Worte beendet hatte, stand Regine auf und sagte:

„Ich meine, wir wissen, worum es geht. Es ist nicht meine Absicht, das Gespräch, nun, sagen wir, abzubrechen. Sowohl Karl-Heinz und Fernando bedeuteten mir jedoch, heute Abend noch zu einer anderen Veranstaltung eingeladen zu sein. Und wir wollen die Kollegen nicht warten lassen...!"

„Auf keinen Fall!", stimmte jemand zu.

„Und der Professor kann morgen, wenn er dann da ist, ebenfalls und mit Sicherheit über vieles berichten. So, wie er mir, allerdings nur sehr kurz, am Telefon berichtete, hatte er interessante Begegnungen!"

Regine bedankte sich noch einmal bei Fernando und Karl-Heinz für deren Hilfe und meinte dann:

„Machen wir für heute Schluss! Es war ein langer und anstrengender Tag!"

Der fünfte Tag

Louise und ich betraten wenige Minuten nach neun Uhr am Morgen dieses Tages, es war ein Mittwoch, den Frühstücksraum auf der Dachterrasse. Zu unserem Erstaunen mussten wir uns damit zufrieden geben, dass die anderen bereits anwesend waren und an der aus zusammen gerückten Tischen bestehenden Tafel saßen und soeben mit dem Frühstück begonnen hatten.
Jürgen blickte auf und dann zu uns und meinte mit einem breiten Grinsen:

„Einen angenehmen und guten Morgen auch unserem Traumpaar!"

„Ja! Dafür bedanken wir uns und grüßen zurück!", antwortete ich und war Louise behilflich, als sie sich setzte.
Weiter reagierten Louise und ich nicht auf Jürgens Bemerkung. Die war aus der Situation heraus gesagt und ohne weitere Bedeutung. Zumal die anderen darauf nicht, mit keinem Blick und keiner Silbe, reagierten.

Betritt man ein Haus oder einen Raum, so ist oft die momentane Stimmung spürbar. Was keinesfalls eine ungewöhnliche Situation darstellt. Man wird von dieser Stimmung beinahe körperlich berührt. Sowohl von guten als auch schlechten Stimmungen.
Das ist mitunter nicht zu erklären, weil es sich im zwischenmenschlichen Bereich, einer Ebene, die von den Sinnen und Wahrnehmungen dominiert wird, ereignet. Ein helfender, mitunter förderlicher, manchmal auch hemmender Begleiter ist die Körpersprache. Deren Gesten und Körperhaltungen werden ebenfalls in erheblichem Maß vom Unterbewusstsein gestaltet: Wende ich mich jemandem zu? Missachte ich ihn? Gehe

ich auf ihn zu oder verlasse ich ihn? Suche ich Blickkontakt oder vermeide ich solchen? Wo sind die Arme? Kommt man mir mit einer Geste entgegen? Wird das Erscheinen einer anderen Person von bereits im Raum befindlichen Menschen wahrgenommen? Besonders bemerkbar ist die oft erwähnte „dicke Luft". Vielfach ist damit schlechte, verbrauchte Raumluft gemeint. Etwa durch Tabakrauch. Oder in einem Klassenraum nach einer schriftlichen Prüfung. Das hat jeder aus seiner Schulzeit noch in Erinnerung. Auch die Spannungen zwischen in einem Raum befindlichen Menschen kann schlechte Luft verursachen. Die dann ebenfalls als „dicke Luft" zu spüren ist.

Ich hatte dieses Gefühl, nachdem Louise und ich uns an den Tisch gesetzt hatten.
Leise, sehr leise, sagte Günther zu mir:
„Ich meine, es ist besser, ihr sagt erst 'mal nichts! Kein Wort!"
Das war so eindringlich geäußert, dass die Fragen nach dem Warum und Weshalb, sofort nicht mehr existierten.
Ein Stimmung, so meinte ich zunächst festzustellen, getragen von Gereiztheit und Missmut, äußerte sich in schlechter Laune und lautlosem gegenseitigen ‚Anknurren'. Man verhielt sich gegenseitig nicht unhöflich, aber dennoch hatte ich den Eindruck, jeder fühlte sich durch die anderen, wodurch auch immer, belästigt. Es wurden keine bösen Worte gesagt und ebensolche Blicke auch nicht verschickt.
Was war die Ursache für diese miese Stimmung am Morgen und am Frühstückstisch? Ich beschloss, das herauszufinden. Ich wollte nicht, wie die anderen, in das Fettnäpfchen der Laune trampeln.
Zunächst gab ich Louise zu verstehen, sie möge ebenfalls

nichts sagen. Sie nickte mir zu und ich wusste, dass ich mich auf sie verlassen konnte.

Und, ich musste nun auch nicht damit rechnen, sie könnte eventuell meine Beobachtungen stören.

Louise verhielt sich ab sofort sehr ruhig und zurückhaltend und ich begann, die anderen zu beobachten, ihre Gestik und Mimik.

Entgegen den ersten flüchtigen Beobachtungen war die Stimmung am Frühstückstisch keinesfalls mies oder aggressiv. Im Gegenteil! Sie war nicht schlecht! Da hatte ich mich sehr schnell korrigiert.

Aber dennoch, eine gewisse Spannung schwebte zwischen und über uns!

Ich versuchte, zumindest für mich, eine Erklärung zu finden:

Erstens erwarteten alle den Professor mit neuen Nachrichten und zum Zweiten saß die Angst, wenn auch nicht sichtbar, vor der möglichen Begegnung mit irgendwelchen oder, wie es Karl-Heinz gesagt hatte, „mit unseren Aufständischen", an unserem Tisch.

Und wenn wir nachher aufstehen und unserer Wege gehen, erhebt sich auch die Angst und ist bei uns, mit uns, zwischen uns, über uns...

Ich bemühte mich, die Angst nicht an mich heran und in mich hinein zu lassen. Der Angst nicht meine Seele zum Verweilen anbieten und öffnen...

Ich habe mich der Angst, damals auf der Insel im Atlantik, entgegen gestellt. Zumindest in meinen Gedanken.

Und ich habe mich gefragt, woher die Angst kommt und warum sie präsent ist. Doch die Angst hat nur, symbolisch selbstverständlich, gegrinst und sich weggedreht. Ist aber nicht verschwunden. Oder wenigstens gewichen. Zudem wollte die Angst sich nicht zu erkennen geben.

Doch dann habe ich sie erkannt: Sie war der Bruder der Unwissenheit. Und die macht nicht nur ängstlich, sondern auch einsam und krank.

Später, dann, als der Professor wieder unter uns weilte und von den Gesprächen auf der anderen Insel berichtet hatte, kannte ich mehr von dem Unbekannten, das zuvor Angst machte. Jedoch nur ein wenig. Denn da war noch die Unberechenbarkeit. Etwas, das bis zu diesem Zeitpunkt nicht zu sehen war:

Die Aufständischen waren mir nicht persönlich bekannt. Ich hatte ihre Gesichter noch nicht gesehen, ihnen noch nicht in die Augen geblickt... Ein nicht zu unterdrückender Grund. Es war allerdings auch nicht auszuschließen, dass eine Bekanntschaft mit den Aufständischen erfolgen könnte. Möglicherweise bald...

„Ich fahre nachher zum Flugplatz!", sagte Regine, „Den Professor abholen. Er müsste in einer und einer halben Stunde landen. Eigentlich sollte er bereits hier sein. Aber der Abflug verzögerte sich."

„Sollen wir mitkommen?", fragte jemand.

„Nein, nein! Das schaffe ich!"

Wir sahen, wie Regine, es war wenige Minuten später, in eines der gegenüber dem Hoteleingang wartenden Taxi stieg und beobachteten, dass das Auto schnell unseren Blicken entschwunden war.

*

Die Zusage, Tische im Frühstücksraum zu einer Tafel zu stellen, hatte wir nur unter der Bedingung erhalten, nach jedem Frühstück alles wieder aufzuräumen.

Also räumten wir auf, nachdem Regine abgefahren war. Weil alle sich daran beteiligten, benötigten wir dazu nur wenige Minuten.

Günther meinte, solange Regine mit dem Professor nicht im Hotel ist, sollten wir, so, wie gestern, höchstens bis zum Strand gehen."

„Ist auch besser so! Wer weiß, was nach deren Ankunft schnellstens erledigt werden muss!"

„Denkst du dabei auch an eine sofortige Abreise?", fragte jemand.

„Ja, auch daran!", erwiderte Günther und ergänzte nach wenigen Augenblicken das soeben Gesagte:

„Ich will keinem von euch etwas vorschreiben. Aber mir will das als beste Lösung erscheinen...!"

„Stimmt!", sagte Klaus Beier, „Lasst uns das so machen!"

„Ja!", sagten auch einige der anderen, beinahe gleichzeitig.

Regine hatte nicht gesagt, wann sie wieder zurück sein würde. Deshalb rechneten Jürgen und ich:

„Gehen wir davon aus, der Professor landet, die angekündigte Verspätung inbegriffen, in etwa einer Stunde...", sagte Jürgen.

Und ich ergänzte:

„Also so gegen zwölf. Dann ist Regine längst auf dem Flugplatz. Sie ist bereits eine halbe Stunde weg..."

„Stimmt!"

„Und dann muss die Maschine in den Hangar gebracht werden. Und anschließend eine und eine halbe Stunde

Fahrt mit dem Taxi zum Hotel..."

„Also sind beide frühestens um zwei am Nachmittag hier. Vielleicht etwas früher, vielleicht etwas später!", sagte ich.

„Könnte so sein!", meinte Günther, „Da werden wir uns also um eine viertel Stunde vor zwei wieder hier treffen. Meine ich!"

„Ja! So sollten wir das machen!", sagte Klaus Beier und grinste Louise an.

Daraufhin nahm Louise meine Hand und zog mich hinter sich her. Sie würdigte ihre Jugendliebe mit keinem Blick und als wir außer Sicht- und Hörweite waren, sagte sie:

„Blöder Kerl! Kein Wunder, dass der keine Frau findet! So, wie der jede mit Blicken begeilt!"

Und damit waren die gering schätzenden Worte noch nicht erschöpft! Nach einigen Augenblicken meinte Louise:

„Früher hat er dazu noch an jeder Frau herumgeschnüffelt! So, wie ein Hund!"

Wir gingen, ohne noch weiter über Klaus Beier's „begeilende Blicke" zu sprechen, an den Strand.

Es war wieder die Zeit der Ebbe und wir nutzten diese Gelegenheit, um uns, wenigstens so weit das möglich war, die Unterseite des Anlegers zu betrachten.

Ich wusste, dass auch Beton in aggressiver Umgebung korrodiert. Zumindest so, dass an der Oberfläche ein Zerstörungsprozess festzustellen ist.

„Ist das hier interessant!", sagte Louise, während ich versuchte, mich daran zu erinnern, was ein mit mir befreundeter Bauingenieur vor längerer Zeit über Betonkorrosion gesagt hatte. Auf alle Fälle, so stellte ich mit meinen laienhaften Kenntnissen und Ansichten fest, musste die Zersetzung des Betons auf Grund der ständigen Berührung mit dem salzhaltigen Atlantikwasser noch keine größeren Schäden hervorgerufen haben. Die Betonpfähle, auf denen man den Anleger errichtet hatte, waren zwar dicht mit Algen bewachsen. Aber an manchen Stellen war dann doch die Oberfläche der Pfähle sichtbar und die war nicht zerstört. Bis auf einige kleine, wirklich kleine, Stellen, an denen der Beton abgeplatzt war, Das konnte aber auch auf mechanische Einwirkungen zurückzuführen sein.

Ich beschloss, wider sonstige Gewohnheiten, Louise nicht auf die kleinen Beschädigungen aufmerksam zu machen. Aus Erfahrung wusste ich, Frauen reagieren auf derartige Offenbarungen mitunter sehr heftig. Was bis zu der Verweigerung, den Anleger wegen vermeintlicher Einsturzgefahr nie mehr zu betreten, führen konnte.
Also antwortete ich auf Louises Feststellung und sagte:
„Ja! Sehr interessant!"

Ich hielt Louises Hand um zu verhindern, dass sie fiel. Beide, nun Hand in Hand, versuchten wir jetzt, einige Schritte unter den Anleger zu gehen. Doch nach zwei oder drei Bewegungen, Schritten ähnlich, stellten wir fest, das war nicht möglich. Auch hier, unter der Plattform, lagen, wie überall am Strand, große und kleine, graue und abgeschliffene Steine. Die machten einen Besuch unter der Konstruktion nahezu unmöglich.
So sagte Louise dann auch:
„Ich meine, wir sollten das nicht weiter versuchen und statt dessen zurück gehen!"
„Ja!"

*

Die anderen waren jetzt ebenfalls aus dem Hotel gekommen und gingen, entweder allein oder paarweise, am Strand entlang. So, wie gestern am Nachmittag.

Ich hatte bereits viele Strände besucht. In Europa, auf Inseln und auf Halbinseln. Hatte Strände in den Tropen und wilde Strände gesehen. Zum Beispiel den in Namibia, nördlich von Lüderitz. Wo man, einiges Glück vorausgesetzt, kleine Achate und Tigeraugen, beides Edelsteine, finden konnte. So wie an den Stränden des Baltikums Bernstein am Strand zu finden war. Den konnte man sammeln und mitnehmen. Jedenfalls zunächst erst einmal für die persönlichen Erinnerungen.

Das ist in Namibia nicht möglich. Aus dem Land darf nichts, auch nicht für den privaten Bedarf, als Souvenir, ausgeführt werden.

„Und die Diamanten?", fragte Louise.

„Dafür hat die namibische Regierung Regelungen geschaffen. Sie ist an den Minen beteiligt."

„Aha!"

„Aber frage mich bitte nicht weiter danach. Ich weiß nur, man darf als Privatperson nichts außer Landes bringen."

Immer wieder, an allen Stränden, die ich gesehen hatte, war zu beobachten, dass Menschen, allein oder als Paar oder zwei Paare oder mehr Menschen zusammen, am Spülsaum entlang gingen. Zuweilen ihr Gespräch unterbrachen, weil einer sich bückte, etwas aufhob und das dann meistens in das Meer warf. Aber manchmal auch in die Taschen der Hose oder Jacke verstaute. Oder in der Hand behielt und wie eine Trophäe mit sich nahm.

Überall habe ich diese Strandläufer gesehen. Warum,

so fragte ich mich dann, sollte es an diesem mit Steinen bedeckten Strand auf einer Vulkaninsel vor Afrika und mitten im Atlantik, anders sein?
Ich nahm Louise's Hand und dann gingen wir, so, wie die anderen, am Strand entlang.

Als die einsetzende Flut das Wasser auf den Strand drängte, erreichten wir einen kleinen und kaum drei dutzend Meter langen Vorsprung. Der führte bei Niedrigwasser ins Meer und wurde jetzt, bei auflaufendem Wasser und mit jedem Wellenschlag, zunächst vom Wasser eingeschlossen und dann überspült.
„Wir sollten zurück gehen!", sagte ich zu Louise, „Um pünktlich im Hotel zu sehen und die Rückkehr des Professors erleben und feiern!"
„Ja!"

Dann gingen wir den Weg zurück und mit uns auch die anderen. Nur Jürgen und Günther standen und beobachteten weiter, wie die kleine Landzunge vom Meer verschlungen wurde. Beide, so schien es mir, sprachen über ein für sie wichtiges Thema.
Aber dann begannen beide, zunächst zögernd, weil immer wieder stehen bleibend und im Gespräch vertieft, den Rückweg zum Hotel.

*

Auf einer Treppe gehend oder mit dem Fahrstuhl, vielerorts auch Lift genannt, konnte man die Dachterrasse des „Hotel am Atlantik" erreichen.
Weil sich Louises und mein Zimmer in dem unter der Dachterrasse befindlichen Flur befand, benutzten wir die Treppe, die um den Fahrstuhlschacht, mit drei

Treppenläufen und zwei Podesten dazwischen, gebaut war.

Ob aus gestalterischen oder konstruktiven Gründen, ich habe das nie in Erfahrung bringen können, trat man von der letzten Treppenstufe wieder auf ein Podest und von dort dann drei Stufen hinab auf den Fußboden der Dachterrasse.

Wider alle Erwartungen und Gewohnheiten waren Louise und ich an diesem Nachmittag die ersten aus unserer Gruppe, die auf der Dachterrasse eintrafen. Bereits als wir die letzten Stufen der Treppe emporstiegen, sahen wir zwei Personen an der gemauerten Brüstung der Terrasse stehen und auf den Atlantik blicken.

Dann erkannten wir, es waren Regine und Professor Zabert.

Louise und ich blieben stehen, sahen uns an und dann sagte Louise leise:

„Hast du das gewusst? Ich meine, dass der Professor bereits da ist?"

„Nee. Aber das wird er uns bestimmt gleich erklären. Da bin ich mir sicher!"

Jetzt waren auch einige der anderen aus unserer Gruppe auf die Terrasse gekommen. Das war auch der Grund, warum Regine und der Professor auf uns zugingen und der Professor sagte:

„Schön, dass ich wieder bei euch bin! Ich habe einige Getränke im Clubraum servieren lassen. Wollen wir uns zusammen setzen? Ich habe einiges zu berichten!"

„Gern!", sagte Günther.

*

„Ihr wisst, ich bin mit Veronika, weil sie mich darum gebeten hatte, auf die Nachbarinsel geflogen. Und wollte sofort wieder zurück kommen..."

Zwischenbemerkung:

Dem Leser ist inzwischen bekannt, welche Erlebnisse und Begegnungen Professor Zabert nach der Landung mit seiner Cessna auf der Nachbarinsel hatte: Die von Luftpiraten entführte Passagiermaschine, die Begegnung mit den Professores aus Granada. Anderes und Weiteres. Es ist dem Leser nun durchaus freigestellt, den Bericht des Professors, den er mir später in Ria's Gaststätte beinahe ins Manuskript diktierte, noch einmal zu lesen.
Das war nur ein Hinweis!

Nachdem der Professor von seinen Erlebnissen auf der Nachbarinsel berichtet hatte, herrschte Ruhe im Clubraum. Man hätte die so oft zitierte sprichwörtliche Nadel zu Boden fallen gehört.
Regine fand als Erste ihre Fassung wieder und fragte:
„Und nun?"
Weil keiner der Anwesenden auf die Frage antwortete, auch Professor Zabert nicht, antwortete sie selber auf ihre Frage:
„Unsere Sicherheit ist mir sehr wichtig. Deshalb kann alles das, was wir machen, richtig sein. Ebenso aber auch falsch. Bleiben wir noch einige Tage auf der Insel und warten die Entwicklung der Dinge ab, kann das richtig sein..."
„Aber auch nicht!", sagte der Professor, „Denn, bleiben wir hier, könnten wir in einigen Tagen Schwierigkeiten mit der Abreise bekommen!"

304

„Und fahren wir heute oder morgen, könnte es sein, unser Flugzeug wird über einem Krisengebiet abgefangen und zur Landung gezwungen!", meinte Klaus Beier und sagte weiter:

„Ich habe so etwas 'mal in Mittelamerika erlebt! Da war das Flugzeug, in dem wir saßen, plötzlich sowohl von der einen als auch von der anderen Guerillatruppe als gekidnappt betrachtet worden..."

„Also links 'ne Kanone und rechts 'ne Stinger-Rakete?", fragte Günther.

„So ungefähr! Und der Pilot war damals auch nicht mehr der Jüngste seiner Zunft!"

„Man will immer das bekommen, was man gegenwärtig nicht hat!", meinte der Professor, sah Regine einige Augenblicke an und fragte dann:

„Wie lange können wir bleiben?"
Regine überlegte einige Augenblicke, dann antwortete sie:

„Das weiß ich nicht! Uns wurde keine Frist, binnen der wir hier ausgezogen sein müssen, gesetzt!"

„Aber eigentlich sollten wir doch bereits längst weg sein? Bis wann hatten wir gebucht?", fragte Professor Zabert.

„Bis einschließlich heute."

„Aha! Und nun?", fragte Professor Zabert.

„Ab morgen gilt dann die 15-Euro-Regel!", antwortete Regine.

„Was ist denn das?", fragte der Professor.

„Jeder von uns bezahlt an jedem Morgen, selbstverständlich gegen Quittung, fünfzehn Euro an der Rezeption. Nennen wir es Aufenthaltsgebühr. Putzen und Wäsche wechseln muss jeder in seiner Bude ab sofort alleine...", erklärte Regine.

„Aha!", sagte der Professor und sah Regine weiterhin

fragend an.

„Mit den fünfzehn Euro sind die Unkosten für die Übernachtung abgegolten!"

„Aha!", war wieder Professor Zabert zu vernehmen, der dann fragte:

„Und Verpflegung?"

„Bekommen wir ebenfalls!"

„Umsonst? Für lau?"

„Davon hat keiner 'was gesagt. Allerdings habe ich auch nicht gefragt!", antwortete Regine wahrheitsgemäß.

„Na, dann organisiere 'mal, dass wir in drei Tagen auch noch 'was aus der Küche bekommen!"

„Ja!"

Und wieder nahm Peter Nowack, so wie beinahe immer, nur durch seine Anwesenheit an den Diskussionen teil.

Er hatte, so meine ich heute, die Tage seit seiner verspäteten Ankunft auf der Insel benötigt, um die Inhaftierung und Umstände seiner doch sehr zufälligen Freilassung zu verarbeiten. Das wäre, wenn meine Vermutung zutrifft, auch sehr verständlich.

Dann war erneut die Stimme des Professors zu hören, der verkündete:

„Ich werde mich darum bemühen, die beiden oder wenigstens einen der Professores aus Granada zu uns zu bitten. Ich will den aktuellen Stand der Revolte erfahren! Und was sicher ist und was nicht. Können die Herrschaften nicht kommen, dann soll unser Freund Fernando mit ihnen sprechen. Und wir treffen uns... ja, wann? Nee, erst 'mal macht sich jeder von uns Gedanken und Vorstellungen darüber, wie und wann, wenn überhaupt, wir die Insel verlassen. Und lasst uns morgen, nach dem Frühstück, erneut zusammen kommen und beraten!"

„Und vergesst nicht, morgen früh an der Rezeption zu bezahlen!", meinte Regine, bevor wir den Raum verließen.

„Nee, nee!", sagte jemand.

Unsere Zusammenkunft mit Professor Zabert nach dessen Rückkehr währte nicht lange. Ich kann mich daran erinnern, dass Louise und ich gegen vier Uhr am Nachmittag erneut an den Strand gegangen sind. Die Flut hatte inzwischen ihren höchsten Stand an diesem Nachmittag erreicht. Jedenfalls wenn man den Angaben über die Tidezeiten, mit Schultafelkreide auf eine Tafel geschrieben, Glauben schenken darf. Die Tafel war neben einem Brett, auf dem allgemeine Bekanntmachungen veröffentlicht waren, an einen Ständer geschraubt.

„Wie in den Seebädern der Nordsee, zu Hause, in Deutschland!", bemerkte Louise.

„Ähnlich. Ja!", bestätigte ich.

Ein Mann, den Strandhut tief ins Gesicht gezogen, kam auf uns zu und als er neben Louise und mir stand, erkannte ich, es war Karl-Heinz Beitz, der Hotelmanager und ehemalige Weingutbesitzer.

„Das haben wir auf Wunsch der deutschen Urlauber aufgebaut.", sagte er und deutete auf die Tafel mit den Bekanntmachungen.

„Wie zu Hause!" sagte ich.

„Ja!"

„Und ich dachte, man fährt woanders hin, um die dortigen Verhältnisse kennen zu lernen. Und nicht, um überall ein Stück von dem, wie es zu Hause ist, anzutreffen!", meinte Louise.

„Ich bin eigentlich Ihrer Meinung. Doch, wenn die

Gäste das so möchten... Ich habe da noch andere Wünsche gehört... Angefangen beim Oktoberfest-Abklatsch bis zum Auftritt irgendwelcher C-Promis aus der Volksmusikbranche. Das konnten wir bis heute noch immer abwenden..."

„Liegt die Betonung nun auf 'heute' oder 'noch'?", fragte Lousie.

Der Hotelmanager sah uns an und grinste. Dann meinte er:

„Wohl und sicherheitshalber beides!"

„Aber, so denke ich es mir, Sie haben sich an das Leben hier auf der Insel gewöhnt?, fragte Louise.

„Meine Frau und ich wohnen schon so lange hier. Vor einigen Jahren bemerkte ich, bereits in dem für die Insel typischen Dialekt meine Gedanken zu formulieren. Ich sprach mit meiner Frau darüber und sie meinte nur, beinahe nebenbei:

„Jetzt bist du hier angekommen!"

„Und?", fragte Louise.

„Könnte so gewesen sein."

Und nach einigen Augenblicken sagte der Hotelmanager:

„Doch manchmal bin ich noch immer in meinen Vorstellungen und mit meinen Gedanken im Markgräflerland."

„Das ist in Süddeutschland, ja?", fragte Louise.

„Ja, ja! Ganz im Südwesten, bei Freiburg im Breisgau, das kennen Sie doch?"

„Kennen nicht. Aber ich weiß, wo sich die Stadt befindet!", erwiderte Louise.

„Das ist eine ehrliche Antwort! Also, unser Weinhof, von Gut will ich nicht sprechen, lag abseits der Straße von Freiburg nach Titisee-Neustadt. Von meinem Zimmer, oben unter dem Dach, konnte ich den Feldberg sehen. Dort, wo vor mehr als einhundert und zwanzig

Jahren Deutschlands erster Skilift gebaut worden ist. Und sich, beinahe gleichzeitig, der erste Skiclub Deutschlands gründete..."

„Aha!"

„Ja! Das war vor meinem Elternhaus! Nicht, wie vielleicht vermutet, in den Alpen..."

„Das hätte ich nicht gedacht!", sagte Louise.

„Na, jedenfalls zog ich nach dem Abitur auf die Freiburger Uni. Gemeinsam mit vielen meiner Freunde..."

„So'n bisschen von zu Hause weg, aber nicht zu weit?"

„Ja!"

„Nach einem Semester war ich, ähnlich anderen, von den nachhaltigen und ökologischen Ideen, die damals bereits die Stadt beherrschten, eingefangen. Wen wundert's! Zumal die grüne Bewegung, so will es scheinen, ihre Herkunft aus dem äußersten Zipfel Südwestdeutschlands hat. Freiburg ist und wählt eigentlich schon immer grün..."

„Wohl mindestens seit einer Generation!"

„Mindestens!", meinte Karl-Heinz, „Wenn nicht noch länger. Jetzt sind bald die Enkel der grünen Urväter herangewachsen, um ihr Leben... ich sag es 'mal so, grün zu gestalten...!"

Karl-Heinz blickte über den Atlantik. Er hatte seinen Hut in den Nacken geschoben und stütze sich auf das Geländer des Anlegers, als er weiter erzählte:

„Als wir dann das Hotel dort drüben planten, das Büro kam übrigens auch aus Freiburg, stand, selbstverständlich, Nachhaltigkeit und die Verwendung einheimischer Roh- und Baustoffe an vorderster Stelle. Die erste Speisekarte haben wir von Studenten der Ökotrophologie ausarbeiten lassen. Aber nicht nur die

Speisekarte... Das gesamte Küchenkonzept war Thema einiger Diplomarbeiten...“

„Toll!“, sagte Louise.

„Die Studenten kamen mit ihren Professoren extra angereist, ich meine aus Hamburg von der Hochschule für Angewandte Wissenschaften. Die verlebten hier einige schöne Wochen und haben allerdings auch gut und gründlich gearbeitet...“

„Aha!“

„Vieles von dem, was die Leute uns damals empfohlen haben, ist bis heute fester Bestandteil unserer Küchen...“

„Ja!“, sagte Louise, „Aber mir ist auch aufgefallen, die Zimmer und Flure sind nicht mit Tapeten beklebt...“

„Das hätte ich Ihnen ohnehin noch erklärt!“, sagte Karl-Heinz Beitz, „Aber weil Sie danach gefragt haben...“

„Weil?“, fragte Louise

„Weil wir es für unnötig erachten, Räume einzupacken. Wir haben atmungsaktiven Putz, der muss nicht wieder zugeklebt werden. Aus bauphysikalischen Gründen sowieso nicht. Und dann lernten wir noch einige Leute kennen, die gaben uns Hinweise auf farbige Erden, die an einigen Stellen der Insel zu finden sind. Die Erden haben wir aufgeschlämmt und der Kreide von der Insel Rügen zugesetzt, die wir uns ebenfalls besorgt hatten. So haben wir unsere eigene Farbe hergestellt und die Wände damit gestrichen.“

„Und da wischt nichts ab?“, fragte wieder Louise.

„Die Maler haben irgendwelche Harze dazu gegeben. Sie meinten, das wäre das gleiche Verfahren, das man anwendet, um aus den Ockerpigmenten, die aus dem Ort Roussillon kommen, das liegt in Südfrankreich, Farbe herzustellen. Die Maler nahmen dazu Gummiarabicum.

Das ist eingekochtes Harz bestimmter Akazien, die vor allem in Afrika, im Sudan, wachsen und mischten das in einem bestimmten Verhältnis der angerührten Wandfarbe zu..."

„Ist doch etwas aufwändig?"

„Als wir damals die Farben für das Haus entwickelten, haben die Maler lange experimentiert. Die Farben mussten zum Konzept des Hauses passen. Nach langem Hin und Her haben wir uns dann dazu entschieden, eine Farbreihe von gelb bis ocker zu nehmen. .."

„Ja!", meinte Louise, „So etwas braucht seine Zeit!"

„Stimmt! Man kann diese Entwicklung noch in meinem Büro ansehen. Da ist jede Wand, manchmal Teile der jeweiligen Wand, andersfarbig gestaltet. Das hat nun, nach vielen Jahren auch den Vorteil, dass man eventuelle Aufhellungen, Ausbleichungen, erkennen kann."

„Darf ich mir das 'mal ansehen?", fragte Louise.

„Gern! Kommen Sie in mein Büro, wann immer sie wollen!"
Ich konnte jetzt bemerken, dass Louise wieder dieses zufriedene und schöne Lächeln ausstrahlte...

Louise hat das Büro des Hotelmanagers leider nie betreten. Beide haben dann noch einen genauen Termin vereinbart. Als sie dann zur Zeit vor der Bürotür stand, war daran ein Zettel geheftet, auf dem geschrieben war, dass kurzfristig 'was dazwischen gekommen ist.
Und später hat sich eine Gelegenheit zum Besuch der vielfarbig bemalten Wände nicht mehr ergeben. Leider nicht...

Karl-Heinz Beitz war, nachdem er mit uns gesprochen hatte, in das Hotel gegangen...

Louise und ich sind dann am Strand gelaufen. Was sollten wir im Hotel? Wir hatten beschlossen, uns so wenig wie möglich an den Diskussionen über die gegenwärtige Situation, die uns selbstverständlich auch beschäftigte, zu beteiligen.

Wir, Louise und ich, konnten daran ohnehin nichts ändern und nur, sollte es notwendig sein, reagieren. Wir waren nicht auf der Seite der „Macher", was uns sehr bewusst und klar war. Aber, so meinte Louise, man muss doch bitte in derartigen Situationen nicht jedes und alles zerreden und möglichst detailliert die eigenen Befindlichkeiten darlegen.

Allerdings wäre es nicht gut gewesen, darüber waren Louise und ich uns ebenfalls einig, das den anderen so zu signalisieren. Das wäre schlimmstenfalls als Arroganz und Desinteresse bewertet worden. Was dann wirklich nicht der Wahrheit entsprochen hätte, dieser nicht einmal nahe gekommen wäre.

Wir gingen an diesem Abend am Strand entlang bis zu der Stelle, an der die kleine Halbinsel nun langsam wieder aus dem Atlantik auftauchte. Ein sicheres Zeichen dafür, dass das ablaufende Wasser begann, große Teile des Strandes erneut freizugeben. Die Ebbe hatte begonnen!

Louise und ich standen auf den Steinen am Ufer und beobachteten das Naturschauspiel. Nach einiger Zeit, vielleicht standen wir eine halbe Stunde oder länger und beobachteten das Meer, wie es sich langsam zurückzog, hatte das Wasser bereits so einen bemerkenswerten Rückzug vollzogen, dass die Halbinsel von den Wellen nicht mehr überspült wurde. Auch hätten wir nun von den Steinen am Spülsaum auf die Halbinsel gehen können. Nicht mit Schuhen bekleidet, die hat man am Strand ohnehin nicht an, meine ich. Statt dessen mit nackigen Füßen und allerhöchstens die Hosen hochgekrempelt. Aber das machten wir nicht. Wir blieben auf den Steinen stehen und schauten auf das Meer.

Die Insel war viel näher am Äquator als die Strände bei uns an der Nordsee und der Ostsee. Darum dauert hier, auf der Insel, wir wissen das, die Dämmerung auch nur eine kurze Weile. Mein Vater meinte zu mir, als ich noch ein keiner Junge war, das hat 'was damit zu tun, dass der Winkel, mit dem das Sonnenlicht auf die Erde trifft, steiler ist, je näher man sich am Äquator befindet:

„Die Sonne benötigt weniger Zeit, um hinter dem Horizont zu verschwinden!", sagte er damals.

So richtig konnte ich mir das als zehn-oder elfjähriger Junge nicht vorstellen. Aber geglaubt habe ich meinem Vater seine Worte. Überhaupt habe ich ihm vieles widerspruchslos abgenommen, was er sagte. Das hat sich, als ich älter wurde, geändert. Vielleicht wurde ich kritischer, was eine selbstverständliche Entwicklung ist. Und er hat das nicht bemerkt. Obwohl er Lehrer war. Ein guter Lehrer sogar. Aber, das habe ich irgendwo gelesen, wenn die Beurteilung naher Verwandter, also auch eigener Kinder erforderlich ist, versagen Ärzte und Lehrer nahezu immer. Wohl weil sich die Emotionen zu sehr in den Vordergrund drängen.

Aber das ist eine andere Geschichte und sollte extra betrachtet werden...

Louise hatte sich dicht neben mich gestellt und ihren Kopf auf meine Schulter gelegt. Wir schauten aufs Meer und plötzlich meinte Louise:

„Kann es sein, dass es allmählich dunkel wird? Was meinst du?"

„Kann wohl sein!", antwortete ich, „Und deshalb

sollten wir zum Hotel gehen!"

„Stimmt! Sonst wird ein Suchtrupp ausgeschickt..."

„Und wir bekommen dann noch 'ne Rechnung..."

„Mit Zahlungsziel und..."

„Komm', wir gehen!", sagte ich, nahm Louise an die Hand und war ihr beim gehen über die Steine behilflich.

Auf dem Heimweg erinnerte ich mich daran, in einem Reiseführer gelesen zu haben, es gibt auf der Insel in einem Dorf, irgendwo oben über dem Atlantik, einige Töpfer, die ihre Gefäße noch nach althergebrachter Weise anfertigten.

Ich konnte mich weiterhin daran erinnern, in Louises Wohnung einige sehr schöne Keramiken gesehen zu haben. Vasen, Schalen , Töpfe und anderes Irdenes.

So, meinte ich, würde ein Besuch bei Töpfern, die aus dunklem Ton Gefäße herstellen, für Louise interessant sein.

*

Das „Hotel am Atlantik" erreichten wir, als am Osthimmel die ersten Sterne funkelten. Die astronomische Dämmerung hatte begonnen.

Den Weg bis zu unserer Unterkunft hatte ich genutzt, um Louise für einen Besuch bei den Töpfern in den Dorf in den Bergen zu begeistern.

Vor dem Hotel sagte sie zu mir:

„Ich freue mich auf morgen!"

Der sechste Tag

Es sollte unser letzter Tag auf der Insel sein. Aber das wussten wir an dem Morgen dieses sechsten Tages noch nicht.

Ich ahnte es vielleicht, aber schob diesen Gedanken schnell beiseite.

Louise und ich hatten, wie immer während der letzten Nächte, in meinem Zimmer geschlafen.

„Ich kann nicht ohne dich einschlafen!", hatte mir Louise leise gesagt und sich dann an mich gekuschelt.

Nach den bereits gewohnten Streitereien, eigentlich Rangeleien, um Bettdecke und Kopfkissen hatten wir uns dann, es war nicht anders zu erwarten, gütlich darüber geeinigt, wer welches Kopfkissen und welche Bettdecke bekommt.

In dieser Nacht schlief ich tief und traumlos und wachte auf, weil hohe Wellen auf den Strand und die Steine rollten.

Louise hatte sich, wie gewohnt, in ihre Bettdecke eingerollt und atmete leise und mit regelmäßigen Zügen.

Ich stand auf und trat auf den Balkon. Sofort umfing mich die frische Morgenluft und ich war von einem Augenblick auf den anderen hellwach.

Ich lehnte mich an das Geländer und blickte auf den Atlantik.

Am Horizont war die Silhouette des Doppelvulkans gegen den westwärtigen dunkelblauen Himmel deutlich auszumachen. Ebenso die nur wenige hundert Meter hohen Vulkane der Nachbarinsel.

*

Louise und ich waren an diesem Morgen, wie gewohnt, die letzten aus unserer Gruppe, die den Frühstücksraum auf der Dachterrasse betraten.

Das nutzte Günther, um uns laut und dabei breit grinsend zu begrüßen:

„Unser Traumpaar! Nun sind alle da!"

„Ja!", sagte ich und war Louise, wie immer, dabei behilflich, sich zu setzen.

Dann stand Professor Zabert auf und sagte:

„Eigentlich wollten wir uns ja nachher treffen. Aber weil sich die Situation grundlegend verändert hat, werde ich euch jetzt und hier informieren!"

Professor Zabert sah einige von uns kurz an und sagte weiter:

„Und ohne weitere Vorrede: Wir werden morgen abreisen. Ich habe Regine gebeten, das für uns zu organisieren. Darum ist sie auch nicht hier!"

Jetzt hatten meine Gedanken vom Morgen, als ich aufwachte und spürte, das wird unser letzter Tag auf der Insel sein, den Status der Wahrheit erreicht und unsere Zeit auf der Insel würde endlich sein...

Manchmal hat man derartige Vorahnungen und dann bemerkte auch ich, Regine saß nicht mit uns am Tisch.

„Und wann?", fragte Marion, die Archäologin.

„Ich sagte doch eben, Regine organisiert das jetzt."

Der Professor wirkte müde und nervös. Und irgendwie auch allein gelassen, denn Regine organisierte.

Dann sagte Professor Zabert und seine Stimme klang wie von weither gesprochen:

„... Veronika hat mich benachrichtigt..."

„Und was hat sie gesagt?", fragte Jürgen.

Der Professor sah uns an. Dann nahm er seine Brille ab, rieb sich die Augen und antwortete:

„Veronika hat nicht viel gesagt. Sie gab auch keine Erklärungen ab. Sie sagte nur, es ist zu befürchten, dass sich die Situation sehr rasch ändern könnte. Und zwar nicht zu unserem Vorteil. Deshalb sollten wir keine Zeit vergeuden, und unsere Abreise organisieren..."

„Mehr nicht?", fragte Jürgen nochmals.

„Das reicht doch wohl!", wies ihn Günther zurecht.

„Stimmt!", räumte Jürgen etwas kleinlaut ein.

„Und darum ist Regine auch nicht hier!", sagte Professor Zabert, „Ihr könnt den Tag auf der Insel noch einmal nutzen, um euren Interessen nachzugehen. Wir treffen uns dann heute Abend wieder hier. Nach dem Essen, ja?"

„Günther und Marion, die Archäologin, erhoben sich beinahe gleichzeitig und Marion sagte:

„Danke, Professor! Auch für die anderen!"

„Schon gut!"

*

Unmittelbar links neben dem „Hotel am Atlantik" führte eine enge Straße, eher ein befestigter Weg zu Gärten und Gärtchen.

Auf dem dritten Grundstück befand sich ein kleines weiß angestrichenes Haus mit grünen Fensterläden und Türen und einem Innenhof, der genügend Platz und Abstellfläche hatte. Hier war die Filiale eines auch in Deutschland bekannten Autoverleihers.

Drei Autos, Kleinwagen, standen auf dem Hof. Und es war noch Platz für zwei, eventuell drei, weitere Autos.

Etwa eine Viertelstunde später und eine halbe Stunde, nachdem Professor Zabert uns einen erlebnisreichen Tag gewünscht hatte, standen Louise und ich vor einem

Schreibtisch, der mit Akten, Zetteln und Notizen überhäuft war. Sogar einen Kalender, der vor drei Jahren gültig war, konnte ich entdecken.

Hinter dem Schreibtisch saß eine sehr korpulente und ebenso fröhliche Frau, die uns in makellosem sächsischen Dialekt begrüßte. Ich sah sie wohl sehr verdutzt an. Doch ohne zu zögern erklärte die Frau:

„Die Liebe! Mein Lieber, die Liebe! Sie ist weltumspannend. Aber leider ist sie gegangen und ich bin geblieben!"
Und nach einigen Augenblicken, während der sie einen Formularblock zurechtlegte, sagte sie:

„Wir brauchen nicht lange zu handeln! Zwei, der rechte und der mittlere, sind vorbestellt. Den linken könnt ihr haben. Zum Freundschaftspreis von fuffzig Euros. Stellt ihn am Abend dann vor das Haus! Vollgetankt, versteht sich. Den Schlüssel werft ihr dann in den Kasten."

„In Ordnung!", stimmte ich zu, legte das Geld auf den Schreibtisch und nahm mein Exemplar des Formulars.

„Name und Vorname, alles persönliche könnt ihr ja selbst eintragen!"
„Ja! Machen wir!"
Dann gingen wir, das Auto zu holen und als Louise eingestiegen war, rollten wir vom Hof.

Zu dem Dorf, in dem die Töpfer wohnten, und arbeiteten, gelangte man auf der Straße, die durch die beiden Tunnel führte, dann ein Stück durch den Regenwald und am zweiten Abzweig musste man nach Süden abbiegen.

Wir fuhren nun noch wenige Minuten durch den

Regenwald, bevor wir auf der Hochebene am höchsten Berg der Insel ankamen.

So, wie mir die junge Frau an der Rezeption des „Hotel am Atlantik" den Weg zu den Töpfereien erklärt hatte, sollten die nun ohne Schwierigkeiten zu finden sein.

„Nach den letzten Häusern den ersten Weg nach rechts und dann noch etwa fünfhundert Meter!", hatte man uns den Weg beschrieben.

Das war am Abend des dritten Tages auf der Insel.

Ich fuhr zum Ende des Dorfes, jedoch konnte ich einen Weg, der nach rechts abbiegt, nicht finden. Auch dann nicht, nachdem ich weiter auf der Straße gefahren war. Ich sah Louise an und die meinte:

„Hier ist wohl das Ende der Ortschaft. Lass' uns zurück fahren!"

Ich wendete und bog, vom Dorf aus gesehen, nach links ab. Jedoch standen wir dann bald auf einem Plateau. Hier endete der Weg und am Rand des Plateaus begann ein steiler Abhang, der dutzende Meter in die Tiefe fiel.

Wir stiegen aus dem Auto und standen dann auf der etwa zehn Metern im Quadrat großen Fläche und ich überlegte in diesem Moment, ob wir vielleicht in eine riesige Caldera blickten. Allerdings konnte ich mich nicht daran erinnern, in irgendwelchen Reiseliteraturen davon gelesen zu haben. War die Insel, trotz ihrer Vergangenheit als von Vulkanen bedecktes und Lava speiendes Eiland im Atlantik, dennoch so uninteressant? So uninteressant, dass man diese mögliche Caldera nicht erkannt hatte? Das konnte ich mir nicht vorstellen! Und so schien es mir angebracht, in diesem Moment meinen derartigen Gedanken nicht weitere Zeit zu geben und vielleicht 'mal mit Günther darüber sprechen.

Ich legte meinen Arm um Louise und deutete auf den Horizont, dorthin, wo der Atlantik silbern blinkte. Und so, als hätte sie meine Gedanken erraten sagte sie:

„Sieht aus wie ein riesiger erloschener Vulkan! Und du meinst, das da unten", Louise deutete auf das vor uns liegende Tal, „könnte durch eine Explosion entstanden sein?"

„Könnte sein!"

Louise sah mich an und meinte:

„Aber wollten wir nicht eigentlich zur Töpferei?"

„Eigentlich schon!"

„Na dann!"

„Ja! Und ich hoffe, man hat bei der Wegbeschreibung rechts und links verwechselt. Also ich meine, rechts aus dem Dorf kommend ist links in das Dorf hinein fahrend!"

„Stimmt!"

„Du meinst, wie sollten einen erneuten Versuch am anderen Ortsausgang versuchen?"

„Ja!", antwortete ich und stieg ins Auto.

Wir fuhren zum anderen Ende des Dorfes und fanden nun auch ohne weiteres Suchen die Abfahrt. Und tatsächlich etwa fünfhundert Meter weiter drei Häuser, die um einen Platz angeordnet waren.

Auf einem Holzschild, an einen Baum mit Bastschnüren befestigt, war, trotz der bereits abgeblätterten Farbe, zu lesen: „Ceramicas". Unter der Schrift war ein Pfeil zu erkennen, der in die Richtung der Häuser zeigte.

Ich fuhr das Auto auf den Platz und als wir angehalten hatten und aussteigen wollten, waren wir im selben Augenblick von Kindern umgeben. Die schauten uns erwartungsvoll aus großen dunkelbraunen Augen an.

Eine alte Frau kam aus dem Haus an der Stirnseite des

Platzes und rief den Kindern einige Worte zu, die wir allerdings nicht verstanden. Danach standen die Kinder in einigem Abstand vom Auto und statt dessen streunten zwei oder drei ungepflegte Hunde mit struppigem Fell um unser Auto. Die wurden von der alten Frau ebenfalls mit Kommando auf Abstand gehalten.

Louise sah mich fragend an und ich antwortete:

„Das ist nun 'mal so!"

Dann stiegen wir aus und die Alte bedeutete uns, wir möchten in das Haus an der Stirnseite kommen.

Jetzt hatte man auch die Haustüren der beiden anderen Gebäude weit geöffnet. Wir konnten erkennen, auch in diesen Häusern befanden sich Werkstätten, in denen Ton geformt und bearbeitet wurde.

Ich blickte Louise an und die meinte:

„Lass' uns 'mal zu ihr gehen!", dabei schaute sie in die Richtung der alten Frau, „Schließlich hält sie uns die Köter vom Leib!"

„Stimmt!", antwortete ich leise.

Wir betraten das Haus durch eine zweigeteilte Tür. So, wie in Norddeutschland auch noch sehr häufig anzutreffen: eine Klöntür. Man konnte die obere Hälfte der Tür separat öffnen und dann miteinander klönen: sprechen, reden, sich unterhalten. Der untere Teil der Tür blieb während dessen geschlossen. Diesen öffnete man nur, um das Haus zu betreten oder zu verlassen. Oder um Besuch herein zu bitten.

Die alte Frau ging voran, öffnete den unteren Teil der Haustür und ließ uns in einen größeren Raum eintreten. Der wurde durch etwas Licht, welches durch die verschlossenen und mit vielen Gegenständen zugestellten Fenster fiel, nur spärlich beleuchtet.

Nachdem unsere Augen sich an das Halbdunkel gewöhnt hatten, das dauerte einige Augenblicke, erkannten wir, dass wir in der Töpferwerkstatt standen. In der Mitte des Raumes befand sich ein aus rohem und unbehandeltem Holz gearbeiteter Tisch. Darauf stapelten sich die unterschiedlichsten Gegenstände.

An zwei Wänden des Raumes lehnten Regale, in denen Töpferwaren zum Verkauf bereit standen.

Und zwischen den beiden, nur sparsam Licht einlassenden Fenstern saß an einem kleinen Tisch eine junge Frau und blickte uns aus großen und dunklen, fast schwarzen, Augen an.

Ich vermutete, es war die Tochter der Alten. Warum ich das meinte, hätte ich in dem Moment nicht erklären können.

Die Alte sprach einige Worte und sofort begann die Jüngere, dunkelbraunen Ton in daumendicke Rollen zu formen und damit an einem Werkstück weiter zu arbeiten, es war eine flache Schale.

Sie legte die Tonrollen übereinander drückte sie an und verstrich mit den Fingern die Fugen.

Ich erinnerte mich, so etwas bereits gesehen zu haben und Louise erklärte mir:

„Das wird, so meine ich, als Aufbautechnik bezeichnet. Weil das Werkstück nicht an einer Töpferscheibe aus einem Stück Ton gedreht wird, sondern aufgebaut wird."

„Aha!"

Wir sahen der jungen Frau zu, wie sie Tonrolle an Tonrolle legte, damit einen Kreis auf dem bereits geformten Werkstück arbeitete sowie mit den Fingern die Fugen glattstrich. Und dann erneut mit daumendicken Tonrollen einen Kreis legte, den sie dann mit den Fingern mit dem bereits geformten Werkstück verstrich.

Immer dann, wenn sie zwischen einzelnen Arbeitsschritten zu uns aufblickte, lächelte sie und ich hatte den Eindruck, jemanden zu beobachten, dem seine Arbeit Freude bereitete.

Louise schien meine Gedanken erraten zu haben und sagte:

„Das trifft man auch nicht jeden Tag!"

„Nein!", bestätigte ich, „Bestimmt nicht!"

Die Alte hatte sich, während wir die Arbeit der Töpferin beobachteten, auf einen Stuhl, dem Tisch stand, gesetzt. Sie kramte eine Schachtel aus ihrer Schürzentasche und langte über den Tisch, um ein Messer, wie wir es zum Schälen von Kartoffeln benutzen, heran zu ziehen.

Dann öffnete sie die Blechschachtel, legte deren Inhalt auf den Tisch. Sie nahm das Messer und schnitt von der braun-grünen Rolle ein fingerkuppenlanges Stück ab. Anschließend legte sie die Rolle wieder in die Blechschachtel, ein leises Klacken zeigte das Einrasten des Verschluss an.

Die Alte lehnte sich zurück und schob, begleitet von einem leisen und Zufriedenheit verkündenden Schmatzen, das abgeschnittene Stück der braun-grünen Masse in ihren Mund.

Dann begann sie, genüsslich und wieder leise schmatzend, den Kautabak zu priemen. Sie schob die Schachtel und das Messer zur Seite, lehnte sich zurück, schloss die Augen und vergaß nun die Welt und uns und überhaupt...

Louise sah mich sehr erstaunt und verwundert an.

Dann blickte sie wieder zu der Alten, die mit geschlossenen Augen und zufrieden lächelnd, als gäbe es nicht Schöneres auf der Welt, den Priem kaute. Hin und wieder zog sie den Saft, den begann, aus ihrem Mund zu tropfen, hoch, und seufzte leise.

Und erneut sah mich Louise an. Ein Lächeln, eher ein stummes Grinsen, war in ihrem Gesicht zu beobachten. Ich bedeutete mit meinen Blicken, dass ich die Situation ebenfalls eigenartig und merkwürdig fand.
Zunächst hatte die Alte großen Wert darauf gelegt, dass wir in ihre Werkstatt kommen und jetzt döste sie auf dem Stuhl, kaute Tabak und zog den dunkelbraunen Saft hoch.

Ich blickte zu der jungen Frau. Die war allerdings mit der Vollendung der, zugegebenermaßen formschönen, Schale beschäftigt.
Also ging ich die drei oder vier Schritte zu Louise und gemeinsam begannen wir, die Keramiken in den Regalen zu betrachten. Wir stellten fest, dass die Schüsseln und Schalen, Krüge und Tassen und Töpfe nicht bemalt und ohne Glasuren waren. Statt dessen, wohl mit einem dreieckigen Werkzeug, hatte man die Oberfläche bearbeitet und Muster in den Ton gedrückt. Diese Verzierungen hatten Ähnlichkeit mit den Zeichen der Keilschrift. Allerdings nur wenig...

Louise nahm ein Gefäß aus dem Regal und hielt es in der Hand, um es mir zu zeigen. Manchmal, und das musste ich in diesem Moment erneut erfahren, sind die Ansichten zweier Menschen über das Gefallen bestimmter Dinge doch sehr verschieden. Während ich meinte, in den Regalen befinden sich ausdrucksvollere Arbeiten, war Louise von diesem Gefäß, das sie in den

Händen hielt, sehr begeistert.

„Das ist nicht gebrannt!", sagte sie, „Nur geschrüht!"

„Aha!", meinte ich und sah Louise fragend an.

Die bemerkte meine Ahnungslosigkeit und beeilte sich, zu erklären:

„Meine Tante, die Schwester meiner Mutter, hat eine Töpferei. Im Oderbruch, wo sie zu Hause ist!"

Das wusste ich noch nicht und fragte:

„Dort, wo es die geheimnisvollen Nebelbänke gibt, die aus den Wiesen steigen und auf den vielen Nebenarmen der Oder liegen. So, wie Watte?"

„Ja! Und bei meiner Tante habe ich auch sehr viele der handwerklichen Grundlagen der Töpferei beobachtet und gelernt. So, unter anderem, dass eine Keramik, wenn sie dann glasiert ist, mindestens zweimal gebrannt ist. Und den ersten Brand bezeichnet man als Schrüh- oder Rohbrand..."

„Und was geschieht dabei?"

„Nachdem der Ton geformt wurde, muss das Werkstück trocknen. Es muss soviel Wasser aus dem Ton heraus trocknen, wie möglich ist. Durch den Roh- oder Schrühbrand entsteht ein hartes und wasserbeständiges Werkstück. Man bezeichnet diesen Vorgang auch als sintern. Während des Brennens werden andere Kristallstrukturen im Ton gebildet, was für die Härte des geschrühten Werkstückes, das anschließend als Scherben bezeichnet wird, wichtig und kennzeichnend ist. Je nachdem, welche materialspezifischen Eigenschaften der Ton hat, erfolgt der Schrühbrand bei im Temperaturbereich zwischen 900 und 1100 Grad Celsius.

Jetzt wusste ich, warum Louise die ausgestellten Stücke mit diesem eigenartigen und prüfenden Blick betrachtete. Sie hatte seit Kindestagen, neben ihrem Leben im Elternhaus, viel Zeit in der Töpferei ihrer Tante verbracht. Die langen Sommerferien sowieso. Das erzählte sie mir dann jedoch später: Irgendwann, als wir nach unserer Heimkehr bei Ria saßen und uns an die Tage auf der Insel erinnerten...

Doch jetzt standen wir in der Töpferei auf der Insel, aufmerksam geworden durch ein mit verblassten Buchstaben bemaltes Schild, dass an einem Baum am Wegesrand schaukelte. Noch immer saß die alte Frau auf dem Stuhl, döste und priemte. Und hin und wieder zog sie braunen Saft hoch.

Louise stellte das Gefäß auf den Tisch und betrachtete nun auch die anderen Werkstücke in den Regalen. Sie nahm erneut einige davon in die Hand, hob sie auf Augenhöhe, hielt sie so, dass das wenige Licht die Keramiken beleuchten konnte. Viele der Arbeiten stellte sie vorsichtig wieder in das Regal zurück.

Am Ende ihrer Prüfung, dann Begutachtung und schließlich Vorauswahl standen vier Keramiken auf dem Tisch in der Mitte der Werkstatt: eine Schale, ähnlich der, an der die junge Frau noch arbeitete. Zwei Schüsseln und ein Topf.

Louise fragte mich:

„Was soll ich mitnehmen?"

Das konnte ich nicht beantworten. Louise nahm erneut eines der Stücke in die Hand, es war der Topf, und sah wie verzaubert auf das Werkstück.

Dann nahm sie die Schale und hielt sie mit der linken Hand empor.

Ich bemerkte, wie uns die Alte mit halb geschlossenen Augen beobachtete, dabei unaufhörlich den Priem kaute und den Tabaksaft hochzog.

Plötzlich sprang sie auf, lief zur Tür und schrie mit schriller Stimme:

„No! No! No!“

Bevor sie die Tür zuschlug, sah ich, dass zwei oder drei andere Frauen zurück traten.

Nun war es in dem Raum dunkler als zuvor.

Die Alte kam an den Tisch zurück, deutete auf die Keramiken, wobei sie alle vier Stücke meinte und rieb den Daumen und den Zeigefinger ihrer rechten Hand gegeneinander; die bekannte Geste für Bezahlen und auch für Geld und sagte:

„Tre!“

Louise sah mich an und fragte:

„Habe ich das eben richtig verstanden?“

„Was?“

„Will sie uns vier Stücke zum Preis von dreien verkaufen?“

„Ja!“, antwortete ich zögernd, „Kann sein!“

„Das machen wir nicht!“, legte Louise sofort fest, „Die vier nehmen wir mit und bezahlen sie alle. Die Leute sind doch arm wie die Kirchenmäuse. Und das Geld für alle vier haben wir doch, oder?“

„Ja! Sicher!“, beeilte ich mich zu antworten.

Allerdings war ich mir nicht sicher, wie die alte Frau das auffassen würde. Vielleicht war sie dann in ihrem Stolz verletzt und reagierte sehr heftig. Aber, so hoffte ich, ein Lächeln von Louise würde einer eventuell unfreundlichen Situation die Schärfe nehmen.

Die Gefäße, die wir kaufen wollten und auf dem Tisch standen, waren an der Unterseite mit kleinen Zetteln, auf denen der jeweilige Preis geschrieben war, beklebt.

Ich sah das, addierte die Summe und gab der alten Frau sechzig Euro. Genau der Preis, der für alle vier Arbeiten zu bezahlen war. Die Frau nahm das Geld, sah mich an und dann Louise, faltete die Scheine zusammen, steckte sie in die Tasche ihrer Schürze und nickte. So, als bedankte sie sich.

Sie stand auf, kramte unter dem Tisch Zeitungspapier hervor, strich jedes einzelne Blatt sorgfältig glatt und wickelte die Arbeiten, jede davon einzeln, ein.

Dann holte sie aus einem Karton einen großen Bogen Packpapier heraus, strich auch diesen sorgfältig glatt und wickelte nun die vier kleinen Pakete darin ein. Zum Schluss faltete sie den Rest des Packpapierbogens so, dass alles zusammen gehalten wurde, ohne mit Bindfaden oder Klebestreifen geschnürt zu sein.

Sie deutete auf ihre Schürze, in der sich das Geld befand und murmelte etwas, was wir nicht verstanden und lächelte uns freundlich an.

Das hatte ich nicht erwartet! Wir waren froh darüber, dass wir der Alten nicht umständlich erklären mussten, warum wir alle vier Arbeiten bezahlt haben wollten. Vielleicht wäre das vierte Stück ein Freundschaftsgeschenk gewesen? Zumindest aus deren Sicht? Wer weiß!

Dann ging sie und öffnete die zweigeteilte Tür, vor der Kinder und drei oder vier andere Frauen warteten und die Hunde herumlungerten. Die Alte bahnte uns einen Weg durch die Wartenden und scheuchte mit barschen Worten die Hunde weg. Als wir bei unserem Auto angekommen waren, traten zwei Frauen vor und deuteten auf die Gebäude an der Seite des Hofes. Dort befanden sich auch Werkstätten, deren Türen, ebenfalls zweigeteilt, geöffnet waren. Im Halbdunkel konnte ich Regale erkennen.

Offenbar wollten die anderen Frauen uns auch in ihre Werkstätten bitten. Doch die Alte sagte etwas, was wir wieder nicht verstanden und meinte dann nur:

„No!"

Die Alte schob die anderen Frauen zur Seite und dann standen wir vor unserem Auto. Ich sah Louise an und sagte:

„Komm! Lass uns fahren!"

„Ja!"

Wir stiegen in das Auto und beobachteten, dass die anderen Frauen in ihre Werkstätten gingen und dabei das Haus der Alten nicht ansahen.

Nachdem wir eingestiegen waren, sagte ich zu Louise:

„Ich hatte kein Verlangen danach, zwischen irgendwelche Interessen zu geraten. Wenn es dann darauf ankommt, sind die Leute sich hier ohnehin einig!"

„Ja! Und wer weiß, vielleicht ist morgen die Alte zweiter Sieger. Dann, wenn etwas verkauft werden soll!"

Ich startete den Motor und die Kinder gingen zur Seite.

Als wir vom Hof rollten sah ich, wie die Alte braun-grünen Tabaksaft auf den staubigen Hof spuckte und dann zu ihrer Werkstatt schlurfte.

Später, als wir auf der Straße zum Dorf fuhren, sagte Louise zu mir:

„Auch wenn wir in jeder der anderen Werkstätten auch etwas gekauft hätten, die Armut der Leute wäre nicht geringer geworden! Dazu bedarf es anderer Aufwendungen und Anstrengungen!"

„Ja!"

*

Wir fuhren ins Dorf zurück und bogen dann in die Richtung des Parkplatzes auf dem Plateau ab. Ich wollte nicht die gleiche Strecke wie auf der Hinfahrt, also durch den Regenwald nehmen.

Es gab eine kleine Straße, auf der konnte man um den höchsten Berg der Insel fahren. Aber bald würden wir wieder auf der Straße ankommen, die in das Tal führte, in der sich unser Hotel am Strand befand. Es gab nur einen Weg dorthin.

Das sagte ich Louise. Ohne ihre Antwort abzuwarten, bog ich an der Straße im Dorf ab. Louise hatte sich dann zu der von mir vorgeschlagenen Fahrtroute nicht geäußert und statt dessen ihre Hand auf mein Bein gelegt. Und da blieb sie auch. Bis wir wieder vor dem Hotel hielten.

Das war zwei Stunden später. Die Dämmerung hatte begonnen, über die Insel zu ziehen, als wir an der Tankstelle Benzin nachfüllten. So, wie mit den Leuten vom Autoverleih vereinbart.

Louise stieg am Hotel aus und ich fuhr die wenigen Meter, zweihundert waren es ungefähr, zum vereinbarten Parkplatz und stellte das Auto ab.

Ich ging zum Hotel zurück und sah Louise in der Eingangstür stehen und heftig winken.

Als ich mich dem Hotel näherte, nun etwas schneller, rief mir Louise etwas zu. Was sie sagte, konnte ich nicht verstehen. Die Brandung des Atlantiks donnerte gegen den Strand und machte die Verständigung nicht möglich.

Erst als ich vor Louise stand, verstand ich, was sie mir zugerufen hatte:

„Der Professor erwartet uns. Wir sollen gleich nach oben kommen!"

Ich ahnte, was wir jetzt erfahren würden, sagte aber nichts. Statt dessen folgte ich Louise zum Fahrstuhl und dann in den Clubraum auf der Dachterrasse.

Als wir den Raum betraten, war es sehr still. Alle waren da und saßen auf ihren Plätzen. Nur Louise und ich betraten, wieder einmal zuletzt, den Clubraum.

Eigenartig war, dass keiner der Anwesenden uns mit einer ironischen Bemerkung begrüßte!

Statt dessen wurde uns bedeutet, wir möchten uns ohne

weiteres Aufsehen setzen.

Jemand schloss die Tür und Professor Zabert sagte, ohne Begrüßung und auch ohne einleitende Worte zu äußern:

„Veronika hat mich heute, am Nachmittag, nochmals angerufen...“

„Und, was hat sie gesagt?“, fragte Güther.

Der Professor sah aus dem Fenster und dann sprach er leise weiter und antwortete auf die Frage:

„Wir haben bis morgen um zwölf Uhr Zeit, die Insel zu verlassen. Bis dahin gilt eine Zusage der Aufständischen für freies Geleit bis außerhalb des Landes...“

Jetzt war es noch stiller im Clubraum. Es war das eingetreten, was ich befürchtet und mit niemandem besprochen hatte:

Was als interessanter Arbeitsaufenthalt auf der Insel im Atlantik geplant war, endete nun mit einer Flucht! Das hatten keiner von uns so deutlich erwartet!

Ich spürte, wie Louise nach meiner Hand suchte, um sich festzuhalten. Ich legte meine Hand auf ihre Beine und dann hielten wir uns fest.

Jemand aus der Gruppe fragte und sah dabei zu Professor Zabert:

„Was hat Veronika genau gesagt? Das heißt doch, es könnte bedeuten, der Archipel, alle Inseln, also auch unsere, werden Ziel der Aufständischen sein!“

„Was hat sie genau gesagt?“, fragte nun auch Günther noch einmal.

Und Jürgen meinte:

„Ich meine, das zu erfahren, ist unser Recht!“

Professor Zabert sah zur Tür, aber Regine kam nicht

herein. Man spürte, er war unsicher und vielleicht mit der Situation auch überfordert. Er tat mir leid.

Ich stand auf und augenblicklich war Ruhe und Stille. Wäre eine Nadel oder etwas anderes, sehr feines, zu Boden gefallen – man hätte das gehört. Und wahrscheinlich wäre dieser Aufprall, von Krach und Lärm begleitet, erfolgt. So still war es im Clubraum. Dann blickte ich einige Leute an: Günther, Monika, Peter, auch Klaus Beier sah ich an und sagte schließlich:

„Wir sollten nicht in Panik geraten! Das wäre unangebracht. Ich meine, wir sollten unsere Abreise in geordneter Weise gestalten. Daran arbeitet, wenn ich das richtig verstanden habe, Regine bereits. Und für Professor Zabert kommen die aktuellen Ereignisse ebenso überraschend wie für jeden von uns..."
Ich blickte zum Professor und der sah mich dankbar an.

„Vielleicht kannst du uns ja sagen, welche Nachricht Veronika übermittelt hat?", fragte Andrea Holzmann, die Politologin.
Ich blickte Andrea an und sagte sehr ruhig:
„Nein, das kann ich nicht!"
„Aber wer kann das, außer Professor Zabert, sagen?"
Ich blickte Andrea wieder an, dann einige andere im Raum: Monika, die Archäologin, den Völkerkundler Klaus Beier, dann Günther und auch Jürgen. Alle, so war mein Eindruck, wollten die wörtliche Wiedergabe der Nachricht hören.
Nur Arndt Becker, Mathematiker und Gärtner und der Physiker Hannes Neumann saßen so, wie immer, beieinander und dann erhob sich Arndt Becker und sagte:
„Das ist doch für unsere Situation und die daraus folgende Abreise völlig egal, was die junge Frau nun

wortwörtlich unserem verehrten Herrn Professor Zabert gesagt hat. Kern der Aussage und für uns wichtig ist doch, dass wir bis morgen um zwölf von der Insel verschwunden sein müssen. Sonst droht Ungemach!"

„Und um das zu organisieren, ich meine die Abreise, ist Regine zum gegenwärtigen Zeitpunkt unterwegs!", ergänzte Hannes Neumann.

Danach war wieder Stille, unendlich lange erscheinende Ruhe, im Raum.

Plötzlich stand Professor Zabert auf und sagte:

„Veronika meinte, die Aufständischen hätten auf dem Festland einigen Boden gewinnen können. Symbolisch gemeint. Woraus ich schließe, deren Einfluss ist größer geworden. Denn, und danach fragte ich ebenfalls, bewaffnete Konflikte werden, zumindest bis vor etwa einer Stunde, nicht ausgetragen. Und dann sagte sie noch, eine Voraustruppe ist auf dem Weg zu den Inseln. Per Flugzeug. Die müssten entweder bereits angekommen sein oder in wenigen Minuten landen. Von dieser Abordnung sollen alle Fremden und Gäste aufgefordert werden, bis morgen, 12 Uhr, die Inseln zu verlassen. Das ist alles, was Veronika mir sagte. Mehr nicht!"

Professor Zabert setzte sich wieder und sah dann mit einem, mir an ihm nicht bekannten, Gesichtsausdruck aus dem Fenster und in eine unbekannte Ferne. Er war, so mein Eindruck, innerhalb der letzten Stunde um Jahre älter geworden. Mit zusammen gepressten Lippen saß er aufrecht auf seinem Stuhl und blickte zum Atlantik. Er war, wenn auch nur vielleicht, oder hoffentlich, für kurze Zeit zu keiner Handlung fähig. Ich meinte, er trauerte um sein Lebenswerk hier, auf der Insel. Und ich hoffte weiterhin, Regine würde sehr bald zu uns auf die Dachterrasse kommen.

Während wir auf Regine warteten, führten einige von

uns leise Gespräche.

Und Günther und Jürgen standen am Fenster und schauten über den Atlantik zu der Insel mit dem Doppelvulkan.

Auch der Professor schaute weiterhin aus dem Fenster. Während Günther und Jürgen zur Insel blickten, hatte er seinen Stuhl so gestellt, dass ihm der Blick über das Meer und bis zum Horizont war nur Meer zu sehen, möglich war.

In die rechte Hand hatte er seinen Kopf gestützt und der Arm lehnte auf dem Tisch. In der linken Hand hielt er einen Stift.

Dann verstummten die Gespräche allmählich und bald war Stille im Raum. Alle blickten zum Meer oder über das Meer.

Louise hielt noch immer ihre Hand in meiner und hielt sie fest.

Ich hatte, am Beginn unseres Wartens auf Regine, auf die Uhr über der Tür gesehen. Das war eine Angewohnheit von mir. Um die Zeit festzustellen. wenn eine neue Situation eintrat. Oder sich etwas änderte.

Als ich meinte, eine Ewigkeit, während wir warteten, musste vergangen sein, zumindest eine kleine Ewigkeit, blickte ich zur Uhr über der Tür und stellte fest, erst zehn Minuten saßen wir und warteten und blickten zum Atlantik.

Plötzlich stand Andrea Holzmann auf. Sofort wendeten sich ihr alle zu. Wollte sie vielleicht etwas sagen? Doch Andrea schob den Stuhl an den Tisch, blickte erst zum Professor und sah dann mich an und sagte leise:

„Ich bin gleich wieder da!"

Sie ging zur Tür, öffnete leise und nachdem sie auf dem

Flur stand, schloss sie die große und schwere Tür sehr, sehr leise. Das Klacken des Schlosses war nicht zu hören. 'Frauen können so etwas', dachte ich und blickte Louise an und dann wieder aus dem Fenster und über das Meer.

Andrea kam bald wieder. Das sei bereits jetzt schon bemerkt. So leise, wie sie beim Hinausgehen die Tür betätigt hatte, tat sie das nun ebenfalls beim Eintreten. Sie ging, nein beinahe schlich sie, zu ihrem Platz, hob den Stuhl vom Tisch weg und setzte sich.

Hätte jemand geschlafen, was selbstverständlich während des Wartens auf Regine und in dieser Situation keiner tat, er wäre nicht aufgewacht. So leise war Andrea gegangen und wieder gekommen.

Nach etwa einer weiteren Viertelstunde sagte Professor Zabert:

„Ich weiß gar nicht, wo sie bleibt! Das kann alles doch nicht so lange dauern! Ich werde 'mal nachschauen!"

Er stand auf, schob seinen Stuhl beiseite und dann wieder an den Tisch und verließ den Raum. Hinter ihm fiel die schwere Tür laut in das Schloss.

Als das Klacken des Türschloss und deren Vibrieren nach dem Schließen im Raum verhallt war, dauerte es nur wenige Augenblicke, bis wieder Ruhe, Stille, den Raum erfüllte.

Es war bald wieder so ruhig, dass ich Louises' Atembewegungen sowieso, aber auch die ihres Nachbarn, es war Peter Nowack, hören konnte. Peter saß etwa einen Meter entfernt von Louise, wenn nicht sogar etwas mehr. Und das war nicht ausschließlich auf mein außerordentliches Hörvermögen zurück zu führen.

Im Gegenteil! Nach mehreren Entzündungen im Mittelohr, alle während meiner Kindheit und frühen Jugend „durchgemacht", wie man es damals sagte, begannen Ärzte, mein Hörvermögen als am unteren Level befindlich einzuschätzen.

Aber später hatte ich deswegen keine Probleme und die entsprechenden Untersuchungen, während der Audiogramme angefertigt wurden, ließen keine Auffälligkeiten erkennen.

Im Abendlicht war der Doppelvulkan sehr deutlich zu erkennen. Das faszinierte nicht nur Günther und Jürgen, die vor einem bis auf den Fußboden reichenden Fenster standen. Ohne ein Wort zu sagen, tippte Günther Jürgen auf die Schulter und deutete zur Vulkaninsel.

Und Jürgen erwiderte mit einer kaum zu bemerkenden Kopfbewegung Günthers Hinweis.

Louise hatte noch immer ihre Hand in meiner liegen und bewegte, kaum zu bemerken, ihren Daumen in meiner Hand. Wahrscheinlich wäre dieses sanfte Streicheln ihres Daumens in meiner Hand einem Beobachter nicht aufgefallen.

Ich bemerkte es selbstverständlich und ließ Louise gewähren. Schon früher hatte ich bemerkt, dass Louises Anfassen keinesfalls bespottet oder missachtet werden darf. Im Gegenteil! Das Anfassen bedeutete für sie das Empfangen von Geborgenheit und Schutz. Dann, wenn es anders nicht möglich war. Wenn sie sich nicht hinter mich stellen, sich nicht verstecken konnte.

Es war auch für mich ein Zeichen dafür, dass Louise sich bei mir geborgen fühlte. Und deshalb ließ ich ihre Hand in meiner.

Auch wenn Monika, mit der ich ein durchaus freundschaftliches und ein auf gegenseitige Achtung beruhendes Verhältnis pflegte, irgendwann 'mal 'was über händchenhaltende Pärchen philosophiert hatte.
Das war allerdings bereits vor längerer Zeit.

Auf dem Treppenhaus hörte ich Stimmen, die sich schnell näherten. Dann erkannte ich, es waren zwei Personen, die sich miteinander sprachen.
Vor der Tür zum Clubraum blieben beide stehen und ich erkannte Regine und Karl Beitz.
Beide betraten den Raum und Regine ging sofort dorthin an den großen Tisch, wo der Professor gesessen hatte.
Karl-Heinz folgte ihr und blieb neben Regine stehen.
Als Regine einen Stapel Papier auf den Tisch gelegt hatte, sagte sie:
„So, Leute! Jetzt wir es ernst!"

Alle, die mit nahezu geschlossenen Augen aus dem Fenster geblickt hatten und Klaus Beier, von dem in den letzten Minuten tatsächlich ein kleines, aber feines Säuseln zu hören war, weil er tatsächlich eingeschlafen war, blickten zu Regine.
Nun saßen wir am Tisch, als Regine erklärte:
„Der Professor hat, wir wissen es, von Veronika ausrichten lassen, das wir bis morgen um zwölf Zeit haben, das Land zu verlassen. Das Land, wohlgemerkt, und nicht nur die Insel! Was bedeutet, wir müssen mit dem Schiff zur Nachbarinsel fahren, dann zum Flugplatz kommen, starten, fliegen und bis um zwölf aus dem Luftraum sein!
„Und vorher müssen wir noch zum Hafen auf unserer Insel kommen!", ergänzte Hannes Neumann und bekam

dafür die stumme Zustimmung der anderen.

„Stimmt!", bestätigte Regine, „Und deshalb werden wir morgen früh um vier, bitte pünktlich um vier!, dabei sah sie mich und Louise an und grinste ein wenig, mit Manuel zum Hafen fahren. Der weiß darüber bereits Bescheid."

„Und kommt?", fragte jemand.

„Und kommt!", bestätigte Regine und sagte dann weiter:

„Um sechs fährt das Schiff. Dann sind wir um halb sieben, etwa, drüben und um acht geht der Flieger. Direktflug nach Hause. Ankunft kurz vor eins!"

„Und das hast du alles so geplant und organisiert?", fragte Günther.

„Meinst du, ich erzähle euch hier ein Märchen und verschwinde klammheimlich mit dem Professor und in dessen Flieger?", Regine sah Günther grimmig an und der beeilte sich zu sagen:

„Nein! Nein! Natürlich nicht! War nur so 'ne Bemerkung! Entschuldigung, bitte!"

„Gewährt!", bestätigte Regine und meinte dann:

„Und Manuel fährt uns bis vor das Schiff. Somit brauchen wir mit unserem Gepäck nicht durch den Hafen zu laufen. Sein Cousin arbeitet auf der Fähre und hat uns schon 'mal vorsorglich zu VIP's erklärt!"

„Na!", sagte Jürgen und wollte dann wissen:

„Und die Fahrt vom anderen Hafen zum Flugplatz?"

„Wird mit einem firmeneigenen Bus der Reederei erfolgen. Schließlich sind wir VIP's!"

Regine war bekannt für ihr außerordentliches und ungewöhnliches Organisationsvermögen. Das hatte sie bereits während verschiedener Gelegenheiten bewiesen. Somit konnte man sich ohne Widerrede auf das verlassen,

338

was sie sagte.

Allerdings hatte wohl Günther, der sie eigentlich bereits sehr lange kennt, das vorhin vergessen...

„Aber eine Frage habe ich noch!", sagte Jürgen.

„Bitte!"

„Hast du schon Flugtickets?"

„Ja! Hier! Eins für jeden. Keine Sammelliste. Im Netz gebucht und im Büro von Karl-Heinz ausgedruckt. Bezahlt ist auch schon!", Regine hielt den Stapel Papier, einer Trophäe gleich, hoch und sagte dann weiter:

„Die Tickets gebe ich euch jetzt. Man kann ja nie wissen, ob wir aus irgendwelchen Gründen auch... Ach, egal! Wird schon schief gehen!"

Dann begann Regine, die Flugtickets zu verteilen. Und als sie noch eins in der Hand hielt, fragte sie:

„Wo ist denn der Professor?"

„Dem müsstest du begegnet sein! Er wollte dich suchen!", antwortete Jürgen.

„Wann?"

„Eine Weile, bevor du gekommen bist!"

Der läuft nicht weg! Der ist irgendwo im Hotel, wir finden ihn. Die Sache mit der eventuellen politischen Wende, auch auf dem Archipel und auf dieser Insel, beschäftigt ihn mehr, als ihr das für möglich haltet!"

„Stimmt!"; bestätigte ich und fragte:

„Und euer Flugzeug? Wollt ihr das hier lassen?"

„Ich habe erst 'mal auch für uns auch Flugtickets gekauft. Soll er entscheiden, was er macht. Er macht ohnehin das, was er will!"

„Na gut! Wir werden es erleben!", meinte Günther.

„Und hoffen, dass er, sollte er sich für den Flug mit seiner Cessna entscheiden, bald zu Hause ankommt!", sagte Regine.

„Am Können wird das wohl nicht scheitern! Er ist mit

mir schon 'mal bis Namibia geflogen!", sagte Günther.

„Vergiss nicht, das war vor zehn Jahren!", erwiderte Regine, „Da war er Anfang sechzig!"

Ohne das wir das bemerkten, wurde die Tür geöffnet und Professor Zabert sagte:

„Ach, hier bist du!"

„Ja! Wo denn sonst? Ich habe euch, nun wieder 'mal, das Leben organisiert!"

„Na, das ist ja fein!", antwortete der Professor, ging zu Regine und nahm sie in den Arm.
Und Regine fragte:

„Du hast mich gesucht?"

„Ja!"

„Regine zog einen Stuhl unter dem Tisch hervor und forderte den Professor auf:

„Setz' dich doch!"
Dann sagte sie:

„Wir haben soeben besprochen, dass morgen früh um vier Manuel wartet, um uns zum Hafen zu bringen. Weil um acht Uhr der Flieger startet, der uns außer Landes bringen wird!"

„Und die Cessna?"

„Regine hatte diese Frage erwartet und antwortete:

„Wir sind jetzt dafür verantwortlich, die Leute sicher nach Hause zu bringen! Über dein Flugzeug reden wir noch!"

„Gut!", sagte Professor Zabert.

So war Regine. Wenn es drauf ankommt, kurz, organisiert und pragmatisch. Irgendjemand meinte 'mal deswegen:

„Mit ihr kann man um die Welt segeln. Egal, auf welchem Kurs und welche Route, du kommst in jedem

Fall an!"

Und so war ich mir auch sicher, für die Cessna hatte Regine auch bereits einen akzeptablen Plan, dem der Professor kaum und ungern widersprechen konnte.

*

Ungern beschreibe ich in meinen Aufzeichnungen und Berichten zukünftige Ereignisse.

Der Leser könnte in diesem Fall möglicherweise der Chronologie des Geschehens nicht oder nur mit Mühe folgen. Manchmal jedoch, und zwar dann, wenn zum gleichen Zeitpunkt etwa gleichbedeutende Ereignisse zu beachten sind, muss ich dem Geschehen vorgreifen.

Um nicht weiter auszuschweifen: Es muss nun die Rückreise der Gruppe beschrieben werden und außerdem die Reise des Professors nach Hause.

Wir wissen, Regine war sehr daran gelegen, dass die Abreise unserer Gruppe, der Professor gehörte ebenso dazu wie jeder andere, möglichst schnell und ohne viel Aufsehen, erfolgte. Ihr wäre es recht gewesen, der Professor hätte sein Flugzeug im Hangar auf der Insel und unter der Obhut von Veronika und Fernando und deren Gleichgesinnten gelassen. Um es dann in einiger Zeit, wenn die Lage sich beruhigt hätte, abzuholen.

Regine gab der Revolte ohnehin kaum eine Chance („das hat sich in einigen Wochen von selbst erledigt!").

Dem gegenüber erklärte der Professor, so berichtete mir Regine später, nicht die Dauer, sondern einzig allein die Tatsache, seine geliebte Cessna zurück zu lassen, wäre eine von ihm nicht zu akzeptierende Variante.

Auch dann, als Karl-Heinz Beitz dem Professor persönliche Aufsicht über das Flugzeug anbot, war der nicht davon abzubringen, nur mit seiner Cessna die Insel zu verlassen. Was ich, aber das ist ausschließlich meine persönliche Meinung, verstehen konnte.

Fliegen bedeutete für Professor Zabert, so wie auch für andere Menschen, ein großes Stück Freiheit zu erleben und zu genießen.

Regine hatte beschlossen, nicht vom Beginn der Rückreise mit dem Professor zu fliegen, sondern erst bei einer Zwischenlandung auf der Nachbarinsel in die Cessna umzusteigen.

Dann, als sie wusste, wir anderen sind im Flugzeug und auf der Reise in den sicheren Teil Europas.

*

Und tatsächlich! Nachdem wir unsere Flugtickets erhalten hatten, sagte Regine:

„Na, dann bis morgen früh! Und seid sehr pünktlich. Wir haben nur wenig Zeit für das Umsteigen vom Bus zum Schiff und dann wieder vom Schiff in den Bus. Denkt bitte daran!

Sie blickte Karl-Heinz Beitz an und fragte:

„Hast du bitte noch einige Momente Zeit? Ich möchte mit dir und dem Professor noch etwas besprechen!"

Karl-Heinz, der Hotelmanager und ein Vertrauter der Bürgerwehr auf der Insel, also auch von Veronika, ging zu Regine und dem Professor.

Louise und ich verließen den Raum als letzte Personen und so wurden wir unfreiwillig Zeugen, als Regine zwar sehr leise, aber für mich verständlich, im Beisein des Professors Karl-Heinz fragte:

„Könntest du für die Sicherheit der Cessna, sie steht jetzt im Hangar auf dem Flugplatz, sorgen!"

Karl-Heinz sah erst den Professor und dann Regine an und sagte:

„Ja!"

„Und warum?", fragte Regine.

„Weil ich Mitglied im örtlichen Führungsstab der Bürgerwehr bin. Oder, um es deutlicher zu sagen: Ich bin der Chef!"

„Das habe ich nicht gewusst!", antworteten Regine und der Professor beinahe gleichzeitig.

„Das habe ich auch nicht gesagt. Und es wissen nur sehr, sehr wenig Menschen darüber Bescheid. Besonders in der jetzigen Situation! Wir sind mehr als eine Zivilschutztruppe für den Katastrophenfall oder so etwas wie 'ne Hilfsfeuerwehr bei größeren Ereignissen..."

„Sondern?", fragte Professor Zabert.

„Im Krisenfall werden wir sofort dem Militärkommandanten der Inseln unterstellt!"

„Aha!", sagten beide, der Professor und Regine.

Und dann fragte Regine noch einmal:

„Du würdest also die Cessna, sagen wir 'mal, bewachen?"

„Ja!"

Weshalb, weiß ich nicht, als der Professor plötzlich, als ich bereits im Türrahmen stand, sagte:

„Und ihr meint tatsächlich, eure Arbeit in Ehren, aber so 'ne Feierabend-Truppe kann einen Flugplatz verteidigen und somit auch meine Cessna schützen? Da brauchen doch nur drei gut ausgebildete Einzelkämpfer irgendeiner Rebellenarmee zu kommen und die Truppe auf dem Flugplatz ist nach kurzer Zeit außer Gefecht gesetzt. Ich fahre morgen früh zum Flugplatz und nehme die Cessna mit nach Hause!"

Dann schloss ich die Tür.

Regine blieb nun nichts weiter übrig, als für Professor Zabert ein Taxi zu bestellen, dass ihn zum Flugplatz brachte. Dann, wenn wir mit dem   Bus, von Manuel gelenkt, zum Hafen fuhren.

Der siebente Tag

Dort kam der Professor, entsprechend seinen eigenen Angaben, etwa zu der Zeit an, als wir den Hafen erreichten.
Es muss alles in Ordnung gewesen sein mit dem Flugzeug.

Denn, als wir einige Meilen auf dem Weg zur Nachbarinsel auf dem Atlantik zurückgelegt hatten, sahen wir in einer Höhe von etwa 1000 Fuß, so schätzten wir, die Cessna des Professors auf ostwärtigem Kurs fliegen.
Es kann keine andere Maschine gewesen sein, denn als unsere Gruppe auf dem Platz vor dem Flughafengebäude aus dem Bus der Reederei stieg, wartete Professor Zabert bereits auf uns.
„Na, das ging ja schnell!", sagte Jürgen.
„Ja! Ich bin gleich gelandet. Ohne Ehrenrunde!"
Wir hatten keine Zeit zu verlieren, unser Flug war bereits angezeigt. So verabschiedeten wir uns noch einmal voneinander. Auch von Regine und von Professor Zabert.

Pünktlich um acht Uhr rollte der Flieger zum Start und während der auf der Betonpiste dem point of no return entgegen raste, sah ich die Zabert'sche Cessna am Rand des Flugfeldes...

Epilog

Sechs Wochen nach der Rückreise von der Insel im Atlantik hatte ich meine Reisenotizen so gesichtet und sortiert, dass ich beginnen konnte, den Reisebericht zu schreiben.

Mit dem Verlag, Dank Louises Hilfe und Engagement, hatte ich abgesprochen und vereinbart, das Buch würde im Frühjahr (Louise: „Zur Buchmesse!") erscheinen. Im Verlag hatte man sich ausdrücklich zum Buch bekannt und es war nun meine Aufgabe, das zu ermöglichen.

*

So, wie Regine das für uns organisiert hatte, reisten wir nach Hause und erreichten pünktlich um vierzehn Minuten vor ein Uhr am siebenten Tag unserer Reise den Heimatflughafen.

Als wir uns über sicherem Gebiet in Frankreich befanden, sagte Louise zu mir:
„Ich glaube, jetzt sind wir der Heimat sehr nahe!"
Später, wir waren über Paris, fragte mich Louise:
„Warum sind die anderen allein, ohne Mann oder Frau, auf die Insel gekommen?"
„Eigentlich hatte der Professor in seiner Einladung darum gebeten, dass jeder von einem Partner begleitet wird!"
„Stimmt! Du hattest mir damals die Einladung gezeigt."
„Und eigentlich sind wir alle allein gekommen. Auch du!", ich sah Louise an und sie blickte nun doch etwas, ich will es 'eigenartig' nennen, zu mir und fragte:

„Wie soll ich das verstehen? Du und ich waren doch gemeinsam..."

„Du warst im Auftrag des Verlages auf der Insel und wir sind gemeinsam gereist! Der Professor, besser Regine, musste, nachdem die anderen auch allein gekommen sind, irgendwie erklären, das du und ich nicht zusammen..."

„Hm!", meinte Louise und sagte dann, nach einigen Augenblicken:

„Ist ja eigentlich auch egal! Wir hatten trotzdem und überhaupt eine sehr schöne Zeit miteinander!"

„Ja! Das ist wichtig! Und somit waren nur der Professor und Regine gemeinsam gekommen! Obwohl... von den beiden hatte auch ein jeder seine Aufgabe in für die Gruppe..."

„Und alle andere?", fragte Louise, „Günther, Jürgen, Marion, eben alle die anderen?"

Ich überlegte einige Augenblicke und meinte dann:

„Günther lebt allein, ohne Frau und Freundin..."

„Völlig unbeweibt?"

„Ja, wohl! Der lebt für seine Geologie und die Vulkane. Ich meine, mit denen führt er eine sehr gute Beziehung..."

„Und Jürgen?"

„Jürgen war, lange ist das her, gleich nach dem Studium, 'mal verheiratet. Er hat zwar nie darüber gesprochen, aber mit dem zehnten Gebot hatte er so seine Schwierigkeiten..."

„Welches Gebot?"

„Das zehnte. Du sollst nicht begehren deines Nächsten Weib!"

„Als Theologe?"

„Das sind auch nur Menschen!"

„Stimmt! Und heute? Ich meine, konnte er seine

Begierde...?"

„Weiß ich nicht. Und ohne auf eine weitere Frage von Louise zu warten, ich wollte nicht weitere Details aus Jürgens Privatleben erklären, sagte ich:

„Und Marion und Andrea wohnen zusammen..."

„Das musst du mir 'mal genauer erklären!", bat mich Louise.

„Da gibt es nichts weiter zu erklären! Sowohl Marion als auch Andrea waren mit interessanten Männern verheiratet. So richtige Kerle, mit denen wäre man immer angekommen, egal, wo... Marion, so meine ich, ist ein oder zwei Jahre älter als Andrea..."

„Aha!"

„Ja! Und irgendwann stellten dann beide fest, die Liebe zu einem Mann ist nicht das, was beide erfüllt. Dann begegneten sie sich, ich meine, auch im Zusammenhang mit der Arbeit in unserer Gruppe. Das war vor fünf oder sechs Jahren..."

„Und dann?"

„Fanden beide sich sympathisch, verliebten sich ineinander..."

„Und das war das Ende ihrer Ehen?"

„Ja! Kinder hatten und haben beide nicht. Und die Männer waren so klug und so einsichtig und haben das verstanden. Muss wohl auch 'was mit Liebe zu tun haben. Marion und Andrea sind dann bald zusammen in eine Wohnung gezogen. Offiziell haben sie erklärt, gemeinsam in einer WG zu leben..."

„Und inoffiziell wusste jeder, der es wissen wollte, dass beide zusammen sind!", sagte Louise.

„So wird das wohl sein! Mit ihren inzwischen von ihnen geschiedenen und neu und in andere Frauen verliebten Ehemännern haben sie gute und akzeptable Kontakte. Sogar von Freundschaft soll die Rede sein!"

„So 'was soll vorkommen!", sagte Louise und meinte noch:

„Und ich habe dich!"

Ich sah Louise an, nahm ihre Hand und sagte:

„Danke!"

Ein sanfter Druck in den Ohren signalisierte mir, dass das Flugzeug begonnen hatte, die Reiseflughöhe zu verlassen. Und tatsächlich.

Aus den Kabinenlautsprechern war die Stimme eines der Piloten zu hören. Der bestätigte nun das, was ich vermutet hatte und forderte uns auf, dass wir uns bitte anschnallen möchten. Wir befanden uns nun über Belgien und bald über den Niederlanden.

Louise fragte mich:

„Und Arndt und Hannes? Über Klaus müssen wir nicht sprechen! Der hat sich, da gehe ich mit dir jede Wette ein, bestimmt von zwei oder drei Bekanntschaften, alles selbstverständlich nur gute Freundinnen, auf die Insel verabschiedet. Aber, was ist mit Arndt und Hannes?"

Ich habe Louise diese Frage nicht beantwortet. Wir befanden uns mit dem Flugzeug im Anflug auf den Heimatflughafen und die Sinkgeschwindigkeit ließ uns mit jeder Minute der Erde ein Stück näher kommen.

Jeder, der solche Situation bereits erlebt hat, weiß, das die Verständigung schwer ist, weil sich ständig in den Ohren ein Druckpfropfen aufbaut. Der ist nur durch ständiges und regelmäßiges Schlucken zu beseitigen. Das macht eine Unterhaltung kaum möglich. Es sei denn, man redet sehr laut miteinander.

Darum erklärte ich Louise später:

„Hannes Neumann, der Physiker und sehr gute Segler, lebt mit seiner Frau am Meer. Er lebt an zwei Meeren. An dem einen Meer wohnt er mit seiner Frau, von der wir nur wissen, sie ist die Frau von Hannes Neumann, aber weder Beruf noch andere Dinge kennen. Beide leben in einer Wohnung, aus deren Fenstern man einen wunderbaren Blick über die Dächer der Stadt und bis zum Hafen hat. Als ich beide, einige Zeit ist seitdem bereits vergangen, besuchte, war ich beeindruckt von diesem Panorama.

Am Wochenende und oft auch in den Ferien wohnt Hannes mit seiner Frau in einem kleinen, mit Reet gedeckten Haus am anderen Meer. Hinterm Deich steht das Haus und das Grundstück wird auch „Achtern Dieck" genannt.

Hannes' Großeltern haben damals, in der 'schweren Zeit', wie sie sagten, den ehemaligen Stall bewohnbar gemacht und später an Hannes' Eltern vererbt. Hannes' Vater war Professor für Architekturgeschichte an der bekannten Kunstakademie des Landes und ein vielbeschäftigter Mann.

Irgendwann wurde Hannes gefragt, ob er „Achtern Dieck" bewohnen möchte. Hannes, damals gegen Ende seines Studiums und ein erfolgreicher Segler, stimmte dem gerne zu. Wohl auch, weil nahe dem Haus ein kleiner Hafen am Ende eines seit der letzten Eiszeit bestehenden Priel war. Dort lag im Sommer sein Boot. Und wenn Hannes zu der Zeit fehlte, wenn die Boote im Herbst aus dem Wasser geholt und im Frühjahr in das Wasser gebracht wurden, dann erledigten die anderen Segler das mit, die ihre Boote neben dem von Hannes zu liegen hatten.

Und weil Hannes gern grillte und kochte, lud er dann und anschließend die Leute nach „Achtern Dieck" ein und organisierte so für alle einen guten Abend..."

„Was?", fragte Louise und sah mich erstaunt an, „Für alle?"

„Für alle. Im Herbst gab's meistens Eintopf, oft Lamm mit grünen Bohnen. Das Fleisch besorgte er vom Deichschäfer. Und im Frühjahr wurde gegrillt..."

„Na gut! Und Arndt?"

„Der genießt in Kleingartenkreisen und auch unter Berufsgärtnern einen sehr guten Ruf..."

„Aha!"

„Es ist ihm gelungen, eine alte Gemüsesorte, ich meine, Bohnen, vor dem Vergessen zu retten!"

„Wirklich? Das ist ja interessant!"

„Aber darüber kann ich dir nicht mehr erzählen. Damit kenne ich mich nicht aus. Nur soviel, dass er irgendwann mal jemanden kennenlernte, der bewirtschaftete seine Gärtnerei nach ökologischen Maßstäben... Na, und ein Wort kam an das andere. Und am Ende war Arndt der Bohnenretter... Die Sorte ist inzwischen von der Liste der bedrohten Pflanzen gestrichen worden..."

„Da geht er also am Tage in sein Studierstübchen und versucht, irgendwelche Probleme mit mathematischen Modellen zu beschreiben und anschließend, nach Feierabend, rettet er Bohnen!"

„Ja!"

„Und Frau und Kinder?"

„Sind ihm, wie sagt man...?"

„Weiß nicht!"

„Heilig! Von denen hat er viele..."

„Kinder oder Frauen?"

„Eine Frau und vier Kinder!"

„Hm!", sagte Louise, „Ist ja auch interessant, Mann mit Frau und vielen Kindern verdient sein Geld als

Mathematiker und rettet nun auch noch Bohnen!"

„Und die Bohnen sind in der Suppe, dann gekocht, wenn's draußen kalt ist und der Schnee leise rieselt, eine wahre Köstlichkeit! Und viele beneiden ihn um diese gärtnerischen Fähigkeiten!"

„Das will ich gern glauben! Und nun erzählst du mir noch 'was über Peter Nowack! Hat der Frau und Kind oder Kinder?", fragte Louise.

„Von den anderen, vor allem von Regine, weiß ich, Peter ist ein vielbeschäftigter und weitgereister Mann. Regine meinte 'mal, der hat wohl seine Doktorarbeit im Flugzeug geschrieben. Was ein Spaß sein sollte. Peter hat das auch so verstanden und meinte dann, so sehr Unrecht hätte Regine mit dieser Bemerkung nicht. Die besten Ideen sind ihm häufig auch dann gekommen, wenn er aus dem Flieger auf unsere schöne und einmalige Erde geschaut hat. Weiteres kann ich dir nicht sagen. Er lebte 'mal in einer Beziehung, was Übernommenes aus Studentenzeiten. Die Frau, ich meine, sie hieß Franziska, und Peter waren die einzigen Leute, die von der gut organisierten studentischen WG übrig blieben. Die anderen sind ausgezogen. In andere Städte, zu anderen Frauen und Männern. Und irgendwie haben Peter und Franziska dann zueinander gefunden..."

„Tausend Mal berührt...", meinte Louise.

„Wohl so. Das ging dann mit den beiden nicht lange gut. Peter war damals bereits viel unterwegs..."

„Frauen sollte man nicht allzu lange allein lassen!", antwortete Louise und sah mich an, als sie fragte:

„Und dann?"

„Dann war Franziska eines Tages, als Peter nach Hause kam, weg. Auf dem Küchentisch lag ein Brief und sie hatte, unter anderem, geschrieben, nun lange genug gewartet zu haben..."

„Aha!"

„Wohin Franziska gegangen ist, weiß Peter bis heute nicht. Es wird wohl auch ewig ihr Geheimnis bleiben. Sie wurde nie wieder gesehen. Und wenn das sogar Regine meint, dann..."

„Und Peter?"

„Der hat sich eine kleinere Wohnung besorgt und reist weiter um die Welt... Eine zweite Zahnbürste habe ich bei ihm nie wieder gesehen..."

„Vielleicht bringt sein Besuch die mit oder er verteilt Einwegbürsten?", fragte Louise und meinte dann noch: „Na, ist ja auch egal!"

„Recht hast du!", bestätigte ich. „Womit ja nun auch die Frage, warum jeder aus der Gruppe in das 'Hotel am Atlantik' allein anreiste, beantwortet ist. Was sich aber bei genauerer Kenntnis der Dinge als nicht richtig darstellt, denn mindestens die Hälfte von uns kam nicht allein. Aber das haben wir nun klargestellt!"

„Stimmt!", bestätigte Louise.

*

Louise und ich hatten vereinbart, jeder wird seine Wohnung behalten.

„Man kann in den geraden Wochen hier und in den ungeraden Wochen dort frühstücken!", hatte Louise damals, unmittelbar nach unserer Rückkehr von der Insel im Atlantik, dazu festgestellt.

Ich fand diese Regelung gut. Und nun hatte ich bereits zum vierten Mal, Louise als Schlaf- und Frühstücksgast bei mir zu Besuch.

Als ich noch allein war, vor Louises Zeit, war mein häuslicher Arbeitsplatz neben meinem Bett aufgebaut. Das habe ich geändert. Im kleinen Zimmer, dass bis dahin mein Gästezimmer und auch schon 'mal Abstellraum war, steht jetzt meine Arbeitsplatte. Ich habe ein größeres Bett gekauft und an Stelle meines alten Nachtlagers aufgebaut.

Und wenn Besucher über Nacht bleiben wollen, werden sie im Wohnzimmer nächtigen.

Louise war der Meinung und hatte erklärt, dort, wo das oder die Betten stehen, also im Schlafraum, sollte man nur zwei Dinge tun. Nämlich schlafen und Sex haben.

„Alles andere ist mit diesen beiden Dingen nicht zu vereinbaren!", sagte sie noch.

Diese Regelung hatte sich bald als vernünftig erwiesen. Denn manchmal wollte Louise dann bereits schlafen gehen, wenn ich noch etwas an meiner Schreibplatte zu erledigen hatte.

Einer Tradition folgend, habe ich für das Projekt „Reisebericht von der Insel im Atlantik" eine zusätzliche Ablageplatte im kleinen Zimmer aufgebaut: einen Tapeziertisch. Auf dem stapeln sich jetzt Haufen und Häufchen mit Zetteln und Notizen. Immer mit Steinen beschwert, halb so groß wie eine Faust.

*

Selbstverständlich interessierte uns, wie Professor Zabert und Regine den Heimflug in der Cessna erlebt hatten.

Beinahe täglich rief jemand an um zu erfahren, um sich nach beiden zu erkundigen. Und selbstverständlich, um zu grüßen.

„Man könnte sich in der Zeit vor Weihnachten treffen, so 'ne Art Ehemaligentreffen!", meinte Klaus Beier. Doch daran hatte, aus verständlichen weil bekannten Gründen,

Louise nicht das geringste Interesse. Zu deutlich konnte sie sich noch an die Erlebnisse erinnern. Damals, als Klaus Beier Louise mit Blicken taxierte:

„Ich kam mir vor, wie bei einer Fleischbeschau, bei der außerdem das sexuelle Leistungsvermögen taxiert wird!", kommentierte sie die visuellen Schätzungen ihres ehemaligen Mitschülers und heutigen Völkerkundlers. Louise hatte es dann tatsächlich geschafft, einigen anderen die vorweihnachtliche Begegnung auszureden.

Das war mir in ihrem Interesse zwar recht, aber nun musste ich ein Treffen mit dem Professor und Regine organisieren. Denn ich hatte auch erfahren, dass der Professor, aber wohl vor allem Regine, Kontakt zu den Professores aus Granada hält. Und über die beiden wären dann wohl auch Kontakte zu Veronika, Fernando und Karl-Heinz Beitz möglich.

Das bedeutet, möglicherweise könnte die eine oder andere Neuigkeit, die nicht offiziell und auch nicht im Netz verbreitet wird, erfahren werden.

Ich rief im Büro von Professor Zabert an. In der Regel ist Regine gegen neun Uhr anzutreffen.

Es war an einem Dienstag, das weiß ich noch sehr genau, als ich den Anruf das erste Mal versuchte.

Jedoch, ohne Erfolg. Niemand hörte das Klingeln des Telefons. Auch der Anrufbeantworter blieb stumm.

Hatte Regine versäumt, das Gerät anzuschließen?

Aber auch andere Bemühungen, im Büro jemanden zu erreichen, waren vergebens...

Am Mittwoch der folgenden Woche nahm Regine meinen wiederholten Anruf entgegen und entschuldigte sich für den, wie sie sagte „...faulen AB...".

„Weißt du", meinte sie dann, „seitdem wir von der

Insel zurück sind, meint der Professor, verfolgt zu werden. Hat Angst davor, dass man ihn entführt. Meint, man will sein Büro ausräumen. Und hat deshalb größten Wert darauf gelegt, dass der Anrufbeantworter nicht aktiviert wird..."

„Aha!", sagte ich.

„Kann sein, er wird alt und eigenartig. Aber wer weiß das! Ich bin froh, wieder im Lande zu sein!"

Ich wusste, jetzt musste ich fragen, wo beide während der Rückreise waren. Regine wollte, dass war mir ebenso bekannt, gerne damit angeben, was für ein toller Chef Professor Zabert ist. Und das deshalb, weil er sie überallhin mitnimmt. Das sie ihm sowohl Begleitung als auch diejenige ist, die ihm während der Reisen das Leben organisiert, verschwieg sie wie selbstverständlich.

Also fragte ich, wo beide waren. Und sofort, ohne zu zögern, kam die Antwort:

„In Nassau!"

„In Hessen? An der Lahn?", fragte ich.

„Nein! Nassau. Bahamas!"

„Aha! Und was wolltet ihr dort?"

„Der Professor war als Gast der amerikanischen Sektion der Gesellschaft für Politische Ökologie eingeladen!"

„Aha!"

Ich spürte, wie sehr Regine daran gelegen war, mir das zu berichten! Sie war mit dem Professor auf den Bahamas! Sie war sich durchaus der Tatsache bewusst, privilegiert zu sein. Allein schon deshalb, weil der Professor nie ohne sie auf Reisen ging. Die Gründe dafür sind bekannt!

„Und wann seid ihr zurück gekommen?"

„Am Montag. Am späten Nachmittag. Von Nassau, Bahamas, via New York nach Amsterdam und dann nach Hamburg. War 'ne tolle Reise! Mit dem Professor macht

so etwas eben richtig Spaß und Freude. Der erklärt dir eben auch noch das, was links und rechts des Weges ist! Und meint auch ein jedes Mal aufs Neue, in anderen Ländern und Gegenden sollte man auf jeden Fall die landestypische Küche ebenso kennen lernen, wie Sitten und Gebräuche. Ist eben ein toller Mann, der Professor!"
Ich konnte mir sehr gut vorstellen, welche Gesten und Mimik Regine begleiteten, während sie von Professor Zabert schwärmte. Dann sagte ich:

„Ist ja schön, dass es euch gefallen hat! Und wenn dann für den Professor auch in der Wissenschaft der gebührende Platz eingeräumt wird, lohnte sich die Reise!"

„Ja! Aber das wolltest du mir nicht sagen!", meinte Regine und fragte:

„Was kann ich für dich tun?"

„Ich würde gern von euch erfahren, wie eure Rückreise von der Insel war. Aber bitte nicht am Telefon!"

„Was soll da schon aufregendes gewesen sein? Wie üblich! Er konnte fliegen und ich die Gegend ansehen! Von den Inseln an die afrikanische Atlantikküste, dann Richtung Europa. Er hat in die Cessna die Zusatztanks einbauen lassen. Darum konnten wir bis Casablanca fliegen. Und am nächsten Tag bis Toulouse. Wieder eine Nacht Pause. Da fiel ihm eine, er könnte noch seine Tochter besuchen. Die wohnt in Süddeutschland, in einem Dorf in der Nähe von Konstanz. Da sind wir auch noch zwei Tage geblieben. Also alles in allem nichts außergewöhnliches und nichts spektakuläres. Eben so, wenn Leute nach Hause reisen."

„Und die Aufständischen? Haben die nicht versucht, euch zu ärgern?", fragte ich.

„Nein! Keineswegs! Wir, also der Professor, ist übers

Mittelmeer und in Sichtweite der Küste geflogen. Da waren wir, sagte er, außerhalb des Hoheitsgebietes."

„Ja!"

„Übrigens, er hat dir aus Nassau, von den Bahamas, den Tagungsbericht mitgebracht!"

„Danke!"

„Werde ich ausrichten!"

Ich sagte zu, mir in den nächsten Tagen den Bericht abzuholen und meinte:

„Vielleicht hat der Professor dann ein wenig Zeit für mich!"

„Komm' vorbei. Wir werden es sehen. Eigentlich ist er immer und nie da!"

„Ich weiß!"

Als im Hintergrund Geräusche zu hören waren, sagte sie, und weil ich sie kannte, für mich nicht überraschend, jetzt müsse sie den Hörer auflegen. Und im gleichen Augenblick war das Freizeichen zu hören.

Wer oder was Regine zu diesem plötzlichen Ende unseres Telefonates veranlasste, weiß ich nicht und werde das auch nie erfahren. Eine Möglichkeit, und das ist am wahrscheinlichsten, ist, dass der Professor ins Büro kam. Und ich weiß, eines mag er überhaupt nicht: Endlose Gespräche am Telefon.

„Das Ding ist dazu erschaffen worden, um Mitteilungen, möglichst kurz und präzise formuliert, weiterzugeben. Etwa einen Termin oder eine Zusage. Oder auch Absage. Oder einen Notruf. Für alles andere sollte man einen Stift nehmen und Papier und einen Brief schreiben. Meinetwegen auch per Fax oder E-Mail versenden!", hatte Professor Zabert 'mal erläutert.

Weil Regine nach dieser offensichtlich sehr schönen

Reise nach Nassau, Bahamas, die gute Laune des Professors möglichst lange bewahren wollte, legte sie dann, so meine Vermutung, den Telefonhörer auf.

Wir hatten, so meinte ich, auch alles besprochen. Jedenfalls an diesem Tag.

In der folgenden Woche hätten wir bei Louise frühstücken sollen. Aber die war während dieser Tage nicht da. Sie war vom Verlag beauftragt worden, an einem Autorentreffen auf Usedom teilzunehmen. Bekanntlich stammte der Initiator der „Gruppe 47", Hans-Werner Richter, aus der heutigen Grenzregion zwischen Polen und Vorpommern. Aber das ist eine andere Geschichte, die zu erzählen ich Louise überlasse...

So kam es, dass ich, begleitet von einer Flasche Rotwein, an jedem Abend an dem Manuskript über unsere Reise zur Insel im Atlantik arbeitete.

Als Louise am Sonntag von Usedom zurück kam, konnte ich ihr stolz einen dicken Stapel mit den Ergebnissen meiner abendlichen Bemühungen zeigen.

„Lesen sollst du noch nichts!" Da bin ich abergläubisch!", lehnte ich ihre Frage ab.

„Na gut!"

Also gab ich Louise nicht die Möglichkeit, immer 'mal wieder die eine oder auch die andere Seite des „Insel-Manuskriptes", wie ich meine Arbeit nannte, zu lesen.

Ich hatte außeerdem Befürchtungen, wenn ich Louise oder auch andere Leuten zum Lesen einlade, dann könnten sich Diskussionen über das Geschriebene anschließen. Vielleicht so:

„Denke 'dran, dass..." oder „Vergiss nicht, wir hatten..."

Oder so ähnlich.

Wenn ich dann das Manuskript abgeschlossen habe und es sollte die eine oder auch die andere Begebenheit fehlen oder nicht richtig dargestellt worden sein, sind mir entsprechende Hinweise gerne willkommen.

*

Es wäre für mich von sehr hohem Interesse gewesen, zu erfahren, welchen Verlauf die gesellschaftlichen Konflikte in Südwesteuropa und besonders im Mutterland der Inseln im Atlantik genommen haben.

Aus welchen Gründen auch immer waren aus den Zeitungen und auch den Funkmedien nur sehr wenige und spärliche Informationen zu erfahren. Das erwähnte ich bereits.

Das war, und nicht nur für mich, sehr bemerkenswert!

Wollte man die hiesige Bevölkerung nicht aufschrecken? Wollte man Ruhe im Lande haben? Und so offen ausgetragene Konflikte weder in den Medien noch in der Öffentlichkeit begleiten?

Ein Freund berichtete mir und anderen darüber, auf einem Feld unweit der Nordseeküste steht ein Schild, auf dem, zwar inzwischen etwas verblichen, aber immer noch leserlich, zu erfahren war:

„Grüne Politik = Ökodiktatur".

Das ist deshalb so bemerkenswert, weil Landwirte und Bauern ein herausragendes Interesse an der behutsamen und nachhaltigen Bewirtschaftung ihrer Felder haben sollten!

Es ist ebenso bemerkenswert zu wissen, „agriculture" bezeichnet in der englischen Sprache die Landwirtschaft.

Und, was hat die Kultur der Agronomie mit Massentierhaltungen, überdüngten Feldern und industriell betriebener Landwirtschaft gemeinsam?

*

Es ist mir nicht gelungen. auch nicht, nachdem ich Professor Zabert telefonisch um Hilfe gebeten habe, Kontakte zu Veronika, den Professores aus Granada und Karl-Heinz Beitz von der Insel im Atlantik herzustellen.
Meine Anrufe und E-Mails wurden nicht beantwortet oder blieben ungehört.
Lange Zeit fragte ich mich immer wieder, warum. Bis heute habe ich darauf keine Antwort erhalten. Auch nicht darauf, welchen Verlauf die gesellschaftlichen Konflikte genommen haben. Einen oder zwei Gründe habe ich bereits genannt!
Nämlich, man wollte hierzulande die oft erwähnten sprichwörtlichen Bälle sehr niedrig halten. Bei der gegenwärtigen weltpolitischen Lage brauchte man andere Szenarien. Aber nicht das einer inländischen Protestwelle.

Dann unternahm ich einen weiteren Versuch, zu einem der Bekannten auf der Insel im Atlantik Kontakt aufzunehmen.
Ich erinnerte mich daran, dass Karl-Heinz Beitz, der Hotelmanager, in der Gegend um Freiburg im Breisgau zu Hause war. In meinen Notizen fand ich einen entsprechenden Hinweis. Und im Telefonbuch schnell Adresse und Rufnummer.
Während eines Anrufs erklärte ich, Karl-Heinz zu suchen.
Man konnte sich an die Familie Beitz erinnern, erklärte mir eine sehr freundliche Frau und sagte dann weiter:

„Ich weiß nur soviel, das Weingut war einst und über Generationen im Besitz der Familie Beitz. Die haben dann verkauft und dann haben wir den Betrieb von einem Herrn Erler übernommen. Der hatte beim Weinbau, wie er selbst einräumte, kein glückliches Händchen...“

„Aha!“

„Ja, und dann meinte der Herr Erler noch, ehe das hier alles den bekannten Bach 'runtergeht, gibt er den Weinbau lieber in erfahrene Hände!“

„Und wo finde ich Herrn Erler?“, ich hoffte so, weiter zu kommen.

„Das kann ich Ihnen nicht sagen! Außerdem soll Herr Erler ausgewandert sein, nach Norwegen oder Schweden.“

„Na gut! Dann bedanke ich mich für die Auskunft!“

„Ja, bitte!“

Und dann knackte es in der Leitung und ich war so schlau wie zuvor.

*

Nach diesem Gespräch mit der netten Frau Bauer, wie sie sich vorgestellt hatte, wurde ich von Zweifeln bedrängt.

Ich zweifelte an vielen Dingen. Vor allem daran, jemals die Reise zur Insel im Atlantik unternommen zu haben. Aber dann müssten die anderen, auch Louise, auch nicht dort gewesen sein!

Waren wir einer kollektiven Hypnose erlegen?

Ich beschloss, Louise zu fragen!

Als sie am Abend kam, wir wohnten wieder 'mal bei mir, berichtete ich ihr von dem Anruf bei Frau Bauer und auch darüber, dass Karl-Heinz Beitz, Sohn der ehemaligen Weingutbesitzer, im Breisgau nicht mehr bekannt ist. Dann fragte ich Louise:

„Sag' mir bitte und ehrlich! Haben wir die Insel besucht?"

„Ja! Sicher waren wir dort!", Louise stand auf, holte ihren Laptop und sagte:

„Die Fotos, die du auf dem Bildschirm siehst, sind datiert!"

Dann zeigte sie mir die Aufnahmen von den Erkundungen auf der Insel. Und auf jedem Foto war auf der unteren rechten Ecke das Datum zu erkennen, an dem es aufgenommen war.

„Na gut!", sagte ich, „Dann war ich wohl für einige Gedanken neben mir!"

„Gut möglich. Ist doch, so recht und eigentlich, sonderbar, dass keiner der Leute sich meldet. Und über den Aufstand auch sehr wenig, beinahe nichts, zu erfahren ist."

„Ja!", erwiderte ich.

Louise sah mich einige Augenblicke an und sagte dann:

„Nachdem ich dich nun von der Tatsächlichkeit der Reise überzeugt habe, schreibst du doch weiter an deinem Bericht?"

Und ohne zu zögern antwortete ich:

„Ja!"

Ich befolgte Louises Rat und begann, ohne erneute vergebliche Versuche, von Veronika und ihren Freunden eine Nachricht zu erhalten, weiter an dem Reisebericht über den Aufenthalt auf der Insel im Atlantik zu arbeiten. Zu diesem Zeitpunkt hatte ich den allergrößten Teil des Berichts bereits geschrieben. Lediglich drei, nennen wir es Themen, galt es noch zu bearbeiten. Das waren meine Aufzeichnungen und Gedanken über die Neuordnung der gesellschaftlichen Strukturen, die ich unter dem Eindruck des Pariser Treffens notiert hatte.

Auch wollte ich die Erklärungen über den Regenwald im nördlichen Teil der Insel, den wir besucht hatten, noch allgemein verständlicher darlegen. Ohne den fachlichen Bezug zu minimieren oder gar zu vernachlässigen.

Nachdem mich nun Louise von der Realität der Reise auf die Insel überzeugt hatte,, wollte ich den anderen die Gelegenheit geben, noch einige Gedanken zu formulieren. Diese Aufzeichnungen sollten dann Teil des Berichtes sein.

Doch leider ist es dazu nicht gekommen. Jeden, den ich um wenigstens eine Seite Text gebeten habe, fand die Idee zwar gut, konnte oder wollte mir aber nichts aufschreiben. Über die Gründe, die zu den Absagen führten, sie waren so vielfältig wie die Gruppe Mitglieder hatte, möchte ich mich nicht äußern.

Allerdings, ich war schon sehr erstaunt und auch enttäuscht darüber, von den anderen im Reisebericht nichts veröffentlichen zu können.
Louise hatte sich bereit erklärt, die Buchgestaltung, zusätzlich zu ihrer Arbeit als Lektorin, zu übernehmen und mir versprochen:
„Ich schreibe auch 'was für den Umschlag!"

Die beiden anderen Themen, meine Ansichten über die globale Neuordnung und die Erklärungen über den Regenwald, überarbeitete und korrigierte ich am Wochenende vor dem ersten Advent. Louise war, einer jahrelangen Tradition folgend, gefahren, um ihre Familie zu besuchen.

Ich hatte somit Zeit und Ruhe für diese Arbeit. Und gleichzeitig musste ich mir eingestehen, manchmal bleiben Fragen unbeantwortet!

Louise kam zurück, als am Sonntagnachmittag die Dämmerung begann, sich über die Stadt zu legen.
Ich kochte Tee und legte das fertige Manuskript auf ihren Platz. Bevor sie begann, darin zu blättern und hier und dort eine Zeile oder einen Absatz zu lesen, sagte ich:

„Du wirst bemerken, ich habe vieles nur angedeutet. Man könnte auch meinen, nicht zu Ende gebracht!"

„Solange die Erde steht,
soll nicht aufhören
Saat und Ernte,
Frost und Hitze,
Sommer und Winter,
Tag und Nacht."

(1. Mose, 8.22)

Literaturen

Aus den nachfolgend benannten Literaturen konnte der Autor wichtige Informationen und Anregungen erhalten.
Sie waren bei der Arbeit an dem Text wichtige und unverzichtbare Hilfe:

Biermann, Werner:
„Der Traum meines ganzen Lebens. Humboldts amerikanische Reise.", Rowolt Verlag Berlin, 1. Auflage 2008, ISBN 978-3-87134-601-9

Brinkbäumer, Klaus und Höges, Clemens:
„Die letzte Reise. Der Fall Christoph Kolumbus", Deutsche Verlags-Anstalt München und Spiegel-Buchverlag 2004, ISBN 3-421-05823-7

„MARE – Die Zeitschrift der Meere", Heft Nr. 111, August / September 2014, Mare Verlag Hamburg

„Die Zeit. Lexikon in 20 Bänden", Band 1 bis 20, Zeitverlag Gerd Bucerius Gmb & Co. KG, Hamburg 2005, ISBN 3-411-17560-5 (Gesamtwerk)

Gebauer, Alfred:
„Alexander von Humboldt. Seine Woche auf Teneriffa 1799. Beginn der Südamerika-Reise", Verlag Verena Zech, Santa Ùrsula (Teneriffa), ISBN 978-84-934857-6-4

„GEO-Themenlexikon", GEO, Gruner & Jahr AG & Co. KG 2007, Bibliografisches Institut, Mannheim 2006, ISBN 3-7653-9420-3 (Gesamtwerk)

Gienger, Michael:
„Die Steinheilkunde. Ein Handbuch." Neue Erde GmbH Saarbrücken 1995,
ISBN 3-89060-015-08

Helms, Bernd:
„Kanarische Inseln", komplett aktualisierte Ausgabe, Polyglott-Verlag Dr. Bolte KG, München, 1992 / 1993,
ISBN 3-493-60738-5

Lange, P. Werner:
„Ich war am Rande des Paradieses... Das Leben des Christoph Kolumbus." F. A. Brockhaus Verlag Leipzig, 1. Auflage 1980,
Lizenz-Nummer 455/159/8/80

„Mineralien und Edelsteine. Entdecken, bestimmen und sammeln.", Neuer Kaiser Verlag GmbH Fränkisch-Crumbach 2012,
ISBN (13) 978-3-8468-0012-6

Sack, Manfred und Fogel, Walter:
„Cesar Manrique. Maler & Bildhauer & Architekt", Edition Braus Heidelberg, 1 Auflage, August 1987,
ISBN 3-921 524-93-8

Schultz, Patricia:
„1000 Places to see before you die. Die Lebensliste für den Weltreisenden." H.F. Ullmann Publishing Potsdam im Tandem Verlag GmbH 2007,
ISBN 978-3-8331-4356-4

Winchester, Simon:
„Der Atlantik. Biografie eines Ozeans.", Knaus Verlag, 1. Auflage 2012,
ISBN 978-3-8135-0431-6

www.wikipedia.com